U0720226

中國古典文學基本叢書

王船山詩文集

上册

中華書局

圖書在版編目(CIP)數據

王船山詩文集/(清)王夫之著.—北京:中華書局,1962.11(2023.9 重印)
(中國古典文學基本叢書)
ISBN 978-7-101-02448-7

Ⅰ.王… Ⅱ.王… Ⅲ.①詩歌-作品集-中國-清代 ②散文-作品集-中國-清代 Ⅳ.I214.92

中國版本圖書館 CIP 數據核字(1999)第 76709 號

責任印製:陳麗娜

中國古典文學基本叢書
王船山詩文集
(全二册)
〔清〕王夫之 著

*

中華書局出版發行
(北京市豐臺區太平橋西里 38 號 100073)
http://www.zhbc.com.cn
E-mail:zhbc@zhbc.com.cn
大廠回族自治縣彩虹印刷有限公司印刷

*

850×1168 毫米 1/32 · 21⅛印張 · 4 插頁 · 452 千字
1962 年 11 月第 1 版 2023 年 9 月第 7 次印刷
印數:27301-28300 册 定價:64.00 元

ISBN 978-7-101-02448-7

王船山先生遺像

序言

嵇文甫

王船山（一六一九——一六九二年）名夫之，字而農，湖南衡陽人，明末清初一位偉大的啓蒙思想家和愛國主義者。他早年曾參加抗清運動，從明桂王於廣西一帶。及事無可爲，乃歸隱石船山，埋頭著述以終。他自題墓石云：「抱劉越石之孤憤，而命無從致；希張橫渠之正學，而力不能企。幸全歸於玆丘，固銜恤以永世。」又書堂聯云：「六經責我開生面，七尺從天乞活埋。」可以概括其生平。他著書數百卷，最足以表現其思想的，有黃書、思問錄、張子正蒙注、讀四書大全說、周易外傳、尙書引義、讀通鑑論、宋論等。

向來論清初學術的，經學推顧亭林，史學推黃梨洲，可是要講到哲學思想的博大精深，則斷推船山。船山是一位偉大的唯物主義者。他不僅能打破世俗迷信和三統五德天人感應一類的謬說，並且力闢佛家的萬法唯心，道家的虛無思想，乃至程朱派理先氣後的客觀唯心主義。他不離氣而言理，不離器而言道。他說：「天下唯器而已矣。道者，器之道；器者，不可謂之道之器也。……洪荒無揖讓之道，唐虞無放伐之道，漢唐無今日之道，則今日無他年之道者多矣。未有弓矢而無射道，未有車馬而無御道，未有牢醴幣帛鐘磬管絃而無禮樂之道，則未有子而無父道，未有弟而無兄道，道之可有而且無者多矣。」（周易外傳卷五）「器」是說具體的物件，「道」是說那些物件所具有的道理或規律。客觀唯心論者把道理或規律實體化，絕對化，好像在物之上，在物之先，獨立自在着一個超絕的「道」。這樣，規律不是某些具體物件的規律，而那些具體物件反倒是爲那些超絕的規律所主宰，所產生。這正是說沒有弓矢而先有射道，沒有車馬而先有御道，沒有子而先有父道，沒有弟而先有兄道，恰好和船山所講的相反。船山極明快地提出了唯器論，把器放到第一位，而道只能從屬於它，這完全是唯物主義的看法。這種看法也同樣表現在他談理氣問題上。他認定理是氣的理，言天、言性、言心，一切應從氣上講。他把張橫渠的唯氣論徹底發揮，堅決站在這一方面，而明白指出程子「統心、性、天於一理」的說法之錯誤。這正是針對着程朱派的客觀唯心主義予以糾正。從不離氣而言理推演下去，很自然的，他也一貫主張，不離欲而言理，不離勢而言理，乃至不離用而言體，不離變而言常，這裏面都貫串着唯物主義的精神。

船山具有很深刻也很開明的歷史見解，有他自己的一套歷史哲學。根據他的理勢合一論，他一方面說「得理自然成勢」（讀四書大全說卷九），而另一方面說「於勢之必然處見理」（同上），「順必然之勢者理也」（宋論卷七），很有點像黑格爾所主張「一切現實的都是合理的，一切合理的都是現實的」那種味道。他以這種精神來講歷史，往往能按切歷史事件的當時現實形勢立論，而予以合理化。如他論秦朝變「封建」爲郡縣道：「郡縣之制，垂二千年而弗能改矣，合古今上下而皆安之，勢之所趨，豈非理而能然哉？」（讀通鑑論卷一）他認爲：「封建」在上古時代，原來也是由當時現實形勢所形成，所以它原來也是合理的；可是後來形勢逐漸變化，到了秦朝以後，就必須爲郡縣所代替，於是乎郡縣就又成爲現實的，因而也是合理的了。「勢相激而理隨以易」（同上）。勢變了，理也變了，理隨勢轉，看得很活動。他認定唐虞三代和後世社會情況整個不同，認定各種社會制度不是孤立而是互相聯系的，認定在隨時變革的社會制度中自有一定的過程和趨勢；絕不像那些泥古者流，把封建、井田、什一之稅、寓兵於農、甚至肉刑，都想恢復起來，以爲是聖王之法，可以行之萬世而不變。他主張「漢以後之天下，以漢以後之法治之」（讀通鑑論卷五），而云：「易曰，『變通者，時也』。三代之王者，其能逆知六國強秦以後之朝野，而豫建萬年之制哉？」（讀通鑑論卷三）這些議論很通達。他能從聯系上看問題，從發展上看問題，從錯綜複雜各種矛盾中看問題。從他的大量史論中，我們可以發現到處閃爍着辯證法的光芒。

當然，我們不要忘記，船山畢竟是一位代表封建地主階級的學者。他雖然由於遭逢慘重的民族災難，激發起愛國主義精神，從自己現實生活的痛苦經驗裏面，深深體會到那個封建專制政權的腐朽透頂，對於社會歷史的眞實情況得有較爲深刻的認識，同時也由於接觸了一些「質測之學」（卽實驗科學，在其所著搔首問中很稱贊方以智父子的「質測之學」），能打破許多迷信思想，因而走到唯物主義方面，成爲偉大的啓蒙思想家；但是，一方面他限於當時科學發展的水平，同時他的階級成見也大大限制了他的進步性，所以他總不免拖泥帶水，包含着許多唯心主義的雜質。他講什麽「治氣」、「亂氣」、「善氣」、「惡氣」，說什麽「堯舜之神，桀紂之氣，存於絪緼之中，至今而不易」（張子正蒙注卷一）。他不信世俗所謂鬼神，可是另有他自己的一套鬼神論。他對於「謂鬼神之無情無狀因而並疑無鬼無神」者明白表示反對（俟解）。他講什麽「貞一之理」，建立一種天理史觀。不僅歷代典章制度的因革損益都是「天理」的表現，就連每個朝代的治亂興亡也都有個「天理」在作主宰。照船山看來，漢祖唐宗都是應運而出，「繼天立極」，是那個「貞一之理」的體現者。一部歷史就像是一部天理實現史。拿他這一套歷史哲學去和黑格爾的「宇宙精神」相印證，倒是很有趣味的。

船山有極強烈的民族思想，在同時諸大師中最爲突出。如他說：「仁以自愛其類，義以自制其倫。……今族類之不能自固，而何他仁義之云云。」（黃書後序）「可禪，可繼，可革，而不可使異類間之。」（黃書原極）「夷狄者，殲之不爲不仁，奪之不爲不義，誘之不爲不信。何也？信義者，人與人相與之道，非以施之異類者也。」（讀通鑑論卷四）他看一姓的興亡輕，而看民族的盛衰重。寧可失位於賊臣，不可賣國於異族。不能自保其族類，便什麼仁義道德都不配講了。他直然把「夷狄」當異類看待，對於他們沒有什麼道理可講，任何手段都可以用。看這是多麼極端的民族主義！他親身遭逢慘重的民族災難，創劇痛深，所以每涉及民族間的問題，總是悲憤感慨，不能自已。有些話雖然說得偏激，但其心情是可以理解的。一部黃書，可以說是船山的政治綱領，那裏面就徹首徹尾浸透着這種強烈的民族主義。

船山深於文學，神契楚騷。其生平詩文，如本編所輯錄，悱惻纏綿，焄蒿悽愴，其耿耿孤忠，苑結不能自已之情，隨處迸發流露，眞可謂離騷之嗣音。論文若干篇，如知性論、君相可以造命論等，亦皆持論名通，精思獨到，雖嘗一臠，亦可以知味，爲研究船山之學者所不可不讀。

編例

一、這部王船山詩文集，是從幾種船山遺書中輯出來的；因爲這些集子絶大部分是作者自定，所以仍保存原來面貌，不另分散重編。

二、我們所用的底本有一八六五年（清同治四年）金陵刻本、一八八七年（清光緒十三年）衡陽補刻本和一九三三年上海太平洋書局排印本等三種。

三、薑齋文集，金陵本祇十卷，衡陽本補刻補遺二卷。十卷中有目無文而見於補遺中的，我們據以移補。原補遺中其他七篇，加上我們新輯的四篇，不再分卷，仍作爲補遺附於十卷之後。凡是經我們移前或新補的，都在題下注明。

四、詩集部分，金陵本有十二種（五十自定稿、六十自定稿、七十自定稿、柳岸吟、落花詩、遣興詩、和梅花百詠詩、洞庭秋詩、雁字詩、倣體詩、嶽餘集、賸稿），衡陽本有三種（分體稿、編年稿、憶得），現在全部收入，編排次序依照太平洋本。並據鄧顯鶴的船山著述目録，把這一部分總稱爲薑齋詩集。

五、詞集部分，全據金陵本。

六、金陵刻本愚鼓詞及衡陽刻本龍源夜話，鄧目及遺書均列入「子類」，但前者用詩詞形式，後者僅存二篇奏疏和半篇自序，現在都作爲附録列在末後。

七、刻本每種前都無目録，現在從太平洋本補。

八、金陵本刊刻時，劉毓崧寫了一個校勘記附於遺書最後，現在摘録與本集有關的幾條附注於書中。

九、本書排校完畢後，又得到上海圖書館顧起潛同志提供的康熙間湘西草堂刻本船山自定稿（存五十自定稿、七十自定稿各一卷），得據以重校一遍。惜紙型已經打就，不及校補入正文，因此，另作校勘記列於附録中。中國科學院圖書館的同志提供了兩篇佚文，現作爲文集補遺續，附在書後。

十、本書初版後，又得見顯考武夷府君行狀等三篇稿本，現另作補校，附在最後。

總目

甲　薑齋文集

乙　薑齋詩集

薑齋文集

目錄

薑齋文集卷一

論三首

知性論

言性者，皆曰吾知性也。折之曰性弗然也，猶將曰，性胡不然也！故必正告之曰，爾所言性者非性也。今吾勿問其性，且問其知。知實而不知名，知名而不知實，皆不知也。言性者於此而必窮。目擊而遇之，有其成象，而不能爲之名，如是者於體非芒然也，而不給於用。無以名之，斯無以用之也。習聞而識之，謂有名之必有實，而究不能得其實。如是者執名以起用，而芒然於其體，雖有用，固異體之用，非其用也。夫二者則有辨矣。知實而不知名，弗求名焉，則用將終絀。問以審之，學以證之，思以反求之，則實在而終得乎名，體定而終伸其用。此夫婦之知能，所以可成乎忠孝也。知名而不知實，以爲既知之矣，則終始於名，而惝怳以測其影。斯問而益疑，學而益僻，思而益甚其狂惑，以其名加諸迴異之體，枝辭日興，愈離其本。此異同之辨說，所以成乎淫邪也。夫言性者，則皆有名之可執，有用之可見，而終不知何者之爲性。蓋不知何如之爲知，而以知名當之，名則奚不可施哉！

謂山雞爲鳳，山雞不能辭，鳳不能競也。謂死鼠爲璞，死鼠不知卻，玉不能爭也。故浮屠、老子、莊周、列禦寇、告不害、荀卿、揚雄、荀悦、韓愈、王守仁各取一物以爲性，而自詫曰知，彼亦有所挾者存也。苟懸其名，惟人之置之矣。名之所加，亦必有實矣。山雞非鳳，而非無山雞。死鼠非璞，而非無死鼠。以作用爲性，夫人之因應，非無作用也。以杳冥之精爲性，人之於杳冥，非無精也。以未始有有無爲性，無有無無之始，非無化機也。以惡爲性，人固非無惡，惡固非無自生也。以善惡混爲性，欻然而動，非無混者也。以三品爲性，要其終而言之，三品者非無所自成也。以無善無惡爲性，人之昭昭靈靈者，非無此不屬善不屬惡者也。情有之，才有之，氣有之，質有之，心有之，孰得謂其皆誣。然而皆非性也。故其不知性也，非見有性而不知何以名之也。惟與性形影絶，夢想不至，但聞其名，隨取一物而當之也。於是浮屠之遁詞曰有三性，苟隨取一物以當性之名，豈徒三哉？世萬其人，人萬其心，皆可指射以當性之名，不同之極致，算數之所窮而皆性矣。故可直折之曰，其所云性者非性，其所自謂知者非知。猶之乎謂雲爲天，聞筍葅而煮簀以食也。

老莊申韓論

建之爲道術，推之爲治法，内以求心，勿損其心，出以安天下，勿賊天下，古之聖人，仁及萬世，儒者修明之而見諸行事，唯此而已。求合於此而不能，因流於詖者，老莊也。損其心以任氣，賊天下以立權，明與聖人之道背馳而毒及萬世者，申韓也。與聖人之道背馳則峻拒之者，儒者之責，勿容辭也。拒其說，必力絕其所爲，絕其所爲，必厚戒於其心，而後許之爲君子儒。言治道者吾惑焉。於老莊則遠之惟恐不夙，於申韓則暗襲其所爲而陰挾其心，吾是以惑，而甚惑其惑之甚也。夫師老莊以應天下，吾聞之漢文景矣。其終遠於聖人之治而不能合者，老莊亂之也。然而心猶人之心，天下則已異乎食荼臥棘之天下矣。下此則何晏王戎以弛天下而使亂。然其所爲，求之聖人之道而不得，求之老莊而亦不得。虛與誕，聖人之所弗尙；躁與貪，亦老莊之所弗尙。則遠之必夙者正也。老莊之所弗尙，則不得舉何晏王戎之罪罪老莊也。夫申韓而豈但此哉。韓愈氏曰：「仁義之言，藹如也。」聖人之欲正天下也亟。其論治也詳。今讀其書，繹其言，蔑不藹如也。其言藹如也，其政油如也，患天下之相賊，而不以賊懲賊，懲天下之賊，規乎其大凡而止。雖有刀鋸，而不損其不忍人之心。略其毫毛，拚其幽隱，以使容於覆載之間，而民氣以靜。是故匹夫之蹶然以惡怒，非可逆也；匹夫之蹶然以愉快，非不可獲譽也。然而聖人不忍徇之，以致善治之名。有人於此，匹夫蹶然而怒，其可殺邪？從而殺之，匹夫蹶然而喜，喜怒如匹夫之心，則明斷之譽蹶然而興，而氣茀然，而權赫然，靜反諸心，而心固怵然，起視天下，而天下紜然。爲君子儒者以此爲愉快，則抑不得爲聖人之徒矣。聞之曰，惡不仁者，不使不仁加於其身；未聞惡不仁者，不使不仁者之留遺種於天下也。悲夫！自宋以來，爲君子儒者，言則聖人而行則申韓也，抑以聖人之言文申韓而爲言也。曹操之雄也，申韓術行而敺天下以思媚於司馬氏，不勞而奪諸几席。諸葛孔明之貞也，扶劉氏之裔以申大義，申韓術行而不能再世。申韓之效，亦昭然矣。宋之儒者，胡胥莫懲而潛用之以徇匹夫一往之情。吾聞以閨房醉飽之過掠治婦人，以徵士大夫之罪矣。吾聞其聞有赦而急取罪人屠割之矣。非申韓孰與任此，而爲君子儒者以爲愉快，復何望夫袴褶之夫、刀筆之吏乎！是其爲術也，三代以上，無尙之者也；仲尼之徒，無道之者也；三苗之所以分北也；鄧析之所以服刑也。自申韓起，而言治者一不審，而卽趨於其塗。申韓以矯老莊，而拒老莊者揖進之。夫老莊則固畫然傷心於此矣。老莊非也，其畫然傷心於此者，未嘗非也。仲尼不以徇魯衞，而老於下位。文王不以徇商紂，而囚於羑里。我知其畫然傷心者倍甚於老莊，則已知老莊之賤名法以靳安天下，未能合聖人之道，而固不敢背以馳也，愈於申韓遠矣。晝之以一定之法，申之以繁重之科，臨之以憤盈之氣，出之以戕削之詞，督之以違心之奔走，迫之以畏死之憂患，如是以使之仁不忘親，義不背長。不率，則毅然以委之霜刃之鋒曰，吾以使人履仁而戴義也。夫申韓固亦曰，吾以使人履仁而戴義也，何患乎無名而要。豈有不忍人之心者所幸有其名，以彈壓羣論乎。易動而難戢者，氣也。往而不易反者，惡怒之情也。羣起而樊人以逞者，匹夫蹶然之恩怨也。是以君子貴知擇焉。弗擇，而聖人之道且以文邪慝而有餘。以文老莊而有老莊之儒，以文浮屠而有浮屠之儒，以文申韓而有申韓之儒。下至於申韓之儒，而賊天下以賊其心者甚矣。後世之天下死於申韓之儒者積焉，爲君子儒者潛移其心於彼者，實致之也。

君相可以造命論

聖人贊天地之化，則可以造萬物之命，而不能自造其命。能自造其命，則堯舜能得之於子，堯舜能得之於子，則仲尼能得之於君。然而不能也，故無有能自造其命者也。造萬物之命者，非必如萬物之意欲也。天之造之，聖人爲君相而造之，皆規乎其大凡而止。雨以潤之，而有所淫。日以暄之，而有所槁。謳歌者七，怨咨者三，毅然造之而無所疑。聖人以此可繼天而爲萬物之司命。安之危之，存之亡之，燕越不同地，老稚不同時，剛柔不同性，規乎其大凡，而危者以安，亡者以存。若夫物有因以危亡者，固不恤也。乃若欲自造其命，則必其安而百不一危也，存而百不一亡也，榮而百不一辱也，利而百不一鈍也，各自有其意欲以期乎命之大順，則惡乎其可也。故黃帝則有蚩尤，舜禹則有三苗，夏則有有扈，周則有商奄，仲尼則有匡，有宋，有陳蔡，弗能造也。然則唐之有郭子儀即有安史，有李晟即有朱泚、姚令言、源休，有陸贄即有盧杞、裴延齡，弗能造忠賢而使有，弗能造姦慝而使無。弗能造也，受之而已。受之以道，則雖危而安，雖亡而存，而君相之道得矣。李泌曰：「君相可以造命。」一偏之說，足以警庸愚，要非知命之言也。至大而無區畛，至簡而無委曲，至常而無推移者，命也。而人惡乎與之！天之命草木而爲堇毒，自有必不可無堇毒者存，而吾惡乎知之。天之命蟲魚而爲蛇鱷，自有必不可無蛇鱷者存，而吾惡乎知之。弗能知之，則亦惡乎與之！天之所有，非物之所欲，物之所有，非己之所欲，久矣。唯聖人爲能達無窮之化。天之通之，非以通己也。天之塞之，非以塞己也。通有塞，塞有通，命圓而不滯，以聽人之自盡，皆順受也。明君以盡其仁，無往而不得仁。哲相以盡其忠，無往而不得忠。天無窮，聖人不自窮，則與天而無窮。天不測，聖人無所測，則物莫能測。外不待無彊敵，內不待無盜賊，廷不待無頑讒，野不待無姦宄，歲不待無水旱，國不待無貧寡，身不待無疢疾。不造有而使無，不造無而使有。無者自無，而吾自有。有者自有，而吾自無。於物無所覬，於天無所求。無所覬者無所撓，無所求者無所逆。是以危而安，亡而存，危不造安故不危，亡不造存故不亡，皆順受也，奚造哉！造者，以遂己之意欲也。安而不危，存而不亡，皆意欲之私也，而猜忌紛更之事起矣。臣以意欲造君命者，干君之亂臣。子以意欲造父命者，脅父之逆子。至於天而徒懷干脅之情，猶以羽扣鐘，以指移山，求其濟也，必不可得已。天命之爲君，天命之爲相，俾造民物之命。己之命，己之意欲，奚其得與哉！

倣符命㊀

繹思 有序

竊讀班固書，言司馬相如頌述功德，忠臣效也。論者云其曼辭導諛，闕箴瑱之義。然伯益陳眘命，中虺贊天錫，迄乎卷阿天保，劉漣往復，纚繢豐美，良有斯義，何獨深咎後起哉。顧嘗尋相如

㊀ 本篇原刻本有題無文，今從衡陽刻本補遺卷二移補。

封禪、班固典引、宗元貞符之所自作。夷考其時，履平康，睨天衢，因緣欣豫，攀附榮光。豐靡逾量，不揆古人之尺度。非但揚雄美新，爲貞士所羞稱已也。鄉令諸子生值不造，漢社屋，唐宗熸，則言欲出而若俾偃蹇，抑惡足以挽天綱，警民彝，著其忠效哉！尋五子之歌禹德，檜曹之慨周京，固莫必其言之無斁也。洪惟我太祖高皇帝，嗣趙宗隕穫之後，九十餘載，生民之心氣蕭散希微，欽承上天起枯澄垢之心，握天戈，驅匪茹，清之以秋，呴之以春，中區不齊之萬族，滌然若江流之蕩泥滓。衣冠禮樂，施於紘垓者，二百七十有七祀。八政修，五典徽，彬彬秩秩，珍其品彙，以別於內趾蠕動之蚩迷。嗣聖雲承，紹修人紀，覲文降德，旌別羣生之靈秀。續萬祀之絕紐，啓百靈之久蟄，自有天地以來，莫與匹亞。固宜含齒戴髮之倫，生死沐浴于覆幬之下，未有能諠者也。夫昊天之恩，無間於存沒。故愾乎有聞，僾乎有見，怵惕自中而莫能遏抑，奚必躬承進御而始爲瞻慕。斯則洛汭行吟，下泉寤歎，以視益虺敷勗，情文倍蟄，奚但馬班之拾掇已乎！忱不忘於寢夢，固殫心竭慮而不宣其百一，抑亦盍各舒情以詔方將，俾知天之不可逸於其懤，明之不可瞖以其陰。爰作繹思一篇，導幽滯之亙衷，不隨湮沒，絜諸往昔，詞同意異。期以肅告於昭，抒其戀慕云爾。

粤若稽德，隆殺攸甄，豈不以其時哉。沿姬宗，泝姚姒，欽若乘御者，皆徂自侯服。磐漸于逵，相乘遒上。雖云玄矩，道絕欲從，抑因仍互王，沿涯循涘，以臻既濟，匪後起之攸藉也。然則居一王之宇，選美掄功，固將近迹炎劉，以爲度量也矣。且夫隴西擢爲天胤，天水陟于龍造，亦克卜世逾量，皈心屈遠。抽穎之士，咀芳屬草。迨及衰晚，猶或髣髴光影，追惟遺潤。太元之甲，陳橋之訌，台有口實而爲之函隱，固擇德言者所弗過訊也。是故東三五之餘迪，惟宜辟允。諶有漢閎世而無殊議，豈非以肇自鄉亭，彝倫罔斁，息滔天之羸水，拯厥沈浮，登之津涘也哉！夷考六王熄，二周燼，五服頽而三戶憤興。然灞上繫組之童昏，固柏翳之令胄賓于虞門者也。尉侯一揆，胡越屏息。閨門肅貞，懷清有秩。天維皇然其未傾，地埒犂然其未圮。藻火耀于裳衣，倉籀衍于圖史。徒以匹夫眕怒，崇旦而俾卽于毀，則大澤踵呼，彌年蹀血者，匪馮生之景命，所爭續絶者也。穆惟聖祖，錯周綜漢，研端審緒。匪受錫于黃鉞，罔襲義于縞素。天睨我九域，潸然悼其黷黜。爰錫元子，崒嵂槮蕭，若巨海之孤峯，撐雲戌削，祥光兆映，哲士知歸。不賫成旅之輔，手秉天彝，刷江淩淮。專城巉嵯，耀其仁威。而殪諒俘誠，派流歸一。於是麾指北街，與天合符，神狐效其先驅，□貐駾于朔藪。不殺之武，隨頤指以奠神都。自涿野觀兵□放未有斗樞靜握，鐫珥銷徂，如斯尤然者也。元精亭毒，寵殊華民，而消長盪乎氣遷，帝靡克貞以護靈苗。俾□莠竊沙陀，始□朋以其羣，揖晉三豎，浸淫相躡，燕雲始潰，中濫于汴洛，終淪于杭海。帝且侘傺無俚而頽焉。枵餒百千萬祀之沈□投于一人，匪甚盛德，罔不逡巡。而春容撝蕩，斂氛瀹曀，以昭蘇於清晏，北苗誅奄，撻荆驅虜之偉伐爛焉。演於章句者絜以方，斯一曦光之於星漢矣。於時珠斗旋於始和，銀潢澄其清露。六冕登而褫貙貐，五輅乘而輟馳騖。士雝民愘於大昕元日之令辰，游泳以歸於羲軒之故宇。晝漠內謐，航澥外慕，偃兵肆雅，雲仍嗣祖。以忘帝力者，厥性咸若而罔測其故。吏循漢律，儒依宋經。

曠焉浥焉，氤氳於太虛之和，登進乎百昌之精。忱不諜已斬之綸維，獨絲重繫，爲樂之至於斯也。重離纜炤，亙于裕昆。軼文子，越湯孫，舒夷闡緩，矗焴炫緼。稽天以若，享秩無文。假敬推恩，衷仁襮禮，天札不輿，禜雩輟紀。漸榑桑，迄虞淵，朔南逌曁，由六尺以抵耆年，憯定逍遙于神皋之寥廓，咸捐識知之歧塗，以順夷行于聖鑊。洋洋乎無聲之樂，因八風而吹籟，藉使矜功之辟，逢美之臣，邂逅餘光，必將炫金根，揚雲罕，勤輟耕之夫，走警鼜之士，登頓陂陀於云亭汾脽之址。捄土部婁，刑石翠微，掞華㬰藻，猷其永垂，而臣僚恥晉七十二后之諛聞，以緼美於偏德之心而涵其不顯。於戲！蒙不諗蜚循之代，迄乎豐鄗者，登降奚若，惟皇天不昧其睠鑒，操獨契以相度，詎能引豐沛之已蹟，爲相殺錯也哉。夫函文不耀，藏於沕穆，道之盛也。韔伐不張，韜於醇懿，武之競也。敬昊無文，愼其禋享，仁之竺也。銘心紬辭，依于昭質，風之靖也。則文園之遺書，蘭臺之薦帙，祗益其怍，而以參伍巍蕩之無名，固不待勸於淫泆矣。若迺頫卬今昨，昭昧不爽者，在函輿之攸奠，則夫揮散煙壓，疏理蒼赤，封樹坊埒，爰抍華族，昭回于上下，震疊于纖弱，豈緊有心而於焉忍射也。夫籥韶穆耳，逌臣得其音響；河洛安宅，異代感其疏排。矧伊浴仁波，茹聖藻，沃於肌髓者，其克闕心於昭炯之永懷邪。以眡古則不讓，以俟後則不疑，以答蒼旻則功延於穆，以詗叟穉則恩浹荒涯，詎可諼諸而息其遐思於有既也。

連珠二十八首

連　珠

蓋聞銅山雖應，瓦釜不鳴。嶰竹非均，葭灰何感。蟻駒善達，難通窒曲之珠。雛鶴能鳴，猶選在陰之和。是以襲生亢志，莫諧楚老之心。惠子狂言，顧愜濠梁之賞。

蓋聞嘉穟盈車，非擅萬斯之利。名駒千里，猶邀一顧之榮。材有讓乎猶龍，道有超乎維寶。是以功加眉睫，大匡之器猶微。風起丹青，百世之聞不鮮。

蓋聞冷風和而響逸，天鈞遞乎女絲。甘雨降而流長，物潤深乎抱甕。百昌有所自興，八音有所自兆。是以傅說符星，先遜心於河上。董生致雨，夙屏迹于園中。

蓋聞附形者影，形卽蔭而已藏。動草者風，草入飈而不遠。知合離之異致，斯文質之同宣。是以專己保殘，莫喻斲輪之巧。道存目擊，方收伐輻之功。

蓋聞勁草不倚于疾風，零霜則變。青葵善迎于白日，宇曖斯迷。故天籟無假于宮商，貞筠不爭于柯葉。是以壽者之恭，火滅而矜其鞶帨。幽人之坦，途歧而範我馳驅。

蓋聞矜容者有經日之芳，工歌者有彌旬之韻。質已逝而風留，絪緼自合。聲已希而氣動，繚繞尤長。是以虞夏之心，益焜煌於北海。丹墳之業，不隕穫于嬴秦。

蓋聞盤盂之水，能涵萬仞之山。膚寸之雲，遂洒三途之軌。下知上者，維澄而遠。高臨卑者，以妙而均。是以至人懸今以待後，挹取聽之物求。哲士類古于方今，感觸如其面覿。

蓋聞金注移情，猗卓之容不徙。寶劍奪目，晉鄭之鬒已凋。故博有祗以禦窮，而非任難于自保。是以卮言日出，徒銷堅白之鋒。守口如瓶，别有通微之致。

連珠有贈

蓋聞晴徹微霄，密譬應龍之雲想。寒凝沍宇，已生青皞之春情。八表待一人之幾，萬古集斯須之念。是以先天無惕，氣有動而必開。首物不驚，時當機而必協。

蓋聞物生於氣，韶風唯昌綏之宜。位定於天，崇嶽示防閑之則。先聲不爽於玉衡，蟲魚且應。大矩不迷于璇表，星日咸安。是以洪流未乂，后夔不以虛器而不吝。風雨方搖，史佚不以浮文而弗御。

蓋聞元霄欲授，榑桑之耀景初收。甘雨將來，鳴葉之孔威必振。勢極重者反不得輕，天化無因循之待。情已函者應無俟定，羣心在俄頃之間。是以陸子昌言，必矯先秦之滅裂。魏公辰告，力爭五葉之遷流。

蓋聞小者大之具體，九洲一亞旅之情。輕者重之本根，三代止晨夕之事。導千縷以持，經緯焉皆就。積羣柯以蔭，本枝乃彌昌。是以薪槱備理，豳吹叶婦子之歡。牡菊分官，周廟奏肅雝之頌。

蓋聞民生於勤，勤至則大勞自息。禮成於儉，儉行而至美宜章。翕終年於一日，可以千秋。析百物於微端，遂諧萬事。是以閟鴻雁之悲歌，必覃思於究宅。奠竹松之燕寢，遂永奠於攸芋。

蓋聞隴登黃茂，商飈先剛銑之淸。柯熟朱櫻，梅雨益蕭寒之滌。蒿艾盛則損芳荃，相凌以氣。鷗皇至而賓鳩鸞，相長以權。是以炎火在原，不傷慈於田祖。霜鈇普震，實敷惠於嘉師。

蓋聞心量無垠，筵九埏而郭萬國。仁威不試，伏五服而釐羣黎。氣不知其自消，繁雲無期而斂。機忽忘其所用，曾冰有候而暄。是以謙書南誥，海人謝黃屋之狂。巽命東馳，傲帥失紅陳之富。

蓋聞操萬斛之舟者，獨運恆安乎晏坐。伐千章之木者，揮斤不藉乎羣呼。轂轉無留機，憑軾之軸自止。羽飛有迅理，鞏跗之指不行。是以成都桑畝，龍以臥而成雲。杜下春臺，鮮不撓而薦鼎。

蓋聞圜丘九變，密移在縱斂之間。宣榭千尋，函受但合離之際。燕居淸迴，雲雷之動恆盈。朽馭飄搖，冰鏡之涵自定。是以鷹揚百戰，陳書但義敬之微言。龍馬多占，觀變一貞明之靜理。

蓋聞鬱賚百築，黃流非芳草之能。璧藉羣文，虹氣在組紃之上。天欲治而生治人，人尤待治。士隨時而乘時化，化必需時。是以鼓鐘改韻於豐宮，瑟柱之調必夙。圖笈載陳於東觀，芸香之辟尤嚴。

蓋聞無情者不可使有氣，待黃鳥而鳴春。無氣者不可使有情，期蒼蝓而召雨。勸威作氣，勸威盡而勇無餘。祿賞移情，祿賞窮而仁不繼。是以等威天險，積培塿而泰岱干霄。于喁人和，應宮商而韶音合漠。

蓋聞咸若之理，原安原而隰安隰。不言之化，動應動而虛應虛。縱游儵于淺渚，神龍自至其淵。養散木於遙岑，社樹必豐其報。是以商宮之夢，不數用其旁求。富渚之綸，遂永扶於風敎。

連珠

蓋聞勢之所拒，非無利用之資。情之所攖，自有獲心之樂。達士因撓以成功，庸人喜同而失順。是以魚銜波而上，不損其鱗。鳥遡風而翔，全用其羽。

蓋聞魚目未欺，詎識隨珠之寶。龍淵在握，無傷蛟室之遊。審畏途者，乃遵周道之安。歷朔風者，益就春陽之曝。是以命適周之駕，始知杜下之非龍。下過楚之車，不鄙接輿之歌鳳。

蓋聞名言所絕，理卽具於名中。意量所函，變可通於意外。膏非燄而燄待膏明，鏡無形而形生鏡內。是以經綸草昧，太虛不貸於雲雷。麗澤講習，君子必恆其教事。

蓋聞歲差以漸，歷虛斗而在南箕。河徙無恆，合濟漯而奪淮水。害已成而不可挽，挽則橫流。道已變而不可拘，拘斯失算。是以阡陌旣裂，商鞅暴而法傳。笞杖從輕，漢文仁而澤遠。

蓋聞修竹產於懸岑，時憂冰折。幽蘭藏於密箐，不受霜欺。犀帷沐月，乃辟遊塵。蟈厭喧春，必焚牡菊。是以歡諧啜菽，恥經勝母之鄉。化被鳴琴，愼簡父兄之事。

蓋聞雲有合離，無礙青旻之迥。辰分昏旦，難留□□之餘。故□□□□□□□□□□□□是以達人貞觀，唯修撥亂之書。君子固窮，自□□□之世。

蓋聞死生一，則神龍等視於蝘蜓。耳目淫，則山雞幾驚爲威鳳。然而拚蜂有戒，必謹尊生。抑且鳴鶴在林，無嫌好爵。是以愼冰淵之手足，乃可雄入于九軍。懷霜雪之姱修，非以好名于千乘。

蓋聞業有待於傳人，無殊衒玉。道有需於倣古，終哂效顰。前百世而後千春，誰爲知者。抱孤心而臨五夜，自用悄然。是以花無異采，非仍用其落英。水有同歸，不豫期於後浪。

薑齋文集卷二

傳二首

石崖先生傳略

吾兄之先我而逝也，意者其留夫之之死，以述兄之行歟？不然，何辜于天，而使煢子荼毒之至此極也！兄遺命以狀屬孤姪敔而俾夫之潤色。乃夫之有識而侍兄，先於敔者十餘年，敔所未及知而夫之知之。患難流離，敔有時而不與，則有餘地以聽夫之之述。自顧衰病奄奄，血氣盡而僅有心存，且懼心之日散，而不可旦暮待，故哀緒未寧而急於述，乃述吾兄之難也。所可言者，敔所未知者耳。過此則有不能言、不忍言、不欲言者，乃兄之所以爲兄者在是。而既不能不忍而不欲矣，其餘固非兄之所以爲兄者，而奚以言爲？雖然，敔所未及知與所未與者，涕笑皆神之所行，逡巡皆氣之所應，固可於此得吾兄□□□□共貫同條之精爽。請言其略焉。吾先子之得兄也，年三十有七，先妣亦三十矣。惜兄甚，而兄幼端凝淡泊，食淡衣麤，更以爲適。與兩從兄，自鬬草騎竹，以至就外傅，皆未嘗一語失敬愛之度。依叔父牧石先生、叔母吳太恭人，無殊於父母。冠昏後，且生子授生徒矣，對叔父母未嘗不以乳名答也。仲兄稍長，同席受讀，而仲兄病幾痿，兄調護扶掖，齧指以受鍼艾，仲兄賴以愈，而卒以文章名南楚，無一非兄曲意怡聲，亹亹講說以成之者。若夫之狂娭無度，而檠括弛弓，閑勒逸馬，夏楚無虛旬，面命無虛日者，又不待言。昌啓間，先君子徵入北雍，家僅壁立，兄於世故，雅不欲涉，而戢志以支補者，唯下帷畫粥，敦孝友爲族黨鄉鄰所推重，而家以寧。念先君子之留滯燕邸，苦寒善病，歲時晨夕，無歡笑之容。嘗記庚午除夜，侍先妣拜影堂後，獨行步廊下，悲吟「長安一片月」之詩，宛轉欷歔，流涕被面。夫之幼而愚，不知所謂，及後思之，孺慕之情，同於思婦。當其必發，有不自知者存也。先妣有心痛疾，舉發則彌旬不瘳，夫之既羸且惰，仲兄亦多病，扶掖按摩，寒暑晝夜，局曲於牀褥間，十餘夕不寐，兩三日粒米不入口以爲恆。凡事先妣三十餘年，以掩覆夫之不孝莫贖之罪者，皆兄慈雲仁蔭之恩也。兄爲學篤敏，十六補弟子員，餼於庠者八年。自萬曆末，時文日變，始承禪學之餘，繼以莊列管韓之險澀，已乃效蘇曾而流於浮冗，迨後則齊梁浮豔，益趨淫曼。兄獨守家訓，一以鄧黃李鄒爲典型，而□整雅，則直追夏官明胡思泉之高躅。一時文章鉅公，推賞者不絕，而杜門不一投謁。在崇禎末，人士以聲譽相高，騰竿牘、徵秋課者徧海內。兄一無所醻酢，闇然如巖穴之士。嘗愴然謂夫之曰：「此漢季處士召禍之象也。文章道喪，不十年而見矣。」己卯以乙榜詔入太學，時以六曹策士，雋者即授美除，同舍皆氣矜競獵。兄以父母老，亟請告歸未允。諸同舍以旦夕釋褐相留，兄尤憎其躁競，曰：「吾焉能一日與奔鶩者伍！」遂拂衣不請而歸。憶鄉前輩歐陽正暘翁自北歸，持兄家報，夫之往領焉。歐陽翁曰：「伯兄無日不垂思親之淚，吾誘以弈，至三兩局，則淚滴罫中矣。」歸而謝絶人事，授生徒以佐菽水。郡守墨而酷，諸紳士畏其威，其生日釀金爲軸，欲製文祝之。屢以强兄，兄瞋目對衆大言曰：「不能惡惡如巷伯，而更賦緇衣乎？」衆皆縮項，面無色，兄談笑而去。壬午舉於鄉，錄文呈御。計偕至南昌，楚中亂，遂同夫之歸。是時觀察全椒金公，念吾兄弟貧甚，欲爲治北裝。邑有劣而梟者，按法當死，公屬意令餉吾兄弟千金活之。其人來懇，兄顧問夫之曰：「何如？」夫之答曰：「此固不可。」兄喜見於色曰：「是吾心也。」或曰：「千金不死於市，豈能必彼之不幸免乎？」兄又顧夫之微笑。夫之曰：「吾安能令其必死，但不自我可耳。」兄曰：「此人逸，他日禍延於鄉黨。雖然，吾謝吾疚而已。子言是也。」遂峻拒之。其人他請得釋後，果一如兄言。凡兄之所以教夫之而相砥礪者如此類，不能毛舉也。張獻忠陷衡州，索紳士補僞吏。吾兄弟以父母衰，不能越疆，望門無依，賴舅氏玉卿譚翁引匿南嶽蓮花峯下。賊購索益急。匍伏草舍中，兄忽亟向野人問黑沙潭之勝，欲往遊。夫之不解兄意，曰：「此豈遊山時耶？」兄笑曰：「今不遊，更何待？子豈能不從我遊乎？」已而私語夫之曰：「更何處得一泓清淨水，爲我兩人葬地耶？」當是時，夫之回眄，見兄目光出睫外如電，鬚髮皆怒張。會日暮，家奴遽報先君子爲邏者所得。兄聞之，欲出脫先子，而沈湘以死。夫之知兄耿介嚴厲，出且與先子俱碎。夫之所舊與爲文字交者，黃岡奚鼎鉉陷賊中，知吾兄弟必不可辱，曲意相脫。夫之乃剺面刺腕，僞傷以出，而匿兄以死告，先君子乃免。夫之亦隨宵遯。當夫之出時，兄藏繩衣內，待夫之信，即自盡。夫之既免先子而自免，乃不果死。然則棲遲荏苒，年逾八袠，而死于林巒之下，非兄志也。豈曰未嘗受祿，而遂可生哉。

故其題座右曰：「到老六經猶未了，及歸一點不成灰。」自此以後迄于今，則所謂不能言、不忍言、不欲言也。不欲言者，天地之生人均也，我兄弟亦僅與人而爲人也。賢且智，疏通而剛勁，倍蓰什百於我兄弟多矣。我兄弟所以自問者，非有殊絕不可及之事，而奈何沾沾以自言，且恐人之無或聽也，則欲言而汗浹於背矣。不忍言者，使我兄弟前此而死，卽幸而爲士，又幸而食祿，亦與耕鑿屠販之人不相爲異。天之不弔，乃使我兄弟若有可言者，是幸天之異以自異也，而忍乎哉！不能言者，我兄弟之苟延視息，哽塞如遡風，而終老死于荒草寒煙之下。不知者，以爲窶且貧，而不釋熱中之憾，卽邀惠於知者，亦以爲如是生，如是歸，愚者之事畢矣。夫孰知我兄弟之戴眉含齒，抱餘疚於泉臺也。故置吾兄於箕山吹瓢、桐江垂釣之間，而兄不受；置吾兄於神武挂冠、華頂高眠之間，而兄亦不受。悠悠蒼天，蕩蕩黃壚，抱愚忱以埋幽壤，吾兄弟之志存焉。顧卽兄遘愍以前，惻悱天極，孤高嶽立，爲夫之所侍函丈而習知者，以髣髴之。性，一也；情，一也；勃然不中槁之氣，一也；不縱步於康莊，自不冥趨於骫骳，夫豈有二致哉。留夫之於衰病之餘以述兄者，止此而已。投筆欷歔，知遺忘之尙多也。第三弟夫之譔。

孝烈傳

雙髻外史曰：吾避戎上湘，湘之人競相告曰：「洪子揮利刃以斸髻首，女彭抱嬰兒而赴水。」余諗之良然。盈目皆忘恩畏死苟圖榮利者，而能稱道弗絕，人心固不容泯也。亟次所聞而傳之。

洪孝子者，問其名不得。祖懋德，以孝廉仕縣令。父業嘉，字伯修，補文學，喜交游吟咏，與湘人士龍孔蒸歐陽淑稱湘三詩人。□□丁亥春，湖上墮守，降將王進才之兵鞭督師潰掠而走湘西。湘西之地曰觳水，林箐深險，伯修奉母匿峻谷中，獨與姊壻瀏陽胡某坐谷口茅舍中，訶音息。胡某者，故貴公子，裘馬甚飾，偶客於此。伯修有老獠奴曰家祿，不知何以憤怨其主人。逸出，故與兵遇。告兵曰：「從此越叢薄，有谷口茅舍，胡洪兩公子在焉，多金有好馬，可襲取也。」兵如其言，執胡某及伯修，索金無以應，索馬馬盡。兵怒曰：「適一老漢，黑而傴，言若爲胡洪兩公子，多金多好馬，而不與我邪！」遂殺伯修及胡某。當其時，有小奚奴匿積草中，具聞之。孝子時年十五，閱旬日，兵定，乃行哭求尸斂之。求父所繇遇害不得，晝夜悲號。小奚奴憐其骨立，乃具以告。孝子遽起掩小奴口。故慰勞家祿，攜之至伯修母孺人所，長跽泣血以請曰：「某將手刃此賊，不敢不告。」孺人以某稺弱，狎其言，未應。明日復攜奴至伯修殯次，捽奴跪殯前，呼小奴出證之。奴且諒其無能爲，漫應曰，兵執我，我不如此云，我死矣。」語未絕口，孝子先淬一利刃藏殯帷中，至是急斫之，奴首已墮地矣。遂刲其心置筵上，退就位，號泣以告於殯。血流殷衰，旁人怪叫，孝子母驚出視之，大駭仆地。孝子掖母入，温言慰母，神色不變。孝子素清羸，髮方覆額，長不滿五尺，奴故獰，揮刃俄頃，頭隕胸疈。人羡怪之，以爲有神助焉。余嘗交伯修，欲求至孝子所，弔慰之，道阻不達。唯習聞湘人之言，百喙如一者若此。

雙髻外史曰：神勇者死而忘乎慮，性勇者慮而決以死。夫慮至，則勇且衰矣。慮而能勇，勇矣哉！唯絕慮者，能以慮勇。要離菀勃，焚其妻息。伍員從容，寄帑後從。其致雖殊，均慮效也。

上湘有鄉曰梓田，王氏世居焉。丁亥春，長沙巡使趙廷壁率所部兵潰而西，縱使大掠。彭烈婦者，田家女也。適王氏子，有一子，方晬。兵猝至，烈婦與其姒及一婢皆被執。烈婦姿容獨粲，兵睨而謔浪之，烈婦赪然而怒。已而正容俯首而思，良久而定。拊其姒曰：「吾知所以處此矣。」姒曰：「何若？」曰：「死耳。」姒曰：「我焉用死，獲而縶者，豈徒我兩人哉。」烈婦笑曰：「此非而所知也。我未即死者，此一歲子無所託，將踐蹂之，或豚子置之。姑與夫不可得見，將誰授邪？誠不忍其踐蹂，且先決絶此，而吾自處易矣。」其子時在婢懷抱中，遽起，奪而趨之池畔，投子水中，戟手呼曰：「吾無所復念矣！」躍入池水死。其婢後得釋歸，對其家人言如此。死三日兵去，尸乃浮出，不脹不䵟，貌如生。

外史曰：此夫勇而能慮，慮以生勇，善慮而力勇者與。嗚呼，豈不賢哉！

行狀二首㊀

顯考武夷府君行狀

家世自太原受族以來，中衰無傳，泝先君子而上，十世祖驍騎公，爲直隸揚州府高郵州人。元末起兵，從高皇帝定中原，累功授世秩。驍騎公配馮宜人，生輕車公諱全，以靖難功，擢懷遠將軍輕車

㊀ 原刻本「行狀二首」項下，先君子行狀有目無文，衡陽刻本補遺卷二有此文，題作顯考武夷府君行狀。譚太孺人行狀一文，與補遺之顯妣譚太孺人行狀文字亦有不同。今將補遺兩文移此，而以原刻本譚太孺人行狀附後。

都尉，世衡州衞指揮同知，遂籍于衡。配朱淑人，生嗣輕車公諱成。配崔淑人，生嗣輕車公諱能，咸以忠勤世其令緒。配劉淑人，生護軍公諱綱，別號毅菴。忠勳益懋，奉命採木西川，建南嶽神祠，恪愼底成，詳商文毅公輅碑記。從都御史秦公金討郴桂峒賊，爲中路總統，拔賊砦，蕩平之，詳皇明世法錄。累功晉驃騎將軍上護軍，歷江西都指揮使。公配崔夫人，生上輕車公諱震，別號東齋，掌衞事戎兵克詰，尤篤志經術理學。時莊定山先生昶謫官湖南，公與講性命之旨，雩壇唱和，見定山集中。累遷昭武將軍上輕車都尉，歷柳慶參將。恩綏威鎮，峒蠻戢服。家世以武功顯，束修文教，絃誦不衰，則自公始也。公元配常恭人，生上護軍公諱翰，字直卿，爲定山門人。補郡文學，已乃拜世秩，累官都指揮使。上輕車公次室鄭太君，生一山府君諱寧，配趙太君，生學博靜峯公諱雍，惇篤不隨世好，以文名著南楚。由歲貢薦授武岡州訓導，遷江西南城教諭。配毛孺人，生少峯府君諱惟敬。崇志節，尙氣誼，隱處自怡，出入欬笑，皆有矩度。肅飭家範，用式閭里。配范太君，生子三。先君子居長。仲父牧石翁諱廷聘，字蔚仲，文名孝譽，與先君子頡頏，晚退築幽居，吟咏自適，詩紹黃初景龍，視公安竟陵蔑如也。季父子翼翁諱家聘。二叔父皆補郡文學。先君子諱朝聘，字逸生，一字修侯。以武夷爲朱子會心之地，志遊焉，以題書室，學者稱武夷先生。先君子早穎夙成之質，不孝兄弟生也晚，不得見。先生長者詳爲稱說，唯孝友天植，無間於族黨之揚詡，祗今流傳未艾。少峯公嚴威，一笑不假，小不愜意，則長跽終日，顏不霽不敢起。每燒鐙獨酌，令先君子隅座吮筆作文字，中夜亹亹無怠色。晨昏問起居，凝立戶外，不敢踰梱限，傾耳聽謦欬平善，愉色蹐足而退，率以爲恆。少峯公中年遘暴疾，素剛果，厭人呴嫗，雖自知不起，而不欲以環繞悲號處生死。屏人獨坐，既不獲侍左右，則匿壁間私候，泣血不敢發聲。迨及卒，抱持搶地，勺水不入口者三日，毁瘠骨立，成羸疾，迄耆耋不瘳。范太君有寒欬疾，按摩承涕唾，三十年如一日。永訣後，奉唾盂涎血，擁之而泣者數年。少峯公素不屑治家人產，及大故，囊不名一錢，先君子獨力經營。至哀所感，諸具榛合，蜀材吳綿，隧甃豐碣，盡誠信而弗悔。太守李公燾嘉與爲表墓焉。范太君之沒也，先君子方授徒衡山。病革，報者至，薄暮借一馬馳歸。素清羸，不閑控馭，所借馬抑駑鈍，且哭且馳，馬忽驚，迅追風，三鼓已抵家。迨及屬纊，盡力以營大事，一如少峯公。從稱貸既廣，竭力以償，凡十年未嘗一飽食一煖衣也。至孝爲通國所稱，不以一事一行表異，故亦無詳識。唯內從母氏，外聞之族長姻亞者，其略如此。不孝兄弟所及見者，歲時張大父母遺像，設几筵，日侍左側，依依如孺子。或有詔語於子孫僮僕，皆下氣怡聲。及薦酒脯，淚盈於睫，每拜掃塋兆，必涕下霑衣，四十年一如新喪。與仲父牧石翁，白首歡笑如童年，每相對晏坐，神怡心泰，疾病憂患，一無變容。季父才性曠達，頗事嬉遊，畏先君子如嚴父，而終不以辭色相詰誡。規正之意，寓於和懌，故閨庭雝穆，爲闔郡師表。若先世所遺薄產頃餘，取磽确而讓甫田，尤不在先君子意中，不足記述者也。先君子少從鄉大儒伍學父先生定相受業，先生授徒殆百人，先君子爲領袖。雖從事制義，而究極天性物理，斟酌古今，以發抒心得之實。試郡邑，爲邑侯胡公所首拔。會胡公不善事上官，學使者甚之，故相詘抑。郡屬九長吏合薦不得，胥爲扼腕。明年邑侯王公宗本廉知才望，三試皆特拔，乃補郡文學。蹻屩負笈，東走安成，北渡齊安，以質所學。歸而下帷，經月不就枕席，兩目皆赤。當萬曆中年，新學浸淫天下，割裂聖經，依傍釋氏，附會良知之説。先君子獨根極理要，宗濂洛正傳，以是七試鄉闈不第。逮天啓初，禪學漸革，而先君子年已遲暮矣。辛酉闈牘爲繆西溪先生昌期所賞拔，副考以觸其私諱置乙榜，用恩例入北雝，乃罷舉。而所授業先舅氏小西譚公允都、節菴歐陽公瑾、貴陽丹鄰馬君之馴，先後登賢書。節菴公冠楚榜，丹鄰以春秋冠其鄉，陳大士大行稱其學有淵源，皆先君子崇尚正學之教也。先君子食止一盂飯，飲酒不盡一琖，衣無綺縠，嚴寒不親鑪火，泊然無當世心。遊歷吳楚燕趙，不以衣裾拂貴介之門。同郡清卿陳公宗契、零陵蔣公向榮，皆以德量推重，而報謁之外，無私造焉。大金吾洛都督思恭請引入纂修，堅辭不就。顧屢試有司後，以北雝上舍授迪功郎散秩，無厭薄心，人皆不測。偶與仲父言：「吾豈爲是濡需者，念家世棨戟，徒受儒術，少峯公所業不就，每自怏悒。冀得一命恩綸報泉壤，生不能爲奉檄之喜，尙補夙心於百一耳。」言已輒爲泫然。及銓法大壞，非倖不得，謝病投組，恥循捷徑，遽返林泉。則申命不孝兄弟曰：「吾不能辱己以邀一命報父母，汝兄弟若儌半綰，必不可使我受封，重吾不孝。若違命相縻，陷親之罪，汝無逭於兩間也。」嗚呼！天崩海涸，介之以青衫終老，夫之褱創從王而不逮覃恩之期。以此仰酬吾父之言，亦有自然湊泊，與吾父赫赫明明之遺志相脗合者乎。先君子早問道於鄒泗山先生，承東廓之傳，以眞知實踐爲學。當羅李之徒，紛紜樹幟，獨弢光退處，不立崖岸。衣冠時制，言動和易，自提誠意爲省察密用。閒居斗室，閉目端坐，寂然竟日，不聞音響。

憂患沓至，晬容不改。不怒不叱，大喜不啓齒而笑，則不孝兄弟自有識以來，日炙而莫窺其際者也。所受於學父先生者，天人理數財賦兵戎，罔不貫洽，而未嘗一語及之。曾聞之舅惺歆譚公，言與釋憨山德清辨率性之旨，淸爲挫屈。夫之舉以請問，微哂不答。凡洗心退藏，不欲暴見者類如此。不言之教，淵澄莫測。非但以不孝兄弟頑不若訓而故遠之，凡接人弗問賢不肖，壹以靜默溫恭使自愧省。里中有無行青衿干有司者，不敢以巾衫籃過衡門，必迂道往還。所授徒有行不類者，及謬持邪解者，終身不敢見。鄰有宦家子仕州縣，不戢其僕從，囂陵市肆，聞先君子履聲至門廡，則匿避恐後。後遂革而與閭里相安。晚歲謝病歸里，以中裀爲穹谷，郡邑長吏，聞風請見，皆稱疾謝絕。親知後輩非以學業見，不得望見顏色。而迄今數十年來，語及先君子，無不追慕含戚。所以感通，固非不孝兄弟所可億度也。歲丙寅大疫，學父先生及舅氏小酉公皆染疾不起，其家人子弟爭匿避去，先君子獨日夕躬省，不離牀榻，執手以待瞑。嘗遇盜于良鄉，下馬凝立，神色不變。盜爲愕眙而去。張獻忠陷衡州，句索不孝兄弟充僞吏，日投人水中。先君子爲里魁脅執，出手書，戒不孝兄弟，言此自我義命，汝兄弟萬勿以我故，荏苒作偸免計。至郡則易衣履，將投繯以堅不孝兄弟之志，會夫之所識黃岡奚鼎鉉陷賊中，爲保護得緩。夫之乃殘肢體，出扶先君子逸去。逮丁亥病革，遺命以南嶽蓮花峯之麓，幽迴遠人間，必葬我於此，勿載遺形過城市與腥臊相涉。蓋於死生之際，毅然無所卻顧類如此。素志不肯著書以近名。夫之稍與人士交遊，以雕蟲問世，每蒙訶責，謂躬行不逮而亟於佝口，孺子其窮矣。嗚呼！奉者不恪，既不能自立不朽，而家學載之空言者且將無託。吾父之言，炯若神明，一至此乎！又嘗謂子孫不能通六藝者，當令弱者習醫，愚者習耕，不可令弄筆墨，以售其不肖。吾宗籍衡十世，未嘗有此。不幸而或然，血胤其危矣。此則屈高懷而下謀敗類，不敢不敬述之，以詔後人者也。先君子所著文字，多自焚棄，經亂以後，微言益絕，記憶規製大槩，在孫月峯馮具區之間，清和微至，非經生之業也。詩筆約倣儲王，亦不恆作。興至微哦，不以示人。夫之僅從卷尾見過應山頂一絶句，又於故笥中見與歐五德翁及釋藏六支唱和一箋，及再尋誦，先君子已焚之矣。凡夫之所受命於介之，略爲記憶者止此。其他鞠孤甥，收族衆，矜容愚橫，與夫一蔬寸縷不受非義之汚，自遊庠序，迄於歸老，不以一牒尺刺入公門，不敢瑣述以拚大德。而潛修密用，又非讕議所能闡發。情迫於三十餘年，辭窮於一旦，哀哉！先君子以隆慶庚午十二月朔日中時生，得年七十有八歲。□□丁亥十一月十八日卯時，則不孝兄弟天崩地裂求死無從之時也。先配綦孺人，寧遠敎諭綦公文佳女，生長兄，未命名，夭。繼配先孺人譚公諱時章女，生子三：長介之；次參之，弘光恩選貢生，先先君子三月卒；次夫之。介之娶歐陽氏思恩府同知丙子歲貢生珠女，生子一，敞，乙酉補邑文學。女一，適文學蕭鳴南子式。參之娶蔣氏文學大操女，生子二，敉、致，皆夭。夫之先娶陶氏處士萬梧女，生子二，長勿藥，夭，次攽。繼娶鄭氏襄陽吏部尚書繼之孫文學儀珂女，生子一，敔。側室女一，適文學李報瓊子嚮明。敞先娶鄒氏，生子一，生祁。繼娶李氏舉人李孟韶孫文學維翰女，生子一，生郊。女一，未字。攽娶劉氏文學劉近魯女，生子五，若、茲、蒼、蘧、萬。女二，長適兵部尚書劉堯誨嗣孫克謹子法忠，次適文學熊榮祀子時幹。敔娶湘鄉舉人劉象賢女，生子一，范。女二，長許字邵陽文學羅琏子智大，次未字。生祁娶文學杜焌女，生子二，綿、續。女一，許字蕭僑如。若聘酃縣文學周士侃女，范聘文學唐克恕女。先君子之封，在衡山縣崇嶽鄉蓮花峯下曾家灣，首艮趾坤。謹泣血以狀，歲在癸亥仲冬，不孝季男夫之狀。門下後學邵陽劉永治塡諱。

哀哉！不孝兄弟之罪通於天也。鮮民罍恥之年，正故國天崩之日。伏念先君子履道之貞，表章無託，忍死窮山，屬目靡騁，亦俟有日者，獲從當世之君子遊，以紀幽光。而待之三十七年矣，昔之孺子，今已衰朽，□□□□□□□介之乃泣命夫之曰：「以介之幸而事親較夙也，髣髴先君子可見可知之應跡，視爾差詳焉。而先君子嘗以記序之學詔孺子，幾可以言而不溢也。爾其如吾言以狀。雖亡可告語，而函之幽谷，延望於身後，或有俟也。不然，吾與爾旦夕下拂螻蟻，追悔其將何及。」夫之泣血稽首受命，謹狀如右。而墓中片石，則猶翹首四顧，不忍絕望。閱四年丙寅，介之復侍先君於幽壤，夫之欷孤衰老，痼疾弗赦於鬼神，終無可望於人間。迺戒介之之子敞以愚樸略誌而登之石。未幾，敞以哭父死，戊辰冬始藏誌石於岳阡之隧前。石有定制，工無善巧，管窺旣訓，約言益窮。唯茲一狀，稍有倫次。附贅表末。倘澤不永斬，傳於後嗣，尙知先世全生全歸，以道傳家者如此。雖德自不孝兄弟而衰，而戰戰栗栗，日恐陷墜，固先君子明昭型戒，臨愚昧以鞭撻其蹇駑也。己巳孟秋上弦，夫之手錄，時年七十有一。

顯妣譚太孺人行狀

不孝夫之既受命於介之，述先君子狀。遂狀先慈譚太孺人。哀哉！先君子几筵方徹，太孺人遽罹終天之慘毒，抑三十四年矣。不忠不孝之兄弟，偷活人間，弗能率迪慈訓以處一死，而厚載之恩，有心未泯，何能自昧邪。先君子以德威行弘慈，而粹養簡靖，尚不言之教。雖不孝兄弟之頑愚，不能默喻，終不徵色發聲，以施撻戒。每有顛覆違道之行，但正容不語，侍立經旬，不垂眄睞。不孝兄弟，悵罔莫知咎所自獲，刊心欲改而不識所從，太孺人乃探先君子之志而戒不孝兄弟，以意之未先，志之未承也。詳擿其動之即咎，復之終迷，而禍至之亡日也；申之以長敖從欲之不可終日，而不勤則匱之必仆以隕也。發隱慝以鍼砭之，而述先君子之闇修，以昭滌其昏習，既危責之，抑涕泗將之，然後終之以笑語而慰安之。嗚呼！吾父如油雲在天，而吾母承之以敷甘雨。然而伊蒿伊蔚，終爲枯槁，則不孝兄弟之負吾母，尤甚於負吾父也。如是者不孝兄弟胥有之，而不肖夫之早歲之破轅毀犂也爲彌甚，勞吾母之憂也爲彌篤。至於今老矣，追數生平，鬚眉空負，猶然一十姓百家之蚩氓，啄粒棲枝之生類，不亡以待盡也，何敢復述慈範哉！雖然，懿則昭垂，在宗族姻黨者，人不忍忘，固不以爲蒿爲蔚者之弗克負荷而揜令德，姑銜恤以略述焉。凡太孺人之事舅姑也，不孝兄弟俱不及見，但聞太孺人之以身教子婦承事先君子，言當嚴侍之日，祁寒不炳火，畏煙之出於牖隙也；盛暑不撲蚊，畏箑聲之遙聞也；滌器不漱水，引濡巾而拭之；貓犬擾不敢迫逐，擁袂而遣之。每一語及，變孌婡立，對子婦如爲子婦時。及逮范太君疾痛傾背，則淚盈於睫，不異初喪。以此測太孺人當年愛敬之深，知非涯量可窮，哀我生之晚，不及詳見耳。佐先君子之襄大事也，太孺人自不忍言之，無敢問者。但家徒壁立，時先君子勤素業，愼交游，薄田不給饘粥，而愼終之厚，倍蓰素封，稱貸繁猥，一皆酬償。斥衣襆，銷簪珥，固不待言，抑數米指薪，甘荼如飴，以成先君子之孝，又不俟有縷言之者而後知矣。不孝兄弟所見者，先君子十年趨燕，娶子婦，構堂室，終不孝兄弟讀書之事；且潤及宗姻，無乾餱之失，類出於太孺人之撙節，則襄大事時，心專力竭，宵旦不遑，從可知已。

叔母吳太恭人，長太孺人二歲，互相敬愛，四十年如一日焉。迨旣異居，經月不相見，則皇皇訊問不絕，每促席對語，呴呴如兩新婦。從兄玉之，年逾四十，謝諸生，拜世官，冠帶入省，猶手酒漿相勞苦，如撫穉子。季父子翼翁，早未有子嗣，置側室，或頗輕之。太孺人禮待之如姒娣，曰：「令叔氏有子，母卽貴矣。」姑母適范氏，早寡，守志孀居，鞠其子女，恩逾己生，爲畢昏嫁。至敎子婦以寬，畜僮婢以慈，訶叱絕於口，荆笞絕於手，而自然整肅，莫敢褻越。及今念之，不孝兄弟在膝下時，如生時雝之世，春風一庭，靈雨四潤，不知三十年來墮此煙霾中，遂成昨夢也。哀哉！不可復追矣。前母外王父學博綦公晚年尙未有子，太孺人承事敦篤，不異所生。綦公垂沒，待太孺人而瞑。叔祖太素翁罷諸生，落拓無胤嗣，叔祖母朱，井臼不給。太孺人迎養敬事，怡然終老，蓋推事父母者以事綦公，推事舅姑者以事太素翁，誠至而禮洽，亦不自知其厚也。不孝兄弟，遘皇天之厄，癸未丁亥，嬰句索之酷，屢貽母以不測之憂。介之奉母匿草間，茹無鹽豉，病無醫藥，層冰破屋之下，極衰年不可忍之苦，而一意獎礪，俾全蠢螘之節，怡然順受。唯以天傾莫補，人溺無援，邑菀終日，以至於不起。夫之間關嶺表，不得奉臨終之訓，遺命介之，更無餘語，唯歸葬先君子嶽阡之右，遠離城市穢土，協先君子清泉白石之志而已。哀哉！在吾母心安志遂，翛然順命，而不孝夫之通天之罪，固百死而莫贖也。譚宗故籍茶陵，移於衡陽之重江鄉，世爲甲族。外曾祖樂亭公諱世儒，外王父念樂公諱時章，以隱德世修儒業。外王母歐陽氏，贈奉直大夫和之女，年九十三乃卒。舅氏三，長惺欬公諱允阜，以積學老於場屋。次小酉公諱允都，從先君子學，中天啓甲子科鄉試。乙丑會試，以闈牘觸閹黨，置乙榜。次玉卿公諱久琳，補郡文學，篤孝養母，國亡後，棄諸生不就試。從母適文學伍公一盈，遇亂罵賊不屈死，詳郡志。子婦具先君子狀中。太孺人生以萬曆丁丑閏八月二十二日寅時，得壽七十有四，□□庚寅八月初二巳時，介之奉諱于祁陽山中，其明年合祔于先君子之右。歲在癸亥季冬月，不孝男王夫之泣血狀。

己巳孟秋，夫之手錄。凡我子孫，非甚不肖，尙謹藏之。

行狀二首，光緒戊寅夏六月，於井頭江市先生八世裔孫德忠家，見手寫本裝成册者，亟錄副以藏。前一首曾刻有目無文，後一首已刻，字句詳略，間有不同。故仍錄入補遺，以備參考，平湖張憲和謹識。

附　譚太孺人行狀

不孝夫之既受命於介之述先君子狀，遂狀先妣譚太孺人。哀哉！先君子几筵方徹，太孺人遽罹終天之慘毒，抑三十有四年矣。不孝兄弟偷活人間，弗能率迪慈訓以處一死，而厚載之恩，有心未死而何能自昧也。先君子以宏慈行德威，抑且至性簡靖，尙不言之敎。不孝兄弟之奉敎也，不以其不可默喻之頑愚，而多所提命。每有顚覆違道之行，但正容不語，倚立旬日，不垂眄睞。乃不孝兄弟頑愚實甚，俍罔莫知所自獲咎，刊心欲改而抑不知所從。太孺人乃探先君子之志，而戒不孝兄弟以意之未先，志之未承也，詳譎其動之卽咎，善之終迷，申之以長傚從欲之不可，發不孝兄弟之慝於隱微，而述先君子之素履以昭滌其瞖留，既危責之，抑涕泗將之，然後終之以笑語而慰藉之。哀哉！吾父如油雲在天，而吾母且承之以敷甘雨，然而伊蔚伊蒿，終爲枯槁，則不孝兄弟之負吾母，尤甚於負吾父也。如是者不孝兄弟胥有之，而不肖夫之早歲之破轅毀犂也爲加甚，勞吾母之憂者爲加篤。至於今老矣，弗能洗心振骨，自立於鬚眉之下，猶然一十姓百家，啄粒栖枝，不亡以待盡也。德人君子固宜遐棄無稱，雖然，太孺人之懿則未忘於宗族姻黨者，其能不冀望於彤管乎。凡太孺人之篤婦順也，介之成童而游於鄉較，母已逾四旬，夫之成童而游於鄉較，母已望六袠矣，所謂起敬起孝以事堂上者，皆莫能知。但聞太孺人申戒諸子婦承事先君子者，述其事少峯公者三年，酷寒不敢爇火，畏煙之出於牖罅也；炎暑不敢撲蚊，畏箑聲之遙聞於靜夜也；滌器不敢漱水，引濡巾而拭之；猫犬擾不敢迫逐，擁袂而遣之。每一語及，夔夔悚立，對子婦如大賓。及述范太孺人疾痛傾逝，則淚盈於睫，不異初喪。以此測太孺人之事舅姑，非可以意量知者，哀我生之晚而不能見也。佐先君子之襄大事也，太孺人自不欲言之，無敢問者，問亦不答。但少峯公英卓，不事家人生產，徒四壁立，先君子勤素業，乃薄田僅給饘粥，而愼終之厚，倍於素封，稱貸繁猥，卒皆酬償。太孺人銷簪珥，斥衣襆，固不待言。抑數米指薪，甘茶如飴，以成先君子之孝。若不孝兄弟所得見者，先君十年燕趙，娶子婦，搆堂室，終不孝讀書之業，且河潤宗姻，無乾餱之失，類出於太孺人之撙節，則襄大事之時，心專力竭，愈可推矣。叔母吳太恭人，長太孺人二歲，周旋四十年，歡如一日。迨既分居，經旬不相見，則皇皇問訊不絕。每圍爐共語，呴呴如兩新婦。從兄玉之年四十，棄諸生，拜世官，冠帶入省，猶手酒漿相勞苦，如撫孺子。季父子翼翁，早未有子嗣，置側室，或頗輕之，先孺人待之如姒娣，曰：「且令叔氏有子，即貴矣。」至養子婦以慈，畜童僕以惠，而自然整肅，莫敢褻越。及今念之，不孝兄弟在膝下時，如幸生時雍之世，春風一庭，靈雨四潤。哀哉！不可復追矣。前母外祖父學博綦公，罷教歸里，無子，太孺人承事敦篤，不異所生。綦公垂歿，待太孺人而瞑。先叔祖太素翁罷諸生，落拓且無應嗣，叔祖母朱，并日不給，太孺人迎養敬事，怡然終老。蓋推事父母者以事綦公，推事舅姑者以事太素翁，誠至而禮洽，亦不自知其厚也。不孝夫之間關兩載，未獲奉臨終之訓。遺命介之，更無餘語，惟歸葬先君子之右，遠腥穢而不歷城市，以求協於先君子清泉白石之心而已。哀哉！此尤不孝所血涌心濤，而滔天之罪，百死莫酬者也。

墓誌銘表四首

文學劉君崑映墓誌銘

友人崑映劉君，撤瑟二十年矣，子安基、安鎦，以幼孤未能成禮，飲泣而欲求銘其墓，以叔父庶僊氏之命來言曰：「誌以志功，銘以名名，弗功弗名，亦足以勒片石乎？」余肅然竦起而對曰：「是其所以可志而可名也。且夫今之所謂功名者，吾知之矣。其始也，槁吟而蹙眉以操觚，知刺繡文不如倚市門也，望風會之所流，隨波以靡，拾殘英，調鳥語，而唯恐其不肖。繇是而詭合矣，則以吮弱民，媚上官，䙡然獵榮膴，孰不健羨之。苟其詭而失也，猶且傲時譽以自雄於里序，栩栩然翔步於長吏之門，噞喁漚沫以自潤。士能不屑於此者，其志可誌，其無名也可銘，此余所以樂交崑映氏而悼之不忘也，二子其何讓焉。」君初名永公，更曰瑋，崑映其字也。先世有以丞相稱者，名不傳。大約以祥興蒙難而家于衡，遺戒子孫，廢讀而耕，故爵里名字皆佚。子孫世農而樸，爲鄉里豎。至起潛公登甲，乃讀書補文學。登甲生去華公紹賁，鄉貢士，未仕。君生而刷眉植骨，有偉人器度。起潛公喜而名之曰鐵漢，稱其質也。讀書不甚敏，而所志益堅，苦吟窮旦夕。崇禎間，齊梁風靡，駢麗爲虛華，而君刻意以搜求經傳之旨。每有論辨，毅然不隨時尚，而求其至當，以是補文學者二十餘年。試于鄉而不售，乃就山中，誅茅搆斗室，蒔雜花，坐誦行吟，忘年忘境，其視世之倏爲牛鬼蛇神，倏爲嬌花囀鳥者，蔑如也。此名之所以窮也。數十年之士風，每況而愈下；其相趨也，每下而愈況。師媚其生徒，鄰媚其豪右，士媚其守令，乃至媚其胥隸，友媚其奔勢走貨之淫朋。而君之義形於色也，人之媚己，視如鮑魚之在側。見媚人者，則蟲豸遇之，不爲一動其色笑。間有初能戌削者，亦欣然與定交。迨其以貧易操，則截然拒絕于一旦，乃至相遇而不與揖。以是食貧沒世，取給于舌耕。而躬親田牧，僅免飢寒，悠然自適。郡邑之門，逆風而避其腥。村塢化之，數十里之間無訟。嗚呼！使有遇於世，可追踪器之，以不負起潛公之期許。而齎志違時，中身而折，此功之所以窮也。叔氏之言，哀君之窮焉耳矣。爲名於世，不如顧名於心；爲功於物，不如加功於己，久矣。舉念而可質之君子，心之名也。衞生而遠於不仁，身之功也。請廣叔氏曰：「君之功名，大矣哉！」銘曰：

嚋昔過君，溼雲蒙岫。雷雨夕喧，裂窗傾溜。縱酒高吟，天爲倏晝。弔古悲今，別人分獸。自君之亡，狂言誰奏。獨遺孤塋，宿草青覆。銘以千秋，式垂爾後。

武夷先生暨譚太孺人合葬墓誌

有明徵士武夷先生暨配譚太孺人，先後合葬于此。閱三十七年，冢子介之已卒，不孝季男夫之，年七十矣，邅屯永世，將拂螻蟻，迺克誌焉。前此幾幸當世知道君子，拂拭幽光，而頫仰人間，無可希望，弗獲已而質述大略。所望□□□□徼來哲之鑒閔，尙無後艱，恃天在人中，不可泯也。先生姓王氏諱朝聘，字修侯。曾祖考一山公諱寧，上輕車都尉諱震之次子也。祖考靜峯公諱雍，歷任江西南城教諭。考少峯公諱惟敬，妣范孺人、譚孺人。考念樂公諱時章，妣歐陽孺人。先生以隆慶庚午季冬月朔日誕生，卒以□□丁亥十一月望後三日。先生始終爲明徵士，遺命不以柩行城市。方隱南嶽潛聖峯下，即卜其麓以葬，孺人祔焉。先生盡道事親，白首追思，猶勤泣血。敦仁友弟，早齡同學，垂老不衰。於時三湘風化，胥重天倫，皆不言之教所孚也。少從鄉名儒伍學父先生受業。徒步遊安成亭州，博訪師友。已從泗山鄒先生受聖學，奉誠意爲宗，密藏而力行之。取與言笑，一謹于獨知。發爲文章，體道要以達微言。蓋知者尟也。天啓辛酉以乙榜奉詔，徵入太學。無所屈合，投劾不仕。抱道幽居，長吏歆仰，求見不得。門人以文登楚黔賢書者五人。邑里被服靜正之教，薄者敦，恣者斂，悍戾者柔。譚太孺人以孝睦慈順，贊成令模，內外蒸蒸焉。孺人後先生三歲，□□庚寅仲秋月朔後一日卒，去誕生歲萬曆丁丑閏八月二十二日，凡七十四載。□□□□□□而姻婭鄉國傳聞，欽慕先生、孺人之澤，視不孝夫之有加焉。生子三：長介之，明孝廉，歲在丙寅卒，人士謚爲貞獻先生；次參之，選貢生，早卒；次則不孝夫之也。嗣學不明，守死不篤，令聞永謝，僅保孤封，于此嶽阜，尙宜爲天所愍，爲人所式，永固幽藏，與山終古。不敢系銘，泣述梗略於右。

牧石先生暨吳太恭人合祔墓表

蓋聞德契於幽，弗容終閟；慈留於永，詎忍或諼。既不昧於諶懷，矧敢矜其溢美，惟我仲父牧石先生諱廷聘，字蔚仲，我祖考少峯公之仲子，先考武夷公長弟也。配吳太恭人。以伯兄玉之繼絕，襲右職，遇覃恩，例得受贈。先生孝自天豐，文因道勝，遺塵雲迴，抗志霜清。其順以承親也，于童年小有過失，少峯公責譴門外，永夕下鑰，時當除夕，風雪淒迷，先考私從隙道掖令歸寢，先生引咎自責，必遵庭命。翼日元旦，少峯公方啓扉焚香，先生怡顏長跽。少峯公且喜且泣，稱其允爲道器。逮及耆年，省塋酹酒，涕泗橫流，拜伏不起，則夫之所親見也。嗣與先考同受業于伍學父先生之門，匪徒文譽齊騰，抑且德隅均整。易衣共枕，長年歡浹。吳太恭人與先妣譚太孺人，孝睦壹志，等于同生。繇是稱孝友者，以寒門爲華族之箎塤。施于今日，流頌不衰，有耳有心，胥于一致，非不肖夫之所敢侈一詞也。十八補郡文學，屢應賓興，文筆孤清，弗售于有司。歲己酉，與先考同赴省試，先考中塗病作，遽謝同輩，掖扶歸里，小艇炎蒸，篝燈搔抑，目不定睫者五晝夜，因慨然曰：「幸全三樂，復何有于浮雲哉。」自是雅意林泉，布襪青鞵，逍遥于下濮觀田，孤山種梅之下，築曳塗居，搆小亭，題曰濠上，浚小池，蒔雜花其側，釀秫種蔬，供歲時之薦。先生少攻吟咏，晚而益工，於時公安竟陵哀思之音，歆動海內。先生斟酌開天，參伍黃建，拒姝媚之曼聲，振噌吰之亢韻。屢嬰離亂，遺稿無存。而夫之早歲披猖，不若庭訓，先生時召置坐隅，酌酒勸戒，教以遠利蹈義，懲傲撝謙，撫慰叮嚀，至于泣下。迨今髮皺齒凋，忠孝罔據，仰負宏慈，未嘗不刻骨酸心，深其怨艾，而祗畏冰淵，差遠亘慝，則固先生包蒙以養不中之明德所被也。先生以萬曆丙子正月六日生，以□□丁亥十月□□日謝世。恭人先一歲乙亥三月十一生，同歲十月□□日沒。子玉之、釗之。玉之以文學襲衡州衛指揮同知。釗之早卒。孫恪、安國、恬、子偉、敏。恪、恬殤殞，子偉亦早世。曾孫生祐，子偉出。生蔭，敏出。夫之事先生，無異先考，追懷慈誘，瀕死不諠。年垂七十，乃克與敏輩勒遺緒于阡，不足述高深之百一，聊傳家世孝友醇靜之矩型，勿俾後裔卒迷云爾。

文學臚原氏墓誌銘

臚原氏名敞，貞獻先生之冢嗣，于余爲從子。貞獻先生以丙寅正月晦卒。臚原哀毀成疾，以其年十月二十一日終于殯宮。先生違世守眞，□□耐園，雅不與世親。臚原依依園側，躬耕授徒以侍，靡之遠而愈不忍離。篝火具沐，牏廁汛除之勞，鬌髮半白矣，嘔嘔如孺子，執勞不倦，如是者三十餘年，先生八十矣。其卒也，啼號不絕于口，閱六月而病，病愈哀，又四月而亡。哭抱遺書，授余爲訂定而傳之。遺命以衰麻斂，停棺侍殯側，候啓殯，相隨葬于先生暨妣歐陽孺人之墓側。和淚濡筆，作書貽余，俾如其志。余家自驍騎公于洪武間世官衡州衞，十世而至先徵君武夷公，十一世而至貞獻先生，皆以內行，爲士友所推許。臚原克敦先訓，而發自性生，尤爲切摯。其素履秉心堅樸，不欺然諾。于昆弟姻婭友朋，皆抶心殫力以相周旋，無所緣飾。十五補邑文學。爲文淸通醇正，詩得陶謝風旨。讀書刻意以求物理天則之蘊，不如手捫而目見之，不止。幼從余學。學于余者，篤志精研，未有及之者也。有子二，生祁、生郊。女一，幼未字。生祁生二子，綿、續。一女，許字蕭喬如。生以崇禎庚午八月二十日，距沒之年五十有七。余于其亡，哀之不欲生，而重悼其銜恤以隕生，父沒而不能一日存于世也，爲之銘曰：

身離于親，其離幾何。如根既拔，奚有枝柯。自春徂冬，慽日月之猶多。奉爾遺形，相隨于此山之阿。

記二首

船山記

船山，山之岑有石如船，頑石也，而以之名。其岡童，其溪渴，其斬有之木不給於榮，其草癯靡紛披而恆若凋，其田縱橫相錯而隴首不立，其沼凝濁以停而屢竭其源，其前交蔽以絯送遠之目，其右迤於平蕪而不足以幽，其良禽過而不棲，其內趾之獰者與人肩摩而不忌，其農習視其塍埒之坍謬而不修，其俗曠百世而不知琴書之號。然而予之歷溪山者十百，其足以棲神怡慮者，往往不乏，顧於此閱寒暑者十有七，而將畢命焉，因曰此吾山也。古之所就，而不能槩之於今；人之所欲，而不能信之於獨。居今之日，抱獨之情，奚爲而不可也。古之人，其遊也有選，其居也有選，古之所就，夫亦人之所欲也。是故翔視乎方州，而尤佳者出，而跼天之傾，蹐地之坼，扶寸之土不能信爲吾有，則雖欲選之而不得。鐲其不歡，迎其不棘，江山之韶令，與愉恬之志相若則相得，而固爲棘人地，不足以括其不歡之隱，則雖欲選之而不能。仰而無慽者則俯而無愁，是宜得林巒之美蔭以旌之。而一坏之土，不足以榮吾所生，五石之煉，不足以崇吾所事，栫以叢棘，履以繁霜，猶溢吾分也，則雖欲選之而不忍。賞心有侶，詠志有知，望道而有與謀，懷貞而有與輔，相遙感者，必其可以步影沿流，長歌互答者也。而熒熒者如斯矣，營營者如彼矣，春之晨，秋之夕，以戶牖爲丸泥而自封也，則雖欲選之而又奚以爲。夫如是，船山者卽吾山也，奚爲而不可也。無可名之於四遠，無可名之於末世，偶然謂之，欻然忘之，老且死，而船山者仍還其頑石。嚴之瀨、司空之谷、林之湖山，天與之清美之風日，地與之豐潔之林泉，人與之流連之追慕，非吾可者，吾不得而似也。吾終於此而已矣。辛未深秋記。

小雲山記

湘西之山，自耶薑幷湘以東，其複數十，以北至于大雲。大雲之山遂東，其陵乘十數，因而曼衍，以至于蒸湘之交。大雲之北麓有溪焉，並山而東以匯于蒸，未爲溪之麓支之稚者，北又東，其複十數，皆漸伏而爲曼衍。登小雲，複者皆複，而曼衍盡見，爲方八十里，以至于蒸湘之交，遂踰乎湘。南盡晉寧之洋山，西南盡祁之岳侯題名，東盡耒之武侯之祠，東北盡炎帝之陵，陵酃也，北迤東盡攸之燕子巢。天宇澄清，平煙羃野，飛禽重影，虹雨明滅，皆迎目授朗於曼衍之中。其北則南嶽之西峯，其簇如羣蕁初舒，寒則蒼，春則碧，以周乎曼衍而左函之，小雲之觀止矣。春之雲，有半起而爲輪囷，有叢岫如雪而獻其孤黛。夏之雨，有亙白，有漩澓，有孤鳧，有隙日旁射，燿其晶瑩。秋之月，有澄澹而不知微遠之所終。冬之雪，有上如暝，下如月萬頃，有夕鐙爍素懸於泱莽。山之觀奚止也。小雲之高，視大雲不十之一也。大雲之高，視嶽不三十之一也。豈啻大雲、嶽之觀，所能度越此者，唯祝融焉，他則無小雲若。蓋小雲者，當湘西羣山之東，得大雲之委而臨曼衍之首者也，故若此。是故湘西之山觀之尤者，逮乎小雲而盡。繫乎大雲而小者，大雲龐然大也。或曰：「道士申泰芝者，修其養生之術於大雲，而以小雲爲別館，故小之。」雖然，盡湘以西，終無及之者。自麓至山之脰，皆高柯叢樾，陰森葱蒨。陟山之巔，則古木百尺者，皆俯以供觀者之極目。養生者去，僧或廬之。廬下蒔雜花，四時縈砌。右有池，不雨不竭。予自甲辰始遊，嗣後歲一登之，不倦。友人劉近魯居其下，有高閣藏書六千餘卷，導予遊者。

蠻齋文集卷二

序五首

詩傳合參序

學，效也。聞之說曆者曰：「用郭守敬之曆，而不能用其法，非能效守敬者。」善夫其以善言效也。故易曰：「擬議以成其變化。」擬議變化，如目視之與手舉，異用而合體。變化所以擬議也。知擬議其變化，則古人之可效者畢效矣。然而不知擬議者，其於變化，猶幻人之術也，眩也，終古而弗能效也。以詩言之，朱子生二千年之後，易子夏氏而爲之傳，奚效乎，效子夏氏爾。子夏氏於素絢之詩，同堂而異意，故能效夫子之變化以俟朱子。朱子於三百篇正變貞淫之致，同道而異詮，故能效子夏之變化，以俟後人。善效朱子者，可以知所擬議矣。伯兄石崖先生曰：「吾以序言詩，而於生平諷誦所蓄疑而未安者，自覺爲之豁如。」覺其豁如者，覺也。覺者，天理之舍，古今之府，以效古人而自覺者也。故一曰學，覺也。覺生於擬議，而效成乎變化，斯以悅心研慮而無所疑。乃若愚所謂眩者，則非此之謂也。竊二氏之土苴，建爲門庭，以與朱子訟。戴古本爲冒鏑之盾，究亦未知漢儒之奚以云也。一字之提，不問其句，一句之唱，不問其篇，矯揉聖教而惟其侮，倚其附耳密傳之影響，而不得有一念之豁如，若此者固愚兄弟所過門不入而無憾者，奚忍與黨同而伐朱子之異哉！先生此編，一以子夏序爲正，而固不怙也。曰，卽出於衞氏而亦爲近古。其遜志而不敢誣，亦於此見矣。緇衣之序云：「高子曰：靈星之尸也。」靈星之祀，詳見應劭風俗通，蓋漢人之淫祀。子夏親授詩於夫子，高子其何稱焉。故曰，卽出於衞氏而亦爲近古。以俟後哲無慙已。

種竹亭稿序

江天風起，高閣秋新，把酒酹空，問騎鯨弄黍之客，人有賦心，仙依客影。不知今之以白首對江山，遽爲殘夢，吟蔚子「各懷佳月人在春風」之句，何以還酬夙昔哉。陽禽回翼，地遠天孤。一線斜陽，疑非疑是。江湖皆矰繳之鄉，沙塞杳帛書之寄。刀兵隊裏，有臆無詞；生死海中，當離言合。蕭蕭笳吹，酒夕驚寒。此蔚子所爲磊落之胸，哀歌河上者也。及夫半塘畫舫，荷柄通觴；曲徑幽花，蕉光炫夢。覽鏡雖霜，爲歡亦夜。長夏尋梅，關心物外。花時看盡看花人，蔚子之心遠矣。乃前度劉郎，已隨逝水。苔生半畝，笛怨山陽。則余與蔚子雙影相憐，不禁神盡，又何足以長言邪。嗚呼！悲愉之情，極乎壯老。俯仰之致，況有滄桑。凡前三者，苟得一焉，足以春懷杳影之橋，秋問瓊寒之闕。矧自把臂以來，莫匪銷魂之地乎。問道錫山，相期何似。萬端迂折，一寄長吟。共此湘湄，各有眇眇愁予之旨。而余少於蔚子，衰乃倍之。貝廷琚語兒新月，楊廉夫紅幕春嬉，皆以屬之蔚子爾。袁伯業老而好學，陸務觀取以名菴。蔚子交遊半天下，而存者幾也。余幸而存，不禁爲蔚子瀏漣，亦何能不爲蔚子勸勉與。

殷浴日時藝序

家則堂南歸，以春秋教授，則未知其所授者，以道聖人經世之意邪，其以爲所授者羔雁之技邪，夫必有辨。謝侍郎賣卜，與子言孝，與弟言弟，則授以道矣。庖丁曰：「臣之所好者技也，而進乎道。」技道合，則則堂可無河漢於疊山。何也？其登之技者，敬而樂也。敬業以盡人，樂羣以因天，進乎道矣。甲午避兵入宜江山中，有姪子之慟，浴日拂拭而慰之。少閒，無以閱日，浴日始以帖括見示。繼此而宜江士友汎晉而與余言帖括。十年來乍駭人以未能嘗試，余怵然懼。觀既止，要其能敬以樂，無能度驊騮前者，余以知浴日之天至而人全。與之因天，與之盡人，余迺脫然釋其懼於浴日。言必有所牖，意必有所肯。未有言意以先，諧而譎者，導人以往，無敬之心，則納其媢矣。方有言意以放恣而逞者，迫人於來，無樂之度，則用其爭矣。今求浴日於御意擇言之際，索其媢與爭者無有，倜然油然，文非道也，而所以御之擇之者，豈非道哉。故余樂親浴日而不懼，而後遂忘其汎也，實自此始基之。浴日少與余同文場，已與余同漂泊，今又與余同爲訓詁師以自給。而浴日多幸，浴日雖貧，有親可事，有從子之孤可恤，敬以樂，有所施矣。書曰：「令德孝恭。」其敬之謂也。詩曰：「子子孫孫，勿替引之。」其樂之謂也。以意徵言，將期於道。有知言者，當謂余非與浴日言技矣。

劉孝尼詩序

楚之學騷者王逸，然圓紅淸江之句，耀人肌魄。愚謂左徒嫡系，果在劉復愚矣。或者汨羅之流，北匯於湖，岷江雪液，奪其鱗鱗皛皛之致，唯湘有騷，不許他氏之裔，泝流而揖之下也。友人劉孝尼著山書者，余知之七年矣。南諸侯未登進之絃歌俎豆之側，江蘺吟晚，破荒無錢，復愚所謂歌則其時者，今古一揆，想當悽斷。故肅其使，烹其鯉，讀其詩，朱晢陸離，旣似粲者，雜以羌蘆，節以靈瑟，邊馬心歸，南妃淚盡。葉蕭條於九月，靑繚繞於數峯，莫自抑其悲來，問誰著其魂往。洵天地之大，百水涌滕，瀾漪萬變，雖欲競其濯騷之力於沅南瀟北之上而不可得，夫豈公安竟陵，以白蘇郊島之長技，容與三澨七澤之間，可投袂而爭窒皇之駕哉。天淸水碧，雲綠蘋香，唯我坐擁而收之，固將紬淮南小山，湔上男子於閏位矣。余雖羸者，請與孝尼狎主齊盟，褱菁茅，搴芳芷，兢銅官鑿石之遺壘，以爭長於列國。千載悠悠，誰令禁之，不必見來者而屬之似續也。

王江劉氏族譜序

王江諸劉，潛明經是玉氏，湘孝廉若啓氏，奉季昌先生之志，修其家乘，以示夫之而徵言焉。夫之拜手而言曰：夫禮之不可以已也，如是。夫禮者，天之秩也。其在詩曰：「有秩斯祜。」天之所秩，而天祜之。祜者，以祜其秩也。劉之先，長沙定王以漢懿親而食南國。安成者，思侯之所胙也。沱潛荆沔者，長沙之流，匯于江漢，而同潤乎南條者也。湘上者，固長沙之國邑也。定王之祜紀于南國，而諸劉之盛因之，豈不以天哉。夫之遂言曰：夫禮，立本以親始，率先以崇孝，統同以益愛，紀分以辨微，尙賢以昭德，旌貴以起功，立訓以著義，廣類以奬仁，順古以作則，俟後以行遠，十義賅焉。故曰天秩之也。允哉，劉氏之譜其族乎！昉于陶唐，肇于炎漢，而子孫繫焉，親始者也。六十年而一續，續而不失其先，崇孝者也。諸劉之族散衍于南國，而合于一，益愛者也。有合族焉，有分族焉，合者順而下之則分，分者泝而上之則合，辨微者也。先世之行誼，章者不溢，微者不忘，逮乎閨門之懿而備，昭德者也。勤于王家，升于司馬，薦于鄉，造于太學，斅于庠序，奕奕列焉，起功者也。發其美效在是矣，著義者也。所貴者生也，而錄之備，奬仁者也。文定、象山、誠齋之三君子者，嘉言賅而存焉，作則者也。勿替引之以相長而待乎後之裨益，行遠者也。斯十義者，天之所秩。祜者，以祜其所秩。夫禮誠不可以已，如斯夫。夫之終言曰：禮始於親，親有類，類有感，感者感其所同。夫之之舉于鄉也，與若啓氏講以世，石長氏偕以年而協以寀。夫之伯兄旣與若啓氏講，而遊辟雍之歲，與季昌先生、壽玉氏、聲玉氏、賜玉氏胥以齒。然則以類而感，感而秩以其言，夫亦竊禮之遺意也與。

書後二首

讀陳書書後

人能爲，天不可爲。當其亂之難訖，天且縈紆以延衍之，極乎其終，天力盡，天情且息，猶未嘗無千金一瓠之幾，然且拂亂以即於傾仆，斯誠可爲之大哀也矣。江左歷四代而至陳。前此者晉，能合已散之天下而一之。宋武，人傑也。齊高梁武，整昏亂之紀綱，規恢略定，故乘童昏以攘大寶，而天不厭之，以爲差愈於北方之蒙□□也。陳武帝以遐方小校，器止斗筲，忽起而干天步，立國三年，穴鬭不解，救死不暇，遑問紀綱，流血相仍，無言生聚。侯安都淳于量章昭達之流，以村塢之雄，承乏秉鉞，而周迪留異陳寶應掉臂狂呼，履相躡齕。陳之自崩自坼，以趨入于亡，一夫折箠而收之，固必然之勢也。而吳明徹督星散之旅，徼功淮北，奪七十餘城，幾半齊土，使天不假周，卷齊以相臨，幾於興矣。乃策勳未幾，故版旋亡，一覆于呂梁，而兵熸將俘，如疾風之殫脫葉。蕭摩訶之言，違於俄頃，朱雀之潰，應如鼓鐘。豈非吳明徹之不謀其終，而陳主之未量力而度智也與。夫爲國之道，不以國戲。將者，國與民之司命，不以身戲。武鄉六返，復拔西縣。晉追苻寇，不踰長淮。使能於喪亂之餘，勤修內治，休養數十年，內無篡奪之禍，兩河二京，未嘗無收復之望。而明徹悉殘陳之力，扶尫罄釁，爭匹夫之氣，以取必於一死。陳所恃者一旦向盡。故知南土之灰飛，不待叔寶之昏庸也。東野子之馬力盡矣，不亡胡待焉。故善承天者，當其有餘，慄乎若不足，及其不足，則欿乎若無之。幾虛幾盈，天乃復至。而君臣將吏虛枵浮起，無反是之思，以乘隙而徼幸，此用兵之大戒，抑爲國者之永鑒已。使明徹能從蕭摩訶返呂梁之旆，我氣不盡，敵威不增，保固長淮，宇文氏猶將憚焉。然而賈豎之智，沒於小利，內不量己，外不度物。所謂逢運之貧，壞不可支者也。司豫之功，猶屬弋獲，又足見天捬衰運，未嘗不眄睞重疊，佑人於離絕渙散之餘。而弗克承天者，自趨沈沒。天之不能延司馬氏之人民以徯武德也，豈得已哉！豈得已哉！

讀李大崖先生墓誌銘書後

夫之讀白沙先生集而有疑焉，疑當時之授宗旨於江門者，自張廷實林緝熙以及乎容貫陳冕之流，洗髓伐毛於釣臺之下，無幽不抉，以相諮印，而白沙所珀芥以弗諼者，則唯大崖先生。其唱和詩幾百篇，抑未嘗以傳心考道之爲娓娓，視彼諸子者言不勤矣。以此疑而思，思而不得者蓋數月。乃置其往還唱和之迹，而設身以若侍兩先生之側者又數月，而後庶幾若見之。嗚呼！兩先生之映心合魄，而非張林容陳之得與者，豈其遠哉。白沙之於一峯，猶是也；於定山，猶是也；於醫閭，猶是也；於汝愚，猶是也；其時相與接迹者，前爲三原，後爲楓山，雖未嘗與白沙遊，大崖亦未嘗造膝焉，而亦猶是也。逾此而外，交臂失之者多矣。白沙沒，諸君子亦先後謝世。弘正以降，此意斬焉。又降而言學者輩興，建鼓以求亡子。其所建者，非所以求也，而所亡者，固其子而亡之也。則使以泰州龍谿之心，洄兩先生相與之際，而期其遇之也，不亦難乎，而況於其徒之瑣瑣者乎。記曰：「天下有道，行有枝葉。天下無道，言有枝葉。」江門風月，黄公臺披襟而對之，扶疏葱蔚，拄青天而蔭滄海，言惡足以及之哉。先生裔孫雨蒼氏占解，年七十有三矣，以王文恪公所撰大崖墓誌銘寄唐生端笏，使與夫之共讀。謹識其後，以訊雨蒼，當如面談矣。白沙送大崖還嘉魚詩曰：「富貴何忻忻，貧賤何戚戚。一爲利所驅，至死不得息。夫君坐超此，俗眼多未識。乃以聖自居，昭昭諱形迹。」敬爲雨蒼誦之。

跋一首

耐園家訓跋

吾家自驍騎公從邘上來宅於衡，十四世矣。廢興凡幾而僅延世澤，吾子孫當知其故，醇謹也，勤敏也。乃所以能然者何也？自少峯公而上，家教之嚴，不但吾宗父老能言之，凡內外姻表交游鄰里，皆能言之。至於先子，仁慈天篤，始於吾兄弟冠昏以後，夏楚不施，訶斥不數數焉。然以夫之之身沐庭訓者言之，或有蕩閑之過，先子不許見，不敢以口辨者至兩三旬，必仲父牧石翁引導，長跪庭前，牧石翁反覆責諭，述少峯公之遺訓，流涕滿面，夫之亦閔默泣服，而後得蒙温語相戒。夫之之受鴻造於先子者如此，然且忠孝衰於死生之際，學問惘於性命之藏，白首無成，死螢不耀。則夫爲父兄者，以善柔便佞教其子弟，爲子弟者，以諧臣媚子望其父兄，求世之永也，岌岌乎危矣哉。吾伯兄律己嚴，而慈仁有加於先子，夫之嘗請益焉。然夫之自不能言物行恆，迪威如之吉，又安能不自疾愧邪。伯兄之立身立教，大率皆藏密反本爲用，愚者弗知爾。晏子曰：「唯禮可以已亂。」旨深哉！伯兄睦修家訓，導子孫以可行，酌古今而立畫一之規，禮意於是存焉。爲吾子孫者讀而繹之，遵而行之，詧其所必然而喩其莫敢不然，何遽不雷霆加於頂、冰雪浹於背乎。禮之本無他，愛與敬而已矣。親親者，愛至矣，而何以益之？以敬。夫子曰：「子也者，親之後也。敢不敬與。」爲父兄者，不以諂臣媚子自居，而陷子弟於便佞善柔之損，敬之至也。尊以禮涖卑，卑以禮事尊。易曰：「家人嗃嗃，未失也。婦子嘻嘻，失家節也。」節也者，禮也。奉伯兄之訓，父兄立德威以敬其子弟，子弟凜祗載以敬其父兄，嗃嗃乎禮行其間，庶幾哉，可以嗣先，可以啓後。不然，吾所不忍言也。伯兄傾背，從子敞刊其訓以傳於後，非徒尙其拜稽儀文之節也，有精意存焉。夫之蔽之一言曰嚴，非夫之之私言也。易曰：「家人有嚴君焉，父母之謂也。」鬼神臨之，吉凶隨之，尙愼之哉。柔兆攝提格之歲，律中蕤賓，中澣穀旦，季弟夫之跋。

薑齋文集卷四

啟一首

六十初度答徐蔚子啟

生無益於人，子羽之頭空白；老自安其命，趙孟之晷將斜。脛宜孔杖之施，教無失故；肘有原襟之露，友且憐貧。伏惟執事道不遺遐，心惟求舊。刀兵刦改，僅存鶺渚之弟兄；生死夢中，還記虎塘之歡笑。人間甲子，已如鹿在蕉中；世外春秋，不謂雁來天際。指青松以似我，五大夫閱世空悲；進赤烏以邀仙，幾緉屨今生更著。青袍無煩嚴武，用支肺病之寒；湘箑不拂元規，持卻熱中之暑。匪尋常縞紵之交，實早歲笠車之約。拜登不言顏甲，念雉壇之存者幾人；晉祝將俟先庚，記鶴羽之歸來隔歲。聊陳謝悃，肅寄遐思。

尺牘十首㊀

丙寅歲寄弟姪

三兄之喪，賢弟姪跋涉遠赴，隆禮致祭，固祖宗福澤所垂，實賢弟姪敦睦厚道，足知吾家自此昌盛無窮矣。愚兄且悲且喜，言不能盡。但恨客繁事亢，不能相陪快談，以展老夫欲言之懷。病軀日衰，後會又未知何日也。愚於家族素未能致一情。但養拙自守，不敢一絲刻薄，得罪先人。今年已衰老，惟有此心，願家族受和平之福以貽子孫，敢以直言爲吾宗勸戒。此爾弼指日二弟居尊長之位，所宜同心以修家教者也。和睦之道，勿以言語之失，禮節之失，心生芥蔕。如有不是，何妨面責，愼勿藏之於心以積怨恨。天下甚大，天下人甚多，富似我者，貧似我者，強似我者，弱似我者，千千萬萬，倘然弱者不可妒忌強者，強者不可欺陵弱者，何況自己骨肉！有貧弱者，當生憐念，扶助安生；有富強者，當生歡喜心，吾家幸有此人撐持門戶。譬如一人左眼生翳，右眼光明，右眼豈欺左眼，以灰屑投其中乎！又如一人右手便利，左手風痺，左手豈妒忌右手，願其同癱瘓乎！不能於千人萬人中出頭出色，只尋著自家骨肉中相陵相忌，只便是不成人。戒之，戒之！從前或有些小事動閒氣，如往歲到官出醜，愚甚恨之。願自今以後，長似昨在三兄柩前，和和順順骨肉相關一般，一刀割斷前日不好之心。聽老夫此語，光明正大，寬柔慈厚，作一家風範。幸祖宗覆庇，無門戶之苦，可不念哉！因諸弟姪昨日厚於家庭之義，深爲感慰，故進愚言。爾弼指日二弟，我文姪，當以此徧告衆

㈠ 此十首原刻本闕，今從衡陽刻本補遺卷一移補。第十首爲示姪孫生蕃詩，因已見薑齋詩賸稿（本書三九九頁），今删。

位。我文公平仁恕，若有小小不平，當聽其勸戒，或不妨令攽敔兩人知之。此期一切忘情，一家歡聚而已。縷縷不盡。七十老人夫之白。

與我文姪

吾姪和藹安靜，一家所服。倡先遠涉致祭於叔兄，相見之下，悲喜交集。而事冗客衆，不能從容盡談，爲恨恨耳！一札寄衆位弟姪，煩徧致之。城中衆位看畢，乃寄指日叔。愚但空言之。吾姪日與周旋，以善養人，全賴涵育薰陶之力也。前有紙數幅，思攜歸書爲裁帖者混用。僅覓紙二幅，草次書呈，不足爲重。他日衰草荒丘，如見老叔耳。承許過我一看，可輟冗作十日聚首否？生前願見賢者也。族譜事，愚但能任譔次督責之勞。目前興事，全在幼重，幸與決商之。叔夫之白。

又與我文姪

與吾姪别，遂已三易歲矣。衰病老人，更能得幾三歲，通一字於左右也。前云欲枉步過我，作數日談，甚爲願望。想世局艱難，家累煩冗，不能如願。愚自長樂歸後，未嘗出戶。馳情遙念，但作夢想耳。讀書教子，是傳家長久之要道，吾姪以寧靜之姿，修此甚爲易易。每戒兩兒，令以吾姪爲法。躐等高遠，不如近守矩範。家衆人各有心。淡然無求，則人自有感化耳。

與幼重姪

哀冗之下，不能與吾姪一言。聞將過我，企望企望。姪年漸老，宜步步在根本上著想。多謀多敗，動氣召辱，切戒，切戒！有公禮謝衆弟姪，煩我文偏致之。族譜事何如？恐只成畫餠耳。

又與幼重姪

無日不在病中，血氣俱盡，但靈明在耳。三姪孫文字亦有線路，可望其成。但所患者，下筆太重則近麤俗。已囑敔令敎之以清秀。爲人亦知順沈潛，所不足者，知事太早。我家窮，閒住一二年，或可習爲蕭散。莊子曰：「其嗜欲深者其天機淺。」一切皆是嗜欲，非但聲色臭味也。近草一官房世系，覺有次弟。急須者別單所開祖父子孫名，姪速查來。或寫或刻，總俟姪商之。

與爾弼弟

長樂一别，逡久不得一信。往來人言，賢弟近況甚好，足爲欣慰。而愚日衰一日，經年不能出戶，未知更有相會之日否也？譜議不成，族中人錯亂至此，但堪一歎！賢弟年富力強，秉心剛直，至公至正。敎子姪輩亦安靜守分，和睦不爭，是所望也。

示子姪

立志之始，在脱習氣。習氣薰人，不醪而醉。其始無端，其終無謂。袖中揮拳，針尖競利，狂在須臾，九牛莫制。豈有丈夫，忍以身試！彼可憐憫，我實慚愧。前有千古，後有百世。廣延九州，旁及四裔。何所羈絡，何所拘執？焉有騏駒，隨行逐隊！無盡之財，豈吾之積。目前之人，皆吾之治。特不屑耳，豈爲吾累。瀟灑安康，天君無繫。亭亭鼎鼎，風光月霽。以之讀書，得古人意。以之立身，踞豪傑地。以之事親，所養惟志。以之交友，所合惟義。惟其超越，是以和易。光芒燭天，芳菲匝地。深潭映碧，春山凝翠。壽考維祺，念之不昧。

示姪我文

古人云，讀書須要識字。一字爲萬字之本，識得此字，六經總括在内。一字者何？孝是也。如木有根，萬紫千紅，迎風笑日，駘蕩春光，纍垂秋實，都從此發去。怡情下氣，培植德本，願吾宗英勉之。

又

杜陵有句云：「吾宗秀孫子，質樸古人風。」世何有今古，此心一定，羲皇懷葛，凝目即在。明珠良玉，萬年不改其光輝。民動如煙，我靜如鏡，空花奪目，驚波蕩魄，一眼覷破，置身豈在三年下哉！

薑齋文集卷五

九昭(一)

有明王夫之，生於屈子之鄉，而遘閔戢志，有過於屈者，爰作九昭而敍之曰：僕以爲獨心者，豈復存於形埒之知哉。故言以奠聲，聲以出意，相逮而各有體。聲意或留而不肖者多矣，況斂事徵華於經緯者乎。故以宋玉之親承音旨，劉向之曠世同情，而可紹者言，難述者意。意有疆畛，則聲有判合。相勤以貌悲，而幽蠁之情不宣。無病之譏，所爲空罩於千古也。聊爲九昭，以旌三閭之志。

發江山之芊蕨兮，回風被乎嘉卉。青春脈其將闌兮，羌何情而愉此。

發，始就道也。蕨，力何切。芊蕨，卉木盛貌。脈，微動於不覺也。春物可愉悦，而愁人不爲之欣賞。

凌巴邱之澒洞兮，余甫閱乎南條之荒大。

巴邱，今岳州，其南爲洞庭。甫，始也。自巴邱而南，山自黔中東來爲南條，崇山複嶺，重溪疊澗，風日卉木，與湖北迥異。屈子生長郢都，被竄而來，始識湖南山川之色窈窔綿延，不知涯際，舉目之悲，觸物難已矣。

駭哀吟之宵飂兮，鬱薄霄乎夕靉。虹半隱於叢薄兮，雨中岫而善淫。

(一) 此文原刻本祇有題目，下注「附刻楚辭通釋後」，今從楚辭通釋補。

此巴邱以南，荒大之景也。薄霄，迫天也。夕霧，暮雲。中岫，雨止于半山。善淫，易雨而難霽也。

即靈媛之前思兮，惘南狩之所尋。

靈媛，謂舜二妃。南狩，舜南巡。山川荒遠，二妃不知舜之所在。望君不見，今古同情。

繇修林之茸閟兮，窅洞壑之紛疑。答空響之森寒兮，合嶂沓其如規。耳迴寂其無聞兮，目改觀於異色。

茸閟，草木蒙茸而幽蔽也。紛疑，洞壑屈曲不知涯際也。答空響者，空谷傳聲相答。沓，亦合也。山色四圍，仰窺天如規圜。湘沅之間，西連辰酉，其荒大有如此者。人踪絕而音響寂，但觸目蒼茫而已。

詎侘傺之足捐兮，悄不知迢遞之何極。

去國已遥，山河間之，佇立含愁，安能忘耶。

【汨征】述屈子始遷於江南，覽河山之異而興悲，憂菀積中，更無從而明言所怨。深於怨者，言自窮也。

青林白水斂蘭風兮，理前心而益烱。

良時清適，偶然息慮，追惟往事，井井不忘。

旣服葯之春氣兮，蘋又申余以秋穎。謂白日之匪鮮兮，豈蒼天之莫正。

姱修旣潔，矢心抑靖，可自信不欺者，讒人可毁白日之無光，而蒼天豈可罔哉！

拊雲門之清瑟兮，悼傾耳之獨夐。改繁聲以申悲兮，介師延而相將。匪將者之爲勞兮，邈夷庚於羊腸。

追思進諫之初，舉要而約言之，則忽而不察。欲譎諫因機以進，乃言愈長而愈相猜疑。我坦衷直致，而君終惑于險詖之說，不我從也。

衺九州於尋尺兮，亙千歲於昏旦。恢晝晝以申猷兮，悔曩辭其猶未半。

所諫者，括天下得失之幾，盡古今興亡之理，規恢而條悉之，非不至也。然及今思之，未卽追原禍本，以攻發讒佞，不能無悔。蓋均之取怨於人，不如直揭其姦慝，如下文所云。

斥氣珥於禺中兮，堙洪流於冀野。涉漩濩而濡首兮，洵猶賢夫今者。

禺中，巳位近天之中，喻君側左右。冀州首受大河，喻津要爲藏姦之主。靳尙之邪，鄭袖之煽，悔未直攻之，雖受其摧傷，猶令其姦邪露見而不敢違。

逸征鳥以翽翩兮，泝顥穹而莫執。回風飆而隕穫兮，悵行野其何及。

征鳥，題肩鷂也。不卽執姦佞而顯誅之，使其猶翺翔於君側，反乘勢以空善類，自悔無及矣。

進不可與期兮，退不可與息。曠嘉會以韜愁兮，誰予佛而自戢。

逸姦佞而未申明其罪。旣必不能改而從我，且必求毁我之成謀以悞國。早念及此，誰止予而姑容之，能無追悔乎。懷王之初，信任屈子甚至，乘其時而與靳尙輩爭死生於一日，事尙可爲。如其不克，以身殉之，可爾。投鼠忌器，而留禍本以使蔓延，想屈子沈湘之日，必懷此遺憾，故爲代白之。

【申理】達屈子未言之情而表著之，想其忠愛憤激之心，迨沈湘之日，申念往事，必有如是者。淸君側之惡，雖非人臣所敢專，而宗臣之義，與國存亡，知無不爲，言無不盡，故管蔡可誅，昌邑可廢，況張儀靳尙之區區者乎。輒爲追惜，無嫌悁烈也。

淩澧澨兮及晨，邀余目兮天末。

澧，南澧，水入漢，合于江。楚之東遷，自荆北至宜城，浮漢而下，回望郢都，如在天末。

驂驔嶄岏兮，紆荆門之縹渺。滂溏濞湏兮，遂江流以奰發。嶄，牀咸切，岏，吾官切，高銳貌。滂，普郎切。溏，音唐。濞，音避。湏，音派。

山自夔巫西來，至荆門而展，所謂「羣山萬壑赴荆門」也。江水爲山所束，下夷陵而迅流浩蕩。此言郢都山川形勝有如此者。

相九州而洵美兮，承靈祚而奄處。

立國之固，自熊繹而始，至熊通而盛，奄有江山，踞九州之形勝。

崇臺婥妁以詣天兮，下睨乎廣陌之鱗聚。蘭春袚乎平臯兮，都人懷芳而從之。袚羅袿之袪服兮，尙不改乎此容也。袿，音規。

婥妁，同綽約，亭立貌。登高臺，視廣陌，人物之盛，雖經喪亂而不損，皆先君生聚之積也。

華鐙烜於永夜兮，羽蓋飄而陰晝。夫何姣好之嬋媛兮，抑雄風之蟉虬。

文物既盛，而武威尤雄長於上國。

杳冥阸以無外兮，卷河鼓而浮天街。旋北斗使挹桂酒兮，固誰昔之所懷。

冥阸，楚塞。河鼓，牽牛星，北方宿。天街，昴畢之間，西方辰度。言北卷中原而收秦也。旋北斗，挹桂酒，代周受命，楚先君之志事如此，豈一郢之不保哉。

逮鳴鵙之未聞兮，芳草榮其如昨。遑余望以流觀兮，恣含情之廣託。

當未遷之時，江山如故，人物如故，顧瞻佳圖，猶可壯王居而規遠大。

物無廢而不興兮，羌聊謝夫送目。顧美人之倦遊兮，曾不臨高以旁矚。

今之廢者，固昔之興者也。何不可再興而遽棄之。目送江山，徒留餘惜。使頃襄能憑高而回望，其能忍兩東門之遠蕪乎。

【違郢】

夕弭榜兮中洲，澹淫淫兮安流。蘋風欻兮緣波，明月影兮不留。靜不可長愉兮情善疑，怵若危兮落葉之辭枝。蒼天冪冪兮四垂，朕何爲兮數離。

江次飄零，月明人靜，孤危忽警，舊怨難忘。忽爾興思，幻成良遇，如下文所云。

若有期兮新歡，折瓊茅兮贈言。維中庭兮妒者，迴相遇兮曠野。中旦旦以及今兮，涕零零而交下。

若思若夢之間，與君邂逅。避妒者于中庭，別訂歡于巷遇。悔前非而申後誓，感極而繼以泣。冥思幻成，忘非其眞也。

來無蹤兮去無乘，思心發兮遺光景。猿啼林兮惝怳，魚驚波兮溟涬。江上之寂歷兮夢夢，悄余眷兮精相從。孰寓形之洵然兮，覆魂投之靡通。

夢，平聲。夢夢，無所見也。非有之境，恍惚形成。猿嘯魚跳，驚失所遇。雖形終孑處，而精魄相從，則不信幻成之非實也。

幸曠古兮良夜，輕千里兮命駕。結蘭佩兮擥羅袪，馳芳皋兮驅駟馬。夫杳靄奚其不可親兮，幾神會之無假。

精魄相遇，隨君反闕，倏爾思成，安得遂如此時之心境，而非徒幻想哉。

【引懷】不得已之極思，意中生象。其與君相遇之幻景，固篤志者情中必有之情也。爲屈子曲引之。

悲孤緒之獨縈兮，曠千秋而無與。晉謀古而不獲兮，奚凡今之可訴。

古人於我，或事同而志異，或志同而事異，倘不可謀，況今之悠悠者。屈子之孤忠，所爲無耦也。

二士行歌於首山兮，未夙謨夫商邑。百里望哭於殽崟兮，追虞諫其何及。刳比干於一邱兮，待殷殄而始封。抉子胥於吳門兮，盼於越之凌江。言雖售而志殘兮，要忘親而邇怨。引憤毒於黃泉兮，操余言以爲劵。誠彌縫其終窘兮，軌有僨而必繇。隕蕭艾於繁霜兮，匪芳桂之所求。

夷齊避紂而不爲謀，百里奚哭秦師而不諫虞公，皆先事之未盡者。比干之墓，受封于周，非比干之榮也。子胥懸眼以望越兵，愈遠其初志矣。然則屈子身死言驗而楚亡，鄭袖靳尚蒙宰嚭之戮，豈其所願乎。乃至采薇行歌，終餓西山，亦非己所欲。此古人所不可與謀者也。

鳥將飛而遺音兮，顧青林而息羽。

策士謀臣，知楚之不可有爲，則去而之他國已耳。

魚沈冥以呴沫兮，憯忘情於洲渚。

若莊周荀卿之流，皆楚人也。全身遠害，退隱已耳。漁父鼓枻之歌，且欲己之置安危于罔恤。

豐草靡於江干兮，懷零露之新滋。

昔日芳草，今爲蕭艾，且附姦佞以求榮矣。

喬木榮於崇邱兮，冀雰霰之後時。

故家舊臣，微幸苟安，不能遠慮。凡此皆今人之不可訴者也。

高天廣陌之夐夐兮，玄冬閉而不洩。諒頫卬之無與酬兮，韜鬱陶以永世。

卬與仰同。上下相蒙，幽閉無復生之氣。己獨有心，誰可與相告語。埋憂地下，隨逝水以東流而已。

【扃志】扃，閉也。孤情自怵，不與古人同調，而舉國無同心之侶。緘閉幽貞之志，千古而下，猶有謂其忠而過者，誰與發屈子之扃乎。

耿玄夜之穆清兮，今者愔愔而寤余。邈登天其無畔兮，嘉余魂之安驅。

寒夜蕭清，一念忽興。神馳楚塞之外，而所以雪恥振威西吞殽函者，皆若惟我之驅馳而得志者然。

余儲奇服以遐征兮，紛髣髴而襲之。左葳蕤之翠羽兮，右離褷之星施。

張楚破秦之策，夙所位置，若在目前。

發丹陽之故宮兮，首商於而問道。夏旌旖旎而前征兮，余又申之以鸑鷟。介三青鳥以先鳴兮，誅鳳皇於西母。詭逢迎而中變兮，余怒叱夫蜚廉之蚴蟉。

此下言興師討秦之次第也。誅鳳皇於西母，詰懷王不返之故，使自服罪。意秦人多詐，必僞請和以誘我，叱風伯使勿遲回，不聽其甘言，而決於致死，乃可以逞志。

升窈雲其未半兮，彗熒熒而西弛。覲太乙之婉存兮，責余駕之不駛。

以誓死之氣，與秦爭存亡，兵甫交而秦可破。奪武關，臨渭水，秦且西潰。逮懷王之未死，迎之以歸，當喜極而嗔，怨其不速也。

兩龍抃而南迴兮，顧豐隆之未怠。

懷王雖返，秦罪未足以懲，則怒不容於中止。

懲蓐收之善淫兮，霽九嵕之晻靄。滌三危之宿曀兮，翹崆峒而息轡。

蓐收，西方神。九嵕山在武功。三危在肅州。崆峒在固原，秦極西境也。秦人積怨於天下，如秋霖之害良稼。誅其君，弔其民，息天下之禍，如滌陰翳而覩青天，訖於西極而後已。

容成嫕以徠下兮，唁余勞之已艾。

容成，崆峒之仙者。設爲相勸之辭，言用兵之已勤。

曰浮雲不可爲期兮，白日中其易傾。龍蚪蟂其且蟄兮，鳳翩翻而不寧。排霄路之繽紛兮，又安得夫玉山之嘉穎。

蟂，許敎切。蚪蟂，龍伸頸低昂貌。穎，禾穗也。或以勝不可久恃，欲罷兵而退保成功，廓清大定，惟天所授，而不可遽望。相爲勸止，蓋亦物論之有然者。而積憤初申，固難自抑，如下文所云。

余塡膺而申答兮，懷萬年而一逞。鸞族凰以孿生兮，梟屢攫而永惎。指昊天以奮飛兮，懼日月之我遲。

孿，音戀。

己與楚爲同姓之親臣，秦人之怨，辱及宗祧，特憾日月之不速，豈患虔劉之已過哉。

輕蹇產之雲逵兮，憤閶闔之梁輈。鶩飆風而凌浮猋兮，夫何倒景之足憂。

志苟能遂，何謀遠之恐不逮而功高之足危哉。憤之已深，籌之已夙，故其靜念而若將爲之者如此。

【蕩憤】楚之勢不兩立者，秦也，百相欺百相奪者，秦也。懷王客死不共戴天者，秦也。屈子初合齊以圖秦，爲張儀靳尚所阻，憤不得申。放竄之餘，念大讎之未復，夙志之不舒，西望秦關，與爭一旦之命，豈須臾忘哉。事雖沒世不成。而靜夜思之，炯然不昧，若蹀血咸陽，飲馬涇渭，無難旦夕必爲者，聊爲達其志以蕩其憤焉。

獻歲發春兮，荃茸茸其始稚。抽盈盈之微榮兮，孰飄風之可試。

頃襄沖弱嗣立，國家多難。念其孤昧，可爲寒心。

皇天不仁兮，白日淬而西頹。夕月孤清兮，怕浮雲之羣飛。

懷王西客咸陽而不返，國無生氣。小人復羣聚於嗣君之側，必欲擁孤月而蔽之。

邅煢煢其駘蕩兮，脈亭亭其誰訴。美人豈其無儔兮，介良媒而屢誤。

國勢孤危，無有憂恤之者，夫豈無人之可任哉。所求非賢，則舍西施而聘嫫母矣。

蕙託荃以同畦兮，荂與藁之相連。戒秋霜之凜冽兮，誓嘉會於百年。

唯己與君，恩屬一本，榮枯與共。故切危亡之憂，而思保國以長存。

鴟鴞駐戾於陰雨兮，吟公旦於東國。五子悲謳於雒汭兮，怊有求而弗獲。或流哀而必動兮，或皇皇而弗庸。余雅不謀夫判合兮，維靈修之夢夢。怊，鴟昭切，悵恨也。夢，平聲。

周公作鴟鴞，而成王悔悟。五子歌雒汭，而太康終迷。然則忠言不用，國必危亡。余豈以用舍爲憂，君不悟而無救正之者。是足傷也。

夙密邇於蘭皋兮，旦搴芳而夕進。回曼睩其猶熒兮，矧千里之迷津。

當懷王之世，日在君側，忠言日告，且熒眩於邪佞，今遠竄千里之外，君孤迷于上，更孰與詔之。

飄女桑之季葉兮，哀弱喪之便娟。下臨瀸汗之無地兮，上黮黵而無天。恍不可以終夕兮，吾將奚望以久延。

季，稚也。冲人孤立，盈廷昏昧，念其惝恍無託，阽危無輔之慘，終不足以圖存，而亦奚以生爲也。

【悼子】悼君側之無人也。雖被遷竄，而所隱省者惟君。七諫以下，忿懷才不試而詆君者，固不足以知屈子之心矣，若奪祿位，罹厄窮，而悻悻自沈於淵，則豈非好勇疾貧之亂人哉。

承榮光於有緒兮，卬玄鬢而善容。微嫵媚其無與仇兮，遑嫭忌而始工。

身爲世胄宗臣，且內美修能之可表見，若持祿容身，豈患不得君而顯，奚必與人競是非，以希得志乎。

亮茲情之莫蔽兮，素與黝其不相淩。荃同芳其猶迷兮，又奚況夫背憎。

君子不待排小人而始顯，此皎然易知者。如黑能污白，白不妨黑。乃懷王既知任己，終且見疑。則背憎之姦，疑忌而攻擊之，抑且如之何也。

葯與蘼之爭熒兮，輅棧車之相觸。玉抵珉其必毀兮，熠燿固搒乎華燭。捐盛年之煌扈兮，殉奄息於既耄。辱干將以刜石兮，夫唯靈修之悼也。刜，音弗。

熠燿，鬼火燐也。煌扈，壯盛貌。奄息，奄奄之息。君子固不屑與小人爭，爭必爲小人所傷，夫豈不知遠引以避其毒哉。大謀不定，君且身危國削。悼君之陷溺，故辱玉以抵珉，知禍及而不避。

少師諴而隨延兮，惆皇天之不遄怒。箕子狂而辛殄兮，悽行歌以何補。

能早殄姦人，則楚尚可延，故不惜與競而受禍。如其不然，徉狂以免咎，雖他日哀歌麥秀，亦無救於滅亡，則愛身全道之說，固非心所安也。

企漢東而眕申息兮，聽狌晝啼於叢薄。高臺夷以成蹊兮，憯不滿朝鞠人之谿壑。羌自瘵而庸違兮，審僨踣之必諶。

眕，音軫，目所止也。日蹙百里，故邑邱墟。姦佞之欲，尚不知厭。自亡自毀，知其必然矣。

巳矣夫！方將之不可念兮，聊息乎長夜之晉陰。

旋踵之覆敗，不堪回念，唯決從彭咸赴江流，俾不見聞巳爾。

懲悔　君心邪正之分，社稷存亡之介，雖不屑與匪人爭，而觸權姦以死，無所悔也。

洞庭之南兮，湘流㶁㶁。危岑厜㕒兮，青冥無極。悲風颯兮楓林幽，夕雨亙兮秋草積。㶁，古伯切。厜㕒，音追彝。

沅湘之南，山川景物之慘淡有如此者。幽魂往來於其間，益增悽愴。

敞蒼天之穹窿兮，魂渺渺其誰寄。引萬年於無終兮，羃四表而焉至。

沈湘之後，神無所棲，能無飄散無歸之怨乎。

日長逝而不留兮，固蕩散其匪今。就沆瀣於窮北兮，邀歸雲而復南。神與魄之不相守兮，光與容違。僅耿耿之若存兮，疇昔相知。

雖當未死之日，而憂國怨深，忘生志定，神去魄而心月之光不著於形體，久矣。唯此耿耿若存之心，不隨消散，則沈湘以後，神魂飄忽於往來，心知其亦如此而已。

營飄飄其莫羈兮，精溺弱其不固。憤連蜷以輪囷兮，恐傷余之雅度。溺，音戈。

營，魂也。老子曰，載營魄。家國之怨，鬱而不散，將爲白虹，將爲青珥，而素心淡漠，不欲其然，則亦從容闒緩於兩間耳。

白日夕沈兮，星漢高寒。誰俟余兮，神導余以漫漫。言不可理兮，心不可將。朧朧其若有明兮，指郢路之蒼茫。遂戾滉瀁兮，蕩斥八埏。誰與旋歸兮，娛美人之暮年。

清宵寒夜，耿耿若存者，旣離物孤遊，唯不昧之忠忱，猶依宗國。念已長辭君所，則爲閔亂憂傾，輔君於式微者，死而不忘者此爾。

剸志今夕兮，逝無與遷。鬱勃欻以憤輿兮，遺孤熲之流連。

決志一死，無所復待，遺此孤忠，長依君側，君雖莫我能知，而矢志於泉壤者固然，此屈子之所以爲屈子也與。

【遺愍】此絕命之遺音也。自言旣死以後，其神爽有如此者。故安死自靖，怨誹而不傷。

薑齋文集卷六

九礪

礪闕（案：詩集憶得中，尚存一首）

薑齋文集卷七

賦五篇

南嶽賦

結天元以紐靈，扢陽冶之鴻施。母黄精之函載，炳相見于重離。帝宅炎以誕命，袤萬年而不辭。是故其爲狀也，唯其爲象也。爾其所自昉也，爰其所自往也。蟬延蠆挂，蝓蚪蠖躨，蜚戌騰拏，龍眒鸞斂于五千里之外者，猲不知其瓞綿之逌柢，而匏繫之屢遷，固有神亥逡巡而戒步，燭陰睥睨而改顔者矣。乃循近趾，蹤遠迒，析柔埴，柬辟剛，杳翠微，曨夕陽，幽響泣，掣兕狂，別子汰，委袞王，枸勻櫛節，逆迎順將，拾幽絡阻，逐景飛光，乍曲弼于坤麓，終回簫于兌方，則亦有可得而形相者焉。原夫岷山之俶立也，會昌建福，絡啓大江，盪滌東井，襟帶崟鍾，是器術之所復穰，而火正之所下降。故其靈吭嗉吸，神瀵尾傾，條分萬岫，形擢孤榮，崒嵥翕葉，蘄阮碩勍。佚瞀瞀以田田，集栩栩之蓊蓊。五指南纖而戌削，三眉西嫵以娥嬴。匪思存而稅駕，脈夭紹以東縈。于是濱若瀘，跨馬湖，謝錦水，揖雲巫，纏以酉溆，驂以鐔漊，披紛夫夷，趠桀都梁，雖霧沓而星綴，實振領而維綱，蓋不知其幾千里，而翔集乎耶蕫。爾乃蒸水南夾，淸漣北款，乍糾崇崖，或襄沙潬，帛飛緒舒，淩蹙烟緩，迫然挐搬，妄而淹蹇，如驚非意，相忘以坦。眩眩浮浮，蔓垂棘鉤，又歷倏山，擻嶠水，而後乃抵乎其邱，則有巨塊巖石，赬膚碧肌，截爲列城，覆爲懸帷，繁星經曜，間以晃熠，修鬣平茸，雜以迷離，桓午樊籞，谽以洞達，康逵互徑，斂以崔嵬，怒而奔觸，旋以妖媛，已顧奕僷，駭以鍔鬌，風萍漂細，散以詭狀，欿然中起，拔以崇魁。奔精歙魄，停凝矗峙者，則岣嶁爲之經始，坡陀逶迤，方伏以起，亙爾順衍，驚踴旁徙，尋不周而發軔，覛常羊以遙指，僅標秀于七二，紛餘峯之莫紀。簇紅華，立白石，啓小嵩，亞太室，開雙髻于玉女，參石廩于麥積。蜿蜒蟠躍，嶒贙矗，複或嵺倅，單乃瘠矶。翩馺娑其歸翰，盤容與而整翮。薄經營于欒塢，已緬邈乎皋宅。張其華蓋，鬱爲煙霞，峛屴崟嶔，天門嵯岈，披九闉，邀日華，神之嫖，留經過，杳亭亭，疑不邪，則安上芙蓉，匒碚巃嵸，輔承巑附，以奠祝融之封也。其高也，拔乎原隰者九千六百步，軒軒堯堯，以捫銀漢，而挂罡風，玉衡乳垂，長沙哫從，朱鳥翼覆，天市作墉，皚光下燭，朱英上通，孤碧混霄，返翠漾空。維時蕤賓律御，羲和轡永，雲斂數絲，胥涵萬頃。粤陟焉而步測，有天末之焜炯。維南極之樞星，祝胡考于仁靜。彼徵瑞而乍炫，此屆至而恆炳。舍離合之神山，誰共覿其光景。蓋其穹隆嶕嶢，矯褭蕭騷，詣空宛至，出險將翺，平揖太白，俯勞嵩高。哂岱宗之臨深，況恆祠之溢褒。宜光怪之偉絶，迴寒暑于坰郊。蘋末乍動，焚輪已號，韃轖㕞隤，贔以馮總，觸突漩滃，餘以呦咬，石級柔搖而閃霍，鐵梁輕舉于鴻毛。其或宿靄鐲，明星晢，晨鵾凝寢，夕蟲喧砌，沉瀣莫分，海天無際。眡金縷之線興，沓錦浪之騰曳。浴火鏡而踟躕，奮晶宇以滌浣。窕鷙心而盪胸，羌不宣其綺麗。何人間之未遙，蹇遲遲其始霽。至若繁雲輿穴，油陰冒野，雷雨半山，晴虛孤寫，豐隆嬰啼，列缺鐙灺，浸升雲之連蜷，始冪歷乎趾下。斯非睽剺鬅乎天人，胡同埵而殊冶也哉。祝融是降，衍爲赤帝之阜，秀如摘以離羣，矯欲流而終取。其左則朝陽、日觀、九仙、潤牛、毘盧之所蚴蟉也。其後則雷祖、九龍、蓮花、潛聖、妙高之所擁負也。其右則南臺、羅漢、明月、涌几之所舒紐也。其前則金紫、流杯、烏石、黃華之所奔奏也。其陰則荆紫大潙，迤邐辟仆，暈旋乎暮雲之逢迎，而態信乎岳麓之邂逅。其外則湘淥洣瀏，衿回珮紉，而憑隱乎雲陽之墟，以挹注乎敷淺之藪。其南則石鼓回雁，碧雲雨母，鸎峙鴉臚，椒聊瓜剖，以奔息乎海嶠之列五，與夫瀟山之疑九。回薄磅礴，團圞結複，控扶來廷，少長維族。豈後至之或凶，匪撻彼而臣僕。傲紫蓋之不寧，終同區而必穆。唯猊奔以鶩舉，奄靈徠以載謖。棲赤熛之感生，儼司天之帝服。懲祀典之不經，選祝誦以宜穀。神眇眇以蝹蝹，枌遲下而流睩。時則常伯夙請，秩宗宵寅，發策明堂，降甌端門，淸酒旣莤，制帛維纁。驛駕馳道，有來湘干，蒲鐘睪發，鳳吹淸喧。燎飄光以乍晻，香屯煙而徐礐。降炎精之彲熉，貽君子以芳荃。勤九伐而不匱，匪明德其巳誐。迺至南陸迎日，元辛涓吉，后有事于方澤，差名山以作匹。赫炎光之顯祇，壇六成而列秩。雖逌眠乎上公，實王禋之載謐。瓚築鬱之辪矜，鼎剛辟之繭栗。誠高朗以令終，作后祇之丞弼。彼熯乾封而號萬歲，已啓俶豔而替昭質。奚況亭亭云云之部婁，浮七十二后之雄心者，曾何足泚右史之彤筆耶。德馨維瑞，靈貺斯徵。護軒轅之瓊璽，霏寶露而飴凝。攬寒暉于夕館，帝纚綣以宵輿。賫羣后以滌目，宛縈帶于蓬瀛。降湘妃于北渚，賓朱鳳于南陵。追夏后之齋寤，冀通精以澹災。畀金簡之雲籀，謁蒼水之靈傀。瀰滔天而無朕，粲絲理于奇賅。苟神笈之終客，眘羽淵而增哀。斆隨刊于土乂，訖效享夫黃能。虞逐陟而覲后，搢玄玉曰俞哉。黃壚敦膏，紅泉醲溜，英英九丹，燁燁三秀，鷦明乳雛，應龍伏蘁，叔夜浩歎于林崗，弘景裵回于句岫。故有山經窮其削柹，渭卜罔其占繇者矣。迺其什一千百者，猶可得而究焉。其草則有黃精少辛，芎藭射干，幽蘭蓀茪，芍藥芳荃，苦蒧甘菊，蕢茅香蕳，蘴冬紫茜。沙蓤白前，昌歜九節，龍鬚纏綿，竹紀千齡，松壽萬年，青蘋虎掌，蘧蒻旱蓮，禹餘稱糧，威靈名仙，交藤烏首，翁草華顛，蘞蘵薯蕷，冰臺縭衣，五加羨玉，百合胎璣，綠覆春皋，芳泫夕暉，謁風送薰，馝馝馡馡，積雪吐蕈，方暄擢薇，叢點山椒，弱映水湄。其木則有棱桂厚朴，榛橡含桃，丹楓英梅，梓樞杉槄，徑松接武，微風振濤，銀杏山礬，黃心碧梢，木蓮六出，暈紫斵瑤，芬薰百尋，豔蕩九皋，扶條逼上，擢挺危牢，猿狖磬折，柔逾餳膏，瘣瘇籧篨，虬文曲蠆，螺旋乳結，盤渦瀵尻，雅宜曲几，或便詩瓢；巨竹繁生，細篠側出，大任汲炊，直中轂率，密箐雲遏，修篁風謐，駘蕩蘢靡，檀欒蕭瑟，晚茗早荈，屑雲蔭日，紫筍綠槍，鹿茸荷蕾。迺令又新品泉，鴻漸浣琖，吹松風，瀹海眼，袪孝先之便便，罷伯倫之荷鍤，視天池之與顧渚，亦可登洙泗之狂簡也。其泉則有金砂娑羅，貫道水簾，龍池洗衲，虎跑三潭，草春蟣榮，石髓飛甘，澄涵霜月，清混鬱藍，拂阪陵磧，懸珠鏗吟，偶拽屑其喁噢，旋庨閜以崩坍。振鼉吼之蠚蠚，幽蛩泣其浧浧。警達旦以冘豫，寄清怨于江潯。其巖岫則詰軋綢繆，鈹挺弓彄，始乎纖屈，終乎廣袤，蹇產墻翳，疑墜稍收，稜層礚沓，敦憧鏝斩，檻泉沸射，雜以謰謱。千章蔽日，則禺中警夜；叢笴留霜，則喧和懷秋。杳扳捫之絕跡，誰丁丁而見求。閟鳥徑以太古，藏內趾之與肖先。其獸則有蔚豹文貍，獨猿岐蜼，騊駼山都，豪豕刺蝟。麀鹿封彘，麋麂兕犨，麝父王孫，蛩蛩狒狒，吟鼪嘯狐，凊宵吹沸，跂息騷駭，趦越憤毅，度夕樾之與朝陽，坦不憂夫羅罻。其鳥則有素鷴白練，山鷄吐綬，晛睆鶯啼，鉤輈雉雊，倒挂鷙雀，海青鷹鷲，鴕鷃鶊鴿，望巒斯就，白展素沙，丹欺絺繡。莫不矜羽弄魂，歡春警晝，盼蘭芽以低啄，掠飛雲而橫逐。其殊異則雨虎晴見而陰合，雲師霽出而霧騰，絕磵閃夜光之木，懸崖炬聖者之鐙，靈蟆浴春而釀雪，神蜥弄水以飛冰。思匪夷而恍惚，亶不信其已曾。迹其昭爽之瓌絕，擘其湧沸之勃蒸。自非象外棲心，天徒合契，瑩秦鏡于密勿，覓軒珠于遼戾，固有望景而腸迷，臨高而神閉者矣。琳宮丹館，依隈附巔，豐碑隆碣，冠阜臨泉，樾觀月清，石梁虹懸，飛航切雲，高臺含煙，則有巨公經過而磨崖，逸民忘反以閉關，墨卿韻留于金石，琴客曲寫其猗蘭。其戾止也，拓內美，浣塵慮，披天宇，益修度，心謀竅通，目擊道遇。昌黎恣七諫之遊，考亭佇三益之素。扶桑旦濯于雲中，縞練徐消于天步。指蒼天而予正，何美人之遲暮。崇仁抗疏而霧隱，廣漢作牧而星聚。東廓函丈而英延，甘泉尸祝而芳駐。咀德華，漱仁津，衍河雒，藝邱墳，樹旌幟，翦荆榛，匪西河之疑似，樂雩壇之佳辰。近則荆溪制相堵公仲緘，江陵詹尹張公別山，拂車轍于層巒，觀初暾之輪囷。拊劍而義魄增，振衣而烈心引。濱九死以崔嵬，拯皇輿之遘閔。若夫杜陵、西崑、香山、淮海之績風而接軫者，取青妃白，激商諧羽于其間，誠無情而不盡。至如王孫憤俗而埋跡，高士問津而行藥。子野罷遂以流觀，少文展圖而棲薄。鄴侯避李而挂冠，致堂卻檜而躡屩。忠誠旁求而鵠起，黄門經始而鳥革。諒卜吉于允臧，抑降神其維嶽。矧夫銀地表瑞，朱陵通眞，釋子彌天，羽客乘雲，九仙霄舉，隻鶴霞賓，鳥爪翻書，石糧自餅。嬾殘飯芋，岩老長釀。扣玉壺于海客，奏雲璈于華存。含茈薑于金母，養釘鉸之胎魂。雲軿來其宛在，哂探島之徒勤。逮其三車東駕，五葉南開，頭陀既景，思大爰來，海遷蛟館，顗觀天台，讓磨石鏡，遷滑莓苔，慈明狎虎，芭蕉浴雷，綠蘿結菴，露滅名齋，丹霞鹿門，金輪南臺，息勞山之戍客，踵紫柏以鉗椎，其蠖伏而鸞舉也，蓋不給于更數。光參帝網，威震毒鼓，位揀君臣，要兼賓主。儼華藏之莊嚴，又何論夫雙樹。以故金碧璀玭，堵窣穹崇，比岫聯香，接宇聞鐘。花雨成蹊，白雲在封。埒石聽于道生，儗烏供于嬾融。苟息心于玄悟，豈來者之末工。雖畫一于鄒魯，展道大而必容。要非包沕穆，析鴻濛，遴衆妙之所都，建萬壑以逌宗，則夫澒洞漾瀁，攢合龍蔥者，胡憑藉焉以孕大觀于無窮也與。是故其爲奥區也，脈蜀踞楚，拒粤引吴，北呑黽阨，南擠蒼梧，顧陽雲而掉臂，何台蕩之與匡廬。浮洞庭，綰瀟浯，帶瀟湘，向背殊，煌煌唐唐，跐踔首出，以參伍乎鄗都。距北戒而絡漢廣，紀南條以挂天樞。道靡崇而莫奠，功維奭而不渝。皇哉有虞氏之慶也，肆見羣后，孟夏徂征，爰服三苗，乃敍南衡，玉輅匪勞，荆土載賓，五圭儷帛，一死二生。誠无妄而苟薦，辟奔走以載盈。眄自他其匪稱，格帝享于斗精。渺江介而遙履，作百王之典程。嬴氏亂紀，漢德中涼。割長沙以建芮，陰幅員于朱方。濟三江其已惴，矧雲夢之可航。侈灊霍而僭號，躋小星以專房。羌沾濛于脂轄，詎苾芬之能饗。

於戲！陰禮陽樂，徵皇王之貿軌者，豈不偉與！抑斂福之豐儉，帝睞焉而以篤其棐也。是以樂衕者綴促，禮樸者俗鬼。邈虞漢于霄淵，互善敗其凡幾。緬喬岳而揆明禋，繼皇媯其孰躂。懷江永于比興，夥南風于博依。簡明德于炎精，溢余思于有斐。頌曰：明明后胙來昌釐，眞人南翔翔陽維，北漢沮漳南湘灕。中合穹嶽雲葳蕤，烝哉我皇誕應之。萬壽百祿重離明，秩正川麓雲怡情，報哉不遐朱鳳鳴，綏我曾孫宅荆京，靖輿肇胤□與庚。業業不傾補天石，賚予金簡遷禹迹，帝錫玄圭嶽之績。蕩滌川原帝皇醳，駿發炎光庶昕夕。燀燀浤浤岳精來，陵嵩泰華恆若敦，蒲姚安姒企相陪。迺眷南顧曰念哉，玉衡賚光天門開。

練鵲賦 以雨餘綠草斜陽爲韻

卽林皋之瀟清，滌繁陰於宿雨。聊瀏愁以寓怡，翩良禽之延佇。維時條風微扇，薄寒改煦，雉登隴而初鷕，鳦晛簷而作乳。煙得得以青縈，絲亭亭而晴舞。何彼鳥之嬋媛，點碧光而翔圃。曳搖搖之玫珮，垂申申之玉組。輕塵長揖，屑暉并聚，落星徐流，鱗雲欻俯。睢渙濯其餘縹，岷潘浣其素縷。吟喬如於梁禽，睇子淵於吳馬。笑丹頂之鳴陰，陋銀鬛之蹴土。爾迺罥弱篠，過平蕪，因風末，乘晴餘，尾垂垂以柔曼，羽襜襜以旁獨。宛飛帛之迴波，寫倒景而未如。鄙秦聲之馺彼，哂魯謠之跦跦。織吳嬪之膠髮，服翾風之琲珠。寶光纖其綾鏵，因祗結其修裾。曾煥發以蕭散，猶則遠乎踟躕。亦有弘農贈環，沙鹿授符，魏闕樊燕，葉邑羅鳧，含珍絲頂之烏，邈煙縞臆之烏，或襲美於玉石，或閒采於紺朱，絜縑緅之婉嫕，泣邢美于尹好。若夫泛流鷺絲，厭火鸍玉，名在縞而克諧，文比潤而已辱，彼何爲兮運睛，此何取乎拳足。矧在幸烏類蟬，山雞名蜀，蕽鴨傳丹，么鳳矜綠，防邛鴻鶃，彭娥黃鵠，雙鶬銜丹海之泥，三鶖照肺膏之燭。雖復潔整翠衿，芳修朱襮，比月鷖之孤清，陋藻火而必浴。又況垂腴涎於鷊脂，觀朵頤於啄粟。哀豳詩之無毀，勞周官之服不。形衆濁以獨醒，贈遙情于芻束。蓋其月鏡修姿，瓊膏泛臅，瀟都崇之紫泉，閟雲煓之瑞草。會偕奔於羿妃，抑效御于金媼。降子登于墉宮，介阿環于靈島。眷日暮而遷延，阻人間之長道。然且捨黛的，捐弋阜，睨靈飛，愜幽抱，鍊姹女以養形，餐醍漿而卻老。繁華夢之旣銷，豔心歇其如澡。以故傅微霄而輕舉，秉西清之太顥。駕蘋末以肅征，問沆津而潛討。疑碧虛于是非，胎金虎之內寶。爰是薄遊山椒，遙映水涯，足捎青藹，咮掠蘭芽，拂華露而如濡，偃樵風以欲斜。雖有烏號之柘，金僕之姑，挾以韓嫣，闞以熊渠，魄逸姿之何篡，終弋言之莫加。遊芳林而遠害，何螳雀之容嗟。宜漢官之章服，象帶繡於絳羅。取在躬之洵美，擬退食之委蛇叶音佗。若乃佻鳴珂之趙客，媚袪服之吳娃，指海山之夕雙鴛，期白門之藏鴉，望瑩質而逡巡，疇同調於狹邪。惟有幽人荔服，遁客蕉觴，行藥雲際，閒步陽，飛鴻邈其遠送，斥鷃樂其低翔。寄息心于倦羽，託持贈夫滄浪。奚況時在停雲，客有浮湘，遺印音于冥飛，漭予節于秋霜，激白冠于易水，鑒色斯于山梁。感孤騫之綽約，倡予和以不忘。詛鴆媒于朔野，悲鸞歌乎女牀。鳳雖衰而旁覽，鶡懷死以方將。晻山情之窈窕，敦白水以修盟。抽紛絲而廣讐，寫冰雪于瑤章。

孤鴻賦 丙寅爲石崖先生作

耿玄天之幽杳，矗雲級之崚嶒。夕光徽而凝黛，雨紛屑而疑冰。爰有失羣陽鳥，遲回南徙，音墜煙霄，影搖寒水。雍門子援琴而歌曰：遙天亙兮杳無方。九秋謝兮飛清霜。傷裴回兮孤往，彌永夜兮悠長。時則徽蚌弦其居泚，瑤軫絕其寡絲，墜籜零而栖禽惻，瀫波驚而游鯈悲，蕭條四座，志失魂離。客有揚塵而起者曰：何爲其然哉？夫物之所偶，天之所郵，介然相於，泊然相儔，爲歡既乍，其睽匪憂。故河鼓絕軫於天津，弱水迷望於東流。顧翩飛之自若，曾無傷於遠邅。縱厥心之不康，豈達人之攸累。可觀化以逍遙，悲何爲其最之哉！雍門子喀然有頃，閔默不釋，停凝俄延，舍琴而作曰：夫眄迹而觀其判合者，未足以達悱然之縕，久矣。物之相翕，有人有天，有同原而異委，有順化而偶聯。水齊歸而各出，木荄合而枝駢。誠俱生以永結，徹肌髓而勿諼。則何怪夫感其煢獨，而代以悢然也。原夫羽族號萬，函情或尠。唯此陽禽，含貞來反。當其草芽初肥，桃波試暖，韶風微漾，素沙鋪輭，縠音方融，毳茸尚淺，偕嫈嚏以嬉旋，幸芳洲之繾綣。曾不知心魂隔乎異軀。而蹤跡成乎疏遠。已而六翮已長，睥睨青霄。我衿子佩，遵道齊鑣。望雲逵於萬里，詎折翼於崇朝。豈其□□風苦□□月寒□□□□□□□□回首秦關，商欻急而戒旦，偕息駕以南還。菰蔣槁而調饑姑忍，鱠鰴施而行路悲難，然且弔影矜雙，尋聲知和。垂翅雖頻，盟心自可。沐玉露之清冷，啄殘香於瓊顆。嚮荻岸而同栖，忘驚濤之屢簸。於斯時也，天海雖迷，悲歡猶半。風煉魄以森寒，雨霑衿而零亂。互梳翮以好修，誓千秋於明旦。何旻天之荒唐，遽頹齡而飄散。悲矣乎！其聚無留，其離無迹。白日昭而忽馳，青春流而猶昔。芙蓉死而紅實，白蘋凋而香匿。楓零零以墜丹，波渺渺而流碧。驚颸竄而爲羣，栖鳥啼而相卽。雖則回翔極浦，留連沙磧，孤魂自慄，閒愁孰戢。豈溘爾之無期，固難酬夫今夕。蓋其爲羣也不妄，則其爲念也不遷。其爲生也不獨，則其爲死也不捐。女牀之歌匪願，蘭苕之宿弗蠲。唯指心於白水，淩遙目之蒼煙。矧俱生而聯氣，疇惸孑之能全。是以下窮汗漫，上徹蒼茫，黍米銜恤，彌天悲涼。亭皋淒其下葉，潦水涸於津梁。寒螿吟而淒冽，莎草靡而芸黃。苟憑今以泝往，能驕語於憯忘也哉。乃復整衽調絃，別寄清商，吟猱繁亂，曳響無方。重爲之歌曰：天有涯兮人莫之知，生有度兮復誰與疑。誠不忍生存之一旦兮，惘今昔之莫追。謂君蒿之仍相肦合兮，恐達者之吾欺。維時座客聞歌，潸焉泣下，鴻跡已遠，餘哀未卸。苟同類之必憐，引長懷夫銷謝。嗣遺操而微吟，中牢愁而舒寫。已焉哉，抱涓子於窮年，竢知音於來者。

雪賦 以林岫遙已浩然爲韻

觀其紛紜崟嶔，陟巘紆岑，銜輕不舍，趨潔如淫，已迅征而忽返，頃回卽於空林。有似去國之臣，裴徊賜玦；下山之婦，悵惘遺簪。魂搖搖而靡定，肯莫慰其行吟。曾岡兮下壑，楓浦兮樾陰，匪先諏其集止，聽迴風之浮沉。均旻天之降命，何流坎之莫諶。其始也，颯霅鏦錚，蹇蹙詎譊，與風俱怒，竄雲而驟。態無暇於春容，音不成乎節族側候反。則如伍相逃荊，祖伊奔受，甫蹶地而還驚，遙望門而屢叩。逝不我留，怨容曳之流泉；堅不我容，惘停凝之巒岫。踐薄冰而哀吟，依荒草而幽伏符又反。固已愴思士於穹崖，悼征夫於遠堠矣。迄乎寒雲旣同，層陰已遂，上黮黮而薄天，下迷離而無地，倦飄飖於幕中，杳不知其所詣。於時羈晉南冠，留邊漢使，汾雲空白，眄江漢以無方；塞草不靑，睠關山而奚至。莫不俯仰同情，悲生觸類。何陵谷之遽遷，夐浮浮以虛寄。徒窘迫其寒悰，夢春陽而奚至。亙宵兮連晨，彌漫兮未已。疑月疑霜，迷天迷水，乍亭午之熒眸，旋朔風之更起。意申旦之方蘇，問繁陰之凡幾。嚴威已忍，偶屬望夫微暄。沍凍猶凝，渺孰知夫更始。六方一色，流目無垠；疊嶂還增，栗魂奚止。此則逋臣埋迹於建陽，筑客銜悲於宋子，所爲乍馳意於淸霽，終牢愁於塡委者也。若其平展素晶，上酬淸昊。靡幽微之不曜，蠲繁蕪而如埽。哂如玉之何溫，厭投瓊之易好。豈靑林淥水之足怡，臨邛懷淸以爲道。則似海濱二叟，山中四皓，冰心旁徹於四維，壹志停凝其雅抱。素瑩上結而大白若辱，堅剛漸成而益壯於老。任消謝之有期，非余心之攸保。曁乎微風動壑，疏星在天，隨雲俱斂，與木偕遷。乃有積林表之宛在，映霽色而熒然。斯則孔甲抱丹墳於魯壁，圖南煉金液于華巓。歆始春之載覩，聊容與於暮年。朝暾出谷而素顏益潤，流霜沍旦而昭質彌鮮。含綺霞之新影，承璧月之初娟。夫孰曰東風之不可與期兮，惟鶯花之是妍。

霜賦 戊辰

庚子山身羈關隴，神馳江介，長夜修徂，煢然忘寐，起倚軒楹，孤心流睞。于是曉風息，山明暉，初日未耀，零霜尙飛，悵然閔默，情逐霏微。客有訊之者曰：子其能爲此長言之乎？對曰：何爲其不然也。如僕者，際喧和之令景，攬芳草之芊眠，猶移歡以作怨，將挈物以問天，奚待此哉，而後戛變羽之危絃耶。夫化有所不可知，情有所不可期。貿遷榮悴，曷其有涯。而當之者適與相遘，感之者潛與相移。然則履霜之刺，未諧貞感，繁霜之怨，獨有餘悲。測清雰於邂逅，端有竢于孤羈。昔者峯雲乍平，商風漸展，柳帶垂黃，荷衣墜茜，玄禽猶飛，蜻蛚已怨，曠遼窅以涵空，滌虛清于遙甸。先以涼飆，申以玉露，方珠顆之停勻，棲勁枝而圓素。已愴意于蒼蒹，緬追懷夫芳樹。胡玉琲之不堅，遽趨新而舍故。騰靈液之方升，旱不謀其摶聚。氣母襲之於希微，金輪礙之而容豫。爾乃裴回天臯，依違蕭散，似止仍留，將合復判。倚孅冶之娥嬴，聊夷猶于霄半。蹇遺影而薄遊，匪宵光之可辨。于時明河墜，斜月横，遙天一碧，霞綺收英。雁含悽以暗度，葉低墜而無聲。忘知者之爲誰，獨旖旎而迴縈。宕幽情之蠲潔，羌不炫夫瑤瓊。爰就苔衣，或依木杪。豈蓄意以將迎，聊栖遲而來紹。眷井榦於桐陰，集征蓬於江表。長汀曼引以彌漫，碧瓦平鋪而危峭。迨于明星已爛，微風不興，迢遙萬頃，極望晶瑩。倒青旻而涵素，漾浮采而莫扃。皚容淡而愈遠，凜氣翕以如蒸。榮衰草以留豔，惜淺水之孤澄。欺濃華之積雪，惘戌削之曾冰。於是長天益迥，煙水增寒。柏已凋而餘紫，楓欲脫而彌丹。沙廣衍以無際，蘆孤飛而不還。良闃寂以森瑟，極百昌之摧殘。眺玉峯於俄頃，終銷謝以無端。泣幽妻於故帷，怨遷客於鄉關。疇有恩而可醳，疇有夢而能安。當斯時也，僕將何以爲心哉！墟煙微冪，墜月初沈。光淫淫而眩目，寒惻惻以栖襟。送南飛之驚鵲，懷涔浦之青林。形長留而罔託，魂猶在而莫任。客有爲之歌曰：秋風徂兮三冬歸。履輕霜兮授寒衣。惘江關之已遠，聊淫裔而莫違。予申歌之曰：零露溥兮飛霜駛。遥纖弱兮散清泚。亙天涯兮淒以迷，悟不識寒威之奚止。于時四座緘愍，相倚長謠。負白日之不暄，念蒼松之且凋。歷千秋而寓愁兮，曾不如晨霜之易消。

薑齋文集卷八

賦三篇㈠

祓禊賦

謂今日兮令辰，翔芳皋兮蘭津。羌有事兮江干，疇憑茲兮不歡。思芳春兮迢遙，誰與娛兮今朝。意不屬兮情不生，予躊躇兮，倚空山而蕭清。閴山中兮無人，蹇誰將兮望春。

章靈賦

章，顯也。靈，神也，善也。顯著神筮之善告也。壬辰元日，筮得睽之歸妹。明年癸巳，筮復如之。時孫可望挾主滇黔，有相邀赴之者。久陷異土，旣以得主而死爲歆。託比匪人，尤以遇巷非時爲戒。仰承神告，善道斯章，因賦以見。

居調軫以理晢兮，連權兆而晢夢莫紅切。系綅揅以搖搖兮，憂期愆而恤豐。

㈠ 此處原刻本有「闕一」兩字，今從衡陽刻本補遺卷二移補蟺鬭賦於章靈賦後，將此兩字删去。

爾雅：權，始也。瞢，不明也。易：慼期有待，又豐亨，王假之，勿憂。王弼曰：得豐亨，乃可勿憂。恤亦憂也。閒居調其軫念之情，以自理所誓之志，故必稱引初始，述祖考之肇啓者，以開其蒙昧。王之得姓自太原，世系綿衍，丁此亂世，如冠之垂綏，木之有蘀，搖搖其恐墜也。故旣憂有待之期或慼，抑以未豐而亨爲恤。進退維谷，懼忝爾所生也。

皇濠泗飛以試困兮，余祖御乎揚之土。靖協勞于滹池兮，采赤麓以剖戶。蟬考葉之文潛兮，玉書宛其舒心。筮鴻柯之非集兮，珍海翮而息南叶。

食邑曰采。蟬，蟬聯也。麟吐玉書，春秋以作。鴻掌而不爪，枝柯非其所集。南溟之化，六月而息。太祖始起於濠泗，當龍躍在淵之時，始祖驍騎公從揚之高郵，舉兵應之。迨成祖靖難，又協贊成勞於滹沱河。故剖萬戶之封，食采赤帝之麓。嗣是蟬聯不絕，逮顯考徵君，以文章理學起家，受業安成，傳春秋大義。天啓初，用特徵入貢太學，時不能用，將授以散秩，非所宜見，歸而隱焉。

眇熹光之麗形兮，凌太白而揆初。雖列清其遡垢兮，抑寒銑而善痡。凜不知其逾涼兮，抽已秋之餘荂。

熹，微明也。人生而形具，明斯麗之。其始生則尙熹微。然余生以九月朔旦，金氣方盛，而揆日在初，雖秉氣清剛，而寒銑不昌。乃雖遘凜秋，而猶爭夕秀，其於時固已難矣。

鄉升廉以脂轄兮，齊側皆切明夜以庶格。猰貐午於周原兮，歸魂甹肥通其猶未莫謨白切。

脂，脂車也。午，旁午也。甹遰，遠引也。莫，安也。壬午歲，舉孝廉於鄉。方上公車，冀得出身致主，齊明夙夜，庶有感通。乃李自成犯順於秦晉，□□蹂踐於畿南，狼狽南歸，翼至肥遁。而張獻忠入楚，湖南全陷，奔竄不寧。

勝調周飢於紫蠅兮，永眇視於躍馬。奮殘形以殆庶兮，危季歎於撩虎。

勝，龔勝。王莽贊：紫色蠅聲。永，任永。三都賦：公孫躍馬以稱帝。易：顏氏之子，其殆庶〔幾〕乎。季，柳下季。莊子：柳下惠以孔子見盜跖而歎之。子曰：「撩虎鬚幾不免虎口。」癸未冬，張獻忠陷衡州，捕人士補僞吏。時絕食傷肌，以脫其污，庶幾龔任二子之意，然其得免虎口者僅矣。

釋余枻於曾波兮，導告余浸以滔天。行汨災而后嬰兮，馬壯拯其無人。哀輪縈以痻愁兮，襲宵永而辭晨天叶。

曾，層通。導，導人戒塗者也。易：用拯馬壯。言救難當健速也。張獻忠入蜀，湖南稍寧。甲申春，李自成陷京師，思廟自靖。五行汨災，橫流滔天，禍嬰君上，普天無與勤王之師者。草野哀痛，悲長夜之不復旦也。

鷸悵皇而狂僨兮，蠢蹊田而奪之。豈弗悶其終沈兮，荼良苦其將捋之。步岑辟以涓友兮，援余戈而徂征。孤拊和其怒節兮，乾時潰其誰榮。

國策：鷸蚌相持，漁人兩得之。語云：孤掌難鳴。春秋不諱乾時之戰，言能與讎戰，雖敗猶榮。□□□□□未久，旋亦敗滅，如鷸蚌之持，徒爲漁人之利，牽牛蹊田，而牛亦奪也。□□□□□□□固將死生以之，豈徒遯世無悶，而終隱之爲得哉。故涉歷險阻，涓戒同志，枕戈待旦，以有事焉。而孤掌之拊，自鳴自和，至於敗績，雖云與讎戰者，敗亦非辱，而志事不遂，亦何榮耶。

騶儆余以荒術兮，皇雖阻其猶平叶。胡釋余祖之亭遇兮，吝余策於南條。邅申申其離卽兮，余情婉以終留。陳介李其曷共平聲兮，慭有心而長區烏侯切。

荒，大也。術，路也。邅，遲回貌。左傳：一介行李。區，藏也。舉兵不利，遂繇郴桂入粤。皇路可通，雖險阻如平夷也。先世旣以從王起家，胡爲釋此不圖，而吝南征之策也。戊子冬，旣至行闕。所見尤爲可憂，遲回再四，已復歸楚，而情終繫主。己丑夏，復繇間道赴闕，拜行人，雖陳力之無可致其靖共，而悲憤有懷，不能自匿，故有死諍之事。

荃服鶩而未閑兮，或進䟴而善啼。軒聆律於秬累兮，夔繇庚其若蹊。熯女離而長謠兮，矧旣雨而申霣。余姣固殉於所字兮，蒼天正余以無奔。虹奇居宜切色其衆媚兮，暌星樞以思存。蹇疾頻而嬰疹兮，返牢茲以行路。迹達魏以率野兮，魂慺慺其念故。

荃，芳草，喻君。服，乘也。軒，軒轅。秬累，累秬黍以正律。夔，一足獸。庚，夷庚，大道也。申，再也。霣，霽也。奇，奇衺不正也。牢茲，深閉也。魏，魏闕。時山陰虞山二相公，孤忠濟難，反蒙主疑。而朱天麟、王化澄、吳貞毓、郭之奇、萬翺流輩，猶恣奸佞得進用，結叛臣陳邦傅，下諫者金堡等於獄，幾材殺之。夫哲愚之量，今古不齊。有黃帝之聰，則秬累可察。若一足之夔，則坦道如蹊。然則衆人之憒憒，固不能欺余心之炯炯矣。時值傾覆，若谷蓷之熯，仳離之女，旣不能已於長謠，況幸値事幾之可爲，若久旱之雨，而姦邪偷一日之利，更欲圮壞。如乍雨重霽，安能不益其痛哭耶。唯余一意事主，不隨衆狂，而孤立無援，如彼何也。羣姦畏死貪賂，復陰戴孫可望如舍日而媚虹。北辰固爲天樞，非彼所思存，暌而去之，如遺屣矣。旣三諫不聽，諫道窮矣。乃以病乞身，遂離行闕。而心念此去，終天無見吾君之日，離魂不續，自此始也。

符威淪余離凶兮，欣長擢而數訛。訊余志之不充兮，疇飾非於未化叶。

威，滅淪喪之禍，果合符於所諫。庚寅冬兩粤俱陷，死於亂兵者幾矣。固誓捐生而勢不便，天不即與孤臣以死，數之訛也。靜言自責，蓋亦志之未充，故猶波流以有今日之生。方之古人，於斯愧也。詎云遯跡窮山，不爲降吏，遂得以天日之誠文飾而致於貞夫之列。

后適河以拂訓兮，輔志鷁而逢怒。配與旬其交佛兮，何所肆余之雅武。屏服昧於蒸原兮，震伐方以流耳。□□旣余之永仇兮，王鈇亦維以悼紀。佪葛荏余糺躓兮，眄余天而未可叶。夙延清而飲虛兮，紛莫知余之所甫。

天王狩于河陽。仲尼曰：以臣召君，不可以訓。季文子曰：見無禮於其君者，猶鷹鸇之逐鳥雀也。易：配主謂君。旬，均也。謂所與同志事君也。佛，戾也。武，步也。屏，退也。服，用也。昧，幽也。蒸水出耶薑山，今謂之黄帝嶺。時所避地近其處。易：震用伐鬼方。震，大臣之象。王鈇，見鶡冠子，謂天子之大權。葛，蔓草。荏，柔木。言相糺縈，動即仆躓。天，所宜尊者。甫，美也。時上受孫可望之迎，實爲所挾，既拂君臣之大義，首輔山陰嚴公，以正色立廷，不行可望之王封，爲可望賊殺。君見挾，相受害，此豈可託足者哉。是以屏迹居幽。遯於蒸水之原。而可望別部大帥李定國，出粤楚，屢有克捷，兵威震耳。當斯時也，欲留則不得乾淨之土以藏身，欲往則不忍就竊柄之魁以受命，進退縈回，誰爲吾所當崇事者哉。旣素秉淸虛之志，以內決于心，固非悠悠紛紛者能知余之所好也。

思崩登之逝絕兮，介忽歘其無幾。皓汔染于中遷兮，歎頹齡其曷改叶。鳧唼蟲而泛行兮，愈流睞以怡旃。鷗遂胥以召嬉兮，驌不信其已然。

爲不善如崩，易斯速也。爲善如登，難斯勞也。其始也一幾之決，其終也相去邈絕矣。其幾微之介，忽汶難知，而轉移歘倏。使以皓素之姿，聊且受染於淄黃，而中變其故，則終至暮年，不可復改。是則素抱淸虛之志者，安能妄投於一試耶。夫泛泛之鳧，隨波而唼魚，則人益喜其流蕩，怡我心目。若神雀忘其內美，而亦與羣遊，以致人之歎賞，斯物情之所駭，而亦事之所必無者也。故余之所甫，自非紛紛者之可得而知。

屯建子于錫侯兮，蒙納耦以受寅叶。豈初柔之讓易兮，麗險窞之何姬。力魚切，叶如字。曰維命余不猶兮，奚懟位其不夙。胚父壯以濟童兮，妃內景而中穆。頫思返於貞牝兮，哲懼膏之致焚。窈余不知其畔兮，遵原筮以得垠。

參同契云：屯納子，蒙受寅，謂屯陽在初，蒙陽在二也。屯以濟難，蒙以養正，其用別矣。納耦者，謂蒙二納婦吉，退治內也。夫屯蒙各有一陽在內卦，屯以蚤見剛健，得建侯之利。蒙豈不然，而以柔居初，成坎險而讓平易，所以然者，則時在蒙昧，不宜急見其剛才，素位遲疑，無容怨也。唯是保乾父之剛，內藏其健。納坎水之景，中守其明。則蒙昧可濟，而和靖於心。是故李尊赴顏公之招，臧洪同張邈之死，成敗雖殊，而道在經綸，故得以烈聲自遂。今所遇非人，蒙晦無可別之跡，則出身磐桓，不獲如彼，命之不猶，唯含貞韜明而已。位既不夙，其可爭乎。俯而自思，返於正順，以遠膏火之焚。故事幾幽杳，而生平素尚，甘於戢退，斯有垠岸之可邁者也。

眲當無以尙沖兮，非廢用而頽滑。康違墈以木形兮，激契闊于履發。儷龍玄其貞庸兮，矧秉禮于鄒闕。

老子云：當其無，有車器之用。頽，廢。滑，亂也。嵇康絕交書自言七不堪。人目康土木形骸，謂不尙飾也。契闊，不合也。履，湯名。發，武王名。子曰：老子其猶龍乎。又人謂嵇康，龍章鳳質。儷龍，謂二子皆如龍者。二子以玄爲尙，然且在老，則以無爲用，非並用而廢之，以恣滑亂。在嵇則非湯武之征誅，而不徇司馬。況秉禮敎于鄒里闕黨者，其得弗擇地善行，而徒取進趨乎。

維食陰而質滋兮，必吸淸以塡形。爽脈叛其不來兮，石頑隕而失星。褢冰惻此絲鼎兮，歷棘經其難康。重謚情于荎側兮，怨霄路之何長。

爽，淸淑之氣也。脈，微動也。霄路，天路。夫鄒魯之敎，以理人性，以正人紀，盡之矣。夫人之生，食陰濁以滋形質，而必受淸剛之氣於天，乃以充其體而善夫形色。倘此淸剛之氣，見利斯昏，叛去形質之內，則如星隕爲石，不復得爲星矣。所以懷冰自戒，憂此一絲之繫九鼎，歷于糺蹎之塗，懼不得夫安步也。其自念名義旣如此矣，而愛主之心，尤不能忘。謚寄此情，欲往就之，姦雄窒路，如天難登，如之何其弗怨也。

狂憒憂而自棄兮，耿三歲而孑遷。遠淸塵余穉慕兮，抑朋蹇其企連。巴骨出而仍掉兮，虎靈藉而養巽。尸鼎號以隳庸兮，矧自古之多劵。

穉慕，如穉子之慕親也。易：大蹇朋來。又往蹇來連。謂相率以濟蹇也。巴，巴蛇也。巴蛇呑象，三年而出其骨。掉，掉尾也。藉，假也。鼎，大也。鼎號，謂天子之大命。尸，如祭者之尸，代居其位。庸，功也。自遠君側以來，於茲三歲，而孤踪屢遷，望屬車之淸塵，而深其慕憶。蓋願得朋以出大蹇，倘值其人，樂與來連者矣。乃如可望者，若巴蛇之飽，颶尾而游，而大君之威，虎爲孤假，反退養夫巽順，若此者豈足以有爲。神器大名，不可以久借，功之無成，固其所矣。桓溫失志於枋頭，劉裕覆師於關內，今古如一，有心者去之唯恐不速也。

遂託膏去聲以歸音兮，雖先露其何怨。鄰化哀而狎悖能兮，豈不知秋駕之可學。媒與鳩其遝搖兮，覆悔幾之先覺。夢宵征之輕馳兮，畏失轡于罔決叶。昏左次余騷覺兮，儆神憫而啓彭。

哀，公牛哀也。七日而化爲虎。離騷：鮌悻直以亡身。能，黃能，三足獸。秋駕，御法夢學秋駕事見莊子。罔決，荒遠貌。彭，行也。使爲可望者，能如郇伯之爲膏雨，俾得遂所託以西歸，則雖溘先晨露，固所願也。以今者所居非乾淨之土，所鄰而狎者皆化獸之人，則豈不欲學御而得以馳驅哉。乃其或爲良媒，或爲毒鳩，遝雜搖搖，胥不可測。既已覺其不可託，是以逗留而不往，則將使我終不得遂西歸之志者，斯幾先之覺也。使茫然未覺，則往而不叶，歸于一死而已，豈不愈于鄰虎而狎能哉。故曰悔也。既已覺之，則非死之恤，而失身之爲憂，是以夢輕馳而終畏罔決。人之已窮，神或通之，故當左次憂獨之際，希冀神之見憫而啓以所當行焉。

儔勉釋余之棼緒兮，曰窮通天以迓之。帝敓箕以貞倫兮，範有事於稽疑。祓端策而氛睞兮，火出澤以章景。宗廟震于悔端兮，勞再告而益昞。

儔，友也。箕，箕子。火出澤上，睽卦。卦六爻，初士，二大夫，三卿，四公，五天子，上宗廟。震，動也。內卦爲貞。外卦爲悔。上九，老陽變動，故曰，震于悔端。再告益昞，謂凡兩筮，皆睽上九，神之所告，其義甚明，疑可決矣。

好逑暱其姝佚兮，猾貌之庸猜。施膚寸以征合兮，羣淫解而卷霓。誠狶溷其難測兮，魍馮軾而增怪。卬孤清以弗堪兮，歧不詧其所夬猜叶。

此演睽上九之辭，而詳玩其占。好逑姝媛以佚，謂婚媾也。猾，寇也。旣爲好逑而毋庸猜，則所謂匪寇婚媾也。泰山之雲，膚寸而合，不崇朝而徧天下，則雨矣。雨則霓爲之卷藏，正氣昌而淫氣不成，如此者以征則疑釋而道合，所謂往遇雨則吉也。狶，豕也。溷，不潔也。謂豕負塗，難測其不潔之心也。魍，鬼也。馮軾，在車中也。謂載鬼一車，其情增人之怪也。豕負難測之穢，鬼增妖怪之情，則以睽孤之道處此，而欲保其清貞，固難堪矣。夫曰婚媾，曰遇雨，似宜往者也。曰鬼，曰豕，又似不宜往者。一爻之占，歧而不合，安能詧而決之哉。夬，決也。

訟徙倚而倘逢兮，豕旣章余以崇別。女同閨其各袂兮，孰嫫與施之可頡。衆美少之膏濡兮，忘夷狠於飾柔。中仲淳耀其曈曨兮，盟登天而果求。雖輿祇其勿恤兮，矧弢矢之有時。保昆烈以延昭兮，緦杲質於素思。韻叶。

訟，內訟也。中心聚疑，如聚訟然。徙倚，不定也。睽之象曰：二女同居，其志不同行。袂，所以自飾者。嫫，嫫母。施，西施。少，少女，兌也。膏濡，澤之美也。兌內剛外柔，柔以飾狠也。中，中女，離也。淳耀曈曨，日之光也。登天，照四國也。輿祇，亦載鬼之義。弢矢，謂後說之弧也。昆，大也。延昭，謂致光于身也。緦，合也。睽上九之象辭，其疑不易決也如彼。中心聚訟，欲得遇卦意以決之，乃觀于象，而知睽之爲道，不苟同而尙別，二女之志不同，美之與惡，豈可頡頏而同居哉。今卦爻之動，不動于兌，而動于離。且睽者，離宮初世之卦，則道宜用離明，而不宜用兌說。衆人無知，爲少女所惑，慕其膏澤，而忘其衷情之狠躁，則以可望爲歸者固矣。若夫中女之含光以照四國者，則非專壹其心于忠貞者，不能求也。使誠得主而爲之死，雖鬼車其勿恤，況今之張弧者，自有其說弧之時。命在天而志在己，唯觀其象，玩其占，保吾正大光明之氣，以體白日於丹心而已，奚復問津于少女之悅，狠羊之躁哉。於占既然，素志亦爾，神與心協，守其昭質，暗投之侶必謝，幽棲之志益堅矣。

亂曰：天昧冥遷，美無耽兮。方熯爲澤，已日霪兮。鑿秕孔勞，矧懷棼兮。督非我經，雌不堪兮。專伏以需，師翰音兮。幽兆千里，翼余忱兮。倉悅寫貞，疾煩心兮。貿仁無貪，怨何尋兮。侵覃二韻通叶。

天，理也。昧，幽也。耽，久著也。已日，更一日也。鑿，熟舂也。秕，粟皮。莊子：緣督以爲經。督如人身之督脈，居中而行于虛。善不近名，惡不近刑，不凝滯而與物推移，所謂緣督也。倉悅，憂貌。貿，求也。天理幽隱，初無定在，遷移于無迹之中，則昔之所可，今或否矣。其得立一必美無惡之事，以耽著而沈溺之哉。如方久旱，則得雨爲澤，更日不止，又爲苦霪。方其四海淪胥，不餘尺土，則矯制興師者，固以足音慰空谷，而久假不歸，釁深改玉，名爲漢相，實漢賊矣。君子之不幸而當此也，留則河山非有，往則逆順無垠，求以潔身而報主者，如鑿秕求精，亦已難矣。況敢懷富貴之褊心，當去留之大事乎。與物推移而知雄守雌，以苟全其身而得利涉，既非所能爲，則將退伏幽棲，俟曙而鳴。今孤臣在千里之外，吾君介存亡之間，往遥既絶，來踪未卜，唯幽冥之中，若有朕兆，可翼余忱以必達。人不可謀，天不可問，寸心孤往，且以永懷。思主則愴悅而煩心，求仁則堅貞而不怨，章靈之作，意在斯乎。

螘鬭賦㈠ 庚申

曦歊方凝，滰雲欲興。玄蚼觸氣，載戰於庭。壺子據梧徙倚，顰蹙而起曰：夫物固有所不自已者哉。于以蒸蒸涔涔，波颭煙委，盈氣盈心，挾爲成理。窮高天而無一罅之舒，亙長日而無須臾之止。平水微搖而淵湱，怒風倏徹于崔嵬。震宕無聊，不知攸似。若舍旃而莫容，唯役情於一死。夫迺不卜遄征，匪誓勿卻。憒極紛紜，危偏婥妁。委佗棼藉，緜蜒閃霍。引繩孤徑，淩蹴驅薄。神髓不分，內外交韄。競何求而迅奔，憯不恤夫塡壑。爾乃爭堂奪坳，趨衍登墳。比馮乘以撐距，彼昂擊而陟垠。擁攢簇而互進，乍左次而姑屯。旁掠侵地，叢守撖門。山傾嶂疊，浪沓潮翻。櫼櫼茸茸，迷迷魂魂。前已超越，後仍輪囷。趾繕其怒，鬚傳其云。往勿返顧，來益趨援。於斯時也，參兩相撽，特匹相摽，分朋相於，壹死相糾，居妖反。相誅以喙，相牾以爪，脊不謀心，足不念腦。相懲以全，相獎以殀。目光眢埃，液血傾甍。折絕糜散，橫陳傎倒。慘昏旦以怔營，劇自忘其飢飽。鱗鱗塵塵，暴骴載道，猶且歷戰場以逍遙，賈餘威之虔矯。悲哉大造之爲此也亦勤矣！誕生萬彙，元氣相緼。警靈蠕動，充盪芸屯。將使之含以孳榮，不卽於汶悶乎；抑將流騁芒味以之於煩寃乎？將使之相嘔相濡，樂其類以相存乎；抑將往復相制，而還以相呑乎？生生者不受，而生者又何自以魂魂也！夫有畛者無畛者也，有羣者無乎不羣也。俄而一槖之風，殊乎南北，一染之絲，判乎黑白。始於相矜，終於

㈠ 本篇原刻本有題無文，今從衡陽刻本補遺卷二移補。

相賊。溽暑戢而商飆嚴，堅冰解而炎熏赫。旋搖輻轉，汜濫無域。其進也如洪河之出孟門，其返也如楚塞之阻黿阨。蟹負筐而躁，螽垂螯而螫，隼翔高而攫，盧疾走而獲，駿擇猛而噬，蜮潛幽而射，螳翳葉而侵，鼅張羅而弋，莫不役於一氣之攸興，而忘其元和之本醳。是以羽當筵而誓義，鞅接鏕而搏卬，歡指天而僨兆，登茹血以詛萇，汴狙擊以乘晉，吳梟瞑而搏襄，殽尸待封於三歲，邲指宵掬於孤航，馬陵驕而朱殷成澮，上黨毀而白骨如霜，成皋之烽迷曉霧，玉壁之燐奪星光，淮堰之膏飫鰻鮪，楊劉之壘泣寒螿，誠度彼而參此，奚徒一蟺之彊梁者哉！夫歎薄而無擇者氣也，攻取之相尋者機也，窮極而無回者往也，消謝而無憀者歸也。然則天不任殺，物不任威，游魂夐求，奚其憑依。縱之也終乎醉象，斂之也函以靈龜。非夫展目千古，潛意清微，當九六之龍戰，滋方寸之玄幾。薰風在襟，滌雨甘飛。旋燀焞之轂，破瓊珥之圍，亦何以訖昆蟹之淫奰，定馮生之息吹也哉！維時靈雨既降，秋風載清。蕭森疏魄，涼潤綏情。蜻蜓羣遊，歸鳥夕鳴。俯睬埡戶，閔爾忘爭。靈珠孤警，思移乾精。誠不忘夫吉凶生殺之樞軸，又何患乎險毒之難平。

薑齋文集卷九

贊

陶孺人像贊

孝而殉國人所聞，奚俟余云。慈以鞠，不究其粥，奚以相暴。靜好爾音，函之予心，有言孰諶。偕隱之思，已而已而，焉用文之。天或假爾以後昆者，髣髴不迷，唯斯焉之爲儀。

題熊畏齋先生小像贊

爐煙篆輕，茗盌香清。天歸綺閣，人在瑤京。談霏玉屑，度挹芝英。養丹山之彩鳳，族麗景而飛鳴。

雜物贊

雨坐無緒，念平生風物，或時已滅裂，或人間尚有，而荒山不得邂逅，各爲敍其原委而贊之。諸有當於大制作者不與。感其一葉，則搖落可知已。

髮積

糊紙作鍾馗狀，髯而執簡，空其後，挂壁間，以納櫛餘之髮。

神力憤盈，食妖充餒。謂髮離巔，其類維口。顧巔已口。口繁有徒。玄冠赭袍，云胡其徂。

氣通

鐫方玉管作綺疏，方暑響之，以洩蒸溽。亦有冶銀及刻鳥羽本爲之者。

百陽趨首，鬱則或胾。玲瓏旁引，紓此亢息。陰升陽脫，不霜而凜。熱中汗背，非爾所審。

天蠶絲

出廣西府江山中。傜僮炙食其肉，有絲如金縷，以綴巾圈。

弗飽女桑，弗眠葦曲。柔堅艴燿，綴彼金玉。乾綱既裂，孰與維之。千金一繭，不及緪緾。

香筒

出納袖中，香霧凝綺疏，則不爇而熏，沈水木、紫檀、象齒、椶竹乃至磨竹，皆任爲之。鏤人物花卉峯巒，精者細入毫忽。

香魂化虛，留之以凝。褒衣閑閑，偕爾寢興。口口之夫，猶葎是逐。無所置爾，祛如口口。

鬼見愁

亦草木之實，生武當山谷。或採令童子佩之，云辟鬼魅。狀類粵西所產猪腰子，而圓小精潤，茶褐色，有深黑文緣其間。

鬼愁不愁，人亦不知。如彼明王，守在四夷。爾不我佩，鬼愁何有。使爾今存，人胥疾首。

料絲鐙

燒藥石爲之，六方合成，外如絲，內如屏，花卉蟲鳥，五采斯備。然鐙其中，尤爲綺麗。

元夕張鐙，漢明創始。窮工取麗，旣光且綺。爭月搖星，石繭火機。以陰以雨，奪我容輝。

太平鼓

以鐵爲棬，鞔羊革作一面鼓。棬下施十餘小鐵環，揭長柄。擊鼓搖環，琅琅醫醫，鐙夕之巷樂也。

三百韶年，河淸海謐。歡情踔厲，播于始吉。天山笳哀，漁陽撾斷。凡今之人，孰肯念亂。

活的兒

以烏金紙剪爲蛺蝶，朱粉點染，以小銅絲纏綴針上，旁施柏葉。迎春元日，冶遊者插之巾帽。宋柳永詞所謂鬧蛾兒也。或亦謂之鬧嚷嚷。

喧風未動，春物已翩。人載春心，爭物之先。蘧蘧殘夢，生意不蘇。梟巢人頂，仍啄其膚。

果罩

漆竹絲，或燒假珠子爲之。中固無果，名而已矣。顧非是則不足爲筵。

非以給欲，如彼繡衣。目愉心愜，何必不饑。胡孫充嗉，偃鼠滿腹。安用初筵，貪饕已足。

高柄盌

茗盌下有足，可拱可把，以架承之。古者尊有禁，籩豆有房，應如此爾。

謂爾贅疣，何者非贅。苟便飯歠，放流奚害。擎拳致肅，無患捧盈。措地不可，而後亡傾。

盒袋

用亂髮結繩，作大目網，納盒其中，荷之以行。

匪絲匪枲，取彼亂髮。如山既童，柯將焉伐。饋食往來，露其乾餱。苞苴不諱，亦孔之羞。

高閣

小紫竹爲架，下斂上張，以庋字畫及藁紙，挂壁間。

截彼湘筠，庋我丹策。伸臂以探，擂無曰益。今作字者，匪訟則貨。藏恐不密，畏爾賈禍。

茶托

緝小草結之，如蒲團狀，大纔如盌，藉茶具，不令蒸歊損案漆。

使僧如槌，爾可安禪。不壞色相，淨理乃全。今者羣口，大如修羅。炙手可熱，爾其奈何。

罏几

大理石爲中，烏木爲邊，似案而小，以承罏香匙瓶。

明窗棐几，香縷縈空。紾遠腥羶，願承下風。太玄爲守，介石爲心。君子去我，夜氣惟金。

看相

冶銀作箴管粉合，錀橐線囊，蓋內則女子所佩，實去而形存者也。

紛帨象揥，女職所勤。用紃形傳，聊樂我員。怒馬銜妖，裹袖爲姿。珊珊冉冉，奚有來遲。

袖籠

射者衣大褶，則以幅錦裹袖，詩之所謂拾也。

射維觀德，容乃德隅。雖云綦袖，不礙卷舒。削幅見肘，恆有殺容。如鷹常攫，雀鷇其空。

銘

筆銘

爲星爲燐，於爾分畛。爲梟爲麟，於爾傳眞。吁嗟乎，吾懼鬼神。

硯銘

余兩赴端州，未能得一佳石。故水師將軍南陵管燦，舊爲制使丁魁楚閉靈羊峽坑，家有數石，其子貽余一硯，知石理者，謂承之以日則晶熒反射如浮金乳爲獨絕，不在蟲蛀火黶蕉葉也。庚寅冬，桂林覆敗，爲叛吏挾家人奪去。既返山中，無以和墨。劉平思畀一石子，外璞中膩，參差類小龜，卽非至者，亦頗受墨，相隨二十年矣。平思下世來，倏巳五載，欽佩故心，聊爲銘之。

平思曰：咨，天慭爾以死，不替爾思。爾有□知，錫爾玄龜。蠲爾心，奠爾辭，以斯人逖于迷疑。維□□亂夏，朋曇爲之尸。砥礪爾鋒，無滋遺種于兹土，爾尚不余遺。龜拜稽首，曷敢不式承子之光施。

墨銘

莠譋浮囂，惜爾如珍。微言苟伸，爾不吝，滅爾身。

祕閣銘

柴桑無絃得琴理，何用揮毫而藉此。

硯蓋銘

黄麈玄埃，切近其災。苟藏身之已密，彼於我何有哉。

杖銘

莫如信。

拂子銘

所往爲之，如彼爲也。語助或窮，斯焉取舍。

圍棋銘

子入匳，局摺紙，將欲何爲，勿寧事此。

梳銘

新安黃將軍金臺，披緇稱廣明大師，請余爲小傳，見贈玳瑁梳一合，云藏之無用久矣，非先生無可贈者。感其意而銘之。

我瞻斯人，皆可贈者。達多迷頭，非無頭也。豈其遠而，神農虞夏。

南窗銘

北窗涼風，南窗夕曛。五柳高臥之心，夢依京雒；悲哉乎，夕堂拂螘之志，邱首滇雲。

觀生居銘

重陰蓊浡，浮陽客遷。孰忍越視，終詘手援。物不自我，我誰與連。亦不廢我，非我無權。盟而不薦，默成以天。念我此生，靡後靡先。亭亭斯日，鼎鼎百年。不言之氣，不戰之爭，欲垂以覯，縱自覩旃。無小匪大，無幽匪宣。非幾蠕動，督之網鉗。弔靈淵伏，引之鉤筌。兢兢冰谷，梟梟鑪烟。毋曰殊類，不我覬焉。神之攸攝，鬼之攸虔。蠢頑荒怪，恆爾考旋。無功之勳，不罰之愆。夙夜交至，雹灼雷喧。

薑齋文集卷十

家世節錄

禮：大夫有家。詩稱有部家室。司馬遷紀列國爲世家，下况之辭也。今制，七品以下通乎士，六品以上通乎大夫。先驍騎公肇家于今十三世，雖子孫之弗克構乃家，固得以有家矣。夫之不肖，以墜令聞，又遘茲鞠凶，國緒如綫，家亦以殄。嗚呼！維我祖賢考之保此彝命者，寧有替也！夫之最晚生，時得敬聆庭訓者，十百之一二。隨節譔錄，肅呈之從長兄萬戶、伯兄孝廉，僉曰諧汝從。嗚呼！後之人，其尚念之哉。時□□十有二年季秋月朔日乙未，徵仕郎行人司行人介子夫之謹述。

太原王氏，出自姬姓之後，至離次子威而分，至雁門太守昶而著。□元以上，興替不一。元末有居高郵州之打魚村者，斷爲始祖驍騎公諱仲一。驍騎公兄弟，或云九人，或云七人。羣雄逐元，公兄弟亦起義兵會焉，或歿于兵中。其與公並顯者，公弟仲二公，仲三公，皆從太祖渡江。仲一公以功授山東青州左衞正千戶。仲二公、仲三公各以功累襲長沙衞州二衞指揮。驍騎公生明威將軍上都尉公諱成，從成祖南下，功最，陞衡州衞指揮僉事，乃宅于衡。都尉公生嗣都尉公諱仝，嗣都尉公生嗣都尉公諱能，皆襲世職，終于官。嗣都尉公生昭勇將軍上輕車都尉公諱綱，累官江西都使司都指揮僉事。輕車公風裁剛正，嫺治文墨。掌衞事時，與太守古公，偕見直指使。古公自司馬郎出守郡，執舊屬禮，與公爭西上。公據祖制折之，曳落其裾，直指使以公爲直。會同里劉黄公昊請於廷，修南嶽廟，部推公能，檄入川採木，歸督造廟，歸然帝制，崇麗冠五嶽，所費不過五千金，皆公所區節也。事具商文毅公輅碑記。後官江西，與藩臬會紫薇堂，藩使以公伉直，欲以文墨相難，連綴謟語，公應口和之如夙譔，藩臬使皆爲斂容焉。

輕車公生驃騎將軍上護軍公諱震，字東齋，累官鎮守柳慶參將。始輕車公所與伉太守古公者，擢大司馬。驃騎公以舍人襲職，過司馬門下。古公閲世系狀，知爲輕車公子。問曰：「汝王某兒耶？」應曰：「諾。」古公曰：「王某文武材也，此正思擢之，以紓邊急，今豈其沒耶？」對曰：「某父以某時歷江西都使，卒于官。」古公愴然改容，作而嘆曰：「汝父風采，今日若在人目中。虎父不生豚兒，汝但好爲之，無憂不大用。」護軍公泣伏再拜而退。逮致政里居，每舉以戒子孫。至先君，猶能詳道之如昨日事。嗚呼！先正體國用人，爭而不忮如此，天下何得不晏然。顧非輕車公之大節，不實有以厭君子之心者，亦無以得此。驃騎公累官二品，家無餘貲。柳慶居百蠻之衝，懷柔震壘，不侵不叛，其承堂構而報元老之知，亦有所自來也。

驃騎公長子諱翰，襲職，累官都使，卒，賜葬祭。第四子處士公諱寧，號一山居士，始以文墨教子弟，起家儒素焉。

一山公長子順泉公諱亨，郡文學。次掌故公諱雍，號靜峯，應隆慶四年鄉貢，初授武岡州學訓，陞江西南城縣學諭，致仕，卒于家。掌故公純懿寬厚，推重倫輩。凡應貢者，類以捷得相競。公居餼滿，請讓于所受業師，學使者義而許焉，公以遲之閒歲。家世弁組，頗務豪盛，公苦吟清澈，不問家人業。或故詰公曰：「一石穀舂幾許米？」公曰：「一石米。」輕薄者笑焉，公亦不怒。其敦長者行類如此。夫之童年，嘗于先君篋中，見公試論一帙，今忘之矣。記其髣髴清健樸亮，似楊貞復手筆。至論留侯用四皓爭太子，非大臣體，王茂弘不得爲純忠，蓋補綱目所未及也。

掌故公生三子，長次峯公諱惟恭，次少峯公諱惟敬，次太素公諱惟炳，補郡文學。少峯公之始生也，掌故公夢有奇徵，故小字曰夢。公姿貌森偉，長六尺，髭鬚疏秀，瞳光透出十步，伉爽倜大節，飲酒至一石不亂。歲時衣大褶，戴平定帽，坐起中句矩。或勸公曰：「君閥閱胄子郎君，又以儒名家，獨不可以儒服乎？」公笑而不應。掌故公之卒，以貲讓弟太素公，隨散隨益之。終身不見一長吏，亦不攕裾于富貴之門。縱酒自匿，而竟日口不道一里巷語。遇人有不可者，面折無諱，而姻黨敬愛，生平如一日。居家嚴整，晝不處于內，日昃入戶，彈指作聲，則室如無人焉者。課先君洎仲叔二父誦習，每秉鐙對酒，寘筆硯座隅，令著文藝，恆中夜不輟。仲父偶戲簪一花，驀見之，作色曰：「此豈吾子弟耶！」故先君兄弟終身不有華曼之飾。先君年在既立，聲望已著，每小失意，猶長跽踰時，必痛自謝過乃已，或時爲勞勉焉。夫之少不肖，蒙譴于先君，仲父述此以見誡，相向欷歔已，哽塞不能竟語。公年五十三，早卒，大中丞李公燾爲表墓焉。元配馮太孺人，無所出。繼配范太孺人，生三子，長先君，次仲父牧石先生諱廷聘，字蔚仲，次季父諱家聘，字子翼，皆郡文學。仲父和易而方介，恬于榮利，博識，工行楷書，古詩得建安風骨，近體逼何李而上，深不喜竟陵體詩，每顰顣曰：「何爲作此兒女嚅哾。」晚歲築室坰外，號曳塗居，蒔花植藥，怡然忘物，每謂漆園吏、東皋先生去人不遠。生長兄玉之，起邑文學，以繼絕嗣祖職官指揮使。季父儒而俠，不屑家人業，裘馬壯遊，敦友睦，事先君如嚴父，生珍之。

先君諱朝聘，字逸生，一字脩侯，志考亭閩山之遊，以顏其居，學者稱武夷先生。少師事邑大儒伍學父先生定相，研極羣籍。已游鄒泗山先生德溥之門，講性命之學。萬曆間，爲新建學者甚盛，淫于浮屠。先君敦尙踐履，不務頑空。嘗曰：「先正有言，難克處克將去，此入德第一持循處，吾力之而未能也。」一切玩好華靡，不留手目。篤孝敦友，省心減務。窺所淵際，大概以克己爲之基也。雅不與佛老人遊。會共釋憨山德清談義，已聞其論，咈然而退。終身未嘗向浮屠老子像前施一揖。甲申歲，以寇退遺骴滿野，募僧拾而瘞之，並使修懺摩法。仍曰：「此自王政掩骴骼之一事，顧今不以命之僧，吾懼僕傭之狼籍也，已屬之矣，固不容執吾素尙而廢其事。此亦神道設敎之意，汝曹勿謂我佞佛而或效之。」少峯公早世，夫之兄弟不及見先君色養。聞諸先孺人，終少峯公之世，有所呼召，未嘗不稱名以應。每加戒訓，則長跽中庭，非命之起，至客至不起，已乃煦然無少見顏色。少峯公卒，柴毀泣血。免喪，親故乃不相識。在殯，食一溢米粥，力疾執葬事，舂鍤栽植，躬與傭力雜作。范孺人之疾革也，先君方授生徒于衡山。范孺人不欲先君之亟歸，逮屬纊，仲父方以信走報，猶諱言不測。時已昏黑，就主人借一駿馬，馳百里，丙夜抵家。先君體清羸，素不習馳。縱轡馳陰黑中，把火者不相及，卒無傾蹶，聞者以爲神助。及歸已復魂矣，匍匐號血，水漿不入口者三日。范孺人以痰疾終，收所唾盂，藏之苫次，每捧以哭，殆于絕聲。每上少峰公范孺人墓，酹酒泣下。耆艾之年，猶作孺子泣。歲時薦于寢，整衣鵠立，屏息攝足。茶醴之奠，必躬執焉。夫之兄弟間請分其勞，皆不聽許。待仲叔二父，終身無一間言。或遇咈意事，相對二父，則笑語如常，脫然忘其所憂戚。一觴一詠，評古跋今，諧適送難，歡如朋友，而危坐正膝，不傷於媟。至於衣無私主，財無私藏，則初以爲適然，未嘗留先君胸中，不足細述也。

萬曆間，諸以理學名者，拱手曳裾，襃褶幟巾以爲容。先君口無過言，身無嫚度，而坦易和粹，衣冠亦如時製，無所矜也。崇禎初，文士類以文社相標榜，夫之兄弟亦稍與聲氣中人往還，先君知之，輒蹙眉而不懽者經日。丙戌歲鄉試楚士于湖南，劉浣松水部明遇以點定墨牘屬夫之，已授之鐫者，先君怒曰：「汝以是爲儒者分內事耶，卒不許竟其事？」大約窺先君之志，以不求異于人爲高，以不屑浮名爲榮。故性不喜飲酒，而留客卒歡，或至中夜。不以斷肉禁殺爲仁，而啟蟄方長，終無侵害。食品非雞鶩豚魚，未嘗下筯。終身不過狹邪之門，而對歌舞亦爲之適然。投牒歸隱，未嘗巖棲谷飲，而盤桓斗室，竟歲不履城市。自非忠孝大節，卒不修赫赫之行。此以恆久而不可亂也。

先君爲制義，風味似馮具區，詣入似朱大復。每以理極一往，翔折取意爲至，而不多取績藻。論文則以極至爲主，恆苦作者不能臻已所未到。早受知于邑令胡公，忘其名，自童子中，以國士相期。會學使者有所嗛于邑，故抑先君以示意。繼新安立齋王公宗本令衡，復深相知。凡兩最童子科，乃補郡文學。以文字相知許者，義興周公應脩、太湖馬公人龍、四明陳公圭、溫陵劉公春。

先君以萬曆乙卯辛酉兩副秋榜，分考胡公允恭首薦，太史西溪繆公昌期業定錄名次，以對策中犯副考朱黃門童蒙名，黃門不懌，置乙第。是年熹宗登極，以恩予副第者貢太學。先君年已五袠，倦于文場，歎曰：「余分在此，且筮一命，或得報政而邀王言，以補祿養之不逮也。」遂應貢入辟雍。歷滿應部銓，時選政大壞，官以賄定，授正八品官。先君素矜風軌，及是相知聞者，謂必罷選不就。先君笑曰：「積薪何常之有。我應此小用者何意，無亦聊與優游，而以悻悻去哉。」初仲父聞之，亦爲扼腕。先君自都門歸，欣然盡遺諸胸中。仲父歎曰：「吾兄所謂賢者不測也。」已赴謁選，會烏程當國，操切以希上旨。其姻家唐元弼者，乾沒副貢籍，求府判所部覈罷之，烏程怒，爲罷銓郎。新銓郎蔡相弈琛會烏程意旨，苛按辛酉副貢，移儀曹，索故紙束，溼甚，暗索賄焉。先君曰：「是尚可吏也乎！吾以求一命爲先人故俛折至此。若出賕吏胯下，以重辱先人，是必不可。」詣儀曹辭罷，大儀慈谿馮公起龍笑謝先君曰：「觀生氣固不可折者，吾爲選，君必旦暮爲除遣，何有長者而作少年拂衣意氣乎？」先君正色長揖而對曰：「無所辱公嘉惠。某有田可耕，有子可教，終不敢欺天，以暮夜金博一官。」碎假帖而退。夜買驢出春明門，遂歸。蒔藥灌畦，若未踏長安塵者。家居十七載，不一至郡邑庭，亦不通雜賓客，非兩叔父外諸從洎及門問字者，往來都絕。長吏到門，以疾卻刺。夫之舉主歐陽方然先生諱霖相過，請見者三，乃一報見而止，猶不懌者終日焉。

先君少治詩，徙治春秋。蹻屩東經，走安成亭州問業，所向卽傾動人士。已授生徒，精爲研鑿。及門達者，先舅氏孝廉譚公允都、舉首歐陽節庵瑾、開建令經元貴陽馬丹鄰之馴。晚歲端居，屏人事。里社後進，間因夫之兄弟以文字求點定，時際欣適，亦爲論次。如郭季林鳳躚、夏叔直汝弼、何偉孫一琦，皆所鑒別，俱爲名孝廉。會喪亂不得竟其所至。先君和粹，不立城府，煥然無所牴牾于物，顧所不可，纖毫不以折意。方謁選時，邑大常卿陳公宗契、零陵銓司蔣公向榮，深相引重，欲爲先君地，皆笑而謝之。大參陳公聖典會先君，因致書長安達者。先君受之，中塗發椷，有先容語，遂不復致，橐之而歸。初欲返之大參，已而曰：「何用作此嘵嘵，折彼意爲。」因不果返之。營道駱都督思恭掌金吾事，監修國史。史成，例薦纂修者，晉所考秩予速選。以同鄉故，咨先君于部。先君亦笑受其咨，既終不以赴部，亦不以返于駱，留笥中，抵家乃焚之。蓋先君大節，求盡于己，而不標君子之名以自炫，大要如此。壬午冬，夫之上計偕，請于先君曰：「夫之此行也，將晉贄于今君子之門，受詔志之教，不知得否？」先君怫然曰：「今所謂君子者，吾固不敢知也。要行己自有本末，以人爲本而己末之，必將以身殉他人之道，何似以身殉己之道哉。愼之，一入而不可止，他日雖欲殉己而無可殉矣。」嗚呼！先君之訓，如日在天，使夫之能率若不忘，庚寅之役，當不致與匪人力爭，拂衣以遯，或得披草凌危，以頸血效嵇侍中濺御衣，何至棲遲歧路，至于今日，求一片乾淨土以死而不得哉！誨爾諄諄，聽我藐藐，小子之弗克靖也，人也，非天只矣。

初，伍學父先生與先君爲師弟子，而相得如友生。先生藏書萬餘卷，居恆謂家君，此中郎所以貽仲宣者，行歸之子。後先生猝得熱疾，遽急不能語。先君躬執藥食，先生目語先君，如將有所授者，先君輒俛首不答。歸而歎曰：「吾寧負先生治命，不能受仲宣之託也。」先君嚴于取與，大率如此。夫之所目擊者，未嘗輕過一人飯，亦未嘗輒受一人名刺。凡夫之兄弟所交遊，稍有箑扇之饋，必峻卻焉。伯兄己卯上北雍，旋于白下市縛音綿絹製袷衣，著綿以進，彌月不敢呈。漸因先孺人奉之，笑視良久，取而藏之，經冬不御。間歲仍返諸伯兄。伯兄復因仲父婉道意，乃以所值授伯兄，始取服焉。兩兄洎夫之有茗菓羹脯之獻，月不敢再。間月進之，亦多納而不嘗。兩兄省試歸，曾買小說一帙奉先君，爲解頤之助。開卷視數則，輒束焉。嗣以遺族叔。且曰：「此兒子所奉也。」仲父以間言曰：「兄之子，幸免不成立。所奉亦筆舌所得，何峻拒之如是？」曰：「其人則吾子也，其物則非吾有也。以吾一人者，用物于天地，而數人者取天地之精，不已汰乎。且清心省事，徒以行之他人，而不行之吾子，其亦以此忤物矣。且吾以此教豚犬子，尙不能不轇轕浮沉于名利之際，奈何復決堤而先之泛濫也。」凡受業于先君者，約數十輩，束脯之儀，以貧而卻之者半焉。時亦有所賑予，及爲人排急難，要未嘗輕先期諾之。賢者不得而親，不肖者不得而疏也。夏紵冬絮，擁膝危坐間，終日而不一語。自夫之有識以來，二十年如一日，亦姻黨僚友所共知，無得而間焉。

先君嚴於自律，恕於待物，即僮僕亦未嘗深加訶責。以少峯公塋墓爲族人不肖者所犯，一訟之有司，此外無一字入郡邑。曾衣新縐褶過城闉，有鬻薪者，醉而突出，以所荷杖刺衣幅，裂落其裾。其人惶遽，故狺狺作不遜語。先君笑曰：「待我執汝索償，而始作此狀未晚，今且不須爾也。」其人雖醉，不覺膝之屈也。先君亦顧而去之。又嘗晏出，門外有鬻豆糜者，踞坐門檻，命之起不起。稍正色詰之，顧瞋目直視，捧其糜擲中先君，巾服皆漬。先君徐步入內易衣，家人皆不測所以，先君亦不語以故。徐聞門外喧豗，則鄰左人共搏其人，盡以所鬻糜，投之溝中，捽而將繫之矣。先君易衣畢，遽出語搏者：「彼幸未有所犯于我，直蠢愚不慮難爾，何忍令其荷空甑歸，無用以對妻子爲。」如其値而授之錢。鄰人皆驚訝，餘怒不已。詰旦乃笑而謂之曰：「子昨者之怒，今可以忘乎未耶？」故里中之醉而號者，爭而鬭者，樗蒲而相逐者，惟恐令先君知。鄰有貴介子弟任縣令罷歸，不能戢其奴客虐侮市買小民。先君遇之，則正色視之。雖未加詆訶，而無不倉皇失措者。後遂漸畏而改焉。凡里中郡邑文學，有數至公門請謁者，皆令攜巾衫人走間道，不敢經過門閈。先君後漸聞之，歎曰：「夫我奈何使人徒畏！」遂以禁步門內。又曾以孟冬攜夫之上一山公塋，歸渡耒水，操舟人索錢不已，從人與之爭。其人醉而狂詈，刺刺不休，奮石相擲，及夫之馬首。夫之于馬上勸止之，愈不得止。夫之怒，令人搏之。其人掉舟中流，無可如何。先君見夫之怒不可遏，從容上肩輿去。使人傳命云：「此何難，且歸徐告于有司捕繫。」夫之乃迴轡而反。抵家，先君色既不怍，又不一語及之。夫之不敢請。遲之數日，乃曰：「前者操舟狂夫，何以不屬之有司乎？」俛而微笑。夫之不覺汗之霑頤。先君乃爲好語慰藉而起。

先君敎兩兄及夫之，以方嚴聞于族黨。顧當所啟迪，恆以溫顏奬掖，或置棋枰，令對弈焉。唯不許令習博簺擊毬，游俠劣伎。閒坐則舉先正語錄，辯析開曉，及本朝沿革，史傳所遺略者，與前輩風軌，下及制藝。剔鐙長談，中夜不息。兩兄淳至，無大過失，時或以小節違意旨。夫之少不自簡，多口過。每至發露，先君不急加詰讁，唯正色不與語，問亦不答。故夫之兄弟亦不易自請譬焉。如此旬餘，必待眞恥內動，流涕求改，而後譴訶得施。已乃釋然，至于終世，未嘗再舉前過以相戒。庭戺之中，喧日嚴霜，並行不悖。恆謂處人己之間，當令有餘，親如子弟，賤如奴僕，且不可一往求盡，況其他乎。昔在京師，見一名冢宰，大書榜云：「本部旣不要錢，如何爲人要錢。」亦何至如此以爲君子耶。故其施於家者，張弛如此。而夫之兄弟亦幸以免于惡焉。

崇禎癸未，張獻忠陷衡州，鉤索諸人士，令下如猛火，購伯兄及夫之甚急。先君爲僞胥所得，勒至郡城。僞吏故爲輭語，誘先君致夫之兄弟。先君張目直視，終不答。僞吏怒，將羈先君。先君歎曰：「安能以七十老人，俛仰求活！」沐浴易衣，就親故告別，將以是夕投繯。夫之聞先君在繫，乃殘毀支體，舁簣到郡，守候徹夜，乃不果。明日遂以計脫遁。黃岡奚鼎鉉始以文字與夫之相知。聞至是陷賊中爲吏，力脫先君于險，先君終不與語。

永曆丁亥，夫之避居湘鄉山中，伯兄匿跡東安之四望山，先君間寄手書至曰：「汝若自愛，切不須歸，勿以我爲念。」時八月二十三日也。書發之明日，遂以覯疾。伯兄踉蹌先歸，夫之以次還，先君顧不喜。已乃力疾率伯兄及夫之上南嶽峯頂以隱。俄而疾急，乃曰：「吾居平無一言可用敎汝兄弟者，況今日乎。我卽不起，當葬我此山之麓。無以櫬行城市，違吾雅志，且以塋兆在彼，累汝兄弟數見諸不淨事也。」臥病三月，未嘗有一呻吟之聲。十一月十八日平旦，扶起晏坐而終。先君之於患難生死，有如此者。

先君于文詞詩歌，不數操觚。蓋以簡柙性情，懼藝成之爲累也。早歲與學父先生，洎詩僧復支，頗有酬和，皆削其稿，盡無傳者。夫之所獲見者，送邑侯梁東銘志仁入計序，及贈處士陶翁萬梧，夫之婁父文，今皆忘之矣。又曾于刺尾得覩過應山平靖關一絕句，今附錄焉：「楚塞横開西接秦，平沙風起柳花春。卽今江北須回首，渺渺江南愁殺人。」崇禎戊辰春所作也。

先君于書法，不求甚工，而終身不作一行草及縱筆大書。易簀之歲，七十有八，先卒三月，所敕夫之兄弟手札，皆蠅跡雁行如界畫。少所讀書，收束潔齊，五十餘年，帙卷如新。生平未嘗敗一陶器。殘楮廢稿，歲聚而焚之。食無兼味，飯止一盂。飲酒不見酒容。諸非時蔬菓，烹飪失宜者，絕不入口。葺屋取蔽風雨。所居一室，淨几堊壁，蕭然無長物。禁夫之兄弟不令置田宅，僅以給一年豐凶之中爲止。曰：「安有儒素而求田問舍者，且貪之媒而禍之始也。」大歡不破顏而笑，大怒不虓聲而呵。北還遇盜于良鄉縣界，掠奪殆盡。會有中丞赴鎮遇焉，遣人存問，並邀往見，欲爲追捕，先君謝而不往。唯一筒中餘二十金，同行者多有所餘，而故闕之以窮告，先君遂分所餘授之，不取償焉。凡此皆細節不能具誌，要非先君所留意，聊贅一二語以記素業，用示諸後云爾。

先君元配綦孺人，外大父掌故公諱□。綦孺人淑順孝嫺，生子一，三歲而殤。孺人以萬曆甲午歲卒。繼配先太孺人姓譚氏。外大父處士念樂公諱時章。念樂公性和愷，爲敦篤長者。顧崖岸嶄峻，不可干侮。曾游巴蜀，有姻戚宰充國，往訪之，因稍留廨舍，其館客倨謟，一言拂意，不辭而出。匹馬走江濱，順流泛三峽而歸。主人數道追贐，已弗及矣。其標致高遠如此。念樂公配歐陽太母。生子三，長惺欹公諱允阜，季玉卿公諱允琳，皆邑文學。中子小酉公諱允都，中天啟甲子鄉試，乙丑上春官以文句犯權奄，置乙第。女二，長卽先孺人，次適文學伍季咸公一盈，遇亂爲賊所得，不屈，罵不絕口，賊以刀環亂築致殞。先孺人生伯兄介之，中崇禎壬午鄉試，次仲兄參之，弘光選貢，未就廷試，遇亂以疾先先君卒。次不肖夫之，以壬午舉人，授行人司行人，予假養病歸山，今行年四十矣。孫七，敉、敞、勿藥、致、攽、勿幕、敔。敞，伯兄出。敉致，皆仲兄出。勿藥、攽、勿幕、敔，夫之出。敉以孝殞于難，致早夭。曾孫一，生祁，敞出。

先孺人年十九歸先君。以少峯公之嚴，雖先君及兩叔父籍甚士林，未嘗少爲假借，顧于先孺人，則不能不喜道之曰此孝婦也。先孺人終未自言所以事舅姑者，今故不能述其詳。閒聞之叔母云：少峯公洎范孺人存日，起恆不待曉色，夜則闇坐徹丙夜。茗漿酒餌以進者，不敢使烹飪刀砧之聲聞于外。隆冬不爐，懼煙焰之達也；盛暑不扇，懼其作聲響也。與侍婢語，必附耳嚅呢，雖甚喜笑，不見齒也。少峯公晝出于外，薄暮入，則滌器移案之類，都不復作。如是者終少峯公之世。閒歸寧，外大母頗加慰問，則對曰：「居家固如是，未見翁之獨嚴也。」外大母後述之，輒以爲笑。少峯公卒，范孺人雖慈愷，亦不忍不以事少峰公者事范孺人。執三年之喪，哀泣瘠毀，傾笥篋以襄大事。迨釋服，無以即吉焉。與仲母吳太恭人，相得如骨肉，白首無閒言。一庭之中，兄弟誾誾于外，妯娌雝雝于內，歡然忘日月之長。後雖析居，閒十日不往還，則怦怦若失。季母萬晚得奇疾，性稍亂，先孺人一往問之，則流涕竟日。其卒也，一慟幾絕。從大父太素公，暮年喪子，與朱太母就養先君，酒茗必清，蔬脯必治，飴粥果餌，逆探其意而供焉，二十年如一日。每逢綦孺人生忌，躬設香茗拜薦。事掌故公如父，綦太母如母，向卒五十年，言及猶爲慘然變容。對先君如承嚴賓。先君夙有痰疾，煮藥調食，必躬親執事，不以屬之子婦及委僮婢。先君疾革時，先孺人新自病起，羸弱不振，顧亟起晏息，篝火親事，一如其素焉。家承嚴政，內外栗肅者九代，自先孺人易之以和愷。育夫之兄弟恩九而威無一，遇諸新婦則純用柔道，談笑拊摩，終歲不一蹙其眉，即有過失，不加訶譴，徐俟其悔悟，而後微戒焉。顧恆歎曰：「吾性不欲以嚴待人，自此以往，流及于後，將有不率而反脣者乎。雖然，佳兒女豈須人訶責，不肖者操之，益橫出矣。人日趨下，顧非吾作法之涼也。」先君宦學四方，家徒壁立，先孺人躬親舂飪，支盈補虛，以佐圖史舟車之費，費踰千金。而兩兄及夫之鐙丸書卷，衣履贈遺，娶婦飴孫，以及歲時嘗薦，伏臘酒漿之屬不計焉，皆先孺人之手澤也。顧每有贏餘，輒盡散以施姻黨之乏，及他迫而來告者，下迨僮僕，人得取給，恆霈然有餘，終不囊宿一錢。曰：「奈何以有用置無用之地也。」居少不約，居多不豐，順聚散以隨時，故晚遇喪亂，麻衣橡食，欣然如素。夫之兄弟藉以保其硜節，實厚載之無疆也。

先孺人年七十四，伯兄洎夫之同舉。外王母歐陽太君年九十有二，生小酉公，舉于鄉。歐陽太君母年八十有四，生元素公炳，舉于鄉，官郡丞。楊太母所生母年九十，生恥所楊公，舉于鄉，官州刺史。凡四世略相等，戚里以爲盛談。先孺人晚年尤康勝，年踰七十，起居如五十許。以仲兄洎夫之婦陶相繼早世，嗣先君見背，哀愴所侵，始見衰微。己丑歲，夫之不孝，從王嶺外，隔絕無歸理，憂思益劇，遂以庚寅八月初二日，橫罹崩摧，俾年帙劣于先世。嗚呼！無始安再造之功，永天水當歸之痛，此夫之含恨沒齒而不慊者也。哀哉！

薑齋文集補遺

自題墓石

有明遺臣行人王夫之，字而農，葬于此。其左則其繼配襄陽鄭氏之所祔也。自爲銘曰：抱劉越石之孤憤，而命無從致；希張橫渠之正學，而力不能企。幸全歸于茲丘，固銜恤以永世。墓石可不作，徇汝兄弟爲之。止此不可增損一字。行狀原爲請誌銘而作，旣有銘不可贅。若汝兄弟能老而好學，可不以譽我者毁我，數十年後，略記以示後人可耳，勿庸問世也。背此者自昧其心。

己巳九月書授敓

汝兄弟二人，正如我兩足，雖左右異嚮，正以相成而不相盭。況本可無爭，但以一往之氣，遂各挾所懷，相爲疑忌。先人孝友之風墜，則家必不長。天下人無限，逆者順者，且付之無可如何，而徒於兄弟一言不平，一色不令，必藏之宿之乎？試俯首思之。

唐欽文六秩壽言

永年之道，一言而括矣。一者何也？一也。故爲養生之言者，甚似乎君子也。其侈而之于縹渺之神山，句漏之靈藥，蔓也。其析而之于子夜之天回，卯酉之月仲，曲也。乃其甚似乎君子之言者，曰三五一，一言而括矣。龍與虎一，其體用之謂爾。鉛與汞一，其性情之謂爾。四者與戊土一，其身之所謂爾。君子言固曰言與行一也，行與心一也，初與後一也。故君子之尤重乎得見有恆者也。易曰：「恆久而不已。日月得天而能久炤，四時變化而能久成。」於戲！永年之道，至此而奚餘哉。吾嘗求之鄉國而弗覯，求之天下而覯者，如晨之星一再覿而已。是殆其生者衆而生生者鮮乎？如采靈草者，陟名山，歷穹谷，倦歸而得之左右之廬畔，乃三十七年而居然吾老友欽文翁之在我袺襭也。吾奚以知欽文翁而信之哉，曰一而已矣。頌稱欽文翁之美者，童叟一矣。意者其外之一乎。進而數聞欽文翁之言，條理一矣。意者其發之一乎。乃博而歷稽欽文翁之行，以樸以方，以睦以式，蔑不一矣。猶意者其勉行之一乎。于是而浚鏡其心，得與失一矣，險與平一矣，恩與怨一矣，榮與凋一矣，然後信之。曰斯其以恆爲道者也。自今日而溯乎三十七年之前，少而壯，壯而且老，風濤崟岑，閱萬折而不改，欽文翁之所以行年六十而如嬰兒也。則自今日以往，風濤息而崟岑平。安而敦之，以引伸于期頤，猶今日也。果奚以信之哉！蓋其與養生者之言而旣合也，其合於養生者之言，非其卮言而合于君子之言者也。則自生其生，而非倚生于形氣之母矣。日月之得天，得其恆，旦旦暉而夕夕映；四時之變化，不變者其恆，春春暄而秋秋凊。于是而日月之光，施及於羣星；四時之成，紹之以成歲。欽文翁以斯道也，被其子孫而式穀之，維尙胥勖之哉！詩不云乎：「勿替引之。」奚但勿替焉，加隆焉矣。欽文翁姑與其伯子從家兄石崖游，登堂而拜先徵君，吾因得定交，以至于今，三十七年如一日，此之謂也。浹六秩而爲之言，以侑兩郎君之壽觴。三山鸞鶴之歌，萬石花封之頌，非翁父子所欲，亦非野人之所習也。故以永年之説進。

蘇太君孝壽説

庚戌新秋兩唐子爲其母氏六秩壽，徵侑詞焉。蒙惟無儀之義，聲稱所難。苟以多暇之辭進，奚以殊夫塗之人壽塗之人之親也。矧唐母之孝，得於姻黨之耆舊者盈乎余耳，因而爲之説。顧悠悠者何知，僕將贅耳。今壽欽文翁復舉而聯之帙，既於相從之義合，且祈引之於唐氏世世子孫，俟采彤史者不遺焉。德不孤，百世而一遇，猶旦暮乎。請言以壽其親，禮也。是故唐子古遺與其弟須竹，以其母氏蘇孺人六秩而請言於壺子。壺子曰：「今奚以壽子之母哉？無亦惟子之母有其壽者存，而余言以爲之徵也。聞之唐母之事其舅姑，猶夫人之事其舅姑而異者存，乃自覛其事舅姑，若無異於夫人而不知其異者存。然已異矣。聞之唐母之事其姑，甫笄入門，而盡代其中饋之勞，以逸之也。姑嬰奇疾，而滌除拭抑，調粥糜，粥藥餌，宵以及旦，以爲恆者二十年，蓋幾不延而延之也。聞之唐母之事其舅，疫而不恤其躬，子女交病而不分其志。其葬舅也，兵猝至，執紼者潰，而誓夫子捐身以護其柳車。是兩者，臨難而無渝也。聞之唐母之事其庶祖姑，瞽而養之者五年，痺而養之者二年，浣牏滌笫，奉衣櫛髮，手手目色不匱，以廣其舅姑之孝也。夫如是，足以壽矣。天其無吝于期頤矣乎，而予奚言？」須竹進曰：「笏不敏，忻于心而未能達也。」壺子曰：「余嘗語子以生之說矣。有自生者，有引其生者。斯二者均之生無殊也，而又奚以殊？未生而生之，自生者也。已生而益之，引其生者也。自生者天，而乾坤之道在父母則亦人也。引其生者己，而己之意欲不足以生，亦將益之以己之天，是猶天也。夫孝者己之天也，凝天之生于身，天之生存于身矣。遁諸其所自生，則父母凝於吾心矣。父母凝于吾心，是吾心之卽爲父母而生我者在是矣。生我者在是而卽以生我，是非徒本之于火也，方鑽而固已炎也。雖然，有疑莊周氏之言，以父子爲無可解，君臣爲無可逃也。婦之于舅姑，則君臣之推矣。以爲無可逃，藉有可逃而故將逃之，非猶夫父子之必無逃之心而不待言其不可也。於戲！知臣之于君，婦之于舅姑，其亦有不可解而非役于不可逃者解矣。故易曰：『天尊地卑，乾坤定矣。』是不相逮之說也。又曰：『天地絪緼，萬物化醇。』尊卑定分，義秩若不相逮而絪緼者化醇焉。莊周知其不相逮而不敢逃之，而未嘗見其絪緼也。故君子不取焉。而于以言尊生者亦末矣。天亢于上，地俯于下，位定而義著，可見者也。地勃生而不自已，不僅安其義之俯，而上感天以其心。于是而絪緼者翕興縈繫，以敦其生之化，則人未之見也。人未之見而不可解者固存。臣之于君，婦之于舅姑，又奚僅其無可逃而殊于父子之不可解者哉！故思齊之詩云：『大姒嗣徽音，則百斯男。』嗣音者，如嗣其胎孕懷鞠之化，婦與子無殊之謂也。以孝以生以壽，其又何殊焉！吾與子信之而已矣。」兩唐子得其說，歸而誦以告其母。母曰：「吾何知哉，雖然，是其爲說，何其似吾心也。吾亦惟有不可解者，今茲之固未有忘焉爾。」

唐氏自翔雲公以來，恂恂乎儒子，莊莊乎士，五世如一人一日。榮之者或不能知之，知之者亦不能知其深也。余以世誼，得盡悉其內行。故入林以來，二十餘年，如黃楊逢閏，筆舌盡縮，而一再爲之引伸，不能自休，非直以須竹之數相與游也。漢東平有言，爲善最樂，則見人爲善之樂亦可知矣。燕江南清，嶽巒北媚，春草盡碧，繁鶯亂啼，籃筍銜煙，柳風到袂，登其堂，見其人，不知心之何以釋然，於舉似蘋巖兄，言不能及，眉笑而已。人之所以相取者固自有在，非世情景界所及。苟所取者不在世情之中，則造化之欣厭，庶幾不遠。故余兩祝，皆以期頤爲言，竊自謂造造而化化者，在于披襟燕語之間。司靈寵者，應責予豐干饒舌耳。壺子夫之再書。

文學孝亮翁欽文墓誌銘

執友孝亮翁欽文唐君，卒於正寢。悼談笑之未旬，遽幽明之永隔。嗣子端典端笏以誌銘請，含悲增病，不能受命。端典方躬役壙事，端笏越苦次踵門而泣曰：「吾翁待此以安於泉壤。」辭不獲命，輟泣而誌，以翁之信我爲知己也。唐氏自錢塘遷居衡陽，八世而至沙溪公大表，隱君子也。配劉氏，生文學翔雲公鳳儀，以文章理學著。配王氏，生知幾公虞際。醇篤世其家。配龍氏，生二子，長文學克雍，受業於余伯兄石崖，次則翁也。翁諱克峻，欽文其字也。天性敦愷，儀範端凝。早年事知幾公，道盡力竭。自然與古爲人子者合符。知幾公安之，以從容林泉，惡言不入於耳者終其世。翁兄先知幾公卒，時湖上擾亂阻饑，墟陌無煙，翁獨冒鋒鏑，執親喪，愼終如禮。唐氏世居郡西之馬橋，爲望族，甍鱗宇櫛，及是再被焚燬，僮僕逃喪，鄉里惡少，稱兵侮奪。翁以敏愼靖安，不吐剛而茹柔，墾萊督耕，蘿草葺室，和易與物，物樂與之有成。僮僕匿者歸，僅存者長育，未二十年而龜坼之田成繡壤，燕巢之林有苞竹，較知幾公時，倍殷盛矣。翁則囊不名一錢，囷不陳一粟，以與當世鉅公長者游。於時龍蛇起陸，風尙豪舉，翁遊其間，恂恂秩秩，言不及臧否，事不及私，當世莫能間也。物情嶮巇，旦夕百變，而翁一以禮處之。草澤起家至大位者相項背，或慫慂公出筮仕，決相刻保，翁笑而不答。人莫測焉。翁靜遵素規，不爲外誘，壹率其自然而已。唯延宿學敎三子成文章，爲當代文學最。用守翔雲公舊德制料之得失，匪思存焉。至於庭訓，有秩述先進之風，勸戒之於淳龐虛淡，則翁提撕中警，獨伸己意。閒一令折衷於予之不敏，不欲莠言之相閒。故翁子有請事絕學之志，皆翁密授然也。

翁心無貳操，事無貳軌，言無貳辭，進與薦紳先生，退與田夫牧豎，皆一致也。即心即言，即言即事，後生駔詐者，始以爲可欺，一見翁而亟縮。翁亦泊然如未有詐不信者，故承里役之繁勞，出入纖介不容之世局，而如海潮之暗退，不知者以爲有術。翁嬰兒已爾，性能容物所不能容。余目擊知一二事，翁絕口不以語人，今亦不敢暴以傷翁志。而自念垂老學道，褊衷不悛，思取法於翁以免咎，於老未遑而愧之深矣。終日雅談，暇則寓目書史以自怡，口不一言財利。每嘆曰：「讀者知讀，耕者知耕，舍是而喋喋於賦役獄訟，吾見先輩多矣，未有以此矜能者也。」率此類。壹皆以古道望人而人不能受，亦且漠然無知者。此世敎之所以終不可挽也。余與翁交悼之。翁少年周旋先徵君杖履間，今四十餘年矣，見予輒愴然道之。不孝不能仰答。與予仲兄磴齋交，每稱述相與欷歔。故嘗欲彷佛先徵君之典型，則於翁庶幾見之。翁之沒，四方士友及鄉人士少長五十七人，謚之曰孝亮。余以爲允。

孝則善承其先，以式穀於後；亮惟明於德之大者，知人情物理無所容其智力，一因本然以應之。於翁非溢美也。翁三載以來，頗示微病，而精魄炯炯，寄意益遠。病旣革，猶矜飭如平生。歲在己未仲冬月二十一日辰刻，翁坐而逝。距生之年萬曆癸丑季春月十九日丑時，得年六十有七。配蘇氏，生子四，長端典，邑庠生；次端揆，次端紳，郡庠生；次端笏，邑庠生。女一，未字夭。側室朱氏，生子二，端遇端邇。端典娶康氏，生子三，常捷娶丁氏，常省娶王氏，常瀹聘劉氏。端揆娶方氏，俱早世，未有嗣。端紳亦先翁卒，娶周氏，生子四，常骾娶廖氏，夭，未再聘；常渾娶陳氏；常柬娶魏氏；常堅娶劉氏。端笏娶王氏，生子一常適。端遇聘杜氏。孫女六，一適魏士傑，一許蔣泰階聘，餘尚未字。曾孫三，若性、敍性，常捷出。存性，常堅出。曾孫女四皆幼。翁以是歲季冬月壬申葬此永福鄉延壽里七里胡衕塘，首酉趾卯。繫之銘曰：

石可泐，泉可塞，韞素令終，與壤無極。其儀兮不忒，君子哉尚德。大布斂形，因山爲域。式墓者自生其恭，兆於龜墨。嗚呼！茲爲孝亮翁之藏，于萬斯億。

躬園說

須竹將爲園於蒸武二水之湄以讀書，而名之曰躬園，請予爲之說。

壺子曰：「存乎天地之間者，豈不以其躬乎？是故非視何色，非聆何聲，非咀何味，非覺何有。淒然謂秋，暄然謂春，能游得空，能踐得實，存乎天地之間者，唯其躬而已矣。是故君子吾親斯孝，吾君斯忠，吾長斯遜，吾友斯信，躬之不得背也。是故君子不爲不可安，不行不可止，不親不可交，不念不可得，不處不可長，行則行之，違則違之，躬之不得而拂也。是故君子天地以爲宮，古今以爲府，經緯以爲財，節宣以爲用，大而函焉，遠而遊焉，立於萬年而不遺，躬之充也。是故君子貧而不以富易，賤而不以貴奪也，死而不以生貿也，知其是不恤其非，履其實不騁其名，躬之塞也。是故君子非道之世榮而辱之，非聖之言美而惡之，符者天下，差之毫釐而知其非，進退古今之言而無所讓，斟酌百世之王而知其適然，躬之劵也。是故君子不歆其息，不懼其消，死生亦大矣而不見異焉，外物不累而無所節焉，夙興夜寐，旦旦尋繹而不窮，躬之恆也。是故君子恭以永心，誠以永性，强以永命，九儐在目，九夏在耳，禮樂盛於中而血氣榮於外，躬之翕也。是故君子游於春臺，嬉於良風，琴之瑟之，泉之石之，陟降函輿，咏吟六字，靡不康焉，以受萬有而不固，躬之闢也。以言乎德則其藏矣，以言乎道則其樞矣。以言乎天地之間則備矣。故惟其躬而已矣。」唐子曰：「先生之言博矣。夫守之而入者之不失則奚以焉？」壼子曰：「靜不喪有，動不喪無，其庶幾乎。靜而無有，其與物徂也。動而無無，其物之貸也。夫躬者不可徂而無所貸之也。靜不喪有，繁盛而不可以要括之。動不喪無，一而已矣。不見有於天下，乃有天下。故周子曰：『靜無而動有也。』」

唐子無適墓表

湘西學者唐常適，字無適，年十八而沒。其父躬園子悼之不欲生。以從予遊，有所授而不能底於成也，予亦悼之而不欲生。緣其天性醇篤，內含明瑩而外不形，故宜悼之甚也。方能言曰，即瞻視渟凝，步履安祥，清癯骨立。在儔類中，如孤松之出叢樾。既就外傅，讀書之外，無他嗜好。甘粗糲，不喜飲酒，衣無寸帛，篝火對書卷，墨漬襟袖，炷爇裾齊，不以爲念。嘗以途濘，借一騎過余，見余數目之，面發赤，自是不復乘騎。余省其志堅，欲問津於理道，故無汲汲求名之意，而函之心者自得也。爲文清暢，能達其所欲言。以居母喪，不克就余卒業。依太母侍湯藥，分躬園之勞。極其所可至，必能超流俗而遒上，以有所樹立者。遽以疹疾爲庸醫所誤，遂致隕折。余以爲士莫尙於志。莫貴於氣，其氣清以毅，其志邃以閎，不待其有成，固可旌也。此其永藏之土，勒石以表之，知者知之，不知者固非無適之所求知也。無適凡兩納采，皆未成禮。其一先者予少女也，亦謹慧，七歲而夭。躬園爲之立後曰繼性，其再從子。躬園名端笏。母王先卒。

惜餘鬒賦㈠

翳桐圭之睦怡兮，虞啓胙於滎河。歷遙紹以迄今兮，執枝葉之易柯。感膺生之不夙兮，日景倏而西馳，猶及夫搖光之末兮，載夕照之希微。皇天不植余於丘隴兮，託根荄以成質。聽零露之傾凋兮，隨樵蘇而蕭瑟。庚不被羽毛於余躬兮，翾風跂行於中野。翦以爲衞之白兮，剃以爲旄之赭。顧文身之蠻族兮，睨彫題之裔土。欲導余而往孳兮，余顫廻而不顧。相朔漠之與日南兮，匪卬心之所留。東

㈠衡陽刻本無此文，一九一〇年六月出版的國粹學報第六十八期上，從邵陽曾氏所藏船山手寫卷子抄載此文。今據以轉錄

不嬉夫榑桑之炎烈兮，西旋馭於不周。睎土中而宛詣兮，曰軒與舜之所治。象穹天而表崇巄兮，總去贙之崔嵬。仰歆夫皇則之嘉兮，內恭承於所生。夫何狂飆暴涷之沓至兮，余九齡而既嬰。晉弱年而修度兮，誰錫余以西階之旨醴！念嘉會之莫覯兮，耿濟濟而出涕。滄沆芒芒兮，天之無門。罻羅繁張兮。地之無垠。胥高旻之下兮，眇焉中淪。鬱紆行求兮，覬自靖之有循。雖摧折於方今兮，聊不辱於百年。心隨隕而不舍兮，若剸肌之猶連。眷匪他之余貽兮，天申錫以在躬。維二人之浩蕩兮，恩永世以不窮。疇捐棄之可忍兮，懷余誓以惟謹。羌不隨夫落葉兮，逐夕風而飄隕。申旦旦以眷盼兮，無方寸之或離。泯不敢告夫今之人兮，維二子其余知。閟狷心之幽閱兮，幾黃壚之葆眞。胸不知中道之枉僨兮，痛皇天之不仁！丁昭陽之赤奮兮，玄冬屆而猶暑。雲垂垂而蕭滅兮，日赫艷而恆午。熒惑妖於既夕兮，斬余心於須臾。欲奔身而壯拯兮，俄炧燼而無餘。往者之不可追兮，悵皇皇其焉尋。將繁霜之宜殺兮，余既保乎中林。煢煢余魂兮，若宵望而營於曠野。憾有索而不獲兮，又焉得夫詢者！緬樂春之鼎折兮，在既瘳而未康。彼啓足其猶然兮，非泯忽之可頑。仲子纓絕於濮邦兮，必載結而乃殉。外飾不均於切膚兮，何零喪之可頻。余眡眡以怵疑兮，天閶訴而無梯。就巫咸以釋愁兮，古之人其不余稽。涕承輔而猖狂兮，我行野而孰謀？卽敗葉之猥老兮，挹余袖而載猶。侘傺不可以度亡兮，矧色養其必恬。憂與豫之不相雜揉兮，誰兩情之可兼？顧余疑之未渙兮，迪端策於神告。宛靈氛之俯通兮，遇剝震於宗廟。曰：既繇辨以迄膚兮，歷憯凶之必屢。終碩果之隱存兮，憯不警夫霜露。始自今以延延兮，羌百齡而始參。蟊食蓏其弗能避兮，護稱實於枝南。霜不可得而隊兮，黿逡巡而難侵。終獲車以永載兮，綏余馬之䮾驔。往者既已反乎皇天兮，遺來者之歸居土。惟茲心之爲碩兮，永不食於終古。

甲寅春，閱躬園之志，長言以達其幽緒而廣之。歷時已夙，物變益淪，余既將揮手謝躬園返於冥漠，銜情永夜，孰與言者；躬園亦孰復與言者！書之縑素，留人間世，此理此心，不以□□□□滅。他日□□靜對，如鍾武城西，欷歔慰藉，僕以□矣。辛未伏日王夫之記並書。時年七十有三，於草堂之東窗，

書賦已，念余爲躬園言情，躬園亦應爲我言情，無容徙勞閔默。雖然，余情何足言者，歷四十五年，馬齒七十有三，粥飯在盂，阿誰操匕箸引之入口？是何國土秔秔，余情何足言者！因憶丁亥夏，仿少陵文山作七歌，當時之情如此，則埋憂穹谷，亦終此而已；無更進於是，亦餘貲之惜耳。作此者與夏叔直氏，將奔辰沅，求義興堵公所在，效死至中湘，道阻不能往，重爲匪人所困，將擲溝瀆，得上湘人士蕭一夔破壁相容，敗屋荒林對哀吟，遺稿已亡，參差憶得者如此，書之躬園卷後，即如躬園之爲我言也。㈠

勘破窗紙者爰書㈡

北窗久破，夜風襲枕，輒新糊之；甫逾夕而風自若。童子告曰：「是復破矣。」起而視之，乃鋒刃之

㈠ 此下原有七歌全文，因已見本書五三二頁，今略。

㈡ 以下三文衡陽刻本都沒有，湖南省博物館從衡陽劉氏所藏船山文稿抄本中摘錄出來分載於湖南歷史資料（第一篇見一九五九年第三期並承博物館先抄寄給我們，後兩篇見一九五八年第三期），今據以補入。這本文稿，注明是己未，庚申（一六七九，一六八〇）等年所作。

所觸也，檽間無一全者。誰爲之哉？莫知其人。爰書以責之。

寒齋孤冷，紙窗回清夜之風；函丈優游，衾枕顧旦明之影。一燈之坐照非虛，四壁之餘光有曜。何物潛窺，似托微蹤於草際；竟同叵測，欲施鋒刃於窗間。漫爾作無端之孽，詎異賊心；暗中懷有隙之私，非關兒戲。既非可升之堂，寧自扉而納其鑰；或是難窺之室，故乘虛而抵其瑕。條條分明，載其狠心怒目；咄咄怪事，恍若戴角披毛！一時之醜行彰矣，十罪之爰書定焉！

附例：無縫生端，罪一。見好必妬，罪二。毀人成器，罪三。挾刃中傷，罪四。窺探私室，罪五。觸冒函丈，罪六。抛業胡行，罪七。與盜同營，罪八。包藏禍心，罪九。心粗膽大，罪十。

刈草辭

片畦自安，蔓草蓊然，益以秋雨，豐茂特甚。咫尺之間，無堪舉足，百步之外，又當何如也！芟之不勝，繼之以辭。

翳秋霖之滂沛，忽蔓草以紛披；奪園林之芳徑，浸階除而俱迷。蘭芷爲之斂秀，羣蔬亂其植蒔。晨展步以延佇，厭浥露于絺帷。縱晴日之烈曝，根盤鬱以深滋；終日坐而蹙頞，更月上而徬徨。戒霜鐮于越宿，肅奚童以褰裳；起芟刈以不留，伊崇朝而徜徉。客有笑于予曰：胡子見之不洪，自扶輿之既兆，泄天地之鴻蒙。芝蘭挺其芬質，茂草競其青葱；盤阿固其托所，野曠見其芃芃。間亦柔萎可采，非無媚態爲容。纖質盈于上苑，野色冒乎瓊宮。時恭承乎玉輦，亦罔厭于塵埃；光時藉乎朝露，肆玷汚乎晶暟。此旣剪而迹滅，彼旋茁而難摧；審故態之相仍，矧今昔之互根。問羌甃以奚期？除嚴霜之旣繁。

齋中守犬銘

以言敎之，距以色矣；以道示之，距以言矣；以禮範之，距以氣矣；危機之觸，接于几席！兀然坐于正中者何物乎？且而思之，中夜不能寐焉。啓戶而視，有犬躍然，搖尾而迎，似解人意者。因銘以志警。

撻之而予附也；呵之而予隨也；晝而食，委蛇于側而不去也；夜而宿，蹲循于門而不離也。有潛窺暗伺于我室者，尙賴其搏噬驅除之而勿遲也。

薑齋五十自定稿

目錄

薑齋五十自定稿

四言詩

和陶停雲贈芋巖五十初度 乙巳

蒸蒸良稼，滌滌靈雨。滋清以榮，炎威莫阻。君子不遐，如琴在撫。無念古人，空爾延佇。

道延今者，爰如鴻濛。靡明靡日，靡流靡江。如彼暗室，召暉于窗。匪君子任，其孰能從。

有梅有梅，霜裹其榮。人恤爾寒，爾怡予情。不愆日邁，不負月征。維仁引年，以保爾生。

喬喬豫章，執彼斧柯。匪不自勞，許許維和。天期不假，物望實多。蘧生知化，日益云何。

雜詩 丁未

清夕始澄，孤月出林。繁陰繹繹，今我乍歆。昔者驅車，適彼四野。求我友生，贈以瑤斝。昔者乘舟，順彼中流。解我銜牙，以贈同仇。迢迢南山，崔崔峻巒。暮雲羣飛，谷風瀉湍。陽雁差池，矧彼鷹鶻。余生不再，余命不雙。短襟自寒，朔風搖釭。歲暮薇枯，飢誰與同。

五言古詩

分界嶺 戊子

行役杳窮極，愁心積紛詭。薄暮晻靄宿，晨望霏微起。蜃氣迎山雲，蒼流奔海水。桂開信天樞，南條遷物理。揮手謝寒煙，回頭訝楓紫。溟遊漸窮髮，行歌聊匪兕。勾漏引丹砂，云何駐芳紀。

晨發端州與同鄉人別 己丑

海甸見新草，故園入春心。天涯共萋萋，誰能辨淺深。寒潮落沙影，曉塔鬱曾陰。日南絕征雁，桂水孤歸禽。遙分前渚淚，共溼故人襟。

蒼梧舟中望繫龍洲

暮雲籠山碧，綠樹沉流影。中江瀑珠分，孤嶼畫簷整。團圞紫茸合，森蕭翠光冷。秀挺既款別，高涵亦危秉。煙浦極遠天，椒香吹隔嶺。凌晨泝兩槳，即目飽幽境。萬古蒼梧愁，因茲慰孤耿。

初入府江

粤草易春深，駛流知潮遠。樵火垂野雲，灘花媚絶巘。林迂委岸陰，水綿俯蘿偃。江介愛棲回，芳菲惜遲晚。昔來取慰莊，吾窮良悼阮。生事有幽棲，天遊忞冥返。

佛山

昔聞滄波興，挂席獎微嚮。荔棹戒晨征，葑田果迎望。山盡時遠飄，川分故微漾。星河搖碧綴，天氣復青蕩。寄身良已孤，行吟空自壯。萬端散紛詭，吾道有興喪。無取笑支離，徒滋罥禽尚。繁慮本物先，冥歡輟想像。遲爾海鴻飛，明珠懷佳貺。

雜詩四首

結璘耀東方，搖輝散庭戺。褰帷覩玉衡，何爲倏東指。汎愛惜流光，合怡撫逝水。鶗鴂天涯鳴，繁英怨游子。東園積落芳，安問桃與李。悲歌無與聽，拊琴復中止。

孤雲起江漢，搖影自徘徊。飄風不相待，吹落陽雲臺。膚寸旣違陰，炎威已復開。淸音閟廣野，鸞歌誰爲來。欲因廣成子，返此元息胎。時哉不易遇，摧折使心哀。

昔我遊漢水，遥與神女期。琅玕非所歡，玉珮空相貽。願託雙鳳鳥，當時聽者誰。不惜蘼蕪死，將爲蔓草欺。溝水自東下，繁星已西馳。幽谷返椒岑，琴心終自知。

悲風動中夜，邊馬嘶且驚。壯士匣中刀，猶作風雨鳴。飛將不見期，蕭條阻北征。關河空杳靄，煙草轉縱橫。披衣視良夜，河漢已西傾。國憂今未釋，何用慰平生。

胡安人挽詩 序 庚寅

小司馬彭然石焱，徵其元配胡安人殉節詩，余方移疾待罪，不敢居風雅之列。已蒙恩得赦，唐宮詹誠以次金黃門堡韻七言四章，付余屬和。余別爲五言，擬神絃之曲。安人沈玉黔陽，司馬從王嶺外，安貞靈招義魄，抑必有深情將之。李少翁、臨邛道士之事，抑非貞魂所憙。聞楚有二招，用以慰烈隕，返幽素，連類而銘之，不亦可乎？

幽蘭自著花，菖蒲自成節。激流難久生，谿風易吹折。夙昔蘭閨英，金弢送遠道。歷歷視明星，悠悠思春草。春草生有時，黃塵飛不已。白玉忍蒙沙，清流怨何駛。上有龍標月，下有沅江水。沅水自東流，梧雲向南開。蒲花生石上，芳節待歸來。

晨發昭平縣飛雨過驢脊峽上泊甑灘會月上有作

孤遊息魂營，涼泛叶形美。清晨理桂檝，薄言遵遠水。遂欣斯望協，遺彼羣像詭。微雨前峯來，清光錯表裏。胥颯歆飛雪，婉約弄明綺。下倚驚瀨鳴，俄開新翠起。雲倦偶失羣，雷般欻何止。金光界波流，大火循西指。飛鳥歸有期，勞椎聊文艤。歷憶眾峯外，延秀紛可紀。人籟偶旁託，眞賞歸大始。

遊子怨哭劉母 辛卯

北風吹凝雲，遊子行不息。易挽遊子車，難駐桑榆色。車輪遽已遠，流光太相逼。遊子豈不知，遐心蕩憑軾。憑軾日以遠，流光日以晚。夜望曷旦鳴，夕待牛羊返。寒風動明燭，疑見遊子飯。夜夢續晨愁，九秋成偃蹇。偃蹇不相期，遲暮豈自持。昔爲倚閭歎，今爲絕命思。詎怨遊子去，翻憐遊子悲。啾啾孤鳥鳴，颺颺垂風絲。絲斷不復理，鳥鳴哀難止。三年九春絕，衰草凌霜靡。行行向隧道，邑邑歌蒿里。揜涕會有時，蒼天終何已。

小霽過楓木嶺至白雲菴雨作觀劉子參新亭紋石留五宿劉云亭下石門石座似端州醉石遂有次作

松級偶晨登，樾館聊夕止。輕裾挾餘滋，溪煙宛方起。夫君碧雲期，良會佇難委。凌霄豈有捫，步秀方可紀。流耳延雨聲，鶩華粲石理。架閣駁微霄，初英散新紫。雲觀權衆木，神樓聳弱水。仙遊亦在區，魏榭空云綺。淹宿有餘清，實歸載留喜。

三歲度嶺行，薄言觀世樞。壯心銷流丸，林泉聊據梧。歸心存醉石，取似在枌榆。江湖憂已亟，神尻夢可趨。漆吏稱昔至，周臣懷舊都。流止互相笑，外身理不殊。委形憑大化，中素故不渝。興既有合，觸遇孰爲拘。海塵無定變，聊崇芳蘭軀。

春日書情乙未

春雲覆千里，飛雨來微霄。良陰不待旦，宿昔非崇朝。蘅皋英猶緩，蕙圃芳未遙。連卷仍故蘤，專被麗新條。佳人阻釆若，含情虛握椒。行邁匪康塗，中心寫長謠。

西莊源所居後嶺前壑古木清沼凝陰返映念居此三載行將舍去因賦一詩丁酉

物遇日屢遷，流止暫不遺。浮雲出丹巘，遊儵遵緑漪。心知旣無滯，軀質匪有期。俯仰同久乍，令我奄宅茲。修竹叢尙稺，岡桐蔭每移。雲岫半明滅，霞嶂時參差。坐聞春鳥鳴，亦睹秋葉離。凌景媚圓暉，迎寒卻涼颸。回首舜帝峯，濯足春水湄。芳草良未歇，佳期行可規。行道昔已靡，槁木今何居。俄頃已藉用，乘乘將焉之。

冬　遇

太華蛻奇骨，黃河問靈軀。風雨恣所狎，金石等不渝。堅脆各叛紀，正襟守中樞。覯閔嬰陸沉，隕問戒斯須。吾生匪蜃雉，物狀漫紫朱。聊息朱鳥麓，夢無金簡書。延彼堪輿情，充茲營魄虛。晶宇滌宿雲，回風蕩椒隅。薄嵐開夕暾，寒英媚霜趺。佳期無定軫，元化隨與俱。悅心道已廣，栖貞鄰豈孤。三壽同修促，二見息肥癯。

山居雜體卦名 己亥

豫子殉其道，井生貴所希。坎流邈殊途，旣濟愉同歸。比肩通異理，蒙袂輕調飢。蹇余紉秋蘭，升高搴野薇。剝芋充晨餐，畜荷資霜衣。離離劈椒房，鼎鼎閉松扉。履石探晴雲，臨崖款夕暉。益知榮公樂，漸看卜子肥。頤生喻明窗，觀物避炎威。隨茲寒暑謝，遯迹冀無違。

來時路 悼亡　辛丑

來時苦大難，寒雨飛瀼瀼。今者復何日，秋原稱葉黃。遵路行以悲，飄風吹我裳。流目心自喻，劇結車輪腸。

人生苦經歷，精爽定往還。踟躕行俟之，輕煙靄容顏。飛鳥過我前，流泉鳴其間。欲語不得接，浮雲云何攀。

迢迢荒原路，曲曲粵楚甸。匪羊亦匪牛，窮日歷郊箐。蘗苦梅復酸，宛轉遂所綣。凜矣秋霜心，哀哉白日變。

此先君子輓先妣鄭孺人之詩。孺人，襄陽人。外祖父文學公諱儀珂，字履聲，宗伯公鳴峴先生諱繼之之從孫。外祖母高氏。男敔謹誌。

感遇 甲辰

海國有嘉卉，紹古蘭蕙名。迢遞致遠道，綺靡發檐楹。悅彼情所合，矜茲芳有成。稷下寵琴客，梁園誇詞英。物玩已亦勞，枝葉非天榮。

迢迢黃姑星，臨河發光耀。織女揚熹微，脈脈如相炤。被以纏綿情，指彼佳期妙。高居無通理，下士紛疑料。鑒貌以測眞，悱然貽姗笑。

湛湛北辰表，沆瀣充寒門。安知光影微，不有衆星繁。言窮至彌寡，心絕理已諼。容成置象外，羲和輟紛論。大地有疆畛，羣生各本根。甫田空忉怛，念茲息心魂。

韶月知爲春，百卉欣及時。精英取不息，掠美悅其姿。元化遺糟粕，忻合無遲疑。芳華及零落，悲愉各在茲。商山有高歌，燁燁三英芝。

漢南嬋媛子，臨歧憂清露。羅襪惜已微，中心良有故。美人去我遙，思之若晨暮。莞簟有餘清，肅肅警宵寤。

飛螢弧清晝，熠熠流晤空。炫影從彼異，匿光背所同。胡不懷應求，殊德樂爲攻。愾然念吾生，晶宇共昭融。捐情不矜己，雲日相雍容。嗟哉猖狂子，何爲悲道窮。

綰綰西塘柳，垂絲蕩春色。天情亦容曳，元化無悁亟。駘宕不損貞，蕭森非佝力。昭質豈枯槁，樂天消偪側。遲遲春日心，悠然庶相識。

浮雲起岱陰，蕭屑積空微。翕合非一氣，靈雨千里飛。如何彼姝子，孤愛俄頃輝。光影或相報，寸心先已違。歧路勿相問，行行各是非。

涉維想宓妃，遊楚夢高唐。宮中多嬋媛，棄置如遺忘。豈其濁河流，獨有鯉與魴。芸堂是燕寢，蘭閣有芳香。歸來歡日夕，至樂方未央。

阪月漾初暄，桃李恥未開。既欣新緒榮，亦畏霜雪摧。遲疑志不決，東風徒增哀。兩者誰爲佳，旁人難與裁。靜女遠逢迎，置彼良願乖。巫咸已上天，鴆鳥非吾媒。歡怨物自勞，於我何嫌猜。

清風起蘋末，吹蕩蘭與芷。迨其明滅間，欻然迷端委。相望不相見，幽動無能紀。萬歲亦匪他，今者爲我始。條緒皆芬芳，勿爲歎逝水。

夏日端居 乙巳

岫雲無本始，飄風善因依。暑坐一以望，空明兩不違。白日舒中陸，綠草澹鮮輝。游蝶池陰飛，雙鳥雲際歸。自治欣有合，炎情中已微。

雲山妙峯菴云是申泰芝煉丹處

松陰合綠霧，木末飛空光。幽矚既云密，遙情歘已長。首夏積翠鮮，亭午條風涼。煙容澄岳壑，水氣辨蒸湘。圓宇目所鏡。孤立心未央。寓形俄邂逅，仙遊昔回翔。惻彼鸞鶴情，引茲邱海望。羽蛻固有待，仁樂詎無方。懷炎登天庭，悲憂陟首陽。繕性良有藉，終生胡弭忘。

秋陰 丙午

徂夏氣未澄，滌暑期久誤。西爽歘浮雲，落暉難再駐。輕霄泊霏微，星影見回互。疏雨潤晨光，餘靄亘日暮。冷吹不更惜，昭融逝何遽。驚茲四序改，遷此百年遇。天物無宿留，吾生閱已屢。藏舟壑誰在，流丸迹匪故。大力非我知，甌臾亦何措。但此欣蕭清，遲回愜幽素。

歐子直自南嶽返訊之

靈壑有冬榮，幽人時晏出。天物無孤清，閒情自相匹。徘徊度飛鳥，乘凌俯落日。虛曠斷不窮，丹碧絢非一。夕宿抱餘爽，各言紛欲悉。豈無濠上情，言眺雙徑逸。神晤遺形區，於焉記良暱。

古意 丁未

堂堂背春日，悠悠送落英。春日無返暄，落英無固情。遥知當決絶，中心澹不驚。濟水穿河梁，河水無爲清。女蘿縈枯枝，纏綿待新榮。榮謝意亦盡，移言怨嬬貞。

問芋巖疾

二仲浴清肌，三五養妙嬰。相顧雲已斂，待爾月將盈。化碧旣乖期，佇鶴方含情。獰龍誠就轡，晝虎何足烹。梟煙自離合，泛舟無廻縈。念彼非心競，釋茲若羽輕。黄芽抽別穎，金蘂有冬榮。元笈君已授，勿爲吝玉笙。

五言絶句

滇峽謡五首 戊子

彈子磯空峙，翻風燕不迷。朝天臺已築，何處著丸泥。彈子磯

煙水凝眸遠，蘼蕪且着花。章臺扳折後，依舊屬韓家。望夫江

蒼壁空青破，清江拂翠開。越王虛勝槪，留待佛東來。觀音巖

辛苦湞江水，晨潮接暮潮。飛來金碧影，劫火不曾燒。飛來寺

故山元有主，新寵詎難忘。猶恐孫郎妒，相邀弄夕陽。歸猿洞

秦王卷衣 甲午

渭南宫草綠，上殿帶香歸。識得邯鄲美，叢臺舊舞衣。

長干曲

秦淮通北固，流月帶潮來。郎今渡京口，日暮使人猜。

白鼻騧

柳絮隨簷帽，香塵污馬韉。春光無賴甚，誰與醉芳年。

江南曲

自有三臺曲，齊抛八寶簪。可憐秋色裏，獨唱望江南。

爲晉寧諸子説春秋口占自笑 乙未

腹借征南庫，燈邀漢壽光。傷心難自遣，開卷是春王。

蠹死墨魂失，鴬飢遠視仍。紙窗鑽不透，大抵是癡蠅。

南岳經聲苦，東林眉字嚬。似他添強笑，猶恐隔鄰嗔。

滎澤弘演肝，伊川辛有淚。未知家則堂，云何宣此義。

春盡從子敞寄山居雪詠絕句欻爾隔歲聊復和之丙申

春去天涯雨，南留客影單。梁園裁賦好，遙送杏花寒。

殘雪留雙鬢，餘寒抱死灰，君還愁歲暮，不畏老夫猜。

痛

阿旁□□□，嚴霜殺人鬘。刺□日千□，十年皆□盡。

嘁

河間酒壚前，常愁歡見絕。絮殺采桑人，同心若爲結。

顫

白刃甜如蜜，清流險似波。羊牢須壁立，臧穀較無多。

寒

借書敗蕉葉，索字黃菅梗。一倍粟生肌，霜衾未恁冷。

熱

眞作寒灰好，禁他冷竈頭。燒燈圍傀儡，鮑老汗珠流。

癢

汗蝨亦我液，疥蟲亦我肌。喉間銜敗絮，鳥爪復奚爲。

哭

背我堂堂去，隨他昔昔來。無情猶有恨，獨上望春臺。

笑

牛湩持作酥，渴分犢子飯。客作不得嘗，垂頭打悶頓。

山居雜體吃口詩 己亥

晴郋前岫樵，峯分方未返。路亂籠綠羅，雲暈涌愈遠。

口字詩

嵒路臨磊砢，高槅營觀皜。蟬語斂囂啁，鷗侶歡漚藻。

爲宋子主人送高漸離入秦 壬寅

每見闗中客，無心理筑哀。徵書昨夜到，不待曙光催。

絶句三首 癸卯

乍暖回亭午，雲生葉葉低。輕雲將雨足，侵入夕陽西。

弱柳垂新潤，春風款款中。縠波飄一晌，綠影過池東。

轉轉春條緩，鱗鱗野水肥。疏雲飄雨白，繚繞鷺絲飛。

詠百合 丙午

蓮瓣濃含粉，藥房素養胎。緜來千種束，不放寸心開。

結襪子

初識張公子，投瓊氣已橫。匣中報恩劍，不爲汝曹鳴。

五言近體

月斜 戊子

月斜空碧合，河漢幾時生。杳靄嶽蓮出，蕭條露葉橫。歸雲飛帶雨，涼鴈過留聲。祇訝西峯上，清宵有奏笙。

永興廖鄧二君邀宿石角山僧閣是侍先君及仲兄磴齋遊處

十月寒潭改，三年客艇過。畫檻星影近，甃草夜霜多。急難迷原隰，飄零廢蓼莪。郴江無限水，不與挽流波。

清遠城下憶湖湘舊泊

乍放湞江峽，疑連青草湖。星河搖古岸，漁火歷蔣菰。霜後迷南雁，日斜憶廟烏。佳人多楚塞，誰解贈明珠。

春江古體 己丑

春鳥弄芳洲，初英照碧流。晴雲捲山入，曉露炫煙浮。昨日賓鴻北，來時木葉秋。湘江連桂嶺，瑤草趁新愁。

南中霜降

北候懷青女，南飆拂白蘋。墟煙深漠漠，江草故鱗鱗。翠袖寒猶薄，黃華淚已新。炎洲無限橘，誰與寄湘津。

不寐 庚寅

夜火榜人驚，江沙依舸平。落花逢昨日，潮月應初生。芳草空凝望，綠雲詎有情。含淒愁夢杳，魚柝警嚴城。

劉端星學士昭州初度時初出詔獄

昭州遷謫地，淸冽道鄉泉。過嶺金風緩，當秋暑日懸。重開初度酒，莫誦四愁篇。蕭艾吾何有，靈椿正大年。

落日遣愁 辛卯

落日羣峯外，靑空邀晚紅。晴山添雪色，遠樹緩霜鴻。心放閒愁後，生憑大化中。天年聊物理，楚國想遺風。

癸巳元日左素公鄒大系期同劉子參過白雲菴茶話二首 癸巳

晴鳥曙山天，林光捲宿煙。壑陰藏雪潤，麥露泫珠圓。江樹南開早，唐松東向偏。殷勤懸有待，請組舊行邊。

昨夜梅邊約，春情悄不禁。刀環光陣陣，佛火照心心。箕潁徐生拙，江湖魏子深。南陽憑羽翼，恩澤放山林。

春盡三首

高樹鶯飛盡，流聲能幾聞。微晴通雨色，深綠過花熏。病淺心心在，歡遙曲曲分。定知雙鬢謝，無復惜殷勤。

雛甸與芳洲，當時不可留。還持流景謝，長遣故心愁。雲際仍行藥，東臯倦理疇。滔滔屬孟夏，騷怨寄靈修。

止竟春須去，灰心攬鬢絲。薄晴長景困，餘冷晚風欺。啼鴂猶爭序，藏鴉已後期。寄芳終契闊，陰綠聽繁枝。

哭李一超甲午

鶗鴂春先逝，龍蛇鬬未開。容頭餘子在，匕首酒人裁。白髮搖風木，丹心亙夜臺。報恩無意日，留取劫前灰。

再哭季林兼追悼小勇匡社舊遊

古寺青溪路，東窗隔一峯。緣花忘柳徑，驅酒試蘋風。墨冷禨材客，巾殘墊角雄。餘生悲夢賦，不與勒新宮。

晦日二首

春色去堂堂，淸和損歲芳。夕煙青帶遠，晴樹綠浮光。秋稻江鄉雨，琅玕竹逕香。定情裁古怨，遲晚意偏長。

白日奈朱顏，流光幾暫閒。九春餘此夕，落照已前山。紅豆留誰折，落花去不還。逢迎他日恨，舊上鬢絲間。

夏夜

裛露青林合，微涼生未央。太淸平野闊，薄霧遠山長。南樹驚烏鵲，雙星憶鳳凰。吹來何處笛，急調欲淸商。

重登雙髻峯丙申

拾級千尋上，登臨一倍難。日斜雙樹徑，雲滿曼花壇。龍雨腥還合，佛燈青欲殘。振衣情不愜，北望暮雲寒。

二賢祠重讀義興相公詩感賦

謝傅青山志，羊曇舊見招。千秋餘版槧，孤樹託雲霄。弦望何時合，杜蘅今已凋。清溽二千里，遺恨在軍謠。公于蒼梧以軍謠十首授余梓行。

花詠八首 丁酉

櫻　桃

豔深消雪冷，行密迓春酣。弱蔕東風試，繁枝細雨堪。大官誰復薦，啼鳥定先含。獻歲搖新恨，羣芳且未諳。

迎　春

玉峯疑菡萏，絳珮詎辛夷，蝶醒初春裏，香尋未綻時。雲生仙袂重，月上素痕滋。願結青蘿好，亭亭寄遠思。

山　礬

韶月飛金粟，春雲降瑞霙。暄風別有約，芳草共含情。鬟淺容尋蝶，香過恰趁鶯。仙軿來早暮，卽此玉爲京。

紫　荆

珍簟偕金枕，同歡感異株。虞淵衣未浣，漢璽泥應濡。疏幹捎鶯羽，繁英礙蝶鬚。桃蹊別弄色，泫露泣邢姝。

杜鵑

采纈輕紅藥，丹痕競紫榴。仙歸十里幄，雲指九重樓。晴霧籠深暈，平塘炫碧流。如何蜀鳥恨，夜月未消愁。

黃杜鵑

啼鳥愁如歇，閒情寄淺緗。眉新欲試喜，額曉待添妝。酒色醅鶯羽，春情駐柳香。愁心迷望帝，聊學赭袍黃。

金釵股

金虎胎含素，黃銀瑞出雲。參差隨意染，深淺一香薰。霧鬢欹難整，煙鬟翠不分。無慚高士韻，頗有暗香聞。

岡桐

樾館辭寒候，江鄉記稻春。笑迎朝日上，繁映晚霞勻。紫沁侵鉛粉，青跌藉綠茵。似憐芳草弱，飛覆玉鱗鱗。

即事

秋晚翠娟娟，寒條經雨邊。斷雲藏半樹，歸鳥沒孤煙。篠弱梢梢重，藤輕葉葉便。上方夕磬早，亭午落清喧。

山居雜體藥名 己亥

白日及聞年，尋常山色妍。古松香滿徑，修竹葉參天。紫菀朝霞雨，黄連夕照煙。柴桑寄生理，不受督郵憐。

山居雜體縣名

月上林間夜，煙含山際秋。蛙吹傳靜樂，尻馬足仙遊。抱甕安園蔌，忘機定海鷗，餘生隨大冶，漚沫委東流。

嶽峯悼亡四首 辛丑

不愁雲步滑，慊慊故慵㾊。多病霜風路，餘生隔歲回。鳳綃殘染淚，蛛網暫封苔。舊是銷魂地，重尋有刼灰。

到來猶自喜，㝵鬗近檐除。小圃忙挑菜，閒窗笑讀書。忽驚身尚在，莫是客凌虛。楚些吾能唱，魂兮其睠余。

關塞天涯黑，精魂一倍丹。停雲迷鳥宿，舞雪耐梅寒。不遣琴心寂，相憐劍影殘。三年烹白石，餘瀋咽龍湍。

岳阡初甃罷，君此拜姑嫜。地下容能聚，人間別已長。蝶飛三月雨，楓落一林霜。他日還淒絕，余魂半渺茫。

迎秋八首 壬寅

昨夜月初明，青楓引露清。稻香三日雨，虹影一溪晴。落照低猶赤，蘋風晚更輕。定情凡幾日，銀漢映階平。

斜日颭垂樹，因風欲上黃。侵苔依淺碧，漏月透微涼。去鷺驚溪改，跳魚拂荇香。森森蘆葉滿，幸綬一頭霜。

長日倦何曾，棋枰早不勝。楊枝愁少府，杜若老吳興。星影微侵幌，螢光幾背燈。西風纔一夕，先與客愁應。

舊不解驚秋，於今預理愁。雄風三楚國，殘月四更樓。天外芙蓉劍，人間竹葉舟。涼宵聊邂逅，不似夢中遊。

青山秋緩緩，白髮鬢匆匆。賦筆期霜雁，琴心款夜桐。藕絲侵水碧，魚眼泣波紅。蓮唱歌年少，江南一夢中。

當暑病猶輕，離魂幾日陰。羽笙天上曲，溝水路旁吟。渡鵲無聊事，歸禽有限心。炎光勞繾綣。回首怨寒砧。

投分留紈扇，懷恩記葛衣。興亡憑一淚，去住恨雙違。戲蝶情還在，玄禽巷已非。貯愁蜻蛚館，舊已遣莎肥。

吳繭初成練，商聲畏上絃。到來拚落葉，先事怪鳴蟬。暗溼三更露，公收萬里煙。亭亭蒼壁外，雲岫弄餘妍。

寒月甲辰

寒光清不極，一半上東峯。霜淨初弦小，煙平素影重。江山羣動息，河漢九霄封。迥絕宵鐘後，吾生定幾逢。

早春三首丙午

光氣浮莎徑，紅滋點藥畦。晴絲弱柳外，夕蝶小窗西。風細千波綠，雲生一片低。天情隨物理，色色與春齊。

不覺故心移，年華冉冉知。晴窗熏午睡，暄步愛芳吹。幸綏西園夢，還留朔雪悲。含情方幾日，誰道鬢添絲。

向夜月迎人，空煙合望新。落梅輕去影，乳鳥乍啼晨。碧水涵苔暗，流光散露勻。良宵仍蘊藉，悽惻奈何春。

十二月八夜看月

寒月靜不迥，中天白靄分。煙空含樹色，星淺入冰紋。夢覺疑無定，淒清受已勤。遙情誰寄託，千里一氤氳。

初九夜再賦

迢遞綏當天，浮光始出弦。桂叢含霧隱，梅影弄霜妍。分鏡知誰照，寒蟾苦欲仙。明珠期有贈，還恐雪侵年。

正月十六夜重賦 丁未

出岫試娟娟，光侵落照天。昨宵深困雨，初夜未虧圓。透碧融霜氣，凝暉款夕煙。梅香來近遠，稍覺送微暄。

與唐須竹夜話 戊申

九春初歇雨，花屐不相期。踏蘚亦何適，臨風久繫思。秋毫分九級，火電掣雙眉。不與通消息，含情更待誰。

鼎鼎千秋意，勞勞夜語傳。六經誰楚漢，一擊試鷹鸇。偶覺空羣馬，人疑泛月船。名心消已盡，無望古今憐。

始晴

春盡試新晴，高天起夕清。南飛雙鳥白，西上一星明。潤葉霑青露，涼螢傍紫萍。當年未蕭瑟，曾此晚愁輕。

湄水月泛同芋巖

泛宅非今日，清歡任偶攜。灘光月影上。山色晚霞西。極目隨移棹，生涯試杖藜。江洲無載酒，還似武陵溪。

排律

八月梨花乙未

夕吹喧風葉，初暾炫露條。塗陰新紫薦，大谷早英飄。留蝶尋香薄，遲鶯憶夢遙。迎涼催曉色，倚霽抗清霄。恨詎青春謝，姿矜白日昭。潔紈悲漢扇，瑤館駐秦簫。抱影空含碧，凝魂映泬寥。雲痕將桂粟，湘怨亙蘭苗。修月飛瓊棟，淩空舞素潮。西烏歌正急，南樹夢猶妖。瀚海寒偏耐，哀家韻未饒。一桐虛井砌，片葉點詩瓢。銜去玄禽遠，歸來白雁邀。餘芳回羯鼓，幽約後星橋。江介蘆花冷，揚州玉蕊凋。函情搖落日，芳信在山椒。

新秋看洋山雨過丙申

南楚秋風日，輕陰太白方。參差分遠嶂，明滅互斜陽。旋度雲間樹，還吹山際香。鷺飛初掠潤，燕語乍矜涼。雲斷天逾碧，林疏野乍光。餘霞侵月淺，晚霧過溪長。薄袂泠泠善，閒愁鼎鼎忘。蕭齋聊隱几，吾道在滄浪。

山居雜體建除 己亥

建宇依回岫，鋤畦沿澗流。除雲無過客，留鳥伴孤遊。滿徑縈霜帶，遙天珮月鉤。平泉空木石，玄晏自春秋。定裏窺僧際，醺餘緩宿愁。執交頑石古，送遠野鷗浮。破雪尋新蕈，迎晴驗午鳩。危煙征杳漢，細草藉香柔。成績緣蜂課，紛爭笑蟻謀。收書袪粉蠹，篆壁寫蝸牛。開圃蛛絲密，支牀龜息幽。閉關思物理，杜德擬天休。

哀管生永敍 辛丑

落葉風喧夕，啼鴉柏冷霜。如何悼亡客，還有喪予傷。岳徑雲藏雪，洋泉月引涼。培蘭將九畹，鍊鏡已三商。帶草先摧綠，傳燈獨秉光。思深千里駕，望屬百身良。燁燁芝房折，悠悠蒿里長。紫囊悲太傅，緗帙冷中郎。春穀江流遠，南雲塞路荒。人情誰劍挂，天道豈弓張。交絕憐東里，狂歌問子桑。貢生空委珮，鮑叔未分粻。笛咽山陽館，琴殘子敬牀。寧知哀九辯，不及待沅湘。

愷六種鳳仙花盈畝聊題長句 乙巳

光風何處好，樾徑啓朝陽。竹里天凝綠，梅村月舊黃。名花拚物玩，小品眷幽芳。蕉露分長潤，苔茵蔭午涼。學仙初羽化，字鳳欲歌狂。莖脆空清入，陰圓碧靄張。欲言鸚咮曲，如舞蝶襟忙。紫暈飛初日，華吹結紺霜。凝丹猩褫血，淺素雪添香。不解邢憎尹，終諧鷗侶皇。分妍矜色色，薄袂共洋洋。蠑臂雖多妒，蒹尖得上妝。素輪宜晚拍，義甲惜春藏。小觸嬌旋怒，多靈斂亦翔。清琴蛇腹古，丸藥蔻胎康。瑞約宜男早，心同梔子長。閒居人自雒，至止客懷湘。相約秋光裏，娟娟誓不忘。

六言詩

詠史二十七首

箕子生傳洪範，劉歆死擊穀梁。叛父祇求媚莽，稱天原是存商。

墮淚曲江秋燕，白頭小范黃花。變雅三年破斧，續騷一部懷沙。㊀

桎梏荀卿性惡，逍遙王衍無爲。指鹿不迷物則，問蛙方證希夷。

安世不藏父惡，南軒盡揜前羞。遷史直承堯典，紫陽曲學春秋。堯典不爲禹諱鯀，春秋爲親者諱。

公主盤餐賭命，上卿片唾輸頭。偏是羈孤臣妾，貪他菌蟪春秋。

中壘傳經燒汞，東坡抗疏逃禪。夢傍昌黎牀榻，鑪兼萬畢銅鉛。

信陵飲酒近內，步兵泣路驅車。贏得不知別苦，難忘聊復愁予。

㊀ 劉毓崧王船山叢書校勘記：此詩以張曲江秋燕詩比楚騷懷沙，范希文西征元昊比東山破斧。然黃花晚節香之語，本於韓稚圭詩，此誤記韓事爲范事也。

田豐死爭官渡，鴟夷不諫夫椒。未到水窮山盡，難迴墜石狂潮。
鳳杳揚雄拾羽，龍乖谷永探鱗。奇字諂凝萬卷，危言賣綻千春。
元載飢寒掃迹，蘇秦車騎迎門。褒馬裝妻勾當，髑髏血肉乾坤。
李勣逢人便殺，西巴見鹿猶憐。自讓孟孫眼孔，何須武曌金錢。
泜水濰城垓下，陳倉子午褒斜。先手偏爭後著，一羊不奈三叉。
曹魏登壇舜禹，蕭梁塔廟瞿曇。酸得不禁太苦，悟來妙在無慚。
代契丹憎延廣，爲司馬愛譙周。一綫容頭活計，二毛肉袒風流。
肯死魔留佛種，再來鷹化鳩啼。借問邦昌僞相，何如任永淫妻。
方寸止知老母，始終唯報韓王。家鶩儘供玉饌，玄禽長寄雕梁。
魏篡陳思墮淚，晉亡謝客揮戈。奪嫡封侯願力，頑民義士風波。
孝逸妝臺授鉞，崔生穹帳修文。臨鏡妖狐國史，護闌鸚鵡將軍。
郗鑒生憐逆子，沈充死愧賢孫。桂蠹何傷芳樹，蘭芽不染滫根。㈠
著面維州黑子，還魂免役青蚨。皮砌只爭燖揉，頭傾忘卻支吾。
狄青非萬人敵，韋皋亦百里才。學擊鷹鸇誇俊，知音黃雀生災。

㈠ 劉毓崧校勘記：郗愔乃郗超之父，不知其子之惡。沈勁係沈充之子，欲蓋其父之愆。此以愔爲鑒（鑒乃愔之父，超之祖父）又以勁爲充孫，皆記憶之誤。

子厚縣崖題壁，昌黎華岳投書。小人可使有勇，君子其蔽也愚。

擒守忠如捉鼈，奉嘉王亦建瓴。流汗帆風搖艣，埋頭白晝囊螢。

習氣齊邱說法，門頭唐主參禪。圓頂方袍天子，黃屏紫閣神仙。

家法銷兵杯酒，朝章決獄風波。無信人言采苦，其則不遠伐柯。

蟋蟀消歸秋壑，鸚哥生受思陵。幾隊吟蟲語鳥，一抔秋草冬青。

乍可黃冠歸宋，羞將白血殉元。蜜蘗不爭甜苦，猿蟲各有精魂。

七言近體

耒陽曹氏江樓遲舊遊不至 戊子

野水瑤光上小樓，關河寒色滿樓頭。韓城公子椎空折，楚國佳人橘過秋。淅淅雁風吹極浦，鱗鱗楓葉點江洲。霜華夜覆荒城月，獨倚吳鉤賦遠遊。

圓通菴初雨睡起聞朱兼五侍御從平西謁桐城閣老歸病書戲贈 己丑

秋井拖陰柳色闌，疏雲開碧整歸鞍。梧桐新墜平津苑，鸂鶒遙飛御史灘。愁裏關山江北杳，尊前[illegible]

漢粤天寒。棋枰應盡中原略，莫遣蒼生屬望難。

李廣生自黔陽生還歸闕率爾吟贈並感洪一龍三陽太僕山公及郎君鄭石諸逝者浮湘亭之遊

亭在湘鄉漣水西南，郭天門司馬建，今燬。庚寅

漣水東流落月横，浮湘亭上似三生。漢庭舊節歸華表，粤道旌旗亂早鶯。酒侶垂楊悲墓合，世情蛺蝶到春驚。如君豪氣矜淮海，恨到消沈淚亦傾。

答姚夢峽秀才見柬之作兼呈金道隱黄門李廣生彭然石二小司馬

遥求勾漏尋靈餌，卻背仙壇訪上元。初服偶然抛竹籜，融情一倍感芳荃。雲畦過雨懷紅藥，春泛消愁畏綠尊。千古英雄無死處，酒徒高唱感夷門。

五日小飲兼五舟中寄人時兩上書忤時相俟譴命故及之

垂垂江上瘴雲飛，也聽蓮舟撾鼓歸。炎海蛟龍吞楚客，綠雲煙水弔湘妃。故園蒲草空盈把，過嶺筎

聲尙合圍。哀些遠憑淸思抑，目前殊覺解人稀。

留守相公六奏仰同諸公共次方密之學士舊韻

千古英雄此赤方，灘江南下正湯湯。情深北闕多艱後，興寄東皋信美鄉。進酒自吹松粒曲，裁詩恰賦芰荷裳。蕭森天放湘纍客，得倚商歌侍羽觴。

涼生恰恰桂江天，萬里吳皋秋信傳。月擬上輪分海暈，風初過嶺霽蠻煙。琱戈數轉三襄影，花塢憑留七月仙。莫訝維州爭論亟，河山淸晏自平泉。

石板灘中秋無月奉懷家兄

頹岸淸江隔晚煙，鱗鱗雲起夕陽天。秋聲已覺頻喧夜，明月心知不易圓。桂闕參差疑羽客，蘆中迷離訪漁船。刀頭飛鏡終無準，今夕何年倍惘然。

讀指南集二首 乙未

絳節生須抱璧還，降牋誰捧尺封閑。滄波淮海東流水，風雨揚州北固山。鵑血春啼悲蜀鳥，鷄鳴夜亂度秦關。瓊花堂上三生路，已滴燕臺頸血殷。

揚州不死空坑死，出使皋亭事未央。鳴鴂春催三月雨，丹楓秋忍一林霜。碙門鶴唳留朱序，文水魚書待武陽。滄海金椎終寂寞，汗青猶在淚衣裳。

冬盡過劉庶先夜話效時 丁酉

端自蓮花瓣裏來，幻身眞作凍蜂猜。世如棋弈轆轤劫，話到文章婪尾杯。三公叔夜龍鸞客，兀者鄭僑斥鷃才。金銷石泐尋常事，慚愧寒香一逕梅。

續哀雨詩四首 辛丑

庚寅冬，余作桂山哀雨四詩。其時幽困永福水砦，不得南奔，臥而絕食者四日，亡室乃與予謀間道歸楚。顧自桂城潰陷，霪雨六十日，不能取道，已旦夕作同死計矣。因苦吟以將南枝之戀，誦示亡室，破涕相勉。今兹病中搜讀舊稿，又值秋杪寒雨無極，益增感悼，重賦四章。余之所爲悼亡者，十九以此，子荆奉倩之悲，余不任爲，亡者亦不任受也。

寒煙撲地溼雲飛，猶記餘生雪窖歸。泥濁水深天險道，北羅南鳥地危機。同心雙骨埋荒草，有約三春就夕暉。簷溜漸疏鷄唱急，殘燈炷落損征衣。

晴月嵐平北斗移，挑燈長話桂山時。峒雲侵夜偏飛雨，宿鳥驚寒不揀枝。天吝孤臣唯一死，人拚病骨付三尸。陰晴旦暮尋常極，努力溯洄秋水湄。

羊腸虎穴屢經過，老向孤峯對夢婆。他日憑收柴市骨，此生已厭漆園歌。藤花夜落寒塘影，雁字雲低野水波。樾館無人苔砌冷，桂山相較未愁多。

桂山哀雨舊詩留，讀向泉臺慊得不。卞壺可容魂大笑，王章不爲死含愁。丹楓到冷心元赤，黄鞠雖晴命亦秋。韶月年年春日暖，倡條冶葉漫當頭。

人日 甲辰

人日猶餘寅正臘，深陰不識月初弦。春光荏苒虚梅信，朔雪霏微亂柳煙。何處暄風催綵勝，誰將病骨祀華年。中宵欲待清霜霽，珠雨還飛玉粟田。

又雪同歐子直

溪邊林外轉霏微，幾處新鶯禁不飛。卽次青春欺白髮，丁寧酒力試寒威。連天朔雪悲明月，昨日西清憶落暉。爲報春光多藴藉，來朝一倍報芳霏。

五日攜攷兒同子直洎賢從哲仲小飲分得端字

今年五日尚餘寒，翦翦蒿風擺露難。雨歇罩魚垂柳徑，人歸貰酒白雲端。丹心綵筆三湘事，霜鬢朱顔一鏡看。彭澤無田供秫米，何須粔籹飽龍餐。

即事有贈

靑門綠野兩情忘，柳宅桃津一徑長。四海交窮憐白髮，雙星夜永看珠光。梅香早透朧朧月，酒坐寒侵款款霜。詠史已驚開竹素，挑燈無事話滄桑。

人日新晴 乙巳

昨宵弦上晴天月，人日靑開媚景煙。柳帶小吹搖露顆，紅芽纖出破苔錢。勝常難問求凰意，懷舊空吟落雁篇。爲惱新鶯驚午睡，不容夢蝶駐華年。

秋雨同子直

秋陰何來飛雨淙，杜陵歎之後堯江。井桐已落不知數，水鳥無愁聊自雙。遊屐幾曾過柳岸，靑尊只少對蘭釭。猶傳錦字開幽獨，涇月穿雲上小窗。

又雨

昨日餘暄黃稻天，輕雷斜過晚霞邊。林光留日猶多碧，暝色侵雲不耐煙。凌藉晚紅欺菡萏，風光苔色長連錢。栖遲翟逕經過少，幾厭溪聲柳外喧。

夜

始夜楓林初下葉，淸秋弦月欲生華。涼凝露草流螢緩，雲斷西峯大火斜。藏壑餘生驚逝水，迷津天上惘星槎。興亡聚散經心地，高柳蕭森隱荻花。

元日過子直弈 丁未

今日何年復歲朝，曉窗新夢試逍遙。韶光流轉誰消息，春賞殷勤久寂寥。竹逕雲深通綠靄，蘭芽雨沁透紅苗。高齋弈散前溪路，回望炊煙隔小橋。

故孝廉李一超以懷貞窮愁死不及有嗣息元配林孺人掖弭太孺人于痹病中十四年不舍榻右猝遘危疾臨終悲咽以不得躬親大事爲憾啼聲未絕而逝余于一超不淺視道路感泣者自逾涯量裁二詩以將哀尤爲太孺人愍悼焉

懷淸臺上望孤忠，剩水餘山恨儘同。塊肉無留猶趙氏，炊煙不熱自梁鴻。亭亭寶婺邀殘月，轉轉金輪御朔風。十四年來千種事，淒涼彤管不書功。

從知生死一浮漚，大誓宏深不易酬。萱草幸留春百歲，桂輪難滿月三秋。雞聲五夜聞遺語，鶴髮千梳綰別愁，猶有寒蕪青半畝，留調膏粥侍晨羞。

劉若啓爲余兄弟排難已招泛虎塘敍其家乘會當六袠帨辰歡讌之下遂允眖室子敔兒

此生相聚太從容，海徙山移夢後逢。急難情深矰繳緩，根株心許蔦蘿封。百年初識團圞相，雙徑從看偃蓋松。擬煮丹砂回白首，年年吹笛上嵩峯。

湖外遙懷些翁

心心長不斷湖天，滿月孤星舊有緣。野燒三叉餘幸草，湘流九面惘膠船。寒深鶴帶堯年雪，海闊龍分佛口涎。聞說當機唯一指，皈心欲扣逆流舷。

寄懷青原藥翁

霜原寸草不留心，一線高秋入桂林。哭笑雙遮∴字眼，宮商遙絕斷紋琴。情知死地非長夜，屢卜遊魂得返吟。唯有尋思歸計好，黃金裝額怕春深。

春日山居戲效松陵體六首 戊申

垂垂雨足曉雷收，草閣憑崖似倚樓。上赤數鶯吹幾疊，之玄一瀑寫雙鉤。雲生右史蟫餐潤，花墜中丞蟻渡幽。已過清明瓜未種，憎人相擬到秦侯。

小窗日卯破清酣，漸老簾幃上午嵐。梵夾偶披唯以九，丹圖橫看亦函三。西峯月瓦從飄練，曲徑苔裀穩臥蠶。千畝琅玕溪漲外，經旬玉版不曾參。

卽栗無多染沁泥，危橋不渡只前溪。楊花甲坼占風北，鶺鴒丁寧喚日西。漏白蘋開十字眼，路青蘅試五花蹄。行幐還惹空青溼，篝火爐邊恰煮藜。

夭桃十樹柳千條，詛雨迎晴意兩消。活影玻瓈沈曲沼，吹香鞦鞨糝平橋。遊龍依蘚紅鱗密，魚虎分波翠暈搖。莫厭溪聲喧午夢，乘流初好泛詩瓢。

薺美先登識歲饒，回塘及暖浸長腰。圓餐韌雪春猫耳，甌甕盦香糝韲苗。帶雨饁妻簪躑躅，催耕摶黍啄螵蛸。高齋寓目忘天瞑，黃犢將鳩上小橋。

垂楊護徑轉依依，綠揜芊眠不置扉。繭室擬營桑葉少，蟲書欲就柿林稀。閒栽生苄蒸寒藥，擬架番松卻暑威。新韭半畦鍾乳長，無妨覽鏡詑新肥。

期徐蔚子虎塘遲至余暑病先歸蔚子獨留萬綠池（沅湘耆舊集「綠」作「緣」）與若啓月飲共相太息寄此謝之

稻花風轉接䍦吹，繫轡蕭條占檜枝。畫扇紅牙前夕酒，青山白雪幾年詩。千秋華表留仙語，一曲滄浪鼓枻悲。（沅湘耆舊集，「枻」作「瑟」）。爲惜君愁須緩緩，相逢知有淚雙垂。

答黃度長

東籬花冷候蟲驚，賨水連湘一雁征。霜色已凋隋岸柳，秋風遺意武昌城。傳經魯壁聞絲竹，泚酒柴桑訪秫秔。心迹元同難舉似，雲飛葉落兩含情。

得青原書

青原題書寄南岳，經年霜雪中回還。夕陽秋雨各津涘，鳥道別峯許躋攀。西臺江水流清泚，東林菡萏開媥孏。春鴻社燕皆旦夕，不礙幽憂長閉關。

七言絶句

河田營中夜望 戊子

夜燒連山接暮雲，牙旌高捲管絃聞。負恩自笑夷門客，魂斷邯鄲晉鄙軍。

桂林偶怨 己丑

靈藥成虚舊恨空，征衣無那楝花風。絲絲春雨垂簾下，又向天涯識塞鴻。

自南岳理殘書西歸慈侍困于土人殆瀕不免太孺人怛愍廢食既脱諭令去此有作聊呈家兄

春零慈竹惜徘徊，孤燕孤飛鷹隼猜。莫是漁郎歸棹錯，桃花不爲避秦開。

題彭然石舠壁 庚寅

舊曾相識此扁舟，江黑雲低對戍樓。象帝祠前秋似葉，伏波山下月如鉤。

偶悶自遣 辛卯

雞聲殘月夜如何，水級危輪又一過。扯斷藕絲無住處，彌天元不罥修羅。

過涉園問季林疾遣作早梅詩四首

雨輕偶破山雲出，花淺時聞小徑香。總是村煙開不徹，儘教無月也昏黃。

晚香消盡寒香接，無日無花不早開。莫倚文殊能問病，現身天女出簷來。

江南塞北總闌珊，幽谷嫣然一破顏。無數明璣垂屋角，牽蘿何必賣珠還。

先機買隱君能早，後著投生我自癡。也共巡簷吟不了，耐他冷蕊共疏枝。

過西明寺追懷恰一上人示蒼枝慈智 壬辰

縹渺諸天縞雪飛，鑪煙初焠溼雲衣。重來春水迷蒼翠，淒絕蘇闐畫板歸。

冬葵滑熟菠蔆脆，雲子抄香鳳乳花。慚愧千金無報處，三生客在自蒸砂。

從子救蒨閔以後與予共命而活者七年頃予竄身傜中不自以必生爲謀救因留侍伯兄時序未改避伏失據掠騎集其四維方間道往迎已罹鞠凶矣悲激之下時有哀吟草遽佚落僅存絕句四首 甲午

斜日荒荒打棗天，山頭回首杳墟煙。當時不道今生別，猶向金風淚黯然。
黑海蘋全一葉舟，誰將完卵望鵂鶹。含羞含恨無終極，稚子牽衣笑鄧攸。
割骨分肌亦屢禁，如今萬矢倍攢心。岳阡秋草應含怨，萬樹嚴霜殺一林。
情根悔不鋤苗早，蔓草縈絲自惹愁。至竟潘安悲白首，人間何有墜珠樓。

哭歐陽三弟叔敬沈湘 丙申

菖雨蘋風杜若香，懷沙千古弔瀟湘。遲回怕唱招魂曲，不信人間別已長。
通眉舊是玉樓仙，昌谷春消野竹煙。誓倒奚囊傳好句，人間差有外兄賢。
荆榛小徑對春溪，月上芭蕉碧影迷。池館山陽留不得，愁來唯伴野猿啼。

枯木難消只賦心，散愁長欲寄知音。調孤雌霓休文句，哭碎靈牀子敬琴。

瓣香洒血氣奔雷，采葛歌殘擊筑哀。十四年來爭一死，英雄消受野棠開。

南榮枝葉各相當，抛玉揮金意共長。岸谷消沉羊叔子，推恩無分到中郎。

小步 丁酉

新虹釀暖帶餘淸，雲裏東峯一曲晴。步步看花兼看葉，胎紅乳白各分明。

吟得

雙溪欲合聲逾急，孤鳥將栖晚更飛。唯有小窗人睡起，不知香盡落春衣。

折楊柳

兒家門前楊柳枝，南來北往折殘時。去去青驄都不返，郎行莫再挽青絲。

明妃曲 戊戌

金殿葳蕤鎖漢宮，單于談笑借春風。黃沙已作無歸路，猶願君王斬畫工。

南嶽摘茶詞十首 己亥

深山三月雪花飛，折筍禁桃乳雀飢。昨日剛傳過穀雨，紫茸的的賽春肥。

溼雲不起萬峯連，雲裏聞他笑語喧。一似洞庭煙月夜，南湖北浦釣魚船。

晴雲不采意如何，帶雨掠雲摘倍多。一色石蕈葉笠子，不須綠箬襯青蓑。

一槍纔展二旗斜，萬簇綠沈間五花。莫道風塵飛不到，鞠尖隊隊滿洲靴。

瓊尖新炕鳳毛毨，玉版兼燕龍子胎。新化客遲六峒遠，明朝相趁出城來。

小築團瓢乞食頻，鄰僧勸典半畦春。償他監寺幫官買，剩取篩餘幾兩塵。

丁字牀平一足雄，踏雲穩坐似凌空。商羊能舞晴天雨，底用勞勞百脚蟲。

清梵木魚暫放鬆，園園鋸齒綠陰濃。挼香挼翠三更後，剛打烏啼半夜鐘。

山下秧爭韭葉長，山中茶賽馬蘭香。逐隊上山收晚茗，奈他布穀爲人忙。

沙彌新學唱皈依，板眼初清錯字稀。貪聽姨姨採茶曲，家雞又逐野鳧飛。

初度日占 辛丑

橫風斜雨掠荒邱，十五年來老楚囚。垂死病中魂一縷，迷離唯記漢家秋。

一萬五千三百三，愁絲日日纏春蠶。天涯地窟知音絕，新翦牛衣對雨談。

十一年前一死遲，臣忠婦節兩參差。北枝落盡南枝老，辜負催歸有子規。
新買茱萸半畝堂，苔侵牀足月侵牆。天涯芳草迷歸路，病葉還禁一夜霜。
十載每添新鬼哭，淚如江水亦乾流。青髭無伴難除雪，白髮多情苦戀頭。
陳摶驢背笑難禁，龔勝牀頭餓稱心。雪攪九微香炬暗，未知除夕是晴陰。

竹枝詞十首 丁未

楊廉夫唱竹枝于湖上，和者屬集。以初體求之，非竹枝也。長慶始製，同出而歧分，如竹枝之相亞，應篙楫之度登，頓挫瀏漓，用近藏遠，庶幾風人之旨，故聊爲之。

嫩鵪鶉鬭不相降，野鴛鴦飛不作雙。昔年挑冰上雪嶺，今年販水下長江。
暮雨朝雲神女峯，三朝三暮黃牛蹤。入峽來回看不厭，出峽對面不相逢。
巫山不高瞿塘高，鐵錯不牢火杖牢。妾意似水水滴凍，郎心如月月生毛。
洞庭湖北漢水橫，青草湖南湘水清。兩道湖光爭瀲灩，兩般艇子各分明。
黃陵廟前斑竹叢，巴丘湖上水連空。生受鷓鴣啼夜雨，生成江兔拜秋風。
鸕鷀銜魚只道饑，鵁鶄運目也孤飛。江花笑水郎不去，白浪掀天郎不歸。
荷花有日綻金鬚，荷葉無心繫水珠。浪打萍開從惱妾，萍留浪去恰憐渠。
江邊寒梅自着花，江上女兒自鬭茶。浪向花前爇片腦，浪疑茶裏點脂麻。

楊柳灣頭艤舸開，楊花飛雪逐船來。郎愛楊花隨舵轉，儂憐楊柳倒根栽。

巫山欲出三峽中，狼山還隔海門東。何人不打開船鼓，何人解使鬬帆風。

忍俊

金鷄只遣報青蠅。發篋探丸等不應。東海未虧輸一粒，無妨郭宋與橫行。

鮮眼紅如鯉尾紅，吹沙蝕岸儘春風。任公無用釣緡處，畢竟魚還死水中

臘月桃花帶雪妍，迎頭早唱賣花喧。若教賒販春千日，借問姚黄得幾錢。

豺祭羔豚獺祭鮮，不須欣享且爭妍。王唐瞿薛當年盛，又束潘妃步步蓮。

波斯匿王不自知，恆河未改雪飄眉。流沙瀰瀰魚鰕少，惆悵灘頭立鷺鷥。

勾芒跣足苦爭先，昨夜酸風雪滿天。不見旗亭遊冶客，春歸纔著土牛鞭。

苦爲侯城惜道窮，姚師閒淚洒秋風。螟蛉若續讀書種，上計偸香是賈充。

悟盡人間得未曾，食輪先轉法輪僧。莫將負鼎嗤伊尹，草具匆匆殺范增。

五色雲中鸂鶒衣，鳳凰池上帶香歸。拼刀翦落金風裏，乞與誰家作舞衣。

樂府

長歌行 己丑

榑桑無落景，瑤水無逝波。千歲有問津，微生遂經過。偶零玉露漿，聊弄素女娥。不知人間秋，落葉紛已多。進酒白玉觴，侑之緩聲歌。長旦無凝雲，畢景皆赬霞。俯睨星火流，停歡待伊何。

獨漉篇

獨漉濁水，江水濁，菱葉青，不畏濁水寒，但畏濁水腥。水腥魚亂，鰕蟹相半。風起月黃，菱葉苦絆。東家孤兒西家婦，夜聞啼聲旦拍手。寶刀舊結幷州豪，春風日醉新豐酒。耐可死濁水中，不能宿秋草陌。揮刀難割空中煙，長歎流光坐閒擲。

君子有所思行 乙未

天道不可見，往來孰令親。求仁信繇己，循我得其眞。宿糧陟穹谷，問彼度世人。浮屠東入漢，老聃西去秦。驚神離寶命，歘景搴輕塵。屈理遂所歡，淫曼增迷淪。孟軻喪齊梁，辯言隱千春。堅壘拒輪攻，墨守固重闉。傾筐貴所寘，室遠願不伸。夜聞曷旦急，秋驚絡緯新。時哉隨逝水，極渚暇逡巡。

枯魚過河泣 戊戌

籠中鴨，聲唈唈。水中鴨，游濈濈。謂水中鴨，何妨分我以餘涇。越王嘗吳溲，宮中皆含蕺。漢有張良楚項伯，涇清渭濁皆吞吸。鳳凰餐竹花，桑扈啄場粒，嗟爾唼唼今何及。君不見枯魚過河泣，胡不早淤濁水學鰌鰼。

來日大難 壬寅

來日大難，毛凋羽殘。不知今者，誰爲妙顏。醇酒肥牛，何用解憂。仙人王喬，足可遨遊。黃金可作，塵世可度。鰍遊濁水，龍上天角。沒命黃泉，志存偓佺。遺物獨往，杳若孤煙。軒轅乘龍，髣髴雲中。天老操轡，髣髴雲內。精魂相存，生死同門。千秋萬歲，樂以忘言。

長相思二首

長相思，永別離，愁眉鏡覺心誰知。蛛網閒窗密，鵝笙隔院吹。年華詎足惜，腸斷受恩時。

長相思，永離別，地坼天乖淸淚竭。油卜罷春燈，寒砧謝秋節。寶帶裂同心，他生就君結。

箜篌引 丁未

彈箜篌，擊鼉鼓，款留君，君不住。素絲玉壺白水淸，博山蘭膏飛煙輕。華月微風吹鳳笙，他人不語君含情。胡爲乎凌狂波而亂流，從君不果心縈憂。東海之魚不可得，西飛之鳥不可留。往者不諫，來者徒傷。寸心炯炯明月光，千里萬里隨君傍。君凌濁水不見影，青天高懸獨徬徨。

歌行

休洗紅 己丑

休洗紅，洗多顏色壞。東園桃李花，陽春不相待。去時羅衣薄，來時羅衣寒。天風日暮急，舉袖君自看。鳴蜩札札落柳枝，深閨年少猶不知。

莫種樹戲代山陰相公贈懷寧朱侍御

莫種樹，樹長青扶疏。堨來九子鳳，故是白門烏。白門烏，柏臺烏，欲啼不啼天未曉。街鼓鼕鼕昼欲稀，還向羽林門外飛。

康州謡追哭督府義興相公是去秋同鄒管二中舍會公地

可憐康州城，瀧水從南來。龍旗翩翩去何繇，蒼梧迷密雲不開。秋風起，秋葉飛，旗翩翩，去不歸。烏頭黑，雀頭白，城上飛聲啞啞。羽林軍，神厩馬，昨日靈羊溪，今日康江下。楊花自飛烏自栖。相公白旐凊潯西，康州城下生蒺藜。

斸蕨行 乙未

清晨上南坂，蕪草深沒腰。黄雲冒山起，雪花零亂飄。雪子穿襖笑，雪花漫襖衣。飄衣溼尚可，懸愁空筐歸。土皮滑白斸斷柄，短莖泥重淘寒井。黄茅蓋頭雪侵領，奮椎力盡剛過頸。綿綿咽咽聲可憐，阿兒涕墮牽絲餅。流泉渾渾濁如藍，朦朧猶見伶仃影。伶仃相扶過眼前，黄綿襖子雀兒氈。夢裏春光快活天。君不見，馬槽□□□東去，雪花洒血痕丹鮮。

山居雜體兩頭纖纖

兩頭纖纖水溜絶，半黑半白燒嶺雪。腷腷膊膊凍竹折，磊磊落落飛霞屑。

山居雜體五雜俎

五雜俎，采野蔌。往復還，沿溪谷。不獲已，黄農伏。

哭內弟鄭忝生　庚子

悠悠重悠悠，送子岡隴頭。乍可爲陌上之秋草，繁霜一夕同荒邱。不能爲磷磷之白石，相看逝水旋東流。與君別何所，庭前綠竹下。日夕君不來，春雲覆平野。與君期何日，三五輪魄充。君歸黄泉去，月輪故未空。君家舊住鹿門溪，君魂欲歸道路迷。與君相逢入桂城，鐵騎斥野飛箭鳴。舊愁疑在春夢驚，乃知君死而余生。生亦不可期，死亦不可悲。鷄鳴月落杉橋路，且與須臾哭別離。

管大兄弓伯挽歌二首　序　甲辰

有明文學管嗣箕弓伯，以今癸卯冬，卒于南岳百丈山。病乃使余有宿草而不得哭。其明年，姬六以亡託將改適，返靈筵於高節里之故居，乃申一慟。良慨然矣，將復何言。抑夫生人之役，榮凋歡惡，咸有二三，唯一而不兩者，死而已。唯一而不兩，故昧者遲回，覺者引決。但一忍之須臾，無他畏難矣。慷慨之捐，唯一斯易。假令試之二三，在壯士之頻繁，不能魯縞之穿也。今勿說弓伯兄之死，得年五十有二，考終于室，弓伯兄固久不期此。癸未賊投人於湘水，雁行相接，兄犯其不測，以保難弟之節，一死矣。

戊子起兵不利，縲而繫於潭獄，刻日就白刃者，一死矣。庚寅流離困病於嶺海，犯難以護難弟於長林，一死矣。以身突其三死，而誰期爲一者之考終。弓伯兄弄死如丸，死去弓伯兄如騖，復得此十三年於荒山榔徑之中，兄餘食而贅形視之。昔不爲兄賦，而今爲兄哀耶，妄也。兄磊磊不爲愿人之容，人或以爲兄訴，此何有哉。兄善飲，亦善飲人。兄善以財假人。然以二者故，引其谿壑之涎而終不能充塞之。兄不慕炎而棄寒，以是睥睨炎者。而雖不炎者，亦妒兄之不與己同調，以歆歆于炎，塗詬之興，自此積矣。雖然，彼流者且齕腥草，唼腐蘋，竇傚帚如拱璧，而嚅囁於寒雲酸雨之中，浸不詬兄，則兄病矣。兄家世宣州，寓籍蒸上，族寡未有血胤，則或有爲兄惜者。夫萬彙之息，形生爲下，神傳爲上。今兄以其孝友義烈之氣，如雲如日，其暉蔭所注，且將孕爲千百奇男子，以似續古人。彼區區保有其血肉之產，呴呴噢噢，衛之如君，愛之如父，此一藕之絲，其聯能幾哉。故凡此者，不足以哀。不足以哀，則亡用其挽，聊紹古薤露蒿里各一章，以娛兄于漠漠焉耳。

薤上露，光油油。日出曈曈，其光易收。樂日之匿得久留。將何奉，奉咿嚶。室有婦，膝有兒，兒爲父，婦爲師，夔夔終日夕，鷄鳴晨起以奉之。婦步亦步，婦趨亦趨。傴傴僂僂，爲兒覓肥腴。如何令死心怦摧，姝姝媚媚，眉不得開。將此悲君胡當哉。日已匿，陰已霾，軼雲霓，足徘徊。露晞朝陽樂無涯。

蒿里誰家地，不在蒸江上，不在湘潭城，不在蒼梧黃茅瘴。祝融爲蓋，白石爲輿，安安緩緩駕輀車。挽人勿諠聽我唱言，魂歸湛湛之青天，形返茸茸之墓田。鼓毋怒，笛毋悲，庸夫不罵鬼，世間何用庸夫爲。以爾笑罵代痛哭，鵂鶹乾鵲齊上屋。主人棄屋返青山，庸夫他家覓酒肉。我有酒，不酬黃泉，將潤庸夫口。肥牛十臠，醇醪三斗，虤虤軸軸，狂鼓庸夫死奔走，黃泉之人應拍手。

避暑王愷六山莊會夕雨放歌 乙未

楊梅塞前楊梅熟，草覆溪流遶南麓。雷聲昨夜破疏星，片片餘雲留岳足。雲留雲去爭新晴，蕉葉回風綠倒傾。吹燈相照兩含情，良宵不負新涼生。我不能飲君不歌，華月出雲光奈何。電漾金液雷顫牖，浮雲上頭懸北斗。放棹唯尋杜景賢，倚藤長愛支離叟。就君銷夏借君閒，無歸之客身闌珊。稻腳將圓子魚長，高枕無心謀往還。

些翁補山堂詩和者數十人今春始枉寄次韻奉和並斆翁體 戊申

當其爲人不知虎，何妨疑虎能生羽。羅刹刀兵諸天花，此土強名之爲雨。山非山，湖非湖，無絃之琴知音孤。憑空結架飛樓瓊島八千仞，東海之西疑有無。肅愼之矢其長咫，公孫見鷄有三耳。清波不犯自垂綸，何但胸中五嶽起。東藏鄆讙龜陰之田西虞芮，倒影晶天無表裏。有虞之娟吮毫腐，九疑雲霾十疑補。非公拄杖劃破蒼梧煙，下士癡將修眉黛莖數。我不出門登公堂，公勿謂我精神荒。別峯凝紫鳥道碧，從門入者徒徬徨。

薑齋六十自定稿

自敍

境識生則患不得，熟則患失之，與其失之也寧不得，此予所知而自懼者也。五十以前，不得者多矣。五十以後，未敢謂得。一往每幾於失，中間不無力爲檠括，而檠括之難，予自知之，抑自提之。

詩言志。又曰，詩以道性情。賦，亦詩之一也。人苟有志，死生以之，性亦自定，情不能不因時爾。楚人之謂葉公子高，一曰君胡胄，一曰君胡不胄，云胄云不胄，皆情之至者也。葉公子高處此，殆有難言者。甲寅以還，不期身遇之，或謂予胡胄，或謂予胡不胄，皆愛我者，誰知予情。予且不能自言，況望知者哉。

此十年中，别有柳岸吟，欲遇一峯白沙定山於流連駘宕中。學詩幾四十年，自適舍旃，以求適於柳風桐月，則與馬班顏謝，了不相應，固其所已。彼體自張子壽感遇開之先，朱文公遂大振金玉。竊謂使彭澤能早知此，當不僅爲彭澤矣。阮步兵髣髴此意，而自然别爲酒人。故和阮和陶各如其量，止於阮陶之邊際，不能欺也。

庚申上巳湘西草堂記

目錄

蘁齋六十自定稿

五言古詩

擬古詩十九首 庚戌

臨歧送遠道，春草生道傍。春草生有時，遠行去無方。逝水無西歸，遊子怨流光。高臺多夕風，平原足晨霜。去者日益永，留者情益警。玄雲迷四郊，方望不得逞。思君褰羅幃，滅燭無餘影。棄置良獨難，沒生誓幽秉。

東園桃李花，南國蛾眉女，灼灼相矜悅，遙遙動心語。清歌不再發，舞袖無雙舉。昔爲弦上思，今爲夢中聚。芳非非我春，爲歡復何許。

灼灼三春風，縈縈楊柳色。年少去我徂，芳非不再得。遲我心所欽，良書寄懷憶。迢遞千里間，神皋有仙宅。朱鳳遺清音，青天回羽翼。玉軫動鳴琴，素月輝相即。髣髴垂丹梯，雲籤降消息。願言欣相從，含情無終極。

殷勤重殷勤，置酒遙相期。華燭搖虛牖，流光動哀絲。中觴促密坐，欲言還自疑。懷情不忍戢，勸勉當及茲。爲歡託榮觀，結愛在新知。飛蓬非久要，胡爲守枯枝。詞終起相謝，微生命有涯。

客從淇水來，導我遊朝歌。廣陌聚高居，冠蓋影綺羅。良夕奏哀絃，繁聲驚素波。師延亡千載，遺怨何其多。黃鵠感其音。羣飛以阿儺。高樓離思女，長夜顰青蛾。聞者無厭情，歌者益以和。清琴有希音，吾心將如何。

日南有歸客，問訊珊瑚枝。海水深不測，飄零無反時。相見既無端，相憶無與知。唯持憔悴心，畢命以爲期。

太陽斂西暉，纖月出雲際。夕風改晨色，羣星相連綴。征鳥懷故棲，遙天方遠逝。巢燕依梁宇，流螢漾池砌。念我結髮遊，納交相砥礪。去者日以疎，遺我成孤贅。宵露不及晨，餘霜無久麗。自非金石心，誰能永匏繫。

梧桐生井幹，桐葉落井中。結褵事君子，飛蓬附秋風。秋風有息時，飛蓬委荒阡。間關逐君行，中道悲棄損。依君日苦短，別君日苦延。傷哉驚飆集，吹此雨絕天。日沒羣星出，長夜未有端。

桂樹縈晨霜，芳滋久不渝。采之無所贈，不忍置路隅。懷袖經歲年，中心良自殊。殷勤自疇昔，誰爲愛斯須。

滌滌秋宇清，泫泫華露滋。冉冉弦月微，杳杳雙星期。良辰既不屢，終夕亦有涯。脈脈相視間，爲歡還自疑。未必經年中，綢繆無轉移。

日落登崇岡，顧望青天高。四維何茫茫，浮雲但蕭騷。羣動既非一，吾身若秋毫。自非精誠徹，蟠勤徒已勞。精魄無固存，奄忽成君蒿。及今百年內，何者終吾操。

所思不可見，所怨不可移。忽如飄風集，貿貿何所之。平生交與好，長逝相追隨。中野飛燐光，白日爲之迷。函意以永世，千載將誰知。

南山崔以嵬，上與浮雲連。俯視何浩浩，飛鳥翔其間。延眺須臾中，心目淒以閑。置身如流波，旦夕空百端。焉能役心志，隨物增憂煩。疇昔遨大梁，結交多英賢。千里不相棄，良書託歸翰。寶玦白玉光，鑿以雙金環。佩之四座驚，徬徨發長歎。所歎非偶爾，白璧當自完。

陽春二三月，綠草被修路。青林無鮮華，啼鴂互晨暮。淒彼泉下人，不知春風度。驅驅無返轍，誰者爲新故。往古旣復然，非我獨憂懼。天物各推遷，胡爲滋驚怖。慮苦不得甘，早計良已誤。滅性以求眞，浮光棲月露。鼎鼎百年中，含情抱貞素。

古人不可期，今人當奈何。對酒乍相忘，援琴發清歌。適意方在茲，憂患徒相加。憤世而忘己，吾生亦有涯。商山采芝人，迹邇心自遐。

和月春已徂，林鳥有餘聲。落英無返顧，流覽怛中情。寶刀垂鞶帶，昔我何所營。中宵不自戢，髣髴感精靈。邂逅良人姿，執手相徂征。心好自旖旎，隨風飄長纓。雖非思所臻，乍覯亦不驚。願言託白首，疇云中路傾。綢繆不相釋，屢顧念平生。懷抱申此夕，感之雙涕零。

白月流素天，微霜滿空際。開軒極遠目，清霄何迢遞。仲秋玄鳥歸，季秋陽雁至。染絲弄機杼，縱橫成錦字。上有永別離，下有金石誓。不知將寄誰，綢繆結封識。經年藏寶篋，置之不忍視。

昔我遊日南，中道至合浦。池水碧以寒，驪龍莫能睹。得此徑寸珠，云自鮫人所。緘以金泥封，藉之龍文組。中夜投君懷，當知寸心苦。

清風吹華鐙，明星啓東方。起步中庭間，形影相徬徨。夙昔志遠遊，遲暮迷津梁。滅燭從假寐，欲罷固難忘。浩歎以徹旦，不知淚霑裳。

擬阮步兵詠懷

出門何所適，極目延雲容。白月照廣川，緣崱生清風。飛鳥去天末，蕭條無餘蹤。置意良獨難，歸來扣哀桐。

阿環握靈符，翩然降桂宮。執戟侍清宴，佩玉相從容。嘉會雖迢遞，畜意無終窮。二八妙娥嬴，筝璈盪虛空。穆耳注心感，欻焉返閬風。懷情不再覯，徒乃見狡童。萬年獨離傷，精爽誰爲通。

涼風西南來，吹此浮雲輿。連蜷相異態，奄忽如有憑。日暮靈雨飛，消釋如春冰。步上商南山，揮手謝太清。肝膽一胡越，百年非我生。明滅隨須臾，吾心固不能。

石隕睢陽都，夙昔爲明星。頃刻不自信，哀樂異其情。韶風榮腐草，春霰摧初英。去日亦已往，來日自多驚。唯有王子喬，淩空吹玉笙。

結士苦不早，黃金何足言。遠聞悲歌士，屠狗近居燕。擧衣欲就之，時命忽我遷。蟠泥中道困，蛟龍無羽翰。歸休南山下，日月如流丸。棄置平生心，荒忽如秋煙。

鸞鳥棲開明，玕琪映毛羽。西日不匿暉，永夕炫金縷。深心非世知，有時戴戈舞。覽德無良期，裴回生憤怒。慈儉以全身，高深定何補。

芳春去我遠，九夏行將遷。靡草閟炎日，鮮蔓無久延。歸禽避飄風，深林相哀喧。披衣視河漢，惻愴悲高天，當時非所謀，及今良固然。

白日閟寒雲，長夜復陰雨。夕螢流溼光，因風歘相聚。奔獸不違林，驚禽亦懷侶。下士情不深，目迎心已許。悲歌難自固，上蔡餘酸楚。失弓原郢客，逐日非夸父。要領誠不惜，孰爲同草腐。

汎舟浮湄水，逶迤青楓林。湄水去不息，言下湘江潯。停檝長太息，明月照我衿。天宇冪廣野，平原氣蕭森。夕鳥瞑不飛，遊魚喧籟陰。寸心不自得，何況飛與沈。

鄴臺闕新宮，高陽矜廣宅。遊冶相紛奔，追歡倒屐舃。黃雀在枌榆，取之若芥珀。華山有高士，燒金方結客。舒卷無淺心，靈蛻託仙迹。

燕臺多高風，易水揚洪波。白日照綺疏，冠蓋相經過。踔厲古今間，感慨何其多。望諸無返駕，洹上討復訛。黃金臺已蕪，北望空山阿。朱子迹云遠，誰爲紹悲歌。

蔓草縈咸陽，云是阿房宮。雛鳳復雙飛，莫辨雌與雄。山河旣綢繆，宴處時從容。挾彈鳴金鋄，垂楊驕靑驄。意氣生豪族，芳塵散春風。努力拾新翹，無言恤飛蓬。秉燭繼白日，爲歡無終窮。

長夏生景風，飄然過我墟。蓬居困杲日，頳影過桑榆。延睇望廣天，胡爲自攣拘。西臺有餘哀，聊城無報書。生我自有天，憔悴與之俱。

白日廻南轅，草木芸以黃。時改心易驚，哀情隨大荒。遠視無所懷，但念有悲涼。西暉徐以下，微風過墟岡。庭宇曠蕭森，披帷延星光。

早歲好詞賦，文酒相追隨。引譽動當時，將爲名在玆。撫劍遊廣都，悲歌歸山涯。玄冥共白日，何者不吾欺。驅馬上高岡，咫尺生崟敧。乃知楊公歎，非緣道多歧。

湘水千里來，東下巴邱湖。迢遞連廣野，青山閟幽墟。雲氣浮遠白，西南接蒼梧。落日登迴岡，飛鳥去已孤。暝色沒高樹，墟煙下平蕪。俯仰求寸心，不知意所俱。姣女多情向，烈士無旁趨。皎日照此懷，行歌一欷歔。

悠悠青天高，不知生所終。巫咸已上天，欲訴將奚從。但見大壑間，「大壑」沅湘耆舊集作「邱壑」。日暮生清風。鷩魚跳漾水，秋蛩吟蘭叢。懷我心所欽，邂逅相迎逢。

浮雲起東南，悠然騖西北。駛影無淹留，凝望滋迷惑。前者旣蕭散，後來空閴默。豈爲仰觀者，佇迹從察識。稚鳥空翔飛，馮風鼓羽翼。達人知其微，馳驅無軌則。蘋末生輕風，孤心自相得。

念我心所歡，遠在玉山岑。戴勝冠崔嵬，文鸞奏知音。妙藥青麟脂，薰風生瑤琴。日夕延佇之，綿邈心淫淫。三五明月滿，光暉發雲林。神爽一相接，攜手連謳吟。企望亦不遐，悲哉年歲侵。

楚人得亡弓，塞叟有歸駒。乍爾亦爲歡，達人哂其愚。明月照形影，惻惻夫何如。回風颺秋毫，寧轉造化樞。冏彼柔曼子，猶知泣前魚。玄珠握重淵，金石終不渝。

心顏誠自我，雲容悲素蒼。耿耿霜月霽，長嘯驚八荒。青天有鳴鴻，孤飛不成行。聞其哀噭音，疑爾悲稻粱。所志在鸞鳩，枋楡亦可翔。

支祁降横流，十日忿炎焚。英靈相委順，千載無秋春。刀圭詎偶爾，靈液起沈淪。鳳笙非世響，十載將上賓。自信匪無功，勤立丹臺勳。

方壺與圓嶠，相去無黍米。星河流其間，日月盪其裏。孤遊忘歲月，奇璨爭紛詭。調良駕河車，六龍就方軌。補天西北傾，奠地東南委。淸虛非久居，沈淪安足紀。

夙昔驚我懷，離合遂無端。結好在中塗，綢繆苦不安。飄風吹落葉，夕陰淒以寒。握手未及終，裴回岐路間。駭獸啼我前，離怨無與殫。焉得三青鳥，從之生羽翰。

五言絶句

懷入山來所棲伏林谷三百里中小有邱壑輒暢然欣感各述以小詩得二十九首 庚戌

排子嶺

稻畝綠茸茸，平田接回塢。橋下流水聲，龍湫昨夜雨。

獅子峯

飛鳥搖嶺色，漸與峯頂齊。凝眸絶澗影，已轉碧潭西。

黑沙潭

苔冷千年綠，春寒一片雲。回襟避疏雨，人語不相聞。

續夢庵

舊夢已不續，無如新夢驚。溪雲霑竹尾，滴瀝過三更。

雙髻峯

西峯亙銅梁，北嶺矗荆紫。百里見陰鐙，遥知光發此。

黄沙潭

落葉絶行踪，隨意披疏篠。龍氣動喬木，空潭無猿鳥。

溪波巖

椶笠濺飛珠，回頭不知處。徙倚望前山，斜陽轉高樹。

妙高峯

陰光浮石壁，長如春水生。僧歸夕磬後，回首見西清。

車轍亭

偶然成轍迹，古人意何取。佇立無與言，前峯正疏雨。

方廣路

未從方廣遊，知爲方廣路。定有夕煙霏，天光露晴樹。

嘯臺

午日尚曈曨，紫光襯玄葉。暄氣上臺陰，香風吹凍蜨。

補衲臺

聞有補衲名，學之跏趺坐。蒻葉搖森森，竹鼠穿裙過。

洗衲池

瀑布良可觀，臨之喧不清。水簾垂一尺，微送佩環聲。右嶽後

青谿石門

欲作飛猱度，不畏蒼苔深。森森開一面，斜日照前林。

西石門

循壁渡泉橋，知有幽人宅。山氣動馣馡，香鼉夜來迹。

松紋石亭

僧歸繞曲澗，回首望林端。遙知愛啼鳥，也向樹梢看。

塢雲菴

曲逐峽田上，遙期松徑終。涼風中嶺合，西日一尖紅。右祁邵之間

釣竹源

杉竹迷千嶂，豆苗縈一灣。麏麚不相避。肥草隱潺湲。

雲臺山

佛宇不可知，雲留高樹裏。日落鐘磬聲，隨雲度溪水。右零陵北洞

西莊源

古樹何年種，歸禽來一雙。茅齋讀易罷，搖影入閒窗。

小祇園

宛轉破千嶂，平疇起綠煙。自然知蘭若，不過鳥飛邊。右宜江

小雲山

夕氣澄若濃，星光斂清炯。林外露懸燈，未知何峯頂。

昭陽庵

歸鴉度何所，夕照移西岑。蔭入蔚藍色，蕭蕭松檜陰。

駁閣巖

欲以貽來者，錫之駁閣名。終古知不知，今茲自含情。

桃塢

曳杖行何適，桃花一塢紅。回塘積落英，從君識東風。

雪竹山

楊墳一竿竹，空外影千尋。六月飛冰雪，埋心直到今。

茱萸塘

綠苞綻紺珠，紅泉醞香屑。采采及清秋，汝南有眞訣。

敗葉廬

敗葉留不掃，鏦錚扣哀絃。蟲吟淒切外，秋色倍淸喧。

觀生居

寒月出東嶺，流光入淺廊。萬心函片晌，一縷未消香。右湘西

昭山 乙卯

曲曲見昭山，孤青不相舍。湘水送千帆，凝眸幾人也。

終古石自碧，深春花欲紅。澄潭凝一碧，雲末出雙虹。

避亂石雞村同載謀小憩 己未

蒼壁不受春，轉入溪流曲。桃花影外天，微波動新綠。

飛鳥隨風葉，梨花漾碧晶。溪山得圓淨，雞犬亦蕭淸。

不知身忽輕，已度青茸表。疏雨何妨飛，林端露淸曉。

仇池九十泉，桃源千萬樹。古人喪亂中，自選林泉住。

五言近體

過芋巖不值己酉

隙几非疇昔，天遊各徜徉。古槐珠蕊熟，曲岸蓼紅香。晴稻收雲白，秋瓜切粉黃。呼炊忘主客，撰屨已斜陽。

深秋望歐子直

蕭蕭夕吹外，雲斂一痕青。杖履隨天地，山川見典型。借棋遲晝紙，釀酒已登瓶。但覺閒情損，歸舟憶洞庭。

因林塘小曲築草菴開南窗不知復幾年晏坐漫成六首呈桃塢老人暨家兄石崖先生同作

營築非吾道，林塘適物清。吹瓢疑稍釋，逃影妄初成。無悶炊煙損，多儆曙月晴。暄風淩小雪，當砌炫冬榮。

七尺一絲存，餘生半席溫。浮漚仍往迹，塊土認誰恩。飛鳥消雲際，幽蟲蟄草根。小東皋畔客，今日暫招魂。小東皋，瞿虞山先生讀書處。

一日一生留，無緣謝白頭。天情垂粥飯，家學志春秋。月影虛窗滿，雲滋砌草柔。濂溪香菡萏，孤棹試中流。

耕釣傳先志，人知德不堪。釧聲原宿業，崖蜜自先甘。寓目團欒淺，初心冷暖諳。鴻踪沙外雪，聊謝蓋棺慚。

病畏朔風寒，南窗背嶺安。林風遲九夏，日影夢三竿。乞種誰家樹，旋成幾尺闌。死生還似此，倍覺有心難。

隱几頽經年，垂楊左肘穿。虛空戰雷雨，血骨梟霜烟。縈蚓通幽迹，驚魚遣熟眠。天情隨近遠，何有息雙肩。

家兄觀夫之鈔稿云墨迹似先徵君垂示以詩哀定後敬和四韻

鼎鼎孤生在，迢迢百行非。皋魚身世恨，鴻雁一雙違。斗氣埋長劍，霜風綻葛衣。驚聞墨影似，還欲惜殘暉。

二中園紀事爲懿菴作 壬子

入閣幾重重，雙開曲徑通。穿風分柳逕，隨蘚度蘭風。魚服雙緋盛，花階九錫崇。居然成綠野，何必蔡州功。

萬折歷嵯峨，天輸小邵窩。書聲花影月，曲尾柳鶯歌。看弈人無倦，臨觴政不苛。清泉四十八，何處著風波。

即事 癸丑

暄氣熏寒月，微霜不改晴。光銜西極影，月轉北街明。川澤清難已，龍蛇蟄不爭。乾坤餘一淚，長對暮煙横。

仲冬微雨息，霜吹捲空晶。深紫餘楓在，疏黄片柳輕。餘年消永夜，寒月約孤清。自問滄江侶，誰爲共濯纓。

晴步

清韶陶始曙，涼潤即新林。風定葉當影，雲開岫出陰。遥禽如往日，近蝶有營心。四顧誰天損，行歌復自今。

上湘旅興甲寅

寒山猶半綠，淺日動浮光。習習江南暖，淫淫小雪長。杖藜隨鳥度，涉澗有花香。不信閒愁在，千峯一徜徉。

墟煙何處起，渡口已樵歌。空外篙音發，晴灘柏葉過。生平還草屨，世事儘藤蓑。惭愧玄眞子，淸時畏綠波。

一巘復千峯，參差萬壑松。夕煙飛不定，落葉轉相逢。古砦傳銀穴，僊壇記石封。金丹及鐵馬，吾意定奚從。

柳陰誰竹外，幾葉帶疏黃。浴鶩動金綺，夕陽生晤塘。歸人歡婦子，明發有風霜。居者忘情甚，蕭條客感長。

山城猶百里，戰伐不相知。禾黍經時畢，冠裳入望疑。微霜開驛路，落日返樵吹。回念巴邱北，銀濤捲繡旗。

舟中上巳同須竹

客思蕩如何，心知令序過。韶吹先閏□，花信緒風和。瑤草從誰拾，落英念已多。盈盈雙白鳥，著意浴清波。

伊山

心識回巒外，沿溪曲徑深。雲煙開綠畝，金碧動青林。香篆迎風入，鐘聲過鳥尋。蕭清初覺好，風雨更幽岑。

讀書雲外迹，梵刹劫前宮。蘊藉清歌日，蕭條夕磬中。古今藏客淚，勳業寄眞空。牛首虛天闕，何因卧懶融。

衡山曉發

擊汰遲楓浦，歸心就翠微。江空雙古岸。天小一雙圍。嶽氣雲侵縣，墟煙月掩扉。松杉回望裏，一谷曙光飛。

綠潤不知冬，嶽雲第幾峯。身輕隨白鳥，裾冷夾青松。江近前時棹，碑留故國封。漁樵知近遠，目賞已從容。

陳耳臣老矣新詩猶麗遠寄題雪諸詠隨意和之得四首

居然穿雨際，的的炫輕盈。高閣今相望，遥心一倍生。玄雲光漸曙，淺水影微縈。經歲含情待，天涯已贈瓊。初雪

息心寒夜永，無奈小窗何。惻惻情還定，朧朧影未訛。空函西照合，月轉北林多。墜玉驚幽響，知誰度薜蘿。映雪

稍稍墟煙度，歸禽尚一雙。喧風柔落木，珠雨緩流淙。夕氣先孤幌，雲陰上半窗。懸心清賞極，酒力未須降。欲雪

彌望盈清迴，還疑溪外踪。鴻飛昨日影，龍蟄幾株松。曲曲忘前逕，山山遂一容。扶筇誰早過，屧迹恰迎逢。訪雪

東臺山 乙卯

百里初見山，西暉客望閒。半峯明紫樹，羣岫倒蒼灣。仙館簫聲歇，漁舟隔浦還。祝融知近遠，清夢驚雲間。

草堂成

歸舟湘水北，伐木逮秋清。鶴館松雲剪，萍蹤雪徑成。南窗仍夕暖，東嶺迓春晴。蕭瑟乾坤裏，蓬茅亦太榮。

早起草堂寓目籬間牽牛花追憶懿菴 丙辰

秋色生空外，微晴始素暉。籬花深碧紫，風蔓小霏微。酒坐懷迎目，林軒悵啓扉。故心猶宛爾，何事歲華違。

新秋望章載謀 丁巳

湘山猶曲曲，疇昔故天涯。偶合添離恨，輕分有後期。燈殘知弈誤，月上儘詩遲。芳草王孫在，閒愁付杖藜。時載謀授館於翠濤。

干戈方萬里，搖落又三秋。霜鬢久無據，雲蹤幸緩愁。周秦焚後字，時禮注方竟。荆楚賦中樓。鄭重清波意，君無忘野謀。

寄徐蔚子 戊午

黃鵠一癯仙，重逢腹已便。檄從邛部草，詩授鄭公箋。柯雨先徵夢，樵風恰滿船。褚公池上月，珍重到秋圓。

送載謀歸吳淞二首 己未

相逢及送别，都在落花時。霜雪添雙鬢。兵戈共一枝。江湖空在望，天地儘堪疑。顧陸煩憑弔，吾生未有期。

馬當湖水北，南望杳瀟湘。陸海英雄蹟，船山煙草荒。客囊留蠹簡，謁者戀幽芳。片石延陵字，他年待報章。

聞聖功訃遽賦

閒愁生死外，回首故人無。南望墟煙迥，西飛片鳥孤。藤花開獨坐，蘿月照霜鬚。泉下□□淚，艱難付釣徒。

排律

詠菊答須竹 癸丑

選芳宜隱秀，經歲得秋情。苗淺春滋弱，心微露貯輕。啼鶯無醒夢，飛絮謝思縈。雨浹浮光上，吹喧逸態呈。蝨憎痕屢剔，絲繫玉防傾。愛惜消長日，從容養靜萌。荷風熏晚綠，蕉霧灑孤榮。葉葉容遲上，亭亭有獨擎。艱難出畏景，珍重享西清。紫葆光初透，珠胎潤已瑩。竹枝留上番，梅影剪疏横。專氣邀金液，豐仁長玉嬰。星榆方歷歷，雲朵遂盈盈。土德先推王，冰心亦保貞。有時浴紫水，終不炫丹猩。香外幽難似，薰餘靜不攖。肅然登鼻觀，嗒爾偃心旌。龍腦癡誰妒，薝蔔逸未平。霄空霜一色，天迥月三更。倦賞愁寒夕，邀歡暫晚晴。袂辭歧路把，目厭滿堂成。桂釀聊孤酌，蕈絲小佐羹。催開辭羯鼓，過訪待絲笙。已事開三徑，端居愛九名。同牀猶各夢，顧影易魂驚。身後從冰雪，魂歸返日精。摧芳寧問落，滌月不辭烹。君意如相念，殷勤訪夕英。

青草湖風泊同須竹與黃生看遠汀落雁 甲寅

荻芽沉綠影，汀際合晶光。遙識歸鴻集，從知夢澤長。雲移千點曙，風轉一行將。凝立迷煙樹，輕遷動夕陽。參差香尾亂，珍重羽衣涼。陳列龍沙白，書成太古蒼。修眉涵鏡曲，仙桂綴蟾光。沙起簾鉤盪，洲平瑟柱張。濤驚聊靜婉，野曠恣疏狂。酣寢雲田膩，棲心蕙圃香。氣矜三楚國，神帶九秋霜。整翮聊煙水，回翔豈稻粱。浣紗人佇久，垂釣客情忘。悽怨依笳淚，閒愁託杜芳。經寒知柳色，訪舊憶蓮房。北望關雲紫，西清落照黃。息機非倦止，清警正遙望。平展紋波縠，輕浮玉照舫。遙天開畫苑，活譜寫瀟湘。

七言近體

同唐須竹遊駁閣巖 己酉

昨日初收梅雨天，青空四幕碧光圓。微風引袂分溪草，斷嶂當眉露嶽蓮。片石偶然留太古，同心無待問他年。斜暉已長青松影，尚惜苔茸映綠煙。

昭陽菴同須竹夜話云乘木葉秋波探五老之勝因便送之

盡覺當年不易談，披雲躡石意猶貪。袖圖有迹傳河畫，血字無心錮井函。白日只今原不損，青山向後定誰堪。知君欲訪匡廬瀑，摘去蓮花池上參。

不揆五十齒滿懿菴見過留同芋巖小酌

楓陰荻岸晚煙開，鶴膝逡巡踐碧苔。隔歲相看顏似舊，衰年無據漏仍催。清宵疏雨喧梧葉，草閣歸雲膩竹胎。薄遣新歡消夙昔，臨觴聊罷筑聲哀。

偶望 辛亥

平田無那素光何，稻葉娟娟浸碧波。白鳥試飛疑遠浦，玄雲微斷影高柯。墟煙小困雙灣樹，砌葉全低一徑莎。不礙小窗消午睡，鑪煙孤裊緒風和。

極丸老人書所示劉安禮詩垂寄情見乎詞愚一往吶吃無以奉答聊次其韻述懷

洪鑪滴水試烹煎，窮措生涯有火傳。哀雁頻分弦上怨，凍蜂長惜紙中天。知恩不淺難忘此，別調相看更輾然。舊識五湖霜月好，寒梅春在野塘邊。

宿雪竹山同茹蘗大師夜話

不知情在與無情，丈室挑燈魄自驚。海濺雲飛千嶂斷，煙籠雪壓一枝輕。破船載月浮寒水，別路尋芳駐晚晴。自護楊墳莖草綠，春歸閒唱踏莎行。師嗣法嘉興楊墳山。

劉庶仙五十初度即席同唐須竹 壬子

未解平生因底事，華筵詩思不相通。逢君懸弧聊莞笑，垂老臨觴偶自容。竹塾午窗雙總丱，梅花小閣一春風。童心幾皺恆河水，何必襄城問小童。

半語逢人吞不得，於君燒燭耐春寒。年華轂運有如此，譜樣翻新孰與看。但祝羲和留萬轉，長披黃襖到三竿。華山呼取墜驢客，共說當年行路難。

聞極丸翁凶問不禁狂哭痛定輒吟二章 傳聞甍于泰和蕭氏春浮園。

長夜悠悠二十年，流螢死焰燭高天。春浮夢裏迷歸鶴，敗葉雲中哭杜鵑。一線不留夕照影，孤虹應繞點蒼煙。何人抱器歸張楚，餘有南華內七篇。

三年懷袖尺書深，文水東流隔楚潯。半嶺斜陽雙雪鬢，五湖煙水一霜林。遠遊留作他生賦，土室聊安後死心。恰恐相逢難下口，靈旗不杳寄空音。

冬夕

夕風楮葉有清喧，片紫西收碧未圓。河漢依微傾北戶，流霜容與潤高天。寥寥空界魂孤往，鼎鼎長宵夢小年。欲與禁寒邀白鶴，齊州不耐暝橫煙。

天物何歸剩碧虛，霜飆難挽日南車。哀絃短劍留魂夢，雪鬢霜花空贅餘。蠶妾報收雙甕酒，故人諾借滿牀書。不知哀樂將誰得，惻惻寒心逼歲除。

詠雪 癸丑

素綃羃岫淺黃通，倒影青冥一片濃。雁背皴含天闕景，魚鱗雲烈晚簷風。乾坤迴合搖山澤，形魄孤清接混濛。回首少年心緒迴，衝寒狂折野梅紅。

霞外開飛幾片輕，回瞻平甸已盈盈。梅趺出色翻紅栗，草甲棲心映綠晶。雲幕空輪千影轉，風迴池縠萬雙迎。南塘曲岸誰相待，不惜明珠百斛傾。

皚光晨射凝脂肥，海日輪孤膩不飛。紅藥隱尖疑月冷，梨花搖夢想春暉。池雲壓頂圍魚陣，松粉鋪翎散鶴衣。遙想玉峯長似此，清寒應悔學仙飛。

清空無際奈寒何，萬岫參差捲白波。人在冰輪迷海岸，天迴平野倒雲窩。松風吹咽笙三疊，檞葉微留碧半柯。不信人間有春日，桃花紅雨點青莎。

送蒙聖功暫還故山 甲寅

秋風淫淫吹我衣，送君言歸君欲歸。不知天地消偪側，已覺江山忘是非。疏星照水方昨夜，涼日當襟返翠微。青山料理勿取次，留之待我慰調饑。

殘雪 乙卯

寒心肅肅擁孤清，斷岸無心弄晚晴。舊恨半消隨去雁，新歡難待到流鶯。莎叢綠淺愁輕護，蘚砌痕欹感易傾。夙昔南枝曾有約，不貪春早逐初英。

珍重凋零剩後身，人間還遇可憐春。和霜和月猶前日，爭柳爭花非此辰。睥睨青天悲寂歷，淹留丹巘賞嶙峋。雙飛燕子來何暮，不見瓊田萬頃新。

蒼煙黃日久迷離，猶有牆東片月窺。身外江山還似舊，夢中蠭蝶儘相疑。東流徹夜銀濤急，平甸矜春碧草欺。不識瑞香花落後，幾人還賦玉樓詩。

回塘曲徑偶相依，不擬春歸尚未歸。向後生緣隨旦暮，當時心緒在霏微。珠胎含淚禁疏雨，玉骨凝寒傲夕暉。子夜輕冰聊邂逅，素心元不藉霜肥。

長沙旅興

江上紅芽始試春，乳鶯調語正迎人。人間詔日還相識，花下暄風已試新。鶴杖恰逢苔逕輭，漁舟初繞碧波勻。乘乘生事餘年在，隨處桃花可問津。

郡歸書懷寄懿菴

雨滯花殘不解飛，此身無主更無依。乾坤何夢到淸晝，生死難忘只翠微。捲幙棋終歸燕緩，敲尊歌闋薦魚肥。如君貧病眞天上，莫惜淸秋共釣磯。

出郭赴李緩山之約桓伊山下遇雨

葛衣疏透雨珠閒，習習輕風宿暑闌。白練半飛分木末，丹虹雙綰護雲關。笛聲恰在桓伊步，飯顆初逢杜甫山。珍重碧煙開玉鏡，明宵何夕照雙顏。

萍鄉中秋同聖功對月

白頭還作他鄉客，不負青天只月明。自笑漁樵非泛宅，聊聽鴻雁有新聲。晶瓶浸魄一雙影，玉鏡當心無限情。莫爲銀蟾增悵恨，孤淸直上即瑤京。

春夕同章載謀看月丙辰

草堂新築延新月，夕望春煙散夕淸。天地空輪原自昔，鶯花流目不須驚。東風搖柳拖柔影，綠暈莎肥炫露明。莫擬華亭歸鶴怨，湘山布穀未催耕。

先秋一日作

西峯半影逼天青，閃閃斜陽紫焰明。木末一絲雲影渡，稻畦千綠水痕平。隣洲夢覺餘香雪，鶴髮身輕憶鳳笙。菡萏梧桐雙在眼，他時搖落不須驚。

重登回雁峯丁巳

碧樹江煙小散愁，靑鞋雪鬢又重遊。朱甍如夢迷雙岸，綠草當春覆一邱。縱酒華年凌石級，題詩夕雨認高樓。漁舟戰鼓皆今日，慚愧乾坤一影浮。

遣懷

求儒無訣問蓬壺，縹渺神山一片孤。溪水冰融隨岸闊，天風霜起任桑枯。「霜起」沅湘耆舊集作「聲緊」。田疇死記盧龍塞，司馬生慚瑞獸符。爲問今宵寒夜月，照來還似舊時無。

乾坤極目不消愁，生事崢嶸祗敝裘。漁艇可容人釣雪，故鄉還似客登樓。探梅的皪丹砂蒂，問月般勤白玉鉤。儘有風光相假借，無妨孤棹試中流。

青箬笠還任短牆，漁汀樵徑儘披霜。明年春在柳仍絮，前夜雪深梅自香。天地龍蛇消一淚，河山烏鵲且孤翔。情知華頂酣眠客，蛻骨難留笑汴梁。

人間口耳總無權，對影忘言且問天。劉宋科名原荏苒，蘇張車馬自喧闐。水沈香篆青煙細，海霧空輪赤日懸。匣有寶刀隨老病，無勞堇土淬龍淵。

桐城余兼尊昔爲青原侍者歸素以來崎嶇嶺外相値見訪爲錄前寄極丸老人詩仍次原韻贈之

沙上鴻蹤昔歲心，堞樓鶴語舊時林。已知罷釣能忘餌，何必登牀更碎琴。月影偶留傳雁字，秋聲不斷有蟬吟。閒愁杜口從君語，爲受青原記莂深。

小樓雨枕 戊午

江城二月催寒雨，山客三更夢嶺雲。青鏡分明知鶴髮，寶刀疇昔拚龍文。援毫猶記趨南史，誓墓還誰起右軍。飛鳥雲邊隨去住，清猿無事憶離羣。長鑱劚朮自生涯，短棹衝萍有獨知。偶測天心容杖屨，不從人事整鬚眉。孤情琴外傳昭氏，病眼花前待子規。閒坐小樓清澈極，垣衣綠潤帶煙垂。小圃桃花發幾株，暫時瀟灑且江湖。柳風乍得吹烏帽，燕壘莫驚長綠蕪。符璽可容徐廣淚，山河難授馬融圖。千秋歷歷憑青史，不信兵戈有腐儒。客窗倦雨曉朦朧，乍有晨光半紙紅。江岸夜喧春水長，沙汀波漾燕泥融。乾坤卽事容心廣，老病隨緣自德充。莫問漁津知處否，綠楊繞屋已陰濃。

春山漫興

青山一曲古今誰，曾向藤蘿挂接䍦。古樹幾逢新蘚長，落花聊遣曉鶯知。乾坤舊日容雙鬢，戰伐隨時老一枝。擬上懸崖尋片石，苔函無字禹功碑。碧磴朱櫻始試花，定知紅藥孕丹芽。晶含斜日搖餘雪，縠長輕風皺淺沙。遊屐未抛資藥力，漁簑欲捲過霜華。堂堂永晝相容得，臥看窗西映綺霞。

雨斂平田一鷺輕，西峯新展半園晴。葉光浮上通雲綠，天影低沈透水淸。柔草待收園客繭，泠風欲和子喬笙。百年俄頃春情極，未羨商山摘紫英。

東海無能釣玉璜，嶽陰從昔咀金薑。刀圭鼎鼎千春臼，簑笠悠悠一雨航。棋劫屢翻憐日永，琴心自寡到春忘。東方笑爾詼諧甚，濫借金門作隱鄉。

丹霞白雨夾分霄，浴鷺棲鴉各自饒。夕爽清吹生水影，晴光片碧動山椒。青鞋躡迹違珠露，紫筍依痕剝玉苗。「依痕」沅湘耆舊集作「分明」。假借春光安病客，天年恰恰在今朝。「天年」句，沅湘耆舊集作「不妨詩思滿唐瓢」。

南國春從積雨過，西淸雲奈夕先何。褰帷陰壁生靑蘚，倚杖空堦上綠莎。肺病久拚臨下溼，心期不但畏風波。晴絲曙月容他日，幾厭落英覆碧窩。

餘春春閏太從容，卽次鶯花老漸慵。送夕柳邊斜照淺，留寒雨外溼雲重。烹龜自惜千年表，放鶴先栽九里松。人事天情宜痼疾，草堂曲曲暮烟封。

同須竹送芋巖歸窔竟小艇泝湘轉郡城有作

誰將今古作浮煙，人各爲心亦自憐。飲泣當年聞國變，埋心遙夜但天全。靑編無字酬雙淚，赤縣何時慰九泉。千計不如歸尺土，飄零人在釣魚船。

斷雲影裏泝湘隈，回首荒阡半畝纔。縱使君還生幾歲，可容春去有重來。寒灰墮地皆千載，老病逢人但一哀。不是躬園相識久，孤山錯擬萬株梅。

詠木魚引　己未

觀生居壁粘比歲人士酬贈韻語，時復迎目，如相揚推。僕與當世偶一往還觴詠耳，亦可不容志之。兵警後，爲俗惡寓人盡擲棄之，非有長吉睚眦之怨，浪施和仲箋云之懼，能使人不氣盡耶。唯攸縣陳耳臣二箋僅存，裴回不忍捨目，用覺其詠木魚詩未當作者，輒和二章，不能寄耳臣，差賢於存沒諸公之逢蠹蟹，無從靜對已爾。

紺宇虛堂做肅陰，蓮趺直下啓孤音。霏微樂句香煙合，蕭颯清喧墜葉侵。夢覺乍如星漏永，簾垂閒遣梵筵深。初機塗毒難酬得，定借驚魚警夙心。

崔嵬忘情受衆吹，息機何用作鱗而。敲空別證生公義，彈指還拈寶月詩。馴鴿依簷春雨靜，蒲牢息杵曉空知。新翻能釣離鉤句，從遺槌槌客儘疑。

七言絶句

蚤春　壬子

側砌新苔透暖融，回波搖影碧痕通。東風向晚吹疏雨，却送歸雲上淺紅。

小窗春淺不中春，遥夾啼鶯煞惱人。忘盡故心消不得，夕煙約莫柳條新。

得須竹鄂渚信知李雨蒼長逝遙望魚山哭之

孤雁哀吟帶淚飛，南詢雁岫釣魚磯。尋常雁塔稱兄弟，魚稻汀洲各揀肥。

一期生死有千秋，欲語逢人翦舌休。剛遣西風吹片葉，黑雲棲斷洞庭舟。

青原罷棹石門寒，柳岸霜風月已殘。欲轉金輪須換面，紅鑪別鑄紫金丹。密之閣老，天門司馬，俱以是年棄世。

赤壁雄風百戰酣，新安碧血灑江南。大觀綽板先君歇，凄絕吴江老蘖菴。雨蒼蚤與金正希、尹洞庭、熊魚山齊名，時金已殉難，尹亦先逝，熊公僧隱吴江，存亡未審。

新秋同唐古遺須竹遊鐘武故城歸坐小軒夜語 癸丑

白楊衰草楚雲天，孺子生芻奠暝煙。忍淚欲彈須剪燭，霜風偏緩上灘船。須竹赴哭未歸。

嶽陰萬片惹雲肥，暑氣猶留凝不飛。野逕偶然成遠望，江湖何地卜漁磯。

荆榛蒼淺古城秋，脈脈蒸江碧玉鉤。野曠天低飛鳥度，不知何處弔孫劉。

野人愛菊亦偶爾，種菊滿闌秋已清。但爲愛君兄弟好，欹眠閒看緑光晴。

閒堂剪燭夜如何，銀漢疏風古樹多。便把一竿隨爾住，江門原有舊藤蓑。

水口道中乙卯

叢竹低垂過雪斜，森寒綠氣透青霞。乳鶯啼處春無幾，纔見櫻桃一樹花。

走筆贈劉生思肯

故園枝葉記君家，兄弟風流競筆花。汎宅五湖君自遠，相逢猶幸在長沙。

水綠洲前魚艇多，也來相伴曬漁蓑。逢君翦燭當深夜，奈此干戈滿地何。

老覺形容漸不眞，鏡中身似夢中身。憑君寫取千莖雪，猶是先朝未死人。

題林良枯木寒鴉圖圖有李賓之題句

未辨斜陽與暮煙，枝枝不墮早春前。此中無放鶯啼處，留待桃花二月天。

便得春風也是枯，藤蘿不挂儘蕭疏。遙知練鵲過新綠，只似河陽擲果圖。

內苑春風萬樹皆，文鴛掠彩豔心諧。寒山古木啼淸怨，只有梅齋與木齋。

三十年來認得眞，吉凶無據自無情。鵲聲縱好非歸計，塞耳春風第一聲。

戲作七夕詞二首戊午

甲子須臾一局棋，人間荏苒歲華遲。經年莫爲添惆悵，離別曾無片晌時。

晶輪不惹少商風，銀漢無波一派通。博望仙槎容易度，何須烏鵲掠清空。

織錦無成上帝嗔，憨慵長夜望河津。何從更得蛛絲裏，賸巧年年乞與人。

梅花

墟里寒煙罩斷橋，年來春色最蕭條。船山半曲清溪裏，霜日黃曛一樹遙。

不知淺素更輕紅，遙望長疑煙靄中。除取梅花心自省，看花人隔小橋東。

老眼看花似隔紗，臨風偶愛一枝斜。香生微暈初輪月，紫透輕魂破體砂。

開從小雪入新年，雪妒霜侵不損妍。珍重深寒禁凍蜨，低飛不過淺闌邊。

樂府

石流篇 乙卯

石上流水，漸彼蒲英。滌根孤弱，植芳不傾。撫我平昔，居然既往。攬景無及，何用追賞，水無旋流，卉木有方。冬春屢易，天故不常。一善可師，萬端方迷。授我坎坷，天故不齊。浩浩方隅，茫茫圓軌。有命艱貞，繄惟今始。慍不可長，逸不可終。含默難言，孤置我躬。烏玄鶴白，其辨易知。

分芒析微，何者忌疑。

雉子遊原澤篇

雉子遊原澤，芒芒非故林。寒秋草葉短，離離露華襟。念昔志節士，抱道閱飛沈，龍爭而蠖屈，華屋若邱岑。輾轉萬變內，崎嶇北與南。若辱全大白，皎日破重陰。寤寐豈不思，力弱無能任。申旦勞太息，悠悠但長吟。

門有車馬客

林逕晴風生，鳥雀喧夕樹。策馬何方來，遙遙駐光度。依依相慰深，轉轉將情愫。綵言既不輕，珍重託微諭。仰睇青雲飛，光采殊新故。各有懷心端，孰爲目擊遇。耿耿非自韜，般勤慎維護。

夜坐吟

長莫長，冬夜寒，明霜流空天宇寬。朱鐙明，思未闌，昔日之日未足歎，今日之日百憂攢。古人不可問，流俗空漫漫。吾何歸，歸何歎。明星爛，晨雞喧，抱孤心，臨萬端。

豫章行

邁塗出郭門，待遠有來期。新歡寡所諧，舊好良多違。分手亦已薄，彈冠安足希。洪流從問津，危岑將共之。商山非孤雲，海濱有雙儀。夔曠誠不作，吾生將見欺。

順東西門行

良夜徂，皚光盈，東方歷歷白日生。酌醇酒，吹華笙，閱世迢迢心不驚。發清謳，盪閒情，九州萬年誰相攖。乘逍遙，歸太寧，馳騁無羈驅空□。□□□

猛虎行

塗長不息空舍亭，道迷不隨飛蓬征。飛蓬無去心，空亭多夕驚。寸心有端緒，歧路勞屏營。銜憂非死亡，膺福非華榮。危塗厲修節，遊衍悲儔零。

短歌行

臨觴不辭，當歌不悲，明月遲空，天漢離離。南有玉衡，北有營室，明明兩間，達者自逸。鴻雁驚霜，飛必有鄉，鶗雀棲遲，東西迴翔。登山善疑，臨水善憶，古人有心，千秋不測。東望碣石，大海環之，横波施楫，誰能代持。陳餘絶交，馮衍悲老，佩玦千金，輕喪其寶。剖臆出心，與天而遊，回風在御，何用繁憂。

箜篌引 丁巳

河水流，蛟龍遊，我聞昔夾神禹舟。斥以蝘蜓爪角弭，后啓云維神禹子，駕之騄驒渡河水，非不欲公效其美。公非夏后與子孫，胡爲與之爭吸呑。天風有靜波有馴，公雖欲渡姑逡巡。

歌行

寄和些翁補山堂詩已就聞翁返石門復次元韻寄意 己酉

無字之碑誰帝虎，無絃之琴誰宮羽。角尖不挂羚羊痕，隨意天花散春雨。我公昔浮玉沙湖，湖上突出孤山孤。補山未了公南返，螺髻修眉半有無。下士之見不越咫，謂公勤勤補山耳。支祈平呑江南之雲江北夢，息壤欲堙何處起。公笑捲山山爲藏，沅湘耆舊集「捲」作「掩」。青蒼縮入椰杯裏。折脚鐺中冰不腐，煮爛須彌將芥補。湖南空有青蓮七十二萬莖，總不入公補處數。無土不現補山堂，峥嶸日月開幽荒。飛來之峯彈指已過洞庭水，北山愚公嗟徬徨。

粤奴初識雪歌

翦髮粤雛年十四，聞人說有霜雪字。正月梅殘度嶺來，桃花郴水春流膩。經年絕望望南天，落葉黄雲棲暝煙。飄空冉冉光搖目，疑絮疑花兩不然。心知是雪情難決，借問方知寒雨結。此生今日乍相逢，掬玉尋香向誰說。可憐覿面未相親，故是陽臺夢裏雲。垂楊風細梧桐月，總道軀毛重九斤。

孤雁行和李雨蒼

當年回雁峯頭住，雁影雲開天際路。夫君縹渺雁峯心，遙寄湖南煙雨渡。誰知白雁杳寒沙，斷使青峯遮日暮。日暮雲迷雁陣哀，逢君千里雁書來。欲分寶瑟銀箏怨，似向沙明水碧回。一水盈盈烏石戌，千秋渺渺楚雲臺。楚雲臺乃白沙留雨蒼五世祖大崖先生讀書而築。楚雲臺高芳草齊，湘干北望鷓鴣啼。虞卿著書亦何有，建陽賣卜還自迷。瘦影難雙矰繳滿，寒更欲警露霜淒。清霜白露飛不前，亭亭片月當高天。前身憶住青龍寺，血蹟還埋古井邊。遙飛尺帛君邊去，沙上鴻蹤隔暝煙。

讀涇陽先生虞山書院語錄示唐須竹

涇陽先生不復作，涇陽遺編懸高閣。彩虹垂天漫璀璨，大造徒爾鼓空橐。永陵之季狂瀾驚，倒吹枯瓠爲玉笙。平地躍起攫光影，失足猶漫誇輕清。先生兩足不妄插，矗立欲撐銀漢傾。烏舌無從說烏夢，人頭定可作人鳴。毫髮析作千萬片，一絲獨飛挂匹練。亭亭萬歲終不歛，世人皆見莫能見。嗚呼乎！吾不知麟衰鳳去將誰傳，區區下界縈寒煙。秉燭對讀過深夜，詰旦赤日生高天。

聽月樓倦客歸山留別翠濤王孫

我夢聽月樓已久，不意今生登此樓。樓前湘水膩碧玉，細細紋波送遠秋。我有狂歌知者誰，古人不作今人疑。夜闌酒熟相對笑，男兒不受雙眸欺。我今歸臥蒸南谷，黄菊將開酒將熟。爛醉三萬六千年，柳生左肘石穿肩。君勿疑我不相就，聽月無聲月自圓。

效柏梁體壽王愷六

鐵牆拗頭綠鳳棲，就君踏花蹂香泥。君今僦宇當湘西，陽禽回翼空悽迷。人生卽久如躡梯，駸駸不舍相攀擕。我旬過五君始躋，欲呼蒼天問端倪。誰爲龍翁配虎妻，活汞煎之如嬰啼。東兔藏金西木雞，戰酣四壁休鼓鼙。得之圜中一刀圭，與君分吞如餹餅。倒騎白衞馳丹霓，俯聽蟪蛄聲益低。長笑爾曹延蝤蠐，睨高欲就終無稽。我摘月華沁心臍，君胸洞開消日鑴。斫麟爲脯堯韭虀，團星作餅甘露醯。命鸞歌囀如黄鸝，羿妻婉孌出金閨。疑貞疑謔相嘲詆，然後與君歸湘溪。嶽爲部婁湘成蹊，三皇五帝重攜提。如此與君終不睽，乃稱丈夫心交綈。非炎索箑寒就烓，短歌隆隆蒼虬嘶，千春萬朔留品題。

風泊中湘訪張永明老將弔孫呂二姬烈死讀辛卯以來諸公獎貞之篇放歌以言情孫呂事詳故中舍管公記 乙卯

昭潭萬波疊霜縠，南望灘江暮雲綠。驚鴻叫雲天不開，秋夕孤飛遙痛哭。二十六年春蔓長，我與張君四鬢霜。衰顏不死猶前日，湘女空靈鬱杳茫。茫茫峒雲結煙草，貞魂不舍蒼梧道。哀歌血淚洒青天，管子嗣裘金郎堡。而我悲吟獨待今，二十六年愁埋心。左掖蒙生俱未死，軍中彈淚秋陰深。嗚呼乎！往恨迷離無再說，一死人間萬事決。君不見張君二婦灘江濱，俄頃千秋如截鐵。

梅陰冢 戊午

船山老人幼女七歲，許字友人唐君之子者，以戊午八月夭。敗葉廬左有梅一株，老人夙所憩息。廬圮梅存，因瘞其側。老人女蚤曉字，動有閑則。嘗自言，使我且死，必不亂。垂亡果然。老人哀之甚，且恐此土爲樵犂所侵，詩以志之。

秋露溥，梅葉丹，莎根草蟲吟初寒。梅根千年蔭野土，鶴髮衰翁淚如雨。梅葉落，梅花開，棠杜無人斷逕苔，寸腸噩立望思臺。

薑齋七十自定稿

序

曹孟德言：「老而好學者，唯孤與袁伯業耳。」陸務觀以名其菴曰老學。伯業之學未可知，孟德務觀之所好，則予既已知之矣。故老而所懼者學，尤所懼者好，好之不已，窮年無竟。秋未盡，蟬不能不吟，已則爲蜣螂而已，如之何弗懼邪！六十以後，汗漫不復似六十以前，如拾櫧實於敗葉，逢之卽掇。居恆謂杜陵夔州後詩大減初年光燄，予且自蹈之。減邪，未減邪，衰邪，思不屬邪，神不凝邪，抑懼而奪其好邪，不能自知，將孰從問之！其閒情事不容異於六十以前，世猶爾，吾猶故，吾奚異哉！其或不盡然者，覯其愈入於汗漫可知已。過此以往，知不能更得十年，或夙習未蠲，復有汗漫之云。當隨年以紀，要不敢以此爲學。則使如務觀九十，亦終於汗漫而已。戊辰歲杪戊辰日草堂自記。

目錄

薑齋七十自定稿

五言古詩

翠濤攜諸子遊瞻雲閣有作見寄遥答 庚申

嘉遊成疇昔，企歎奄方今。金閨鬱龍種，玉山宛鸞吟。遲向深秋興，搖蕩先春心。足知襟帶歗，遂及松檜陰。大雲峙霜蕚，虛室函霄岑。緬彼鶴上客，所懷玉漿斟。聲息墜人間，羇紲逮幽林。無乃大還訣，猶爲陸海沈。寧含衣中珠，撫兹絃外琴。天問固難酬，孤心還自諶。願言雲關閉，勿驚雪髮侵。

春盡有會而作 辛酉

春生情未極，序改心難爲。俯仰各有會，踟躕良在兹。初暾耀幽砌，夕風鳴遠枝。淸暢逬天感，遲回碧雲期。胡然屢天損，耿爾視星移。逝川非昔歎，歧道有餘悲。空霄難仰問，圓規無返曦。雄劍不偶合，雍琴長自疑。懷袖有瑤草，將爲贈者誰。

始冬寓目

東峯展蒼翠，夕陽散平川。天容函空謐，闌緩飛孤煙。寒日將易暝，秋心仍未捐。慷慨寄寥廓，通幽無緒言。霜氣警歸息，墜葉飄陰喧。迢遞佇清夢，遠遊驚八埏。

和周履道對春雪 壬戌

靈雨從雲崖，回風結寒霙。蕭條韶年始，搖蕩芳春情。驚珠無留綴，碎玉有餘聲。遥天益以邈，空宇含微晶。鐙夕滯九微，梅月延孤清。緬彼蒼江釣，應同瑤圃征。

和高季迪風雨

風雨適在茲，歌歎無與言。人事杳無緒，天情亦易遷。懷抱終古間，曲折固勿諼。腰鐮入深雲，荷薪續午煙。聊爾爲晨夕，不知經歲年。思彼信陵客，曾爲陳監門。

春初雨歇省家兄長夏庵□□□□中惘然有作

懷聚亙昏夜，惻然華髮驚。零雨迷昏旦，修塗阻遠營。惠風啓夕光，欣緒慰良征。披榛幸不遠，悲喜交含情。含情夫如何，忘言自閔傷。視彼雙飛鳥，日暮亦得將。摘草勿絕心，渡水勿絕梁。居然成迢遞，慚爾隨頡頏。頡頏悲以鳴，歲序無更待。鼎鼎懷昔歡，悠悠有餘悔。采彼靈藥非，匪值青鏡改。曷穀念鳩飛，無枝念木壞。壞木無再榮，令緒唯須臾。如彼虞淵日，卽次非東隅。百里望嶽阡，將爲茂草墟。良惟身事闇，豈云天運殊。運殊不自今，物理難前測。陵谷生人心，波流驚涼德。琴書素業移，孝友先聲息。白髮對懷憂，中夜長閟默。閟默復將離，行行度陌阡。罔花自藿靡，溪流祇迴旋。天舒望益促，形遠情未遷。胡能返昨日，扃意共林泉。

熊男公過訪

遙山清露條，木末素月上。佳人不違此，適爾成玄獎。先彼涼雲陰，心知畏景往。靜氣欣相移，天機繼以長。夙昔扶清剛，獨唱閟幽響。周道信逶迤，畏行生惚恍。炯炯河鼓星，迢迢天漢廣。津梁誠有待，良會仍多爽。云何衰景及，遘此西清朗。百年如九秋，一意諧雙賞。我聞綏山桃，醞彼靈胎養。餐之踰萬春，握之在孤掌。下士原大笑，上士成獨享。君其遂方今，縹渺慰雲想。

寒雨歸自別峯菴寄同遊諸子

晨光留宿温，山靄動雲葉。遙遙相送情，悢悢念寒涉。憐無金母術，爲返桃花靨。彌天存鶴髮，餘冬酬素業。壯心已分屬，微緒望孤接。清歡唯夕鐙，高論寄靈笈。四海目可營，千秋志何攝。旋歸亙不忘，物役情難協。温伯道默存，蘇門嘯雙愜。夢聚相頻仍，心旌固洽浹。曠懷杳涯際，冥合無鈍捷。霜磬警昨凊，緘之以重疊。

瓜圃夕涼 甲子

微月流西岑，初螢明青畊。夕雨一以息，樾徑珠露泫。宵爾釋煩疴，冷然得静善。吾生豈不夙，物役固未淺。往昔從棄捐，今懷何繾綣。精靈寓天宇，昭滌隨游衍。所思來者遙，孰俟心期展。脈脈霄漢間，悠悠寄孤撰。

其二

凊士抱夕心，畸人含夜悲。幽羈怨難已，滌覽情自微。兩端趣有定，一致交易虧。今兹何惝怳，搖情慴分歧。緒風愜涼襟，宛轉動素帷。披衣視霄漢，弦月流半規。居然無外攖，亙爾捐中疑。還睇天宇高，今兹素節非。萬族同轂轉，吾生寧依違。戢志受天損，非云懷坐馳。

冬日晚照書懷

山滌淨西凊，層雲仍南飛。夕光相宛約，霜氣乍依違。深紫明峯色，餘綠滋垣衣。仰瞻零葉墜，時有寒禽歸。緒心同羣動，斂息無餘機。收照光自炯，尃榮道已非。晴日容相借，行將陟翠微。

西岡望南嶽 乙丑

山行遥云遥，遥山隱絕巘。巘絕羣岫分，曠覽得平善。雲陰逐參差，鳥沒迷近遠。微睇望已盈，延觀秀自衍。登陟儼昔遊，契闊仍今展。今昔無合離，流峙終繾綣。長轂軌不遷，貞觀閱已萬。天宇信若兹，予懷何歆羡。

秋雨延旦曉起有作

夕星炫西宇，山影分空界。清氣儼流沐，薄吹振幽籟。息痾方及晨，窺牖驚已曖。物故天所憑，軸轉無相逮。秋荑或晤滋，歸颿已前邁。孤碧尚流連，逝羽無芥蒂。翩翩海岸心，惓惓寒畦態。榮謝在斯須，動植有昭昧。所以天閟情，臨之發深慨。

雨夕夢覺就枕戲效昌黎體近夢

沈陰夕已長，噩夢魂相撓。霜鬢失其眞，童心來愈巧。身輕月離雲，心閒日出卯。鬬草康樂鬚，撒米麻姑爪。狂歌演末泥，舞袖試郭鮑。雲冠蓮葉捲，綵杖柳枝拗。尋花鼻已醒，遡風咽屢飽。擢菱忘水濺，拾豆就炷爝。倏忽攬孤衾，涼颸襲雙骹。故情雖不永，清歡幸已稍。籠雞旣爭聒，被蝨復羣嚙。夢醒夫何爲，無妨恣狂狡。

吟已猶不得曙再次前韻廣之

生氣紛去來，屈伸無能撓。腐儒分夢醒，離析恣智巧。晝雞厭元旦，冶銅鑄剛卯。辟火養鷫鸘，驅瘧挂蟹爪。庚申囚彭倨，己丑訃陳鮑。趁火螢尻張，垂涎狐項拗。染指易爲瞋，老拳競相飽。瘵妬倉庚烹，呪鬼鵂留熠。唾星釀流光，占吉灼羊骹。漸老嘗已熟，觀物覺已稍。石女孕自生，鐵牛蠡漫齩。因之參寥遊，不畏蒼天狡。

翠濤喜雨見懷病枕賦答 丁卯

靈雨自南來，飛集東皋野。伊人遂欣暢，良懷寄遙寫。羣岫翳回風，垂虹散清灑。朱光縈藥煙，念此拘拘者。

冬日雜興

旦氣息微霜，流雲起相聚。暄風動林葉，疏雨鳴高樹。夕宇還昭鮮，物變何匆遽。寥寥下土人，邈彼高冥路。終始閱遷流，孰能測其故。今古歸有涯，云何永依據。

零露潤枯桑，運回辭故枝。棲禽深婉嬺，欲與終因依。竟夕不相保，何況延晨吹。晶宇垂玉繩，瑤光空陸離。冪歷千萬里，含心當語誰。顧影追疇昔，韶風漾芳時。下映清江淥，上承靈雨飛。時哉不再覿，羣情自紛疑。詎知幽悄懷，時爲夢中期。佳序還在目，榮光亙葳蕤。

始夏 戊辰

午睡過微雨，西清引涼吹。雲光逗新葉，浮綠起新媚。文禽時一飛，水影搖丹翠。物故有今昔，化理無榮悴。遙知薪指窮，未始天容替。閱變遞紛擾，損悲任流逝。嗣者無適期，遐哉惘高寄。

詠歸燕

涼葉飛不息，凋荷尙孤擎。海天杳何許，層遞秋雲生。棲鳥鳴高樹，焉知歸燕情。

庶仙片紙見訊云年過七十未爲非幸無容局促縈心旣佩良規因之自廣 己巳

素雲方西飛，歸鳥仍南征。遷流無止勢，蠕動況有情。天宇斂寥廓，虛牖延孤淸。竹素涵前古，靜對終吾生。故交惠尺書，整襟拜投瓊。奬以息吹萬，因之返素精。寓形良有涯，勿爲化所驚。

歌行

春月歌

晴風初暖溪光紫，楊柳風輕吹不起。迢迢璧月背雲飛，搖蕩春雲映春水。春水涵空倒碧天，金波微定影初圓。花趺紅斂垂珠露，葉底苔平綴玉錢。可憐月落留難住，可惜春光來復去。昨日梨花已起風，何時柳絮還黏樹。柳絮梨花早歲春，芳郊草輭素光勻。綠窗竹葉飄鸞尾，白袷落英照錦鱗。當時不解留春在，月落月生春易改。胡蝶香迷夢不成，碧桃花褪芳誰采。采芳踏月當年客，雙鬢銀絲欺素魄。嬋娟不解古今愁，斜轉空山盪輕碧。

來者之日歌

來者之日還如昨，今我云胡而不樂。去者之日一如今，徘徊今昔傷憂心。東風吹柳鵝黃垂，千條映水搖修眉。一片輕飄墜秋水，葉葉零零飛不起。還丹空煉素銀芽，老耼西度函關死。死生倏忽如朝霜，春日不長冬夜長。行人攀折莫長歎，豹死留皮王彥章。

寄題翠濤新齋 丁卯

湘西開竹館，綠淨清溪源。垂釣不在魚，讀書欲忘言。欲從不能心自飛，白雲奈爾輕霏微。

倣李鄴侯天覆吾歌廣其意示于禮

天覆吾，地載吾，元氣紛紛屑萬族，靈蓍茂草爭昭蘇。栖鳥在林魚在水，而復生我何爲乎。絕粒升天等龜鶴，靈椿五百還凋落。嗚珂帝都亦鶯燕，金衣玄珮喧淸句。鄴侯以此爲丈夫，漠漠天心誰許見。丈夫昂藏自有眞，父兮生我天之仁。一針義利分子午，萬國胞與誰主賓。蝸涎篆壁勿輕惹，螳臂當車莫浪嗔。丈夫愛嗔復愛喜，落花笑看隨流水。孤月離雲雪練飛，渺渺寒輝千萬里。靜如池影涵青天，動則春風迸花蕊。君不見鄴侯晚節知前非，嶽頂讀書雲滿衣。晶冰徹底纖塵淨，玉魄當頭素影肥。青蓮七二堆螺髻，萬軸當年金簡字。千年欲識丈夫心，獨上危峯攬蒼翠。

五言律

過李爲好山居信宿

紫雪桐花落，綠煙莎草凝。閒堦斜日轉，薄篴緒風勝。消息中宵酒，過從大古僧。淹留春病減，君似一條冰。

其二

忘物仍憂亂，孤遊託耦耕。年華皆昨夢，風俗到今驚。閉戶生涯得，挑燈笑語清。欹眠安枕簟，恰有曙光晴。

伏日

朱火彌淸晝，涼宵候久晴。光搖千嶂迴，風定片雲輕。老病從欹枕，交遊憶耦耕。東方何意緒，割肉傲公卿。

臘月一日寒雪有作 是日爲先徵君弧辰，聞之先慈云，泰昌庚申大凍，杯盂凝冱。

前夕雪花飛，晶光颭素暉。半峯黃葉小，孤樹暗禽歸。生理隨霜鬢，寒更夢舞衣。庚申慈氏說，壽酒素瓷肥。

將夕 辛酉

餘春矜斷雨，將夕斂重陰。谷口延西爽，雲光斂半林。樵歸依曲曲，烏宿漸深深。藥市虛城郭，歸人阻碧岑。

復病

消病一春長，藤蓑挂草堂。親知勞送蜜，蔬筍慰休糧。劍鼻苔侵澀，書函燕墜香。侵凌看柳絮，亂撲一襟霜。

示劉李二生

不作少年心，憑消白晝陰。黄梅何日熟，橄欖再來尋。追蠡嗟無幾，龍淵老易沈。他時聞吹笛，莫遣憶孤音。

得嘉魚李西華兄弟書追憶雨蒼

湖水阻青鞋，南遊弔大崖。世卿先生自白沙歸遊南嶽。探書蒼水絕，藏史血函埋。遺怨留鴻字，雨蒼舊作孤雁行見寄。孤吟閉鹿柴。郎君勤慰藉，難遣老夫懷。

中秋向夕自觀生居同劉生小步歸草堂月上二首

返照一輪徵，行行望不違。疏林迎緩步，薄影上輕衣。雪練空初合，雲波靜尙肥。閒心謀斗酒，未數草堂歸。

其二

秋清猶往昔，老去得從容。簷影分僊桂，珠光浥瓦松。葛巾飛鳥度，霜鬢玉蟾逢。他日酬今夕，雲箋在別峯。

偶題 壬戌

禾稻頻相望，鶯黃幾日深。人間又秋色，垂老足閒心。夕照明歸鳥，高林接暮陰。前峯初上月，約略半林侵。

人日 癸亥

夏曆留人日，春深淨曉天。池冰輕破綠，初樹淺含煙。百福宜他歲，孤心惜暮年。迢迢春賞意，還看野梅邊。

初秋

通閏秋期早，餘燕宿雨停。流螢孤一照，烏鵲緩雙星。蘋葉風初定，藤花露已零。青蓑仍夙昔，蕭瑟澌漁汀。

其二

夕綺搖虹影，疏雲上碧波。中宵動雷雨，斜月半星河。世事殘書耐，吾生睡眼過。青楓無限葉，珍重響危柯。

其三

昔昔秋猶在，勞勞老易侵。寶刀蝕虎氣，孤鏡吼龍吟。涼夢驚難續，閒愁病不任。江山留九辨，未許怨登臨。

歲早 甲子

雪際帶春生，池冰幾夕輕。寒心猶繾綣，雨氣半蕭清。客至拈桃笑，禽歸試柳晴。衰年宜緩緩，歲早自含驚。

客至

病眼忘春賞，芳辰競客遊。折腰原早歲，欹枕自前秋。宿菜冰芽盡，寒膏灶影幽。歌聲金石發，莫爲子桑愁。

初夏

微雨收難定，孤雲遠自歸。晴絲輕相入聲逐，燕子不停飛。回嶺通羣綠，淸光遶四圍。天情隨意綏，珍重徑涉肥。

其二

裊裊消春盡，匀匀看暑生。花期隨夢往，病骨喜衣輕。藥裹蟲絲剔，茶煙柳絮迎。故人縑素在，裝裹趁初晴。

待于禮

望望還相待，悠悠問此心。禽歸孤樹夕，月上半峯陰。稻徑迷迂折，荷香送淺深。琅然琴韻在，莫只動遊鱏。

先開過問病贈之

迫迫寒威甚，惺惺久病如。紙窗明半榻，鑪火擁殘書。法相沙蹤雁，交情靜夜魚。天花飛萬片，祇愧淨名居。時雪大作。

冬夕

南天玄氣合，始夜素煙圍。薄靄孤星出，林風幾葉飛。古今銷永夕，書卷拚空扉。此夕關河迴，殘鐙一影微。

紅葉乙丑

寒光煙際迥，極目乍相迎。落日殷勤照，霜空嫵媚生。淸波凝水碧，白影襯雲輕。紅豆誰持贈，南枝未早榮。

其二

幅幅江南畫，蒼山點絳紗。桃波疑候雁，鸎背呪寒鴉。垂笑風難定，輕飛日易斜。朱顏矜老壽，誰是白雲家。

早春餘雪屬目偶成丙寅

溼雲飛不起，一半雪光欺。藥裹猶疇昔，鶯花笑幾時。烏藤苔露墜，白袷柳風吹。知否韶華借，閒心早自疑。

夏夕

西清開一曲，明綠半溪深。白鳥回峯碧，青林渡水陰。荷輕初露墜，風定暗香侵。隱几吾生事，蕭然不自今。

爲家兄作傳略已示從子敞

無窮消一淚，墨外漬痕汪。故國人今盡，先君道已亡。蒙頭降吏走，抱哭老兵狂。正可忘言說，將心告烈皇。

元夕獨坐 丁卯

深碧繞峯峯，寒雲釀自冬。草心栖宿雪，山溜隱宵鐘。雙淚初春盡，孤燈丈室封。梅花憑笑問，莫不許從容。

晦夕

初暄留宿雨，向夕儘歸雲。遠樹山鐙暈，流螢溼霧熏。天情餘靉靆，春賞憶殷勤。蓮葉無情甚，波光一半分。

四月一日

莫更惜春光，條條愛景長。揀花三日雨，燕子一襟涼。魚影深搖綠，梅腮已上黃。留華讀史過，天地儘淸狂。

秋日雜詠

夕風吹不徹，斜月數峯陰。雲暈孤輪影，珠圓曲港音。涼雲餘一照，碧漢已雙沈。歷歷秋光在，當時憶此心。

其二

疏雨定池光，荷風一袂涼。雲峯雙岫合，虹影半輪藏。日落風無定，天空望愈長。欲歸雙燕子，不肯睨橫塘。

其三

淸賞閒心卽，餘年一日賒。稻收尋麴草，水落理魚叉。選徑違晨露，除棚看晚霞。木樨香近遠，初試半林花。

其四

物候天涯改，秋心閉戶知。露垂窗影亂，雲薄曙光欺。密宇微吟緩，疏藤上紙遲。蘋風相假借，小住得支頤。

其五

曲沼依樾徑，烏藤試往回。黄花釵股荇，文石錦錢苔。藕葉擎孤翠，榴珠啓半腮。天情物未損，莫遣早霜催。

其六

平湖知落雁，曲砌已吟蛩。短棹清波夢，幽窗墜葉風。生存今日事，秋老一林中。天問憑誰答，溪雲捩斷虹。

遣悶

宇曠清空迥，殘輝杖影斜。林疏雲度曲，冰釋水澄沙。風綻丹砂子，霜滋錦綳芽。水仙香孕綠，珍重試初花。

其二

朔吹喧平野，微喧釀一坳。晴光分竹暈，霜液墜藤梢。地錦顛當網，雲帷巧婦巢。無人從載酒，不受草玄嘲。

小步 戊辰

林塘春雨夙。小步愛微温。風定開池影，雲收齊燒痕。青珠垂日給，綠綬縮天竇。慰藉韶光甚，新愁未許存。

燕

燕燕過春久，遥遥幾日歸。斜臨波影轉，閒啄柳花飛。小住遊絲弱，橫陳蛺蝶依。春光隨繾綣，清賞入霏微。

夏夕

試暑方前日，重陰疑凜秋。雲封雙嶺合，螢亂一星流。閱化知無盡，爲生果似浮。不須多病後，始擬訪丹邱。

落日

落日隱歸樵，回峯騁望遥。平波雲影靜，素練晚煙飄。春氣驚先入，年華呆易消。溪梅無意緒，綠潤上新條。

排律

見諸生詠瓶中芍藥聊爲儷句示之 庚申

二十四橋春，何年度楚濱。感君垂釆折，芳意在横陳。露琲留珠箇，雲屑起絳鱗。弱莖擎亦定，細纈展初匀。縠罩茶煙淺，暄迎酒暈新。旁侵鑪氣合，斜倚畫圖眞。飛閣高承幕，垂瓔近拂巾。綺霞疊一色，香月上重輪。簾蜨魂如夢，籠鸚呪似瞋。留熏十日永，驚豔滿堂均。碧葉凝雲綠，珊枝帶海津。懸愁傾白醉，莫遣聚朱茵。愛惜終香閣，飄零遠陌塵。冰紋簇紫雪，芝彩涌黃銀。錦字啼鴉就，淸尊倒蟻傾。韶光易消謝，持慰擷芳人。

先開移丹桂一株於窗下作供爲賦十六韻 癸亥

靜館香成界，空林影結鄰。道心難舉似，淸供不餘塵。仙種遙移月，濃芳偶借春。雨輕虹一色，霞近日重輪。偸藥朱顔駐，凌雲紫氣臻。靈砂初破體，金粟化生身。南國霜般橋，江臯日射蘋。忘憂添妙蕅，晚醉厭工顰。落照疏林映，彤雲細纈勻。深霑湘瑟甲，乍啓散花脣。宿火沈膏炧，蘭燈錦罩新。珊枝撑玉魄，丹蕊煉金神。蓮墜留房露，榴函儘妬津。商芝分燁燁，琴鯉想鱗鱗。彩霧通鑪篆，幽芬上氍巾。赤旃檀蔭合，誰道苾芻貧。

詠風戲作豔體

約約輕雲斂，勻勻晚氣涼。不教留鳥夢，何處有花香。繡幕鴛回翼，蓮鐙葉墜黃。窗搖三疊水，簾盪一波湘。寶鴨纖絲亂，箋鸞密字藏。低回穿藥檻，幽悄度蘭房。結束舒袿帶，縈紆繞袟囊。佩交情未許，芳襲妬何妨。卻扇從花笑，飄裾趁草長。微温聊竹塢，無影到銀塘。繫臂蛛絲纏，當釵粉絮鑲。婕雙愁易失，燕冷怯歸忙。勻汗乾珠琲，迴襟漾水光。停凝憐瀫浪，端重笑垂楊。暖閣扃金鑰，鞦韆賽錦裳。暗塵禁冉冉，簷馬錯琅琅。藤合搖陰碧，菱開漏鏡霜。遲歸貪柳影，密語間松簧。絨縷穿針亂，花鬚鬬草忘。閒情迷藴藉，春思儘淸狂。卯酒消微醉，雲鬟亂夕妝。知誰千里怨，帆影望歸航。

玩月 丙寅

雲際徘徊月，高天不損寒。三秋今夕未，萬里幾人看。霄碧雙搖淺，金晶倒暈乾。平開千頃合，孤涌一輪安。臺玉擘菱鏡，胎銀煉雪丹。珠津方嫵媚，金蕊儘闌干。陰木飛鐙暗，輕柯弄影難。浮浮蒸寶閣，粟粟潤珠團。碧瓦勻匹練，鋙簾透素紈。微陰知瀲灩，深綠隱檀欒。天水雙輪浹，空明萬染刊。停凝聊旖旎，清絕且磐桓。蕩白生虛室，回光轉曲欄。酒魂雙頰褪，潮血半絲湍。稍覺流霜膩，無妨曉吹酸。懸愁楓岸側，明夜半規殘。

七言律

唐如心見過 庚申

春草初生雪霰零，山山曾踏幾莖青。居然天地成今古，何必雲嵐不典型。執戟漢亡誰載酒，尚書秦暴有傳經。憐君問禮當深夜，急難原頭念鶺鴒。

其二

酌酒無多剪燭長，凌侵冰玉蹙寒塘。贈雲有意尋弘景，賦雪無心付謝莊。璹瑁雲痕開遠碧，流鶯柳色競新黄。晴光倩送青鞋去，分取狂夫一半狂。

元夕 辛酉

望月岭㟃出淺霞，背人約莫數年華。垂楊向夕驚新緑，蠟炬停風結小花。寂歷影堂香篆静，蕭清春逕蘚紋遮。南瞻欲問平安竹，好護劉瓛處士家。

春興

嬉春遲暮老廉夫，長卧歸休舊酒徒。不分傳家三傳在，從來亡國一身孤。玉錢月影窺雙鬢，碧海雲波認五湖。一儘龍鍾供世笑，蒼天還識老狂無。

其二

樓空山遠溼煙燕，返景長天暝色仍。千里湘皋歸雁雨，九江春水釣魚鐙。馬殷冢在生新草，陸遜營荒挂古藤。夢裏白蘋洲上月，遥遥北渚接黄陵。

其三

春風仍上柳絲邊，爛漫生涯醉暖煙。垂老田光無酒客，相知寧朔有龍淵。平皋漠漠飛新燕，澗道陰陰響細泉。荏苒棲心訊芳草，劇將嫩綠逞華年。

南天窩授竹影題用徐天池香煙韻七首

空明片紙涵晶瑩，微惹驚蛇一線灰。白社原同匡嶺寺，青山不染米家堆。偶移淺碧騰騰合，小試光風灼灼來。疑是清江霜月好，孤山斜惹水邊梅。

其二

月華欲上不得上，晴光一倍償今朝。輕雲疑爾還相拚，宿霧初蠲忽已飄。低亞殢人相綽約，回波響遠試逍遥。翻然欲把浮丘袂，冉冉雲輕隔海潮。

其三

心通無地更詢他，隔院風生乍染魔。垂手舞因輕帶鳥，扶頭醉且厭堆螺。微涼羽扇頻搖曳，半睡仙裙自沓拖。安得千尋看月落，憑將澹遠問東坡。

其四

幾枝略點紅罏雪，片晌聊依篆尾香。稍惜晴風吹不定，還愁落日去偏忙。露珠唔墜驚魂起，暖暈斜輪數葉涼。清瘦自憎臨繡幕，湘紋巧映竹方牀。

其　五

憑闌覿面不相知，邂逅晴窗瞥見時。淺黛斜分臨曉鏡，落花輕惹上蛛絲。萍開綠水魚情得，葉墜幽光鳥夢奇。活色暗香難舉似，浮漚目醉共清嬉。

其　六　時爲先開訂相宗，並與諸子論莊。

色借明緣還似幻，白生虛室不曾遮。老夫偶夢看成蝶，諸子忘弓莫問蛇。月滿桂難虧玉魄，雷驚春已長花芽。何須玉版參離合，丈室天空散碧霞。

其　七

根窠休訪午陰圓，斜上幽窗倍可憐。映字不妨遮粉本，談經適爾點青氈。高秋已瘦餘清泚，積雨欲消待往旋。晚照乍移莫悵望。還將鳳尾舞嬋娟。

徐合素自南來抵郡城遠訊船山代書答之尊世父闇公從海上卒於嶺表廿餘年矣因寓我尚爲人之歎 甲子

梅霪風困藥鑪煙，乳燕喃書墜枕前。夢裏短衣看射虎，重來高柳怨鳴蟬。歸舟知汎桃花水，荒徑將尋箭筈天。莫問霜髭今幾許，君家松柏五雲邊。

五日前一夕唐如心以近詩見問病廢夜讀久矣即夕口占寄意

榴花困雨不得紅，溪蓀浹露青煙叢。明朝誰續五絲縷，新月初彎一綫弓。楚國神絃惜往誓，山中桂樹思悲翁。紙窗晴日能相借，錦字憑開霧眼空。

寄周令公

湘波一尺阻東西，湘草湘煙入望迷。碧海相看消鏡雪，丹經何術煉銀泥。歸舟吳越迎歌扇，潭水滄浪廢杖藜。問訊綏山桃幾熟，飛花好寄五陵谿。

病起連雨四首

爐煙平斂晚天清，病起閒愁也自輕。風定小容秋葉緩，月生微放雨窗明。江山他日仍如此，河漢經時已早傾。荏苒嵯峨留瘦骨，黄橙丹柏看冬榮。

其二

荻花風亂撲人飛。夕鳥雙峰一線歸。暑病乍清憐雨氣，寒衣姑緩待霜威。龍腥秋澀雲藏岫，鷺影光寒水上磯。幸不登臨悲往昔，遥天白靄翠微微。

其三

白髮重梳落萬莖，鐙花鏡影兩堪驚。水金丹訣聞方士，土木葠膏累友生。故國餘魂長縹渺，殘鐙絶筆尚崢嶸。懸知藥力消冰雪，未擬垂楊聽早鶯。

其四

潛聖峯雲碧萬層，蕭蕭杉竹託山僧。辜恩垂死餘雙淚，扶病今生夢一登。多日六經藏孔壁，何人十字誌延陵。湖天秋水魚書絶，寂寞孤阡挂古藤。病不得省墓。春初，因松江董斯行請誌銘于竟陵吳旣閑，期以秋至，不得。垂死病中，念此二事，唯有痛哭。

代書答舌劍韜 乙丑

泆水東流嶽阜西，魚書遙問浣花溪。千峯舊訪孤輪月，雙脚難拚一寸泥。大誓餘生聞虎嘯，衰年獨坐弄驢蹄。東山隻履歸何日，草軟煙柔一杖藜。

宿明谿寺山僧導遊珍珠巖

蒼崖乳溜漬苔乾，陰壑埋光生夏寒。般孽可憐添石痻，飛鼯亡賴撲鐙闌。何如藻井鋪霞綺，自斂珠宮迓日丹。讀易幽篁雙逕鎖，當時悔不訪仙壇。

秋興

秋藕纚絲綴冷香，蓼花靺鞨染輕霜。月津已轉從雲姤，星渚初離更夜長。臨水登山悲郢客，守庚煉己老丹房。白蘋一罏清泉鏡，風颭霜髭照影涼。

昔夢 丙寅

昔夢閒情一枕蠲，閒愁過眼萬心鐫。溼雲葉葉垂虹外，歸鳥泠泠晚照邊。澗草自分尋藥逕，湖天誰汎釣魚船。西淸斜月能消得，片玉輕鬆半影懸。

雨餘小步

蓮花蓮葉柳塘西，疏雨疏風斜照低。竹箨冠輕容雪鬢，桃枝杖滑困春泥。垂虹疑飲雙溪水，砌草新添一寸荑。不擬孤山閒放鶴，鶺鴒恰恰嚮人啼。

初月

六月四日收夕雨，一彎初上劃西淸。冰紈小疊添紋皺，青鏡斜臨上粉輕。垂柳千眉爭宛宛，流螢半影怯盈盈。新秋通閏知何日，已映銀河一道明。

冬日書懷

木落山空朔氣吹，雲消星白曙光疑。曈曨煙海天無際，夭裊霜華月半規。今古閒愁孤枕盡，漁樵殘夢曉鐘知。春心他日將誰贈，辜負寒梅折幾枝。

翠濤過草堂問病丁卯

稻露垂珠遠望平，疏風疏雨葛衣輕。楓林攝攝消殘暑，禪室登登待早晴。話到閒愁無一字，棋終殘局笑雙征。因君莞爾加餐飯，不問參苓託死生。

其二

江樓十載故心違，池影相看上雪肥。銀漢未傾憐酒盡，金風欲避倩雲圍。尊生爲囑悲歡損，惜別懸知伴侶稀。觀穫送君歸下潠，西清一雁貼天飛。

夏日喜何詣得見過

苗葉梳風暑乍消，歸禽掠日影逍遙。閒披綠草依孤樹，喜看青衫渡小橋。密語偶窺康節夢，清狂未覺步兵驕。翦燈坐歎流光迴，他日何方覓老樵。

姪敏五十

邗溝棨戟插湘濱，驍騎雲仍到爾身。戍削月垂千丈影，團圞松偃一庭春。青氈未損傳家物，黃菊相期漉酒巾。好理殘書貽子弟，烏衣燕識畫梁新。

其二

吾方授室爾懸弧，一幅當年燕喜圖。脈脈回頭成夢鹿，悠悠屈指數金烏。黃雲初捲收香粒，赬棗重蒸釀軟酥。幸有老夫霜鬢在，東皋遙勸倒村酤。

重過三座山與故人羅君遇贈之

三十九年彈指間，居然無恙只青山。一雙鏡影髭凝雪，九月楓林葉墜斑。舊恨冰輪消兎闕，故交雪涕弔漁灣。羅君時垂執先兄之紼。愛君步履輕如鶴，獨嚮蒼天乞老閒。羅君名映，字若庸，邵陽人。

宿別峯菴庶僊策杖來慰時方從哭送先兄歸龍返

冪冪蒼煙護小橋，回峯斜引上方遙。歸禽邀日沈平楚，宿露泠風潤綠蕉。白髮共憐鐙影瘦，青山未遣淚痕消。憑君昨日山陽笛，吹徹寒冰慰柳條。

社前一日雪 戊辰

社日花朝總令辰，柳絲萍葉總宜人。已催鶯燕迎初日，未許風光試一春。紫電暗窺珠佩笑，輕雷不惜玉衡嗔。還思殘臘新暄早，勾引江梅萬樹勻。

二十四日又雪

雲罅斜暉劇可憐，驚飆一夕萬峯喧。瓦松邂逅含晶密，水碧依微困影圓。銷鑠風光仍夜永，淹留寒色更春前。藥畦紅茁抽三寸，他日欲尋更惘然。

羅桐侯受業先兄存沒依軫倍于餘子春初過慰衰老愴然酬贈

紙窗竹屋俯寒泉，總角相看已囅然。莎逕情深尋帶草，蘆中恩重覆漁船。重來棠杜初悲雨，老去桃花不記年。一卷申公詩説在，憑君珍重護秦煙。

寄題先兄祠屋 戊辰五月己卯，祁孫奉主入祠。祠，舊耐園也。

寒泉古木問何年，鶴羽歸來一哂然。滄海能消銜土怨，沃州不待買山錢。誰投秬秠酬江水，爲餌餳香禁冷煙。留語烏衣諸子弟，應知頭上有青天。

其二

白髮青林一逕慳，羊裘不揀釣魚灣。當年有誓潭龍窟，身後還悲弔鳥山。目送斜陽沉海岸，手栽修竹染霜斑。致身錄在憑誰讀，鑪冷香消亦等閒。

崇禎癸未賊購捕峻亟先母舅玉卿譚翁以死誓脱某兄弟於虎吻謝世以來仰懷悲哽者三十餘年翁孫以扇索敏姪書字綴爲哀吟代書苦不能請先兄俯和益以老淚淫淫承睫不止

楓林落葉嶽雲寒，兄弟披離片影單。九族憑誰容破壁，寸心已許付危湍。恩深草屩隨拖杖，命續霜刀惜刈蘭。今日渭陽回首處，蕭條白髮淚痕乾。

別峯菴一如表長老類知予者對衆大言天下無和嶠之癖者唯船山一漢愧不克任而表師志趣於此徵矣就彼法中得坐脱其宜也詩以弔之

延陵未識披裘客，楊億還疑轉盼僧。銀地界中金屑眼，熱油鐺裏雪山冰。相逢歧路雙趺印，顧笑懸崖一杖登。今日重拈唯薦淚，秋山葉落冷孤藤

冬山即事

蘿陰曲曲護迴塘，亭午初消子夜霜。小藻分波還浸碧，閒花似菊未凋黃。遊魚帶影雙遮水，孤蜨迎晴倍惜香。天物殷勤相假借，凋零不遣惱疏狂。

其二

玄綃垂幕黛煙流，略挂西峰玉一鉤。蕭散雲還沈碧海，淸空人欲訪瓊樓。匀匀廣野疏星度，惻惻寒心片影浮。取次閒愁棲泊盡，更誰笙鶴夢丹邱。

其三

小雪無雲宿曖睎，東窗日轉半櫺斜。淸泉硯滴含餘綠，活火湯瓶湧細花。歌哭古今歸午枕，江湖圖畫泛星槎。堂堂日月容相問，書卷留人幾歲華。

其四

牆陰小步試攲危，未厭晴風裊鬢絲。樹實乍驚飛鳥過，苔陰漸放素光移。紺珠千顆垂藤子，丹葉孤飄繞故枝。寂歷經過聊緩頰，重來千載更伊誰。

野史劉生惜十年之别來訪山中爲寫衰容賦贈二首 己巳

重逢無暇問前遊，老去幷刀割舊愁。風定鱗鱗萍在水，雲横脈脈雁當樓。頻年苦覓參苓倦，儉歲無多芋栗收。良夜對君霜月迥，還教飛夢泛滄洲。

其二

彌天無處著衰顔，映水愁窺徹骨寒。雁影自宜霜月暗，鏡光知向暮春殘。江門蓑冷添藤笠，易水歌闌尚白冠。慚愧雲林幽興絶，還留畫裏一人看。

五言絶句

辛酉日遣懷 乙丑

短燭空燒柏，濁醪不薦椒。歲華知幾日，人道是今朝。

其二

東峯忽散雲，飛光射簷端。未解消冰雪，晶熒一倍寒。

其三

暖氣幸霜餘，留寒釀春雪。藥力不峥嶸，眉間蹙千纈。

其四

手折瓊瑶枝，欲以贈遠者。姑射冰雪姿，乘雲不來下。

罌粟

嬌小垂頭立，豐盈出面來。花王休相入聲妒，儂不向春開。

相思子

無識自有情，咫尺銀河渡。不問許多時，渠還在何處。

絶句 丙寅

黄鳥銜青蟲，遥飛入深箐。蛺蜨繞牆飛，相逢不相見。

其二

伏日人間暑，西風天際陰。秦坑從烈火，魯壁自淸琴。

其三

蓮葉千莖亂，因風捲翠煙。飛來雙白鳥，不省在誰邊。

其四

瓜架穿螢白，藤梢點露青。牽牛花巳發，天上候雙星。

其五

稻花垂金絲，弱如紅藍蕊。風起颺蜻蜓，含香點溪水。

其六

宿鳥波流影，孤螢冷度溪。雲留分一半，月在柳塘西。

其七

鵂鶹穿窗入，錢錢縮影高。人間酣睡客，幾處夢櫻桃。

其八

閒箇蠅頭字，芭蕉雪裏心。青青河畔草，自有鬼能吟。

啟築土室授童子讀題曰蕉畦口占示之 戊辰

治畦當種竹，種蕉爲近之。虛中同一致，密葉勝疏枝。

其二

脆綠憐弱幹，勿爲霜雪侵。春風動雷雨，須長一千尋。

其三

莫剪當簷葉，憑傳蕭瑟音。嶽峯窗外雨，滴碎汝翁心。舊築一廬嶽陰，窗下芭蕉，其本徑尺，高二丈許，歲有花，結甘露。

其四

題字成玄草，綠天幻絳紗。勿容貪載酒，何客可名芭。

七言絕句

水仙 甲子

亂擁綠雲可奈何，不知人世有春波。凡心洗盡留香影，嬌小冰肌玉一梭。

代書寄衡山戴晉元

松梢淺著餘冬雪，蘭若閒燒丙夜燈。剩稿「著」作「帶」，「閒」作「寒」。一枕夢回衾似水，不知仙洞隔朱陵。

其二

寒山不穩歸飛鳥，剩稿作「衰年未穩霜餘雁」。錦字難傳夜靜魚。聞說茂陵方病渴，剩稿「茂陵」作「文園」。莫修封禪數行書。

山月歌 乙丑

船山山半月垂灣，太白光連夕照間。白髮故人愁不見，天西無數五溪山。

白雲歌 效遜國先賢，朝見白雲飛出山之作。

無數閒雲出翠微，和風和雨夾山飛。孤煙一片如輕絮，自繞疏林款夕暉。

其二

一片輕飛嶺上分，當時猶自惜離羣。飛來飛去秋風裏，今日青山無片雲。

其三

白雲飛也自尋常，不道青山不久長。看盡雲飛天闕迥，清空一碧映瀟湘。

其四

前日浮雲飛出山，山前爲雨不曾還。雲收雨散無消息，何似青山一碧閒。

其五

浮雲本不戀山巔，木葉隨風更可憐。欲得歸林歸不得，蛛絲懸挂矮簷邊。

雜詠

曲岸平塘小徑通，山坳倚杖避回風。知誰撲速林間響，雀啄霜餘數子紅。

其二

暝煙欲捲任棲遲，斷嶂雲光射嶺西。恰似半晴三月雨，林梢只少子規啼。

其三

罌粟苗輕翠瓣嬌，水仙胎滿暗香飄。丁寧雪霰休淩藉，任打窗前敗葉蕉。

其四

問病人稀樾徑閒，朝飛孤鳥暮飛還。麏麚避虎昨宵過，亂蹴泥黏碧蘚斑。

又雪

一雪纔消一雪飛，不留餘白映霏微。何當貰與嚴陵壽，建武初年守釣磯。

送劉生輯夏歸省重慶

燕江漱玉遶蒼汀，玭瑁霜雲擁翠屏。歸向湘山高頂望，應瞻南極老人星。

中國古典文學基本叢書

王船山詩文集

下册

中華書局

柳岸吟

目錄

柳岸吟

和龜山此日不再得

我生秉孱弱，不能任耕桑。居然消秫稻，何以酬旻蒼。星盡晨雞鳴，東方生炯光。良陰無踟躕，俄頃收斜陽。行行天地間，南北各有方。步履無定審，宇宙空茫茫。忮求但自輯，尚未足以臧。百端苟遏絕，暗觸還自戕。身心取輕安，未免等粃糠。良珠固在握，胡乃忘吾藏。春暄熏百草，隨類發芬芳。秋氣淨四極，一碧涵清剛。春秋皆在斯，何爲空徬徨。積粟太倉盈，積步萬里長。跳踔而凌越，竺氏與蒙莊。如彼鳥篆空，漫爾矜文章。辨說及組繡，慷慨登詞場。如彼挾策子，與博偕亡羊。砭心不知痛，支體皆隳忘。何忍蹈此蹊，而更詫豪彊。關閫有津濟，但自理舟航。鼓勇未爲殊，綿綿功在常。一息不相續，前勤皆已亡。與俗俱汩沒，徒爲造物傷。返念誠自驚，斯須分聖狂。

溪上晚步次閒來無日不從容韻

溪光空碧淨秋容，灼灼斜陽蓼岸紅。風日不欺樵遥好，江山未换釣竿同。難分憂樂雙行裏，誰道窮通一夢中。不遣希夷驕上古，乾初一畫海天雄。

和白沙

胡不思身已有身，桃花柳絮各當春。歸除共算三辰日，截續無差上古人。拔地雷聲驚筍夢，彌天雨色養花神。他時午夜青天月，恰好金波片影眞。

二

粥飯終朝劇可憐，無心叢裏有心天。髑髏不爽元生意，枯槁翻新看火然。莫撇孤淸求鳥徑，已知實際歷長年。分明饒有中和用，不但虛懸未發前。

爲躬園題用念菴韻

歷歷有此躬，何求而不得。卽此欲得心，分明無疑惑。

二

受來非彼來，應去亦不去。雲行而雨施，皆予措躬處。

讀念菴詩次之

眞靜應知動不消，冰霜雷雨總清霄。吹鐙滅影形還在，炯炯三更伴寂寥。

二

碧筍驚雷拔地長，綠筠玉粉土膏香。連踵徹頂無涯畔，誰是胞胎祕息方。

和白沙

問天無意更拈著，不道忘情勝馬龜。蒙叟夢中眞蛺蝶，柴桑枕上自軒羲。汀洲杜若香原在，海上蓬萊路不疑。欲起江門向今日，藤蓑珍重釣珊枝。

二

百尺峯頭泛鐵船，情知到我卻無緣。遙飛青鳥知難致，當頂金烏不易遷。一線自循芳草路，雙趺直上蜃樓巔。勞勞終日心閒極，池上琴尊笑樂天。

鼾睡

拂拭南窗小榻空，綠陰罅裏紙兆紅。昨朝狼籍今朝在，花自輕飛柳自濃。

二

劈破鬚眉剩脊梁，閒心不耐更商量。朦朧稍見東峯上，一片雲飛暮雨香。

三

薝蔔胎玉破新函，白髮簪花老自慚。銜雨摘來安枕上，香熏華頂老圖南。

四

校書如撑掃難窮，且自埋心白晝中。爲報泉臺舊知己，儂非劉向與揚雄。亡友文小勇以二子相獎。

五

春鳥過春不肯鳴，雨中仍聽兩三聲。綠光影裏還飛去，驚落殘紅一片輕。

六

詩書放下千端在，王霸拈來一點無。消受三竿紅日影，生成一幅後天圖。

七

白日悍忪賣影新，人間原有黑甜春。夢中不識邯鄲道，記得誠齋煞認眞。誠齋，桂陽朱大中丞英。

詠懷次韻

洪鑪片雪陳公甫，獨棹中流羅一峯。玉露金莖撐九陌，桃花流水度三冬。江門孤月元無影，太極丸春自有容。傳與鐵船憑泛海，櫂歌聲裏儘相逢。

二

不問青天擬問誰，孤琴搖曳動淸脾。雷聲偶逐片雲起，輕碧無勞過雨疑。幾有一漚生舊處，笑看新葉發殘枝。逢人持此閒供具，啼笑當前換兩眉。

三

紙窗無縫看青山，也覺秋容不放閒。瓶水影中莎草岸，菱花曲裏白蘋灣。他時搖落含春思，昨夜蕭淸啓月顏。識得金風消息好，逢場抖擻試癡頑。

次定山

野馬從來未受羈，寒原衰草不須辭。殘山殘水誰相問，獨笑獨歌且浪爲。日午睡連淸旦睡，白沙詩更定山詩。青霄明月容遲上，一卷殘書了更遲。

二

攤書腹內破彭亨，不憶愁從何處生。天地病深宜我病，鬚眉睜後更誰睜。醇醪聊借風光釀，僊藥無勞雨露耕。正自坦然人盡覺，敢矜天馬躡空行。

三

溪月溪風太有情，不容塵土得分爭。乾坤消受無多子，今古蕭條第一名。夢裏青山留我住，鏡中白髮爲誰生。鑪煙銷盡空香滿，脈脈幽心只自評。

和白沙釣瀨與湛民澤收管詩示唐須竹

遙山寫出虛無畫，孤笛吹來雪月吟。不是逢人難口說，湘流清淺祝融深。

三門灘感興

古今皆效動，欲靜勢不遣。古今皆效靜，欲動功不展。乘之有順逆，用之有深淺。無心卽無知，有心智復蹇。脈脈以持危，非言能宣顯。

二

置身雲際觀，何爲而栖栖。延目千秋視，所據皆粉齏。目力旣有窮，生年不久稽。吾心固可引，遙與霄漢齊。苟守規中見，安能無笑啼。

三

鳴鳶爲風徵，鳴鸛爲雨徵。畏風或苦雨，勃然而怒興。天適欲風雨，吾力亦奚能。吾適患風雨，天心亦奚憑。況彼區區者，俄然爲化乘。不知方寸內，風雨皆淵冰。

露坐和白沙

不辨香何際，回塘有芰荷。風來已良久，月上見微波。草氣從涼淨，星光在宇多。韶英吾識汝，枯竹有鸞歌。

月坐和白沙

幽篠晚風遲，披襟待月癡。亭亭有獨坐，夕夕得淸嬉。休夏聞西竺，衰周栖仲尼。藕絲非繫縛，灰槁亦奚爲。

和白沙中秋

片葉聽蕭然，何妨素影翩。東窗千嶂外，玉鏡一輪圓。空界原非妄，天心已盡傳。明宵隨顯晦，墟里上孤煙。

和白沙眞樂吟效康節體

眞樂夫如何，我生天地間。言言而行行，無非體淸玄。春鳥鳴華林，秋水淸寒淵。無功之功徽，乘龍而御乾。

和白沙

耳目忻浮光，不自知其性。砂中原含金，非天有殊命。外取亦甚皙，內視還成瞑。如彼夜行人，思與騏驥競。

二

天下自閒閒，人心長戚戚。身爲物所持，騎虎不得息。息之在先幾，幾先人不識。適燕而南轅，終身無返迹。

三

我聞莊定山，其心如寒鐵。去我二百載，清琴音已絕。船山半畝池，一泓貯香雪。濯髮夕風微，長歌弄明月。

四

迢迢開一徑，雙足儘登臨。密至雲無際，明生月有心。當前霜岸直，徹底碧潭深。神禹留金簡，居然在嶽岑。

五

蠕息皆吾侶，鯤鵬固不交。有時冰串釋，欻爾淚珠澆。礴物唯三徑，從天付一瓢。空林桂花發，何有小山招。

六

此心晝夜至，此生天地生。雲先膚寸合，月到上弦明。自昔知無畏，隨方受一淸。白沙瀟灑處，步步踏莎行。

七

無雲天自碧，有雲天亦淸。在天原不損，因爾有雲名。一極情无妄，六爻變遂成。千秋儘合轍，莫笑造車輕。

八

江門一空際，萬卷且幽尋。龍馬誰之迹，星河盡此心。萍月開池影，松風合澗音。萬端無彼是，中有指南針。

旅警

此日良可惜，純熟尙不舍。斷續有異心，況我悠悠者。巨浪而停舟，將爲千里瀉。惻惻生內慚，紅輪西墜也。

二

惻惻保此名，踧踧護此生。此生何以重，此名何以榮。無乃隨影動，其根若浮萍。安得良宵中，齁睡而不驚。

三

幸天與我知，幸世與我憂。知知而憂憂，人將爲我憂。不知而不憂，吾將爲我愁。豈不有我哉，云胡不自求。

四

閉戶讀殘書，居然有戶牖。出門對羣動，未必免濡首。無曰無知音，日月皆針灸。徹骨療沈疴，焉得辭老醜。

五

辨言終自賊，寸心若電燿。使自泝源流，多端堪內笑。請卽所笑端，捩轉其樞要。孤月遊霜空，寒林清猿叫。

元日折梅次定山韻

隨折一枝好，淸香破霧新。盈盈此天地，恰恰正芳春。白髮不相負，靑陽始試旬。殷勤明看汝，朶朶玉華眞。

和白沙梅花

梅花欲發雪撩之，不損淸香一萬枝。半點千鈞春氣力，看花人似海誰知。

二

花外春光有此梅，江城斷岸儘催開。寒蠭凍蝶誰驅汝，度葉穿花得得來。

和白沙桃花

花到靈雲只一開，桃根桃葉隔天台。劉郞前度人無恙，日日看花不厭來。白沙詩，只許劉郞一度來，爲浮屠見聞覺知只許一度之邪說所引據，附會其靈雲見桃花不再見宗旨，故爲駁正之。

和白沙

影從虛出無生響，兩段分開覺後迷。但識太空都撲滿，不容風雨弄天機。

二

雲移隔嶺搖綠草，雨過横塘綻白蓮。大造無心誰解此，莊生浪説欲忘言。

爲白沙六經總在虛無裏解嘲 楊用修譏其墮禪，緣其語太迫耳

曉日上窗紅影轉，暝煙透嶺碧煙孤。六經總在虛無裏，始信虛無不是無。

和一峯虛中是神主

神者天之妙，心者人之主。去人而用天，我生如鱗羽。

二

神静物不攖，神動心以靡。不復知其他，禪玄但測此。

三

天地既設位，人微何以參。分明有人主，天地不能堪。

四

人心天之仁，道心人之仁。造物自大德，奈何迷我眞。

五

不但塵非我，光昭亦是天。實中是人主，珍重一峯傳。

示兩子

一年不遣病軀安，此事分明汝輩看。不爲菜羹須汝出，人間第一菜羹難。

二

頜我淸狂累幾分，旁人指摘更深文。回眸但顧身邊影，即爾依依望白雲。

暑過友人新齋

燒燈照雙影，兩心在影中。影隨燈去留，此心滿虛空。

二

駸駸行稻田，薰風爲誰發。知君開軒望，懸愁涼吹歇。

三

古人不可知，今人我對君。有時發狂嗔，太和自氤氳。

四

蕭齋臨古甸，綠香飛几席。一峯太極丸，居然自疇昔。

五

飛雨白四峯，人如雲中坐。此勢不可忘，當眉起頑懦。

六

就子請一言，珍重言復止。如彼冰上行，厚薄自知耳。

讀文中子

樂天知命夫何憂，不道身如不繫舟。萬折山隨平野盡，一輪月湧大江流。

二

天下皆憂得不憂，梧桐暗認一痕秋。歷歷四更山吐月，悠悠殘夜水明樓。

書陳羅二先生詩後

白沙飛舞茅龍，一瓠埋頭蠅迹。莫道我狷彼狂，共弄暮天空碧。

二

金牛洞口春色，觀生居畔秋聲。徹底與君拈出，前山雨過雲生。

和一峯入道門

道牖無開闔，天閶在寸心。琅然絲竹啓，不但有清琴。孝友春雲沃，中和海嶽深。金樞纔一轉，九折任幽尋。

和一峯讀書樓

竹戸緑光迴，疏窗素影幽。曲通邀月徑，直上摘星樓。片字非虛設，孤心自泳流。陳言皆此日，無往不天休。

和一峯扇和巖

世故爭欲暮，吾生始試春。居然從古哲，莞爾笑時人。月轉羣山曙，鶯啼一苑新。老來知此意，即次認天真。

和一峯一覽亭

生余當此日，滌目掃昏煙。拙幸前賢在，高居未有邊。道香原在鼻，銀氣漫熏天。顔孔樂何事，閒遊豈自然。

和白沙梅花

天地機方息，此花不暫閒。斜陽熏蕊破，凍蝶飽香還。淺水尋猶遠，高枝折未難。壺天麟髓淡，何必問神山。

和白沙懷古

伏羲枕上皇，靖節不荒唐。澆酒巾猶溼，當籬菊已香。雲飛從鳥倦，苗長記農祥。天地悠悠裏，春風正未央。

和白沙

五位一絲七日復，六爻全用九三乾。江門不賣閒風月，月白風清總未然。

次康節韻質之

俄頃仍千歲，天心常轉移。六龍飛不息，三極各乘時。有畫皆成象，無聲不是希。誰將華頂睡，迢遞贈庖羲。

見狂生詆康齋白沙者漫題

任爾舌尖學語，誰知趺下生根。一線經分子午，雙鉤畫破乾坤。逼窄墨台狹路，蕭條原憲柴門。天下古今幾許，梨花春雨黃昏。

讀易贈熊體貞孫倩

澄宇既滌。清霜欲飛。天地居然，云胡以窺。勿庸遐矚，道豈遠而。物生必偶，心動則奇。物無不應，心無不幾。遇成秩敍，否必參差。雷風日月，載此爲儀。孰敢自康，吉凶不違。

二

油雲在天，舒卷不齊。隨風而東，欻爾還西。或飛甘雨，或散虹霓。君子攸行，不害先迷。經歷紛糾，如取如攜。比干殉殷，夷吾相齊。昏旦殊星，燕粤殊蹊。移之分寸，徙宅忘妻。哀哉羣動，莫之能稽。百草隕芳，鶗鴂先啼。所以靈氛，告爾天倪。

三

自我徂冬，玄夜其脩。晨光警曙，肅肅衾裯。我身則痡，我心則悠。潛與化譸，敢侈天遊。遂歷韶春，言迄凜秋。物不我遐，化不我浮。俄頃有樞，誰云遷流。六龍之轡，徧乎九州。因之致遠，抑又何求。

四

大圜如規，旦昏各半。道樞不留，氣轂時轉。理隨象宣，通於一貫。如鏡取影，但窺其面。坤不外生，乾非中竄。其去非亡，其來非幻。屯隱四陽，鼎陰未現。非有有無，唯徵舒卷。靜言念之，卽經爲變。險易盈虛，窮通萃渙。豈不我繇，何爲外眩。

五

文王旣沒，文其在茲。赫赫明明，有象有辭。志非所問，義著於蓍。日不可煬，天不可帷。宵人竊燭，不照鬚眉。周道茂草，別趨路歧。弄方如砌，畫圓如規。星曆相竄，巫覡是師。天化地產，玩如行棋。以謀羹炙，以詗淫嬉。神所不告，覆譏其違。修吉悖凶，天鑒在斯。皇天弗佝，吾爲爾危。

六

昨日之日，爲今日先。荏苒來玆，仰今爲緣。有象皆後，理亦無前。華山有叟，胎息密傳。謂天爲後，別有先天。祕相授受，玩弄清玄。劃破乾坤，符火爭權。我無羽翰，乘風而仙。居天之後，奚用此焉。雒陽看花，天津聞鵑。歸之氣數，莫匪自然。人用以廢，天樞不圓。釆苓首陽，其佝舍旃。

七

脂我神輿，遊于太虛。太虛匪虛，充塞無餘。火來陽燧，水赴方諸。水火無間，況道之儲。薺麥夏成，款冬凍舒。靡盪無方，各含道腴。匪車何軸，匪戶何樞。六龍並轡，互惜其珠。行地無疆，良哉駿駒。哂彼曲學，謂之乘除。心不可遊，道不可拘。庶幾夙夜，警我頑愚。

八

悠悠我生，去日已長。懷我友朋，墓草芸黄。父兮生我，罔極昊蒼。莫寶匪命，含柔含剛。乾龍坤馬，歷歷腎腸。日用不知，雖哲而狂。不耕之農，蝕彼稻粱。晻𡸣既迫，朽骨空藏。亦既邂逅，矧敢斁忘。荆棘是芟，庶顯康莊。多言爲尤，自疚不臧。惟抒我忱，薦其悚惶。

示從遊諸子

七載相憐已久如，寸心未展祗相於。諸君懷玉空彈鵲，老漢直鉤儘釣魚。大易圈叉唯父母，上天時物在詩書。勿勞載酒詢奇字，便草玄文亦子虚。

二

千林瀟灑試金風，萬里秋清一夕中。正好腰鐮收玉粒，不妨停轡看霜紅。層層剝筍方逢肉，縷縷穿針未損絨。欲遣平臯新雨透，先將利劍斷雌虹。

三

今人笑古古笑今，笑將在口或在心。播杖穿雲雲不惹，褰衣涉水水何深。他人有夢難代說，夜半索枕自幽尋。莫擬船山如布穀，斜陽高樹認歸禽。

薑齋詩分體稿

目錄

卷一

卷二

卷三

薑齋詩分體稿卷一

五言古詩

廣哀詩 序 辛酉

追平生交遊，凋替之頻仍。老棲巖谷，唯病相耦而已。夫之自弱冠幸不爲人厭捐，出入喪亂中，亦不知何以獨存。諸所哀者，或道在死，或理不宜死，及其時相輳會，以靖其心，以安其命。而不肖獨參差孑然者，蔑論箴石，即告語亦杜口矣。德業、文章、志行，自有等衰，非愚陋所敢定。抑此但述哀情，不以隱顯爲先後，因長逝之歲月序之。杜陵八哀詩，竊嘗病其破蘇李陶謝之體，今乃知悲吟不暇爲工，有如此者。

熊文學霖 字渭公，黃岡人。癸未武昌陷，赴通山王府蓮池死。

黃鶴高樓秋，酹酒邀江月。當時慷慨人，荏苒埋白骨。子靜如凝冰，心警言愈訥。示我濂谿蓮，清池噴馝馞。尋芳誠有徑，可造衆香窟。勿用學秦觀，眉山同汩沒。生死四十秋，奉此爲津筏。欲言人不知，時語唐端笏。軾淫轍懷慝，如彼妖星孛。浮采悅初機，馳騄赴顛蹶。我友片言存，步趨力苦竭。輮駒慚蹭蹬，賴此相恤勿。況子非空言，高節峙突兀。皎潔秋泉清，荷沼幽香發。談笑溺碧流，臨難無倉卒。三楚二千里，降賊競崩厥。妖狐媚益工，封豕尾益揭。誰爲傳幽貞，金管勒豐碣。

文明經之勇 字小勇，丁亥藍山遇亂兵死。

雷雨動新竹，蘭若鐙影搖。波光閟寒帷，論藝終長宵。握交亦有始，耦俱立清標。平塘涵雙影，歸鳥相迎邀。遂及木葉秋，鄂渚雄風驕。睥睨萬里江，銀濤簸岧嶢。北望黃金臺，郭隗時見招。喪亂悲公子，山川閒漁樵。九疑哭湘靈，歸魂識鵩妖。頸血誠有託，何必非松喬。所憾委荒草，未能生薰蕘。商絲既中絕，朱絃誰共調。

大學士章公曠 字于野，號峨山，華亭人。贈華亭伯，謚文毅。丁亥死事於永州。

釣舫泊湘陰，痛哭波聲摵。靈旗閃宵空，湖風捲荻茨。歸來臥荒山，淚墮楊花糝。公子相嚮悲，北雲仍黯黮。相送旋吳淞，生計益慘淡。國亡家何有，知公無回覽。淒涼任東里，徒增孝標感。憶昔侍暑坐，蕭齋題認膽。血汁濺千秋，豈翳一時感。書生言無私，微語公但頷。既憂夏屋欹，復念春饁噉。因之薦狂言，眉爾勤鉛槧。覆敗愚所知，同舟自汶闇。從公騎箕尾，戢志塡泥涵。尙口既窮困，羣心故習坎。塞臆奄頹齡，坐視皇天憯。

夏孝廉汝弼 字叔直，已丑避寧遠山中，幽憤而卒。

百言無一知，知者還荏苒。君心雖狷急，良志固不儉。赬面爭危疑，張目視柔諂。蓮花峯頂雲，萬片蒼綠染。朱張入清夢，聽者或疑魘。踐之以孤遊，九死無怍歉。鯨鯢播狂濤，遊魚皆潰淰。縹緲車駕出，哀歌淩絕巘。一從斯人沒，大造生皆忝。羣族紛進前，何者諶一睒。魯郊無生麟，投筆置褒貶。

太傅瞿公式耜 字在田，號稼軒，常熟人。庚寅留守桂陵，城陷死之。

公死天下知，不借青史字。攜手江陵公，同歸鍾山侍。從來亂賊臣，未必安篡弒。遲回須臾間，俄頃千尺墜。追惟別公時，砌草承履綦。白鏑已飛攢，轅門猶鼓吹。不復問蒼天，微聞責僨帥。冬雷層雲裂，丹血飛霰灑。天怒自憤盈，公心如遊戲。玉鏡映練江，東皋荇藻地。清歡卜良夜，寸心託玄寄。後死非鄙心，全歸夫何惴。孰知西臺客，半嚮犬豕媚。道廣固不諜，任物自醒醉。俯念奔行闕，孤洒憂天淚。聲影不相即，薦剡已先至。遽上拂衣章，非敢爲嫌避。去就容孤欷，歡好益曲遂。脈脈有幽期，清苦函蓮薏。矢之以蓋棺，猶恐深怍愧。白日虞山心，懸光照薜荔。

少傅嚴公起恆 字秋冶，山陰人，寓籍眞定。辛卯以抗孫可望被害。

天風號萬木，不動獨搖草。霾雲蔽平野，上有白日杲。翦燭侍黃閣，良夕披懷抱。萬里依嶺雲，傾心付肝腦。妬詠相嫌猜，亡命就傜僚。回首蒼梧煙，雪涕長不燥。所悲違九閽，未忍矜四皓。魍魅不可羣，非公言未早。終迷具茨駕，永恨田橫島。北海未先亡，災精詎枯槁。劇哉荓蠭螫，誰辨食髓媢。公生固不諜，公死卽善道。隨地洒碧血，黃屋依羽葆。長笑睨吳霖，持茲謝金堡。南海珠還池，湘江清潫藻。太守貧而樂，方伯慈爲寶。碩德及丹心，千秋足揚擢。微生附宮牆，下交遺紵縞。長夜一永訣，餘命遂衰老。猛虎負貞骨，幽眷知天保，精爽何所憑，吾其泝玄昊。

管中翰嗣裘 字治仲，說李定國迎蹕拒孫可望不果。甲午遇害于永安州。

昴畢南北街，牛女東西涯，分合各有故，精靈終不欺。之子自跅弛，吾生本鈍遲。嶽陰義憤激，崧臺俯仰悲。雨雪封層巒，風潮盪紼纚。翦鐙語自協，迷影聞者疑。駘宕吐丹虹，交映爲雌霓。臨歧一執手，畢命成參差。君速沅芷駕，白日照幽思。祕計誓虀粉，吾君在憂危。子行固捐脰，吾聊忍攢眉。事左果致命，天壞難獨支。哀哉負密約，非但泣長離。欲傳幽嚮心，未許流俗窺。魂爽倘夢遇，落日回坤維。

李孝廉跨鰲 字一超，避山中，乙未卒。

昔從嶺海歸，未知慈日隕。毒痛息苟延，虀粉報益窘。情知無麥舟，微望垂執紖。狂奔叩顙血，旁觀爭笑哂。車笠盟者誰，恩禮亦何忍。感君獨雪涕，慰勉相援引。赤貧無炙鷄，覶縷謝不敏。白髮侍孀慈，膳粥唯蔬筍。荼蘗交相憐，存亡皆遘閔。君本洒人雄，飛揚越規準。折節從幽棲，嵲屼全玄鬒。勁羽難重鎩，壯歲篤危疢。迢遞阻重山，死別淚枯盡。周親翻覆雲，交道樓閣蜃。流目送歸鴻，杜口結寒蚓。

歐陽文學悝 字叔敬，於予爲中表兄弟，少予二歲。丙申溺湘水。

漾漾湘江波，逝者悲相接。哀哉王延壽，遂蹈鮫龍劫。與子總角交，中外有枝葉。樾館覆新荑，春園飛紺蜨。對讀漁樵書，倦整苧衣褶。萬端片語存，千秋寸意攝。知予自淸狂，規子勿拘怯。不然依隴畝，亦可舒眉睫。要之心所期，遂爾韻相叶。追憶無返魂，衿淚如新浥。同遊有餘子，變態紛重疊。合離生旦暮，背愔等婢妾。亦既叛幽冥，何因念腐鰍。書卷已蕭條，人間無素業。

南嶽僧性翰 丙申沒。

疇昔天狠驕，竄身潭龍吻。蟄龍不我攫，親舊但笑聽。飛雲護杖屨，匿影度屹嶀。側聞蓮花峯，去之雲中近。緇素不相疑，泥滓爲拭抆。羹芋或相貽，雪葷偶同擣。不足恤死生，依之全曲謹。往來遂頻數，登眺蠲疾忿。雜心非謝客，妙悟異龐蘊。爲有神駿賞，激揚忠憤隱。行歌方亢爽，社稷已虀粉。燒鐙相嚮悲，坐待鐘聲殷。義旗同崎嶇，僨敗無鬱菀。笑指樓閣燼，一如暮落槿。垂死猶致聲，心魂尙合脗。潭雲空淒迷，回望增悲愍。

鄭生顯祖 字忝生，襄陽冢宰公繼之之從孫，予內弟也。從予學，略成文章。庚子殀。

鶯花媚春日，榮光如新沐。送子歸荒阡，獨嚮杜鵑哭。瘴雨無冬春，寄身豺虎窟。天驕蹂秦關，降吏相迫束。我躬不自閱，念爾騁遼蹙。寒雲凝席帽，扶攜返幽谷。殘書久零亂，綴拾授爾讀。草線覓玄珠，顧笑多感觸。危語相箴砭，長跽願夏朴。念恤千金軀，斅羽自鸞族。太宰秉天鈞，淸忠傳世篤。哀郢遠汨征，洒淚峴山曲。天風摧弱草，墜葉悲喬木。爲義不克終，淸宵愧幽獨。

管文學嗣箕 字弓伯，甲辰沒。

飄搖嶺海舟，瘴黑大風苦。君家令兄弟，回首陰野土。剝蟹吸甜雪，摘橘歠香乳。酒酣弔湘靈，湖海遙吞吐。憶出潭州獄，辛勤謝豺虎。死竄付談笑，歸計有酸腐。誅茅傍溪峒，慰藉脫刀斧。西歸就蒸湄，接宇開蓬戶，遊儵時把釣，歸雁有同數。紫蕨咀春膏，濁酒勞風雨。寂寞宿草悲，閉戶夕陽塢，翦韭復何心，荒煙蔽春圃。

劉孝廉惟贊 字子參，祁陽人，避隱山中，丙午告終。

松石青鬣紋，危亭綠錢壁。遙怨空山空，深林鎖幽閴。結伴逃天刑，數子爭的皪。塵心中夜動，機械同牆鬩。君死遂紛紜，君存猶愧惄。清名豈虛邀，道喪匿長戚。果然芳草萎，叢薄亂鳴鴂。念昔奔端州，與子相昂激。齧指痛不忘，破膽血欲瀝。無能救傾廈，徒尔悲素蔑。緯恤各自知，墓淚但交滴。豈槩挾策遊，亦冒沙中擊。吾君鼎湖靈，赫赫自昭晰。蓋棺事良難，後死心尤惕。清沼敗荷孤，蓮心函苦菂。

青原極丸老人前大學士方公以智 字密之，桐城人。國亡披緇，稱愚者智，字無可，一號墨歷。壬子卒于泰和。

青原千里書，白髮十年哭。遙問皖江濱，青冢何時築？八桂歌笑中，狂簡意不屬。國破各崎嶇，間關鑒幽獨。相知不貴早，閱世任流目。遙訊金簡峯，如搜禹書讀。北山念張羅，秋水浴孤鶩。遠舒摩頂臂，欲授金鷄粟。山心自別存，慈渡勞深祝。烹煮南華髓，調和雙行粥。一意保孤危，爲君全臣僕。螺江空杳靄，蠖屈方阻縮。緘此方寸珠，佁儗困幽谷。已矣無能宣，曾冰介喬木。

劉孝廉象賢 字若啟，湘鄉人，丁巳沒。

虎塘清歌歇，敗荷金風窴。遊舫棲綠蛙，過之腸已斷。籬落牽牛花，朱碧紛爛熳。清秋自疇昔，獨坐成浩歎。從來愼經過，酒坐尤扼腕。於君不惜歡，詎取簪裾亂。君非山巨源，我友嵇中散。知爾花下尊，無異柳陰鍛。華胄亙長沙，赤社分炎漢。積累記雲仍，珍重託月旦。一爲振衣歌，悲響星河爛。從君閟幽壤，函情罷遊玩。帶甲終陸沈，青鬟垂銀蒜。漣水自東流，何因返湘岸。

李孝廉國相 字敬公，避隱桃塢，戊午告終。

桃塢千樹花，春風花亂飛。種桃客已逝，四海無春暉。夙昔恣狂遊，不知交是非。亦有銜崖谷，豈但侈輕肥。心迹雜緇白，琴書挾阱機。亙天耀白月，乃知衆星微。疾革無長語，翛然安永歸。蓬徑凝冰雪，幽香閟蘼䨽。俗客不敢哭，欽君建德威。送子清湘濱，湘皋有釣磯。釣竿空綽約，古今釣者稀。含悲臨野水，溼雲凐葛衣。悠悠萬年內，與君願不違。默塞無與言，歸來長拚扉。

雪竹山道者智需 字茹檗，昆明人，本姓張，以鄉舉任衡山令。已未沒于嘉興之楊墳。

彌天無潔士，匿者之蓮邦。雖從膚髮毀，猶異稽顙降。所疑耽喬宇，還欲建旌幢。丹霞來嶺表，意氣淩韓瀧。金碧塡頑石，熠燿雜寶釭。曾欲訊青原，剎竿當摧撞。埋心委泥絮，朽骨何輁蔥。金錢來奚從，噉食分鵃鸗。餘腥爲香飯，空有愧老龐。晚交雪竹山，澡滌清泠淙。經年斷鹽豉，長夜藉稿秸。破衲擁殘火，松炬明紙窗。密語無標榜，率志捐雜龐。楊墳勞記莂，虛舟自離椿。一絲存閞淡，萬古全愚惷。憶師尹南嶽，辛勤渡盤江。聊爲存衣冠，非但脫矛鏦。深夜偶追惟，荼檗茹滿腔。不知飄然志，遂泛嘉禾舡。死訣不相聞，灑涕日千雙。

蒙諫議正發 字聖功，崇陽人，已未沒。

聚散心不屬，人生豈轉蓬。傾心與君吐，不畏多言窮。脫死詔獄日，妻子累清空。泉臺聞此語，疇昔有苦衷。百戰相出入，九廟函怨恫。願君舍悲戀，奮氣爲丹虹。楚王有荒臺，馬殷有幽宮。志士千秋懷，滅散隨春風。我狂君不忌，非但愛彫蟲。投我漆園吟，點竄忞愚蒙。每與知者言，濁世孰昭聾。唯餘船山叟，煙草吟荒蛩。羸病無參苓，奄息恐不充。豈期亞父憾，遽發彭城癰。太阿一銷蝕，孰者知王融。蕭條斗嶺山，遺孤未成童。雛燕飛蛉𡝐，暝煙沈蒙蘢。誰能爲荀息，祇自悲翟公。迢遞徒望哭，遠岫迷霜楓。

唐處士克峻 字欽文，己未沒。

往昔君夢徵，歡笑爲我述。宛如兒得乳，不憂復捐失。男兒生戴髮，如戴青天日，自然心所安，於君見昭質。天情屢箴蕩，君淚如泉溢。非無面欺客，心荼口自密。明珠與飄瓦，投我情難必。矧我鮮民悲，窮年自銜恤。垂涕述先子，婉娩視羣姪。閒堂春燕飛，砌草翦容膝。磬折侍清歡，濁酒列茅栗。昊天無返照，從爾得委悉。寸草負陽暉，手澤無餘筆。君復歸泉臺，流傳誰得實。冰雪送空山，含愁長臥疾。

田家始春雜興 癸亥 此三首湘西草堂舊刊入七十自定稿，曾刻本無之，今錄於此。

靈雨潤今茲，雲光漾微溫。參差春草生，曳杖行出門。仰視歸鴻飛，有叟過我前。知從罷遠遊，龐眉返郊原。欲因問疇昔，微笑無與言。但云歷冰霜，脆壤耕所便。春事相歎息，稺子促夕飱。行行不相顧，空林栖鳥喧。

其二

林表春鳥飛，高原凍已釋，顧聞農人語，春事在旦夕。衣食亙中古，蠕動亦不息。風美草色齊，雷動土膏坼。天心及物理，往往見驅策。尊酒盈我前，長歎悲往昔。天地無終窮，徒爲百年役。欲罷終不能，脩然定何適。

其三

旦驅黃犢出，暮驅黃犢返。視彼芸芸子，居然無夭損。寥寥羲農前，何者爲混沌。耕桑起中古，戈戟迨衰晚。衣食無厭情，依依猶娩婉。偶從林下息，顧視春草滿。腰鎌行刈之，俄爾已盈畚。大化令自遂，物理故舒緩。無從問杳冥，滔滔道云遠。

夕涼

微風自南來，庭樹知不知。宿鳥得初涼，未欲遷高枝。白雨過西岫，餘陰生晤滋。物情各憺忘，吾心定奚疑。

其二

銀漢靜不波，東升欲西流。微雲時相卽，曖若爲綢繆。相去千萬里，測之安可求。白髮與青史，居然無所謀。

遊僊詩八首

銀闕皚精光，貝宮爛霞采。若木爇金膏，玉露垂蓓蕾。居然榮膴心，欲填貪淫海。玉山禾未登，青鳥唏飢餒。遙遙一相謝，去去勿予浼。夙志抗九玄，期以厭珍賄。沐浴西月清，晞髮鼉雲鬘。素魄無旁影，流霜滌微靄。別有清都情，浩劫無能改。

其二

刳心含大慈，剖腦藏靈劍。縱斂非世情，心迹無交歉。玄皇啓元胞，素汞流瀲灩。空宇澹無垠，微塵忍相玷。畫以銀河流，天街成壁塹。胡然妖珥生，赤輪受汙染。豐隆一默塞，壺女收光閃。青蛇不自忍，中夜噴紫燄。剸之在須臾，遲回愧多忝。鶴髮非我終，千春此遙念。

其三

郭生探月窟，旖旎試缺規。顏公沐秋仲，蘀葉離枯枝。微妙不可傳，下士爲哀悲。柱下愛衰耋，乃欲守谿雌。青女鑄神劍，婉嫕弄靈威。傷哉一相失，終吉成參差。流蕩桑田間，重訪無端倪。玉京倘同遊，將爲二士嗤。來歸何遲暮。春陽已後時。

其　四

采藥非采薇，中原無競志。下士爭虛名，謂爾多離跂。蛙怒人所哂，鵬飛鳩所忮。揮手碧霄中，爲汝增慚恚。我有碧霞裳。殊彼紈綺製。披以吹羽笙，鸞歌遙相媚。遲回忽妙手，清瑟和遐思。鳴鵙喧春林，寒螿響霜砌。時序一推遷，微吟終古閟。所以旁皇遊，九州求高寄。

其　五

何由爲神館，羽客覦雲怡。位業序眞靈，髣髴明堂儀。噌吰撞鯨鐘，霞裳覲帝闈。下蘇羣倫災，上謁元皇嬉。未測清玄心，徒爲下士疑。猶然響紱志，竿牘相詭隨。末流紛營求，酒脯相煽欺。眞宰不受哂，儒冠勿見嗤。堯禹從割裂，六經飾鬚眉。發冢珠未得，金紫紛葳蕤。橋門圜横目，白日雜魅魑。清都接人世，何庸揀妍媸。長笑謝姝媛，天鈞無是非。

其　六

紫煙爲長旂，天畢爲華杠。白月流明鐙，駕言遊絳宮。下視周與秦，居然相並雙。中間若絲髮，清濁分鴻濛。惜彼蠕動生，白日失昭融。昧昧趨末光，劫火焉終窮。我生亦衰晚，獨然驚世容。刀圭紛黍米，幽鍊信徵躬。霄路何空窅，孤遊無與同。寶訣存雲笈，寄之南飛鴻。

其七

魯生思蹈海，但以懾庸愚。徐翁踐其言，翩然在須臾。飛濤立雪巘，蛺島迷煙墟。中爲神皋宅，劃絕咸陽都。東笑彀强弩，狂憤雙鯨魚。大澤有龍氣，仙山閟靈珠。遙遙不相接，回望爲欷歔。

其八

白日不在頂，金烏翔寸丹。世人慕春暄，不知黍米寒。歷歷明窗塵，銀芽生闌干。大造使我生，定非泥沙摶，往者遊都市，今來臥雲關。持藥欲贈誰，酒內耽盤桓。青門及黃土，咫尺相交歡。雖復澹忘情，焉能已長歎。不見蛟蜃城，璀璨憑危湍。

偶然作 乙丑

羣芳歇朱火，淒然秋未生。零雨不知際，夕風已夙清，萬感各忻悅，獨心誰始萌。以玆煩鬱蠲，測彼卉木榮。振魄領昭蘇，斂心潤華英。所以上古思，揮手謝屏營。

其二

灼灼檐際花，剡剡孤榮鮮。惻惻念幽獨，遙遙歷歲年。天涯杳層陰，楚山空翠煙。故侶久消謝，微芳仍棄捐。猶持三春姿，徒矜落照暄。顧眄無酬答，含心問高玄。

其三

淒陰閟華月，孤禽自南飛。寥寥山夕空，流雲蕩清悲。灌木非所息，故枝有因依。但聞嗷嗷鳴，不知心怨誰。天地自疇昔，遙廓將安歸。

其四

昊氣滌遙岑，温風變芸黃。明霞斂西晶，彴略飛朱光。羣心悲中谷，顧我非堯湯。楊子臨中歧，南北各有方。清露已載滌，遊心息大荒。

其五

玉衡指天駟，河漢俯庭戶。流光非永久，徒倚失躔步。四遊有推遷，七政遞新故。鄜畤薦淫威，大澤起驚呼。汴流虧地維，并晉啓戎路。羲輪倏禺中，原壄捲晨霧。物情或杳茫，達者良先悟。今我獨奚爲，痟首遲延佇。

石門有靖康勒字

歷茲已非今，俯仰亙幽思。蒼鱗疊薜蘿，玄暈翳陰翠。彷彿靖康初，蒙茸頳崖字。南維壤猶平，東京道已墜。道墜情易傷，壤平地堪避。通軌達崇岡，嶽徑足逶遲。我行遂窮年，山川長危惴。湮沈豈終古，板蕩猶不啻。惻矣曠古懷，傷哉孤遊悶。

種瓜詞 丙寅

蕩蕩青天高，搖搖春風度。綠草昨夕生，黃鸝鳴高樹。所乘各有時，及茲理芸具。土脈既疏衍，靈雨時飛注。淑氣不相違，良苗浥清露。

其二

藤花垂深紫，藤葉萋以綠。倚鉏眄瓜畦，微蔓猶局曲。弱植養珍良，遲回念勤劬。微生終暢遂，哀哉勞鞠育。高天不再覆，長夜耿幽獨。

其　三

靈臺無終塞，形開各有營。仰視歸雲飛，俯瞰游鯈驚。玩物各天游，息心或外攖。瓜圃近檐際，胡爲不可耕。

其　四

江門披藤蓑，獨釣南海濱。時時雙鯉魚。遥寄一九春。北斗挹天漿，其味甘且醇。後來尋芳客，悵望桃花津。秋架收寒瓜，吾生幸未貧。

其　五

夕嵐息暑氣，初月如淺冰。揮鉏念亭午，炎日相熏蒸。暴秦翻天維，海水爲飛騰。申公抱魯詩，躊躇聖漢興。清飆閟良夕，蒼天終不能。

其　六

流雲過隴陰，瓠葉分深翠。雷雨喧昨夕，餘潤留青膩。羲農去已邈，風教逮晚季。褰裳欲問之，迢遥不相綴。獨與蛘蝣俱，衣裳矜娬媚。宵慮不及晨，悲哉自虧替。

其七

瓜蔓生始弱，瓜實葉初長。螢鵲兩見欺，枝害疑天獎。對之長太息，羲皇結珠網。人物互相刑，不傷大造廣。吾生安能然，在機遵物養。

其八

孟夏卉木榮，悠然念仲秋。瓜苦森在架，元化不爲憂。鼓缶吹匏笙，引脣發清謳。采采秋蘭芳，淫淫碧海遊。鳳苞揚雲旍，鸞歌宴瓊樓。顧瞻瀛海內，清風自温柔。蕭條足駘蕩，偓佺非所儔。

讀史丁卯

靈雨沐方春，油雲護初曉。飄風良已濟，薄冷還相紹。山氣榮新英，天容澹歸鳥。吾廬適在茲，因之羣動杳。悠氣百年內，感彼千秋表。曠世如相接，夫誰惜縹渺。

其二

夏鼎沈泗水，民氣悲天伐。西郊無瑞麟，玉書孰與發。悠然南窗下，心情欲超越。夕陰斂西峯，徘徊露孤月。炯炯閱推移，寸意誰淪沒。引緒既繽紛，何庸矜緘默。

其三

圜儀易昏旦，方軌殊越燕。南北既分馳，箕畢各回旋。靡草時已移，菁莪意將還。居今念三后，迢迢歷歲年。亙爾窮指薪，誰能挽逝川。精意諶不殊，勿慚異話言。

其四

亭亭天宇高，迢迢良日永。萬彙競紛動，流觀自幽省。緘之窅谷深，孰測孤光耿。怡然抒幽獨，取適從俄頃。精魂有去來，消沈從浮影。焉知陵谷遷，非余秋駕騁。

送伯兄歸塋巳夕宿男公山莊

滌滌高旻空，泠泠露葉脫。今古一蕭條，海嶽誰棲泊。微生既孤惸，四表仍寥廓。怨窮神自迷，天損性亦鑿。荒荒寒日影，泯泯幽谿涸。言就幽人居，云何拯孤弱。

感懷 戊辰

種萱北堂下，采采及芳時。白露浥芸草，暫爾含榮滋。金石無久固，今昔有餘悲。扳條既不夙，荏苒及凋衰。豈悲歲華暮，久視增乖離。廣衢橫九州，高天冪四維。戢意獨蕭條，悠然當語誰。

孟冬書懷

森氣收餘曛，川原滌方夕。裴回弦月升，微映空林碧。積齡畏淸露，延賞情易釋。流心及俯仰，夙志存咫尺。年力有屈伸，天度無遷易。何者爲久存，居然安旦宅。浩蕩虛明間，終古領天益。

其二

舊懷不可彊，新感復間之。秋氣倏已謝，玄天無需遲。木葉戀夕光，蕭條依故枝。憑風無勁力，寒雨詎榮滋。根柯自疇昔，時命安足疑。所以壯士懷，摧落無推移。

其三

征鳥迅南景，驚麏鶩中林。序改非所測，氣至衷已諶。和靄不相卽，去日焉足尋。微風靜霜候，回炤轉東岑，宿草含餘綠，抱暄棲巖陰。怡情俄頃間，賚以舒悲心。

其四

玉霜息鼂靄，珠雨倏靈飛。良耜樂冬興，土脈動宿肥。焉知負薪客，及此歎無衣。所嗟非固窮，所悲在願違。禹甸彌九野，瀛海環中圻。悠悠日月遷，緜緜生理微。春氣在近遠，誰爲惜芳菲。

翠濤將下武昌恭省昭王洎諸故侯園墓馳書留別因感愴贈送

廣川杳無極，遙遙疑九峯。虞舜已千載，繚繞空雲容。鍾山峙天末，顯陵閟苔封。頹垣長春草，寒食悲蛇龍。鸞族猶在茲，北軫眷杉松。我翼亦已翦，我行將奚從。融風蕩江水，企望徒欽恭。寶玦深自藏，遺弓定誰逢。將予遲暮心，上徹青天重。懷哉羈孤情，徙倚亦奚庸。

薑齋詩分體稿卷二

樂府

後行路難 壬戌

昔歌行路難，閉門誰知霜雪寒。君不見門戶蕭條任東里，瑩上芫花墜紅紫。空持顏面問旁人，相顧悠悠如逝水。丈夫有恩必有怨，五嶽須臾起方寸。生子能如孫仲謀，張昭猶勸作降侯。何況六朝金粉客，晨越東阡復西陌。彥升文藻散寒煙，枯木不留霜後碧。酌君酒，嚮君笑，蜀道千盤皆陡峭。飛鳥啄屋無定方，安得金丹駐年少。

東飛伯勞歌

東飛金烏西飛兔，滕郎青女還相妬。春飛緩緩寒夜長，眉柳妝梅隔煙霧。石城何處問莫愁，郢樹江雲鎖翠樓。碧天迢迢孤星出，錦衾繡鳳悲雙匹。畫裏彤雲夢中雨，相待殷勤定誰語。

大牆上蒿 甲子

采藥不采牆上蒿，食果不食路旁桃。青天羃歷亙今古，安能嗜蜜而吮刀。我生之初，人無遐心；迨我既耄，覗不移陰。哀哉！牆上之蒿，其何以任？白髮垂頤，含心自知。不能見汝終零落，胡爲顧汝而傷悲。涔蹄之水，可以活鮒。東海迢遙，誰爲往愬？牆上蒿，浥晨露，聊爾青青旦復暮。

樹中草

玉山有禾鸀皇餌，丹穴迢迢千萬里。寧如飛蓬隨風以飄颻，安能託根樹中而枯死！仲尼適周，乞駕魯侯。周道如砥，君子所由。室有婦人，酒漿爲仁。庭有小子，纓履爲恥。鑿坯作牖，其穴如缶。擁蓋爲屋，必濡其足。樹中草，我欲拔汝樹之崧山之陽、緱嶺之岑，胡爲徙倚而沈吟？蕩蕩九州，吾心安託？玄雲如膏，靈雨如濯，樹中草，空躑躅。

朱鷺 乙丑

朱鷺翔，漢道昌。朱鷺下，承天嘏。岐山未興，飛鴻在野。哀鳴嗷嗷，彎弓欲射。朱鷺千年不復降。鷹隼橫空掠女匠，蓬茗啾啾何所響？猶聞朱鷺飾雷鼓，我欲擊之淚如雨。

君馬玄

君馬玄，臣馬黄，相逐大道間，不知何馬良。犛牛朱纓紫貝埒，臣馬不如君馬飾。驅車隴坂霜雪下，石級冰滑狎豺虎，四顧無人白日暮。

戰城南

戰城南，死郭北。順高丘而望之，淫淫淚霑臆。春草不生燐火青，烏鳶回翔不忍食。東馳樂浪西欽察，中國健兒自相殺。卽且蟾蛇氣爭軋，鯈魚陳尸祭猵狚。生不成名死何補，白骨秋隨腐草腐。化爲蛺蜨撲人飛，棠梨風冷將安歸！

艾如張

艾而張羅，黄雀麗之。鴻鵠顧笑，啾啾何爲！生爲樊籠死鼎俎，仰天悲鳴悔何補。博陵崔生繡文虎，強敎䴏䴏作人語，九族何辜陰野土。

聖人出

朱草之莖珊瑚枝，醴泉香甘傍浥之。榮光渥溢流芳滋，於胥人心樂淸嬉。人心諧，聖人出。我遙期之情欲竭。浮雲斂空星光奪，中天亭亭上孤月。天不我知，我生有涯。孔甲抱圖而翺翔，芒碭雲氣方淒迷。聖人出，何爲期？

上邪

上邪！何意我今與君相訣絕。魂若遊煙，依空而滅。人生天地，而父母謂之，戴高而履厚，伊威溼生，亦資元氣。犢駒乳哺，依母以憩。三皇之先，循蜚之紀，旣有君臣，爰有父子。地厚匪厚，天高匪高，匪鳶匪鶉，胡爲孤悖而遊翺？上邪！我今與君長命相訣絕，寓形飄忽，青天寥泬。熠燿陰光，幾何不滅？天漢竭，崑崙折，日輪墜地夏雨雪，涕泗血乾哀歌闋。

上之回

上之回中，甘泉北宮。烽火夜達，戎路蒙茸。漢家天子親臨邊，未若六龍蹴雪蹀祁連。祁連矗天王庭絕，撲地青燐飛火滅。侍臣據鞍望北斗，歸路駱駝醉新柳。嗚呼吁嚱乎！祖宗百戰取天下，白日西飛迷長夜，橋山萬古悲桑柘。

雉子斑

雉子斑，采若雲。縱橫糾繆，繊繊而紛紛。我聞井絡之西，孫水之陽，山谿突兀，文鳥回翔。土膏香黏，其木千章。上枝拂綺雲，下枝凝玉霜。錦文纏理有若此，浮槎東汎平羌水。雨雲三峽穿銀濤，千金客購荆門市。我生伊何，憂我父母。螭龍之生，子爲科斗。戀尾浮沈，瞠視蚴蜳。視肉無靈，蟲蠓不嘬。三寸桐棺，莫我肯載。中野芒芒，卉木蕤蕤。陰爲野土，何用爲悲。

翁離孫

翁離孫，行出門。翁牽衣，不忍離。耶孃瞋爾，濡滯亦何爲！豆花紫，豆莢肥，豆葉枯黄風吹之。同根共株偶然耳，天地不使終竟相親依。翁離孫，行出門，十步九徘徊，含愁自煩冤。孫離翁，樂融融，耶孃他日還如此，隔歲夭桃不再紅。卻思聖主祖割養三老，蒼天生我胡不早？

思悲翁

思悲翁，思何極！孰履巨人而生后稷？我非鬬文，於菟是食。萍有莖兮荷有薏，中道絕之肝膽疈。皇天使我當亂離，豺狼晝嘷陰霾黑。嚴霜飛空，白日西匿。泣血四求，茫茫不得。生不我恤，死不我卹。食彼稻粱，徒爲蟊賊。憑空呼天天不聞，流泉不歸長東犇。南山崒嵂屯玄雲，松楸鬱鬱落葉紛。思悲翁，裂心魂。天乎使我爲鮮民！

巫山高

巫山之高劃清空，晶天金帝古所宮。太白飛光東射海，旁掃妖珥剸長虹。其東黽阨限荆楚，明王屏之禦貔虎。熊通乘天方醉夢，倒竊玉符翻鐵甕。姬宗五葉聖神孫，綽約冰肌埋蛟洞。射鉤公子靡絳節，彎弓欲射弓弦絕。巫山之靈聊莞爾，生吾操生死吾死。閃霍須臾雲雨生，花豔月香凝秋水。清宵涼簟婉逢迎，骨醉如泥天暗傾。壽春秉燭不終夕，血汙宮門鐙未息。漢皋帝子竭歸來，千年流恨終朝釋。霓飛紫劍轟雷鼓，不及巫山作雲雨，願薦君歡君莫怒。

上陵

大江何淼淼，上陵何崔嵬！龍氣將歇，素雲徘徊。我生繄何，託命不摧。皇天覆我上，后土以爲依。相彼忍人，靡獺靡豺。酹酒未乾，燎帛未灰。躬爲蟊蚕，伐其條枚。一日千年，雨絕雲頹。降自中阿，瞻望翠微。裂肝隕元，哀哉別離！蔓草盈阡，行路傷悲。悠悠旻天，不弔我哀。

芳樹

芳樹紛蕤，猗于南山。暄風發谷，油雲在天。蒼天使我生中夏，玉函石中金在冶。蝕金刓玉天不知，中夜悲吟淚交下。桂膏生蠹，秋蘭萎霜，葈葹膠轕充都房，南山之幽悲風涼。虎豹羣嗥烏鳶翔，懷芳不語心自傷。汀洲迢遙芳杜若，行行采采莫相忘。

有所思

有所思，思何期。空有火，燧人知。水無歸，神禹爲。黄帝堯舜垂衣裳而天下治。茂荆蔓草，聖人翦之。馬文龜書，君子衍之。白日易匿，誰爲挽之？有所思，心自悲。巫咸上天，將孰爲期？眇眇之躬如晨露，大海滄茫迷煙霧。有所思，靜無語。秋夜長，淚如雨。

臨高臺

臨高臺，俯曠野。白日耀靈，齊州之下。江河委佗，其窪幾何？山谷崔嵬，無平不頗。悲風蕭蕭，鴻雁羣飛。蠕動薰蒸，縈繞九圍。上柱青天下厚土，前憶千秋後萬古。父母生我不後先，遊魂未變將何補？臨高臺，心獨苦。

遠期

遠爲期，一日如三秋。三秋不得見，白日西南流。鳳之飛，岐山下。麟之遊，魯西野。登高馬疲，臨水舟移。夕風動帷，疑是而非。千年不惜歲月長，哀我憚人心黯傷。悲莫悲兮望遠而不至，樂莫樂兮中道而相將。遠爲期，得見之。霓爲旌，星爲麾，馭玄虬，驂文螭，天涯遥遥空徘徊。

北風行 丁卯

北風吹，日日易徂。流霜明月矜昭蘇。田牧邊郡已偃蹇，傳書河上仍畸孤。扁舟脅爾藏巨壑，西極不解留金樞。亭亭六字皆精爽，古人之歎何爲乎？

野田黄雀行 戊辰

野田黄雀飛且鳴，俯啄飛蟲蟲暗驚。蒼天高高欲訴不得訴，晶丸雙碾空熒熒。我欲持竿驅黄雀，荒徑泥深春雨惡。投竿黄雀結羣飛，亂拂含桃花盡落。黄衫挾彈誰年少，踏草旁皇逐晚炤。鉤棘牽衣不得前，黄雀銜花復銜笑。

烏棲曲

金烏西飛飛欲沈，羣鴉亂啼棲空林。梧桐片葉覆金井，靜夜誰爲惜孤影。

其二

紅燭搖簾棲烏驚，玉繩光淺銀河傾。虎撥絃幺箏柱急，幽蛩無聲含露泣。

歌行

後劚蕨行 辛酉

冬朔晴，粟價輕。下瀞雨，高懸杵。湘岸不生粱與黍。去年禾穗羊尾長，黄雀高翔睨空倉。丹崖碧巘崩頽唐，千椎萬椎搗晨霜。餅未熟，稺子哭，里長如狼下白屋。油蓋倚門高坐笑，長虹吸川飢鳶叫。蒼天蒼天不相照，長星曳空徒陡峭。孤雛何當脱羣鵒。

其二

劚蕨根，采蕨苗。蕨苗已長根粉消。雹如彈丸雨如簇，荷鉏空望青山哭。大家倉庾皆封閉，懸望開倉如開霽。輦金輸官援新例，紵絲錦袍春風麗。搖鞭笑指荒煙際，錯落何爲被蒼翠。

紹古鷄鳴歌 戊辰

春宵沈沈白霧屯，晨鷄侵曉方爭喧。鼂煙夕煙相邂逅，定以何者爲鼂昏。昏鼂鼂昏翻今古，壯士聞鷄心獨苦，屢驚壁月破冰輪，又見銀河墜黄土。汝南鷄鳴歌聲悲，赤日濯雲滄海湄。北燕南粤紛遊蟻，奔車策馬縈遊絲。雕龍含毫將欲腐，搏虎按劍還已疲。踆烏顧兔俯九闉而大笑，問君騷騷鼎鼎將奚爲。耕高田，釣淺水，赤手捫天扶不起。剖心欲語知者誰，曙光何緣射窗紙。鷄鳴膠膠今如昨，鮫風夜吼催花落。何人還唱鷄鳴歌，爲弔遼東舊歸鶴。

薑齋詩分體稿卷三

五言律

始春試筆 庚申

一紀泰昌年，攀髯憶普天。江山方錯繡，日月遽浮煙。麟獲星方孛，龍災血已玄。天情能愛日，何有墜虞淵。

其二

湘岸畫樓新，城烏怨早春。白頭聊應識，素旐有歸輪。龍鳳非存趙，狐魚且破秦。英雄酬一死，心迹未全湮。

其三

方輿誰最厲，蜃閣自風濤。欲警羣心夢，勿云帝聽高。他年今日始，孤棹萬波操。小顧春光笑，東風氣象豪。

其四

緩緩梅花發，容容病眼看。吾生春不厭，他日老無難。書帶縈新草，流珠養大丹。海鷗慣蕭瑟，何礙忍風湍。

不雨

百年勝野哭，三楚正蕭條。稍測兵戈意，無疑雨霽驕。澄潭星影窄，輕吹晚陰消。涼夕終難適，蒼生一念遙。

後不雨

幸自忍長飢，蒼天不易知。飄風千嶂落，銀漢片雲疑。秋氣先中夜，朝霞驗異時。傷心長記得，步禱聖衷悲。癸未北畿旱，思廟步禱南郊，大雨霑足。

重挽聖功

詔獄名猶在，燒屯事益疑。故心聊自致，唯子不吾欺。天道無求劍，神州愈亂絲。金風遠似昨，湘水泛舟時。

李叔晦秋信云同周令公來訪未果

有客歸南海，同人弄浙潮。湘江半灣水，秋色暮年消。殺運經兒戲，文心餘久要。縱令燒短燭，何有起漁樵。

題翠濤新築

龍氣五陵秋，漁磯一曲幽。寶光猶在玦，直鈞不妨鉤。霜葉丹鋪合，晴絲碧網浮。明年春草綠，鴛瓦漾新柔。

其二

聽月月難圓，清歌且喚天。閒心臨野水，明眼看桑田。杳靄鍾山樹，迷離楚塞煙。金波還一照，不減舊嬋娟。

其三

莫署翟公門，聊空北海尊。爛柯詢弈客，垂釣老王孫。樹靜筠簾影，苔封屐齒痕。他時雙燕子，自解慰黄昏。

其四

垂老怯腰鐮，誅茅未佐苦。經營知灑落，蹤迹謝廉纖。月轉宜依樹，雲生不礙簷。開軒孤翠入，應是祝融尖。

忽憶　壬戌

普市蠻煙合，灰心說路難。翻身憐俊鶻，刷羽望文鸞。六合生人氣，孤峯嘯鬼寒。更誰堪墜履，擲與素書看。

其二

堂堂大司馬，奕奕小雙龍。俠骨原無擇，淸狂自不容。何人藏李密，隨世笑王恭。老淚天涯隔，潭深一劍封。

治尹始春爲邵陽遊有贈

舊遊資水曲，正爾似君時。夾水尋芳草，高樓摘柳絲。酒薰江月暖，劍抉楚風雌。此意憑相贈，驊驕不受羈。

剖香櫞感恨

日影此閒軒，霜輕試午暄。茗柯消主客，戈甲看乾坤。楚水清泉臏，秋香紫霧温。三生憑一晌，今日遣消魂。

其二

寸心言不盡，顧笑且忘言。未剖商山橘，聊傳洛誦孫。誤終滄海借，心有九京原，白髮留空谷，凄涼國士恩。

六月二十六日

天方消夏正，人道是秋新。他日登臨恨，餘生海嶽塵。晴光圍大壑，商氣轉天鈞。未審梧桐落，翩然定幾辰。

五日同劉蒙兩生小飲

秔稻新東畝，江潭舊左徒。蛟涎仍五日，蚌淚訊雙珠。梅熟晴難定，荷傾露易孤。相期續慧命，能結五絲無。

萬峯韜長老去年寄書有不願成佛願見船山之語聞其長逝作此悼之

大笑隨吾黨，孤遊有歲年。從來愁虎嘯，幾欲試龍淵。別路琴心迴，他生錦字傳。瞿塘煙棹在，洣水接湘川。

當暑沈痾

蘿月流空潤，荷風度柳便。逍遙知後夜，悲憤儘生前。薄海銷民氣，橋山泣冷煙。孤心拚不盡，試一問蒼天。

偶成

羣山迷廣野，丈室鎖山椒。久病春難待，孤心老益驕。江妃愁倚竹，吳客憶吹簫。誰問延津劍，雙龍肯見邀。

其二

皁帽遼東客，黃金薊北臺。生無歸漢日，死負報燕才。雪瓦封鐙暗，宵鐘到枕哀。九州隨縹緲，歷歷夢初回。

排律

詠風 甲子

柳岸及楓林，飄然動客心。天涯一極目，千里捲平陰。木末初微覺，波心已不任。墟煙掠鳥度，雲影移峯深。榮落通羣動，淒暄受一襟。高天無止息，曠古感悲吟。虎氣精奔劍，濤聲意受琴。寥空兼寂歷，西爽助蕭森。比竹喧何急，金輪運已淫。孤心隨裊裊，舊恨記愔愔。雕閃戈船旆，龍吹塞笛音。乘秋騰俊鶻，繕怒載飛禽。折翼南溟徙，狂氛朔吹侵。茂陵雲自白，宗慤浪空沈。歷亂飄霜鬢，淒涼冷鐵衾。透肌生萬粟，射目刺千針。薄酒消潮暈，孤鐙墜蕊金。狂濤長失纜，破帽欲遺簪。歸雁銜雲斷，寒蟬抱葉瘖。守雌悲宋玉，痟首待陳琳。葉落歸何日，蓬飛恰自今。高臺悲正急，未敢試登臨。

安成歐陽喜翁霌先師黄門公弟也守志約居惠問遥奬於六衮之年馳情寄壽述往永懷示孤貞之有自也爲得十七韻 丁卯

螺川三百里，西爽映湘汀。遠接稱觴喜，言懷載酒亭。淵源惟兩字，忠孝自孤惺。命授天王重，書傳孔氏刑。羣芳從炫紫，法眼獨留青。遂許承衣鉢，相期較日星。危言存左掖，師說佩先型。自荒田硯，空餘暗室螢。素車迷草屩，直釣老笭箵。遥發雲緘字，知增夢錫齡。鶴歸知甲子，龍蟄共丁寧。高躅雲逵遠，幽芳野徑扃。文心春草句，貞志血函經。勃海方流潤，瀧岡俟勒銘。藏書譏小已，清供授添丁。道在宜眉壽，天終不聽熒。伏生方九十，炎漢有輜軿。

七言律

送須竹之長沙

木葉橫飛江上煙，愁人愁問汎湘船。蘋花小泊生洲草，鷗鳥中分水影天。夜雨易驚新蝶夢，寒光猶射舊龍淵。殷勤儘拾江山淚，歸嚮丹楓哭墓田。

其二

江門曾薦瓣香哀，江門，蔡公別號，祠在城西。早念今生不更來。蜃氣翻空雲閃霍，鴻飛掠月影徘徊。百年酬死唯霜鬢，當日閒愁有釣臺。北渚送君傳九辨，靈旗憑拂暮雲開。

立秋日得蔣九英見訊書及閔雨之歎

西風荻葉試蕭蕭，極目長天片碧遥。書卷經時抛藥餌，干戈仍歲侵漁樵。懸愁歸燕分雲影，待月吟蛩怨永宵。珍重故人悲不淺，泥飛亡賴貼天驕。

夜壬戌

中原未死看今日，天地無情唤奈何。抛卷小窗尋蟻夢，挑鐙一壁理漁蓑。流螢斷影疏萍亂，微霓斜窺宿鳥過。祇載閒愁清夜永，不驚白髮鏡中多。

懷須竹

憐君屢泛瀟湘水，渺渺蒼煙問客心。戎馬十年猶過迹，藤蘿當日有知音。桃波緩棹楊花撲，楓岸收帆雁影沈。知爾南天回首望，暮雲無際一林深。

連雨言情 癸亥

社前社後皆春雨，臥病春從幾日深。龍氣森寒埋大壑，雁飛迢遞隱層陰。流淙斷續三更夢，煙靄消沈早歲心。不遣鶯花欺老眼，牆東霧鎖碧苔深。

九日同熊男公與中涵存孺于禮集一如精舍

檀欒翠色碧侵霄，回合雲光鎖泬寥。一綫天難分近遠，片時心在儘逍遙。寒生北地鴻飛杳，煙靄齊州蜃氣驕。策杖未須淩絕頂，年來葉落倍魂消。

其二

龍山今古誰爲侶，戲馬英雄此一時。木末有花能獻笑，始波無葉不辭枝。支公有韻憐神駿，伯業多情老耄期。薄醉多情忘白首，憑將破帽付伊誰。

病

鑪火微紅壁影搖，窗明殘雪遠山椒。人間今夕寒宵永，故國殘山老病消。玉歷有年成朽蠹，青編無字紀漁樵。閒愁四海難棲泊，藥銚松聲湧暗潮。

其二

玉魚金盌人間恨，山靜日長太古年。十字碑難勒孔篆，數峯淸自弔湘紘。乘潮不釋孤臣怨，荷鍤猶賢酒客顚。唯有寸心銷不得，瀧岡松檜冷荒阡。

其三

閒愁閒病萬心齊，珍重分明一念提。未敢泣麟傷絕筆，何人得兔不忘蹄。孤鐙斗帳三更後，斜月飛霜半嶺西。遙想棠梨新雨過，落花狼藉蹂春泥。

爲芋巖定遺稿感賦

嶽峯南下就桃津。霜鬢難消一故人。療肺藕根秋後節，埋心蕉葉雪中春。井函有字唯思趙，箭鏃無書肯帝秦。醞釀元聲存怨誹，檜曹風舊續三豳。

其二

文章止自斬名根，赤炭紅鑪信口吞。白髮千絲傳典訓，深衣幾幅畫乾坤。巡簷梅蕊寒籠袖，欹枕槐陰月到門。應笑船山知己未，鴻蹤沙上覓殘痕。

八月六夜病不得寐有會而作

去來物化閒情合，生殺天心冷眼看。逝水已經千浪雪，商飆終遣萬楓丹。西臺哭後人無淚，北海尊空客自闌。別有明年花事好，未知春在幾枝端。

得安成劉救功書知舉士黃門歐陽公已溘逝三年矣賦哀四首

死生郴水停驂路，戊子冬遇公于興寧，遂成永訣。邂逅章門執雉時。義帝宮荒紛落葉，將軍祠冷涌冰澌。壬午臘初謁公于南昌劉都督綎祠。淸宵夢不隨鐘斷，鳥道書長恐雁疑。從此遙天眞寂寞，寒山掩淚凝霜髭。

其二

擬將心血答師門，不昧君親一例恩。左掖諫章靑史外，西郊筆削玉書存。河山破碎銀蟾影，文字凋零粉蠹痕。腸斷靑螺川下水，湘流難挽嚮東奔。

其三

荒草瀧岡故里阡，誰酬觀葬客來燕。求砂不屑句漏井，公舊宰北流，古句漏地。句漏音溝樓。種秫難留下潠田。公從王嶺外，田廬沒入。釀士虛名空碧眼，家傳風味有靑氈。懸情商陸秋前熟，痛哭林間息杜鵑。

牧功書云，公孫穎悟肖公。

其四

故國衣冠涕淚殘，橋山弓劍不重攀。分飛遺恨從邕管，公于南寧以內艱辭闕。縹渺忠魂度且蘭，墓草千山愁盡白，霜林片葉苦留丹。玄雲冰沍齊州路，一縷孤煙渡水寒。

冰林詩十首 有序 乙丑

癸巳春作冰林近體十章，亡友劉子參許以偉麗。子參謝世，稿亦佚亡。今年始春承臘，萬林一色，憶前時清思，杳不相即。率爾別裁，不能就泉臺問子參江文通才盡與否。相賞無人，雖拙何嫌哉。

晶天分液到人間，點活枯枝有大還。清澈居然雲透髓，蕭森何損玉爲顏。微風戛擊雲中曲，晴月逍遙姑射山。貝闕珠宮成咫尺，從無玄豹守靈關。

其二

冷淡全遮嵊鷺亭，頑涎疑帶凍蛟腥。珠塵迷望雲難綠，塞草含愁冢不青。渺渺楓天長薦淚，鬖鬖松鬣未梳翎。江南舊恨悲枯樹，小遣閒情一望扃。

其三

東光眩目似喧蒸，白醉嵯峨玉不崩。小綴微雲搖海市，斜臨初月晃山鐙。長空如夢孤飛鶴，淡墨難留一點蠅，偪側片心清影怯，未容熱血半絲凝。

其四

鏡中鬢影笑誰如，擬似清標口易呿。莊子：口呿而不得合。不爲緣愁千丈合，何人高臥半山居。朱般舊恨遊霜刃，碧落無心挽日輿。欲問蒼天除老壽，晶光長護不才樗。

其五

琅玕簇簇擁幽居，何必木天署玉除。欲借花魂邀蛺蜨，不須酒色醉芙蕖。金輪輻輻圍綃幕，銀地條條布綺疏。憶得蓮花峯頂住，穿林曾似雪中蛆。

其六

紫山風振有餘威，卻惹雲容上翠微。本與層巒消芥蔕，幻成筋骨總靈飛。梅胎不倩朱趺護，竹影還添素暈肥。欲擬冰壺秋月冷，猶憎桂兔礙清輝。

其七

勻雪還愁玉粉鬆，夕飆不散得從容。垂垂海上三珠樹，渺渺神山幾玉峯。特與分明邀月上，不妨疏緩聽春慵。倩誰留得霜紅在，鶴頂丹飄一點茸。

其八

蜃窗睡眼曙光欺，海日初臨最上枝。酒力易消雙印頰，霄容直壓數莖眉。微茫野水升清潤，戍削孤峯盡白癡。何處吾廬三徑好，萬條修竹一天疑。

其九

彌天行樹慧光熏，寸草無餘淨界垠。的礫料絲籠寶炬，玲瓏蜜珀暗松紋。寒生荇藻庭前月，春憶梨花夢裏雲。欲琢玉棺藏葉令，未容斑管惱湘君。

其十

雲機萬鑷困天孫，繭絮平鋪峭不溫。石髓誰黏天闕漏，胥濤直上海山門。歸鴻信斷愁楓冷，顧兔情淫錯月奔。莫爲童謠憂木介音稼，達官正欲煉銀魂。謠云：「木介達官怕」。時方大開礦，故笑及之。

初秋

赬霞紫霓半陰晴，大壑歸雲幾片輕。霽夜一彎初吐月，先秋四葉已開蘋。翻荷曲沼波光小，打棗長竿落照橫。自有古今唯楚客，青篾短笛寫商聲。

其二

藤花初紫茭莖青，慈竹梳風上小櫺。恰注騷經當九辨，從知秋令看雙星。牢愁江介悲長夜，離別人間怨短亭。直北洞庭波渺渺，他時望遠憶漁汀。

其三

奪伏炎威不肯消，去年欹枕似今朝。抽絲嫩藕憐孤弱，掠影疏桐儘動搖。計日乾坤看轉轂，他生忠孝可歸潮。無心更斸茅山朮，鐵繡生花任短鍬。

驚秋

登山臨水將歸客，我笑古人不見今。南斗漫輿玄石酒，北河誰洗紫臺陰。眠花銜雨鄭雲叟，作賦譚經許有壬。總攬秋光消磈磊，寒螿孤傍砌莎吟

白雀

登秋玉粒領羣飛，獨翦冰絲製羽衣。拂水蘋花淸影亂，依林落葉素光肥。虛簷雲淡斜生暈，碧瓦霜輕儘試威。好展輕紈爭雪色，莫隨玄鳥社前歸。

其二

淺赤無心染弁端，蕭蕭風送素衣冠。枋榆可搶情無豔，天海雖遙骨自寒。閃閃螢鐙孤影現，幽栖月鏡一痕看。瓊樓待訪遊僊侶，何事低飛繑紇干。

其三

傳聞爲瑞定伊何，淡魄涵秋冷緒多。未擬芊眠青作毯，無勞節足翠塡幰。依鄭司農禮注音素何反。低垂銀蒜依筠影，微綻丹椒醮雪波。憶得永陵淸醮日，曾陪僊鹿譜雲和。舊說雀頭如蒜顆，目如椒子。

其四

飼蜜何須換錦纏，天然玉色滌丹鉛。雪衣鸚妬從渠呪，白項烏棲不耐喧。紫水浴泥當酉仲，流珠烹汞得庚先。瑤京自厭張翁老，更擬迎誰帝九玄。

便江李爾雅尊人震隅先生先君同譜執友乙酉夫之侍先君避兵于便館其宅上爾雅方垂髫同侍近乃通問山中爲先兄誌墓姪敞修謝因感懷寄訊

菖風梅雨葛衣輕，曲砌雕楹藻閣清。兩世弟兄聯綵舞，半殘海嶽看雲生。啼鵑聲隔郴江遠，瘞鶴銘支海眼傾。當日中原雙轡紹，夢中還似憶瑶京。先君與震隅先生兩連轡赴都。

小除夕寫悲是日爲烈皇聖誕先舅氏譚星㰤先生亦以是日生括衆哀爲一章

春生未遣峭寒妨，病淺愁深兩未央。摘阮已孤餘醉客，碎琴垂老哭靈牀。嵩呼楓陛悲橋嶺，壽酒槐軒憶渭陽。一夕殘鐙千淚合，無憑留得滿頭霜。

寫恨丁卯

中原兄弟兩白頭，半死餘生各一丘。縱使孤飛留雁影，更誰九日哭麟洲。都梁漫記能消暑，梧葉驚看且報秋。爲祝他生睽老健，容將故劍抉雲遊。

其二

海盡炎州一舸縱，天迷嶽雨半龍湫。雲中讀史千秋淚，病裏憂天片葉舟。歸骨故阡松櫝冷，銷心殘夢汗青留。勿煩藥裹殷勤勸，畏見蘋花漾早秋。

即事

斷雲飛霰捲山椒，溪水微添潤小橋。遠樹留紅剛一葉，江梅上綠有孤條。尋常攜杖隨衰草，詰曲行歌認晚樵。莫擬王官兼谷口，不妨今古各逍遙。

其二

虛牖晨光射雪眉，傍簷乳雀笑相窺。石蓮熟煮香難繼，吉貝輕鋪冷易欺。凍蝀粉銷依曲砌，驚烏月落眷南枝。初心鼎鼎分明在，尋藥承恩瘴海時。

其三

夕風不淸煙不扃，閒房篝火餤微青。鐙光半掩堆書卷，硯滴欲枯注藥瓶。霜後故人空贈橘，夢中病鶴懶梳翎。頻繁謁紙勞相索，載酒無人笑獨醒。

其四

山陽橫笛久消沈，更遶靈牀哭碎琴。曲曲山坳逢墮葉，遙遙天末望孤禽。深知徑冷誰敲竹，不爲囊空罷買參。生死一絲無畔際，棠梨寒雨已方今。

其五

淡粉叢叢款凍花，經過倚杖惜年華。朱欒迎日含香霧，銀鯽翻波耀淺沙。的的柏膏垂雪顆，森森櫧葉護紅芽。重來似擬三生約，久罷磯頭一釣叉。

其六

遼海歸來漢已亡，雙趺今古一藤牀。伊威貪暖依書帙，蒼鼠啼飢蹴藥囊。晴日但憐窗紙白，霜風不翦徑苔黃。鑪煙夭裊熏殘臘，慚愧天園四野蒼。

其七

流霜覆屋試輕鬆，隔岫疏林透晚鐘。消受餘年仍短景，凄涼暮色自高舂。寒蟲猶響初更月，歸鳥知栖第幾峯。萬古迢迢悲永夜，東窗曉日任從容。

仲冬壬辰云是長至

聞人共說今長至，與世偕亡舊渾儀。九道昨宵月北轉，三微春早歲潛移。淚枯嵩嶽三聲祝，景亂陽城幾寸規。愁日未愁長一綫，霜衾唯恨曉鐘遲。

偶作 戊辰

故心欲理病還慵，篝火難醺禁酒容。他日人間誰借問，由來天問定奚從。江梅盡落眞如夢，社燕先歸亦偶逢。猶簡檢書支午睡，素蟲密密裹函封。

歲杪閒眺

層雲遞遞晚霜收，西照沈沈淺絳浮。平野素煙籠鳥影，寒溪黃葉度星流。雲中渺渺悲三楚，天外遙遙夢十州。爲問蒼天還幾歲，留儂得住試春愁。

薑齋詩分體稿卷四

七言絶句

絶句 癸亥

何滿子歌聲斷腸，人間難挽是斜陽。桃花零落留桃葉，簸蕩春風一倍狂。

其二

劍門歸路雨淋鈴，攏馬貂璫鬢已星。莫唱開元太平曲，誰憐霜草舊時青。

香櫞

濛濛香霧醞壺天，昨夜秋清月正圓。日上東窗熏曉夢，欲尋無迹在誰邊。

遣病八首

紫蓼初含紅粟胎，歸飛燕子尙徘徊。情知自有明春約，認取垂楊舊院來。

其二

社後炎光似火紅，不教衰柳更疏風。藥鑪煙逼蛛絲重，消受厖眉老病翁。

其三

藕花褪粉露檀心，已擲秋光付短衾。不識木樨花落未，寒蛩十夜四更吟。

其四

擲去秋光拾不來，寒蛩莫爲老夫哀。土花蝕盡青虹劍，折戟無愁怨雀臺。

其五

老夫病中亦自強，烏鳶螻蟻總黃腸。深衣何日裁能就，負罪孤臣拜烈皇。

其六

從無奇字問侯芭，不遣笙歌溷絳紗。憶得去年橙柚熟，紙窗竹影說南華。

其七

殘鐙認得亭亭影，孤枕難忘瑟瑟秋。脫盡蛛絲蜨翅好，五湖風月在荒丘。

其八 或傳鳳見黃州。

細雨如酥宿暑微，餘魂欲傍晚涼歸。依稀聽得人間語，五色雲中彩鳳飛。

絕句

荷蕙含香不出窩，藕絲未斷也無多。誰將雪色青蓮子，種向流沙萬里河。

其二

十月新寒被暖遮，空天日日擬黃沙。辛勤倏忽鑿天地，只作朦朧影裏花。

其三

玄禽秋盡自須歸，蝙蝠逢晴款款飛。向夕但能餐白鳥，明年不識有烏衣。

其四

溪風作惡顫溪流，月影難圓玉半鉤。不識素娥心事苦，分明欲映白蘋洲。

其五

昨夜欲霜霜不成，今朝欲雨雨還輕。丹楓一葉留難住，那惜江山太瘦生。

其六

半歲青青半歲荒，高田草似下田黃。埋心不死留春色，且忍罡風十夜霜。

桃花流水引

浩劫天台憶不眞，飛花偶掠鬢絲銀。閒抛萬點猩猩血，擲與人間喚作春。

其二

桃花柳絮攞春風，細逐溪流總向東。何處海山春不老，綠波啄盡萬堆紅。

其三

今年春事李花先，遲暮桃花忒可憐。紅染春江千斛水，飄零不遣浪紋圓。

其四

明霞片片挂天西，煙月初升碧海迷。也似人間花落夜，波光紅漾綠玻瓈。

其五

碧山張幕草如油，準擬留儂去不留。鸂鶒分波魚浪暖，等閒東下白蘋洲。

其六

清溪十里九重灣，荇帶牽花去復還。莫惜人間春易老，年年開落在綏山。

諾皋 長沙申氏女子，年十七，化爲男子。

天女俄然鷟子身，乾坤無據儘翻新。憑誰觸破髑髏面，盡洗妖狐粉黛春。

其二 熒惑留心房，逆行四十餘日。

朱火燒空海出煙，般光還射斷雲邊。遲回不舍非無意，積雪曾冰四十年。

其三 祁陽隕石，石上三字曷溪深。

倉頡造書從鬼哭，由來鬼筆怕人知。軒然一笑吾能識，岱嶽新鑴沒字碑。

讀碧雲集感賦

釣艇中流著浪驚，憑誰還聽棹歌聲。波濤元是尋常事，只誤蒼蛟斬不成。

其二

我自知君君自閒，憐君猶在杳茫間。當時饒有傷心句，恨隔沅西萬疊山。

其三

義興熱□□□酒，隔斷湘山冷似霜。棋酒風流略髣髴，□□□柳綰斜陽。集有讀堵光化遺事詩。

柳枝詞 丙寅

曲岸當年把柳枝，和煙和雨一絲絲。而今試照清池影，猶是春衫映綠時。

其二

含穗含茸小穀芽，數枝嬌怯未藏鴉。他時飛絮騰騰起，吹入西鄰第幾家。

其三

漢陰汴水已千年。追數興亡劇可憐。翠瓦丹梯春色盡，孤城落日半規圓。

其四

河朔春遲秋早寒，幾時能得軟條看。江南近亦東風晚，九月霜飛萬樹乾。

樂府

桃李輕飛不惜香，十番急奏柳青娘。黃鶯厭聽繁絃促，斜趁楊花過短牆。

其二

一片羊□□□□，于闐刀利儘摧殘。無端□破瑤臺□，□□□來不忍彈。

其三

西腔搖曳接龍游，生遣無愁果有愁。玉管金脣人盡哭，梧桐無葉不悲秋。

其五（案：原本無其四）

禿袖開襟再拜膜，三朝元會潑寒胡。漢宮楊柳春風袖，拚與當年末泥孤。泥去聲。

諾皋 蟲食牛

貪吸橫流帶雪澌，三彭閒惹不相離。由來師子身中肉，齧盡方知莫怨誰。

其二 蟲食魚

剖腹誰藏張楚書，任公愧爾釣竿疏。乖龍莫倚東遊穩，就汝身□□豫且。

其三 李□蛾眉豆

瓜李浮□□□□，中原莫問有家無。憑□□國愁□□，□□□□鑽核圖。

其四 □□□□□無頭

驚霜一夕萬□枯，□□頭顱有亦無。欲就刑天賒兩乳，冷看醬血化醍醐。

其五 婦人懷孕，四歲方免。墮地能言，四日而死。

橘裏商山壺裏天，由來不耐看桑田。人間四日煙塵劫，早似沈淪五百年。

其六 湘鄉梓門橋，風吹一人起，去地數丈，行一里許乃墜。

騰騰就地誰扶起，嬝嬝憑空且問天。此土不堪雙足踐，兒童無綫繫風鳶。

其七 自益陽而東，至長沙下洞庭，雨雹如罌，殺人無算，丙寅立冬日。

元氣勞勞運火球，摶成筋骨儘風流，年來苦被消磨盡，怒遣狂蛟撲殺休。

爲誰 丁卯

燈光的皪小如螢，睡眼欲交冷不扃。斜月亭亭雲似紙，爲□□□□帘青。

其二

西風□□□□□，□色蒼煙一望昏。□□□坊人已老，□□□□說開元。

其三

青山結伴一人無，雪壓蒼山萬木枯。□□□生新草綠，爲誰重寫過關圖。

其四

渡河當復奈公何，獨倚箜篌怨綠波。心計較粗炊餅客，爲誰教唱渭城歌。

四言

雜詩 乙丑

白日不居，夕光已微。鳥栖于林，人掩其扉。雲流西沈，淸霜暗飛。今我不懌，云誰之思。欲言匪言，中心是依。幽蟲息響，肅風振帷。元化遷移，瞬目已非。凝情定慮，孰適與歸？

其二

上天同雲，蒼霄下敷。朱光易匿，玄夕難徂。我寢我興，言據其梧。畏彼冽霜，蹤迹以孤。今此下民，莫匪我徒。浮煙蒸動，喪爾靈珠。我遄欲往，不即我愉。相驚以異，言窘心枯。明星皎月，亭亭相於。千秋萬歲，不昧其樞。亦已焉哉，誰爲令圖！

其三

陟彼高山，言眺平野。夕鳥孤飛，翩然欲下。徙倚旋歸，三星在戶。影晤莎緹，陰凝松檟。冷露霑衿，見聞逾寡。函心誰俟，良辰銷謝。蟪蛄爭鳴，墜葉飄瓦。生我有辰，仰諮大冶。焚光出河，躍彼龍馬。天不我宣，寥寥幽寫。

薑齋詩編年稿

目録

薑齋詩編年稿

己酉稿

同須竹晏坐駁閣巖因而有作

隱几既無擇，閱物非有工。胡爲勞形役，營靜相追從。貞人抱孤光，棲心非意中。遂躡曠古石，對此空煙容。至語不再宣，天地爭昭蒙。今古繼方寸，惻然含無窮。各知非勤名，幽靈恆密通。北望不我遐，金簡峙雲峯。焉知石竇啓，不覩千秋封。俄頃詎可忘，愼哉惟令終。

大統曆閏臘

撲面冰花柳徑封，枝枝葉葉祝從容。他時熳爛明看汝，且貫寒山一閏冬。緩緩憑留此日長，難將疑信問句芒。殷勤爲謝連宵雪，禁住寒梅一半香。

庚戌稿

擬阮步兵詠懷 八十二首。前廿四首入六十自定稿。

玄雲覆千里，悲風振林皋。鷩禽無歸樹，微命安足逃。漠如秋煙空，欻爾孤雲高。豐隆吟寒螿，格澤飄鴻毛。棄置無足陳，綽約恣遊遨。

夢遊三河間，崔嵬登太行。巖穴嵌危石，鵂鳥巢其陽。祥麟步寥廓，魯郊安得傷。襄城無迷駕，六馬恣回翔。誰與荆榛中，跬步閡輈梁。

佳人遊九河，珮玉凌淥水。望望不難即，顧我發皓齒。折麻訂良辰，百歲自今始。朱脣發清吟，芳香散千里。歡會倘不乖，白日回濛汜。佇立待經時，惆悵安能已。

大火方西沒，天街已東升。閱歷有顯晦，光采自因仍，豈云幽塗阻。無爲知我能，如彼衣繡士，晝遊炫賓朋。大化使我生，嘉命遂已承。神蔡棲蓮葉，卷舒固有靈。長夜不我拚，白日非徒熒。晨鷄鳴塒桀，蟲飛自薨薨。聞道而大笑，誰復相酬應。

長日閒深林，徙倚意所適。披簡屢浩歎，紛詭自誰昔。長嘯含餘悲，凶塗競相即。即凶世所驚，當時故糾迫。柔鐵一煽動，飛蝗集廣陌。南箕噏酒漿，膏盡終自厄。

谷棲二十載，不記外物喧。物喧非我拒，所悲歲與年。歲年自轂轉，勤勤淒復喧。秋月不損明，春花不損妍。羣生蹈逝波，蠕動隨飛煙。微明一相照，顧影自矜憐。千秋沈丘隴，榮迹孰與傳，浮雲無歸蹤，消滅有良然。冏冏天壤間，俟之後世賢。

送客遊鄂渚，悲吟望鵠磯。陳王遺戰壘，唯有秋雲飛。漢水自西來，波光搖夕暉。雄都壯東南，鵲起願不違。轉戰千里間，朔雲散霏微。驅除返夷庚，終非道所麾。

二曜轉靈轂，去來恆若茲。屈伸無殊指，俗目以見移。吾生在天地，豈復有竟時。雍門悲孟嘗，但爲富貴悲。羊公顧峴首，陵谷亦已疑。往者非所邀，來者非所期。精神通元命，太和歸玄坯。綺麗千秋間，居然駕雲霓●

去者皆吾日，來者非他年。一日亦不妄，衰老何足言。側身入洪流，世故相烹煎。變化生咫尺，先計固不全。焦原失俄頃，槁魄隨荒煙。誰能使寸心，洵爲物所憐。

去者皆吾日，疇昔未愛之。迷流遙瀠洄，猶恐相飄危。今茲逾奄忽，益令思故時。四顧無與謀，腹悲自悽其。思欲洗其耳，日夕相喧吹。物態日以新，骨肉相猜疑。抱意閟玄夜，泉壤以爲期。

流水無歸波，彌望何涯津。淹恤妻子閒，綿延入沈淪。天漢與下澤，孰能令其親。迹近而心遠，乖阻在斯晨。夙志養流珠，玄冥爲我春。唯當棄置此，偓佺託比鄰。長短隨心臆，焉能動敷陳。

世故亦易知，紛綸無畏驚。春草生漸長，鶗鴂先已鳴。俯仰時序間，遷變各有形。感彼翩飛鳥，聊用定我情。

和月適已屆，清朗開八埏。宗內各悠悠，何者相忘言。一爲佳人思，邈若各一天。中懷固閟默，函之千萬年。

徵雨散餘陰，山川見迢遞。白石相昭宣，喧風薄襟袂。滄海非弱流，神山無蔽翳。誰從江漢生，臚傳發冢砌。巧言如笙簧，風息罷嘹唳。榮名自有宗，辨駕安可稅。

酌酒歌生平，疇昔亙不忘。燕臺振悲吟，哀風爲飄揚。磨劍寒水濱，星月灼鋒鋩。誓身茵露間，聊充烏鳶腸。堂上悲白髮，恩愛不得將。耿懷躓中路，宵旦泣霑裳。呑聲無能宣，義命各有方。

太始不可知，元會亦蠡測。偶覽晨星稀，復覩陽精匿。以此號爲生，視聽隨聲色。在物各有因，近取成儀則。鴻洞散子懷，無如動悽惻。榮公樂天年，中從哀不息。夭壽非已爲，淩雲無羽翼。杜下誠達生，胡爲涉西域。

危飆充太虛，來往搖蟪動。飛蓬亦乘之，南北相飄送。長夜在指顧，魂魄非我用。眞人識天情，針芒辨錯綜。高舉淩青雲，霞旌相導從。酌斗餐玉漿，揮劍剸螮蝀。道遠不易從，要之心所重。下視僶俛子，惻然增傷慟。

昌風起鷃明，乘時奮彩翼。榮光被九州，下士羨鼎食。託生各有時，春秋殊畛域。豈唯羲黃邈，李趙不我卽。陳生蛻太華，和魏踵芳迹。勞生棄比鄰，居意難察識。置我三子間，浩蕩弗相及。懷彼心迹閒，怛悶充胸臆。

青雲何徘徊，微風生蕩駘。上有三青鳥，翔飛指西海。中道非所息，陵阜空崔嵬。一食玉山粒，長年不知餒。此意固有方，燕雀徒疑紿。

初終無殊理，意氣空一龕。紫芝含清膏，貞木炫寒條。舜華乘餘春，旖旎隨風飄。豈知隔宿間，遂有千載遙。中心良不固，孰能怨傷凋。

靈鳳不屢見，脩竹無長榮。芳吹日暮歇，哀鴻中夜鳴。蟋蟀喧蕪草，熠燿羣飛行。悽怨疑凋傷，憎忘非所經。安能抱寸志，與物相昭明。

遊魚忘江湖，孤禽啁故林。飛止各自得，幽微各有心。釣緡非所憂，託意在哀吟。上睨青天高，旁窺喬木深。若爾但取適，無勞悲至今。

我生不先後，蒼天意何居。雲隙漏青霄，皓月流素虛。霜露徹清寒，俯仰何所拘。明星亙昏旦，託志無相渝。

兔葵榮野田，琪樹生玉山。靈苗非無種，璀璨發琅玕。語默交不至，吾心營其閒。

臨水悲遠天，忉怛不能忘。知爾無再見，形容猶洸洋。腐麥化玄蝶，翩飛依隴傍。喬松流靈液，虎魄函清香。孰謂心所懷，沒世以爲量。

温雨釋春冰，白日常嵯峨。明哲知其眞，爲樞自不多。縱橫九州間，天地將如何。

孤音失清哀，寸心苦未將。至要日隱沒，羣心久相忘。如彼西岑日，暮靄翳餘光。杜下歎知希，襲生喪蘭芳。誰云千金瓠，遂可涉汪洋。

晨雨飛西山，屑颯踰川原。曾雲映迴光，輕虹遂連蜷。霏微散俄頃，餘潤裛午暄。辨說豈不周，根株未能堅。耳目日經營，靈迹益以謏。名聞皆枝葉，一落不再鮮。千秋萬歲後，飄散如飛煙。

有生自有常，情欲與之俱。避名而就實，無能出其區。慨彼小智士，芸芸爲避趨。蹠夷各有云，新紫奪故朱。文質一雕繢，君親皆羶腴。持鈎臨河洲，誰云不在魚。

憂至意苦長，悲積言苦短。登高欲哀歌，辭盡意不滿。九土何芒芒，驚獸鶩町畽。千秋無轍迹，來者益迂緩。微軀誠自微，大儀憑運斡。

河清不可俟，俟之欲何爲！仙人王子喬，孤管發鳳吹。沿流循湘干，幽意以自持。屈生沈清淵，蛟龍或見欺。冠珮不可渝，崟嶔非所疑。無爲望他人，俯仰相提維。

婚宦營終生，自古誠有之，不期衰晚人，因應虧四維。婉孌狎鷄鶩，長短還相嗤。驅車遊廣野，南北詎能欺。哀哉相隨逐，遂以植蓑施！

白晝飛黃塵，遊絲漾荒煙。天宇爲之迷，南北爲之遷。豈云資力微，假借成滔天。念之良驚愕，非由大造偏。拍手持彗帚，高驅盪清玄。宓妃相嬉笑，用意期何年。

裂帶結同心，指天誓河水。生年不滿百，長懷越千祀。青鳥銜素書，飛集玉山趾。壺公遊汝南，愕眙不得視。況彼塵土人，熒熒眩朱紫。

西臺狂歌士，南向悲遠天。願隨夕英萎，不競鼂華鮮。視彼豹林客，何異乘華軒。良時馳虛譽，駟馬遞周旋。頤主以物桀，空歌釆芝篇。岐道各有趨，命矣夫何言。

杜下賤禮制，支流爲南華。餔糟以自全，扫泥羞清波。馬牛任所呼，食豕忘矜夸。取適無揀擇，俄頃乘天和。章甫非適越，裸國隨經過。深旨通卮言，匠意自清遐。豈爲浮沈子，導迷入流沙。

弄翰自弱歲，緒言如轉卮。采芳盡春榮，屢顧自矜奇。周遊破杳靄，淩空呑雲霓。姝媛從物好，華落理自悲。匠意從髣髴，英靈坐相欺。追惟不可諫，白日忽傾馳。

閉戶謝賓舊，叩戶亦不辭。不辭通款曲，薄言啓心期。語者皆樸質，聞者驚支離。長此謝當世，不復知爲誰。

微詞意不伸，曼衍傷化機。披襟臨天漢，淸琴音正希。持此遊良夕，千秋願不違。

南登金簡峯，北望昭王丘。湖波浸吳楚，陽雁翔汀洲。託心浩淼間，古今誰久留。湘妃淩素波，燕婉終相求。

魯公八十春，睥睨人間世。鶴髮顏妖娓，圜中有眞詣。顧揖王方平，刀兵試遊戲。天運非苟爾，逍遙無凝滯。三蟲守形軀，戀之增悲厲。

日車不可挽，凍雨不可堙。熒惑代朗月，悲此下土人。海潮有涸流，伍相怒不伸。奄忽在須臾，草木非其春。睠焉念神禹，九州空嶙峋。安知百年後。神輿無問津。

生理忞圓軌，淸狂遊心旌。浮沈全譽命，伸屈無恆形。倫紀皆駢拇，曾史嗤外攖。淸濁非異水，南北遨兩溟。輕肥適去就，詼諧狎昭靈。解散入紘綱，悅生爲督經。炙轂傾宇宙，念玆魂魄驚。

東登大庭庫，西睇鳴鳳岡。俯仰見玄維，故心罔不忘。寂寥出入中，攬之盈淸芳。飛龍馴組轡，御我東西翔。靈珠充素輝，光耀自煒煌。天衡不遐哉，縱橫無淫荒。

抱意各有言，立言非意經。下遊多揚波，傳聲忽如傾。發軫在跬步，旁午迷千城。綺麗生慘澹，憔悴良足驚。

天下一喪己，己以喪天下。迷離無反津，要之輕試者。白玉潔明雪，五絲相纏藉。狎龍入重淵，蜃雉俄變化。入塵而不憂，誰知暗摧謝。

夏雲起墟末，磊砢逼太虛。欻爾淸風生，動宕無恆居。列缺灼末光，豐隆隱欷歔。微雨止天半，闌干飄素珠。陽精自終古，拚翳將何如。且乘寸晷陰，震盪西北隅。

西北市琱弓，東南採金箭。令名誠可希，至性非外撰。闊步不擇塗，浮舟無固綰。百歲從灰飛，三春任偃蹇。玄圃有靈藥，采彼天地產。

終日無餘歡，振衣遊九閶。旦披瑤圃門，夕宿玉山陽。回睨周與秦，劃然各開張。世士如遊蟻，語笑感心傷。揮手不相顧，嵯峨日月傍。

煌煌軒轅紀，蕩滌下土氛。中季有興替，後起相彌綸。三川聞野哭，知者爲酸辛。挽之無顯績，置之傷我神。杳窅默成功，孤遊託氤氳。氤氳非偶爾，圓魄開重輪。龍門傳素書，千載有其人。

春谷生碧草，其名爲蘭芳。暄日相照曜，微風吹輕香。韓康行采藥，顧眄不相當。蕩魂從一旦，安取千歲長。嬛彼冶遊子，掇拾如不遑。旦夕秋風生，哀歌及履霜。

淸都定何在，天池亦不遙。餌芳有鶩魚，巢卑有危條。揮劍破雌霓，馺娑見靑霄。塵垢非我親，商歌入泬寥。濡需復何有，天閶闢岧嶢。欲從世人言，寥廓無與招。

浩歌無所希，忽忽意不樂。雲閒失羣飛，淒矣孤征鶴。道窮亦偶爾，千載悲綽約。綽約舉世然，追隨無返略。聲利相烹爨，煽動虛槖籥。迢迢石戶農，清風遽遼邈。

我聞姑射山，宛在水雲區。煙霾不相到，琅玕生其隅。欲往就見之，中道而欷歔。弱水差咫尺，憑虛欲奮軀。精衛塡東海，但不負居諸。

名駒生滇池，云是飛龍儔。金埒相組飾，玉泉飲清流。揚鬣望冀北，躞蹀淩南州。生芻不相繼，俯首易曼柔。穆滿志八荒，去去無相求。秋風吹芸黃，日暮使心愁。

渡海求神藥，神藥空傳聞。偓佺各長歎，知爾非仙倫。日夕有衰老，顧念惜餘辰。金風吹流波，浩瀚至海濱。一旦成決絕，傷哉如千春。

自昔有芝草，汾陽及商顏。靈穎非有根，輪囷發朱殷。千祀亦不遐，挺生旦暮閒。重玄開紫霧，一朝成大還。精爽不暫離，延頸三神山。

威蕤大道側，灼灼芣苢生。采采不盈把，車馬踐蹤橫。耿耿若木華，旭光燭太清。繼明羲和轡，反景列宿晶。安知餘草木，被之爲華榮。

今日漢宮人

此地深宮日，珠簾不卷春。南枝驚怨鵲，馳道厭輕塵。疇昔君恩淺，臨歧淚眼新。長城分一綫，猶遣候騎頻。

稍覺金鞍便，無妨扇影開。殘妝臨隴水，昨夢到宮苔。回首將無怨，嚬眉恐見猜。相憐唯此夕，曉角莫相催。

齒落示敔子

梧桐一葉已知秋，塞角催霜幾耐愁。乳燕未須驚颺去，堂前不擬久相留。

哭殤孫用羅文毅公慰彭敷五喪子韻二首

餘生一儘萬重悲，誰望含飴未死時。如夢如漚添一淚，爲亡爲在至今疑。鬢絲鏵雪愁人問，血縷攻心不自期。兩日朱明留不得，揮戈錯欲挽重黎。以大統曆立夏日生，名之曰夏。

孝婦身前遺卵悲，徵君顧命撤琴時。邗江枝葉無多望，嶽墓松杉亦自疑。斜日不留餘照好，落花偏與妬風期。綢繆忍死吾何據，倚杖荒山一孑黎。

辛亥稿

辛亥三月十一夜夢登天壽山

五雲飛不息，惟繞五更心。啼鳥驚山曙，餘寒擁宿陰。寶刀悲自昔，玉盌已非今。杳杳蒼龍闕，微生與陸沉。

李雨蒼年七十三矣書至期遊南嶽若必果者返寄馳望信宿

瀰瀰洞庭水，迢迢諸葛臺。盈盈秋波生，揚舲中流哀。夫君遠遊心，南望日悠哉。朱鳥自疇昔，佳人屢沿洄。炎海夢江門，金簡授大崖。豈無寶瓈漿，頤爾靈傀胎。壯士無暮年，玄雲爲旦開。白日儻相借，朱陵心所懷。

月坐懷須竹南嶽

綠潤浮澄光，搖曳林塘間。今懷非疇昔，物宇相昭鮮。涼魂從安舒，緖風微奮緣。靜籟不相舍，素意無孤騫。吹瓢忘疑心，行歌有獨絃。知子岣嶁陰，遙遙接清玄。

壬子稿

上巳

令月方及茲，春草遲已生。輕葉隨韶風，薄紅散空明。春氣遙所集，婉約充簷楹。東菑或懷閔，良禽亦載榮。儲情謝歆託，澹蕩寓遐征。所資非天伐，居然斂物營。

春晴

西峯日氣上氤氳，東嶺凝光染絳雲。舊閏幾更春不淺，昨宵星影曙難分。還逢暄潤迎花萼，遂度霜寒識藥動。天地從誰消偪側，回塘煙靄護苔文。

家兄期以中秋過敗葉廬會恙未果吟見懷念逾月小愈袖詩下訪適當閏望是夕人間謂爲中秋夜坐不復對月敬和來篇奉酬

皎如白玉盤，圓如流珠丸。向之笙歌萬戶發，今我不覩喟然傷心肝。昔昔相期秋正中，排雲飛素滌清空。姮娥已老雲鬟不得整，卽次新霜欺玉容。長轂長轂孰爲爾輐運，湘纍死後無人問。羿妻悔餌金液膏，隨意幽歡迷遠近。獨有鶴髮之翁脾病客，閉門坐酒挑鐙白。妖蟆流涎透窗隙，拒之不能相逬迫，扣壺欲歌淚霑席。

補山翁坐繫沒于江陵遥哭二首

將公無死易，大地置公難。疑謗原非妄，悲歌亦久酸。苾芻檀陰冷，松徑菊田殘。莫問靈巖笛，哀絃自別彈。補山堂有菊田，聞靈巖儲公千里赴哭。

補山舊賓客，幾問落花津。章門悲節落，謁署憶交貧。道廣公應忘，鄰孤痛自眞。隆陰誰旦晝，泉路有君臣。

癸丑稿

期須竹

悠悠重悠悠，冏如明星光。抱心不得語，空天徒茫茫。豈緊秦與越，音徽隔殊方。出門睨廣野，仰覗飛鳥翔。食宿各有區，日夕亦得將。滯情夙所捐，相望何悢悢。盡已寸言間，君子敦天常。

家兄小築耐園俯用夫之觀生居韻病不能爲偶句放時體疊前韻奉和

石骨山耐高，巖髓泉耐淸。非乘俄頃用，物莫毁其成。黄梅暴客雨，霜汁皃天晴。朝菌初怒生，亦自炫孤榮。氣數非一致，將雪先微温。獎掖與謠詠，何者定恩寃。恩寃兩相耐，葉落不損根。長笑謝流輩，吾知爾精魂。

耐貧霜侵衣，耐老雪侵頭。何知蜉蝣裳，豈爭蟪蛄秋。伎人徒背憎，戚施久面柔。不見滄江水，自然無西流。

先生將七十，脫粟飯尚堪。芥孫有餘香，瓠項有餘甘。松風涼不已，松火暖自諳。苟非能耐此，暴殄亦生慚。

古人非吾儔，求例苦不安。世無劉文叔，何有富春竿。江州非王宏，東籬菊已闌。鬼火種青蓮，耐茲良獨難。

迢遙五十里，林莽槲徑穿。方春蕨拳肥，未能共炊煙。羣苦良可耐，念茲驚宵眠。裹飯碧荷包，卽粟已橫肩。

歲晚養痾

零雪生陰霄，玄冬互旦昏。飛鳥迷遠天，林依相惜羣。物閉誠有終，寧吾獨邅屯。傳火非素驚，繼薪何外欣。所資酬大化，無待今紛紜。空坐聞夕香，清微自彌綸。益知閱萬生，不獨契隱淪。

息動訪元精，緒引竟終窮。日月易流影，聽覽非昔容。秉燭矜餘光，蘋末資輕風。南牖依午暄，靈文測幽蹤。還當舍茲去，萬年輟往功。明若列星垂，心有來去同。棄置勿深恤，微情焉足充。

夕砌息寒雨，薄月開雲間。粼粼池水綠，約約宇光鮮。棲鳥無定影，遙樹含微煙。佇春自不遐，歆夜亦以妍。平生惜此景，及今良復然。鐙影閟流矚，余心自周旋。

昔登金簡峯，遥與玉娥語。金虎含青珠，黃膏釀香醑。微光生西清，中天燦華炬。飛雲定可乘，揮手謝寒暑。目笑不欲然，棲心非懷土。晨來叩門客，慰藉悲辛苦。胡爲聞要言，躑躅成幽阻。玉琴絕女絲，金羽啼林猿。悲生機有感，棄故理不諠。北陸積玄冰，南草凋芳鮮。孤榮徒後期，逝水無歸川。隕穫必有終，繾綣詎足延。宇宙誠銷歇，無爲悲歲年。

李供奉集有笑矣乎悲來乎二歌識者知爲齊己贋作辭翰弇滯既良然矣亦由無情而氣矜如捫天求月天不可捫月況可得若僕今者可以笑未其悲則已夙矣因爲補之

笑已乎，黃河東流月西生，奔車不息羲和傾。天地無情猶尙耳，古今誰能定其情！春風灼灼桃李花，美人捲簾邀流霞。笙歌方喧酒坐亂，不知紅雨催綠芽。天不能使百物傾，亦不能使百物成。根趺搖搖逞顏色，豈但傾城復傾國。開花亦是落花風，恩寃翻覆春風中。仰天大笑何終已，萬樹飛花隨流水，疇昔春風今已矣。

悲來乎，神蝓逝海不復還，玄雲蕭散龍門山。龍門孤桐已半死，朱絃欲上摧心肝。蒼頡無端記今古，古人不作今何補！鬼哭深山風怒號，況復驅車上廣武。昨日之日何所額，赤輪東生起崔嵬。參差經天迷是非，誰使有心獨含悲。雙轄間關轉千輻，中心欲折怨幽獨，嗚咽無言寄哀竹。

甲寅稿

安遠公所遺都護劉君過寓菴問病歌以贈之

天涯相逢興不孤，今宵何夕金風疏。漁簑在背笠在頂，我生真與病爲徒。佛燈灼灼茶碗清，相憐不語兩含情。寶刀贈君行萬里，男兒突兀相枝撑。長留病夫釣寒水，蒼天茫茫吾老矣。秋風颭颭蘆花蒼，蘆花如雪寒溪長。期君驅馬度朔雪，鵰落鶻起逐駕鶬。歸來一問寒谿叟，果爾挑燈話不忘。

贈余西崖誰園

陰翠凝竹涼，綠煙飛在玆。乘秋宜徵尋，得侶無後時。使君烏衣舊，投情固不辭。盈盈鍾阜雪，北映邗溝湄。夙昔故鄉心，今者良會期。鴻鵠薄天徑，鷽鳩歸故枝。問已無殊軫，惟君寄遙思。

乙卯稿

長沙旅興

禹迹千峯碧嶂迴，湘波東繞定王臺。樓船擬趁桃花水，釣艇閒傾竹葉杯。露布星郵飛蜀錦，靈光絲嘗訪騷才。當年玉女盆前客，笑指彤雲幾度開。

江春望落日

落日斂浮光，煙中延遠睇。深矗凝紫影，駘蕩間綠際。波氣分半明，天彩益多膩。久從山夕暝，乍測江容霽。紛詭開蓬心，游泳知魚計。良矣北遊知，釋兹孤匏繫。

三十六灣初見新綠

湘春千里來，餘寒不相借。孤舟忘日夕，春鳥鳴初乍。新綠驚一遇，喧氣歆始夜。江影涵靜娟，微波滋蘊藉。遥知蒸水西，良疇沐桑柘。天物度藏舟，生心警目化。閱萬知有恆，入羣無深詫。

夜泊湘陰追哭大學士華亭伯章文毅公

殘煙古堞接湖平，認是湖南第一城。雲閃靈旗魂四索，波搖旅夢月三更。愁中孤掌羣眉妬，身後傷心九廟傾。近築巴丘新戰壘，可能抉目看潮生。

湖水

湖水君山盡，巴丘戰壘春。中流迴碧草，極浦暗黃塵。日月爭朝暮，漁樵有故新。天涯同一寄，未必故園親。

贈程奕先

湘山飛綠煙，影蕩春波際。爲訪定王臺，碧莎迷荒砌。古心誰與期，今懷乍云繫。龍戰方在玆，玄雲待新霽。詩書道不孤，風華遙相綴。欽恤慰羣命，直淸修前制。融融千里間，韶風吹宿滯。遠遊廣孑心，開爽延洪睇。斯人息蠕生，微躬安魚計。漁艇載淸颻，嶽雲封幽荔。千載念佳春，餘年拾瑤蕙。

三月七日所聞

天涯帝子知誰在，今日生聞喜欲狂。淮泗補天功造化，蒼梧扶鼎治衣裳。彤雲日角傳龍種，玄霧雲籤養豹章。重遣孤臣憐雪鬢，萍蹤萬一問津航。

拜蔡公祠

烈心歆匪石，篤意悲逝川。懷沙無歸魂，惜蘭非天年。寸念持兩情，哀羨交不捐。徘徊依梀桷，傺侘隨湘煙。綠莎生庭際，春雲相淒暄。良運旣不留，英華奚久延。顧此萍梗姿，屢嬰波蔓牽。愉悏安可期，昭靈或相援。

次李緩山見寄韻卽用其體書懷馳答

儀丸不乍停，藏舟影速過。與君結長佩，髮淺纚未裹。菌露彌豐草，雲帆遥相左。遥知極目思，念此空林鎖。既悲羣離居，詎矜吾爽我。入林香風生，仙實月中墮。期之心不遐，勉以道無可。反復誦千周，繫之念珠顆。感君欲倚杖，脛酸還反坐。良以足蹣跚，非由道坎坷。馭風行八極，長年牢倚柁。乘雲有神蛤，蟠泥安鼈跛。如彼蕢與萱，末由成箭笴。度時固未能，自量則亦頗。低飛鷃雀搶，老醜流離瑣。煩語程夫子，淸風謝揚簸。時程周量承意相促入粤。

和程奕先長沙懷古三首

渺渺楓樹林，屈子悲神絃。雲中君不見，意志如孤煙。引聲動淸歌，幽細咽湘川。六代徒髣髴，三唐空流連。君子掇其微，不取毛羽妍。悠悠江潭水，千載重昭鮮。長佩紆繾綣，蘭芷相周旋。

賈生請長組，歷歷少年情。爲傅一蹉跎，嗟哉念生平。橛銜無早戒，引罪深幽明。鳥臆何足述，生如片羽輕。長策垂太息，俟之來世英。知己誠見察，空際回霓旌。

仙李發穉英，鸜鵒相啄食。飛鳥旣依人，安能惘悲惻。鰋鮭墨池雲，湘臯飛不息。鎩羽重凋傷，日南無歸翼。狄公轉天樞，晶輪回八域。傷哉不及覩，幽壤閟閟默。白日誠再鮮，委蛻亦奚恤

觀漲

江勢自委迤，川氣欻浮興。情形不交喻，浩蕩因時乘。崩奔掩羣目，汀岸固靜凝。雲樹藹相接，遠山茲可憑。萬端兩間内，俄傾一氣蒸。默對非所適，雄心亦不勝。徒倚德攸歸，危疑無久恆。

與李綏山章載謀同登迴雁峯次綏山韻

連霄關塞悲遲暮，初見南天一雁回。小有綠陰堪避暑，相看枯木不驚雷。晴光漏白飛螺頂，雲影撑空幻蜃臺。稍覺江山堪極目，臨風薄送濁醪杯。

淥湘雜興

迢迢瀟湘水，千里發蒼梧。上有楓樹林，下有蒲與菰。雲陰澹歸鳥，波影盪浴梟。得所各謀歡，微心復何須。良境不相置，天情自合符。

浮雲無遠慕，南風吹我興。涉江既超越，度嶺亦淩乘。生滅不自慮，淹留非所能。是以雲將遊，過迹無久憑。

早歲涉淥江，今者復經過。六宇自不齊，吾生其如何。高灘飛珠瀑，古樹鬱青莎。南望岣嶁峯，玄雲方嵯峨。天地既相借，蕭搖發浩歌。

西風吹大旗，日落鼓角喧。片雲自南來，飛雨滌川原。漠漠青天高，羣動各已繁。倦客有餘心，慷慨自忘言。

我行渡淥水，遂泛湘江濱。淥湘既同流，吾生非異人。來者各乘時，去者日以賓。欲忘而不能，寸念自相親。

圓月輝東榮，天漢隱中軌。衆目有炫蔽，眞形無成毀。悲風驚涼衾，徘徊中夜起。仰瞻增浩歌，今昔何紛詭。居然有吾心，髣髴奚所似。物論復何疑，焉能役彼此。

萍鄉中秋同蒙聖功看月

百年看月又今宵，昨夜疏雲洗泬寥。淥水章江分影碧，牙旌戍火接星遙。寒枝難揀驚烏樹，落葉誰塡烏鵲橋。一枕冰魂隨故劍，飛光猶湧子胥潮。

留別聖功

遠送始知君送客，歸人還念未歸人。興亡多事天難定，去住皆愁夢未眞。寶劍孤鳴驚背珥，畫圖遙惜老麒麟。鐃吹落日喧丹嶂，西望湘煙淚眼新。

代出自薊北門

春涉巴丘湖，秋登楚王臺。廣風吹千里，飛雲捲黃埃。念昔天狼飛，山嶽橫崩頹。金鏃埋沙礫，輕車轅屢摧。舊從六校發，白首歸蒿萊。安能不腹悲，天道有昭回。請看箙中箭，血蹟雜莓苔。垂老含餘心，誰知蒼天哀。

卻東西門行

天光易匿，明星難留。前心不踐，時序如流。慷慨獨行，莫知我猶。世如縈煙，心如冽秋。獨不可保，兩不能周。睥睨消謝，云胡不憂！

丙辰稿

人日有寄

人日宜人小試春，雲光灼灼雨中勻。經年梅蕊破朱蕚，一徑苔茸展碧茵。淸澈水曹東閣起，蕭條杜甫小簷巡。湘皋嫩荻鋪輕綠，莫有淸波動錦鱗。

雨中過蒙聖功斗嶺

君從吳西歸，吳西接楚東。云何成迢遞，令我思無窮。

博望屯燒未，舟中指在無。君言非不蚤，夾水一軍孤。

自有眞豪傑，臨危授玉驄。將軍誠下士，烏幕不知空。謂王總戎鼎步行授馬。

烏道行已屢，龍淵老自靈。乾坤日灑血，君莫羡漁汀。

二百里無山，到來青插天。東行渡湘水，碧湧萬重蓮。

夕雨萬條碧，晴雲一綫天。與君昨夜語，山鬼泣窗前。

中秋同聖功庶先翠濤須竹飲聽月樓諸公將送予下湘

今宵猶對家山月，江閣同傾送遠杯。牧笛西清怨良夕，金戈北望接黄埃。宗天一碧涵江合，極浦微波倒影回。果有瓊樓歸去路，羽衣何遽不仙才。

風泊昭山夾病中放歌

昭山之東青林空，昭山之北塡悲風。孤鴉怒隼穿雲幕，銀珠雪鍔翻蛟宮。蒼天有息必有消，消之滑熱蒼天驕。踟躇故綏燭龍駕，黑眚銜飢萬骨焦。丈夫欲扶雙臂軟，老病煎肌秋夜淺。壯魂飛駕昭山雲，荻葉敲蓬驚夢轉。

漣江夕泛

霜日餘一瞟，南林凝夕綠。疇昔聞漣江，淸瀫勤屢矚。天物緩今古，人情故紛促。憯意無先取，良景應前觸。至矣定情遊，悠然忘羣獨。

褚公池

褚公南遊此，遂有洗筆名。墨雲定有無，人心爲英靈。近代推王鐸，於宋擬蔡京。鍾繇空癡肥，助逆作長鯨。應跡有本末，念之心自驚。

懿庵七十初度余留滯長沙不遂山中歡笑已乃泝漣訪祝述懷一首

湘山護漣水，黃潤沐霜液。東皋知不遙，丹葉古琴宅。菊樽開已緩，杞實猶堪摘。延年有眞理，愼靜煉生魄。閱世如浮煙，抱道引虛白。喬木無近枝，唐松垂東碧。我心君所憐，飛鳥留沙迹。漁舟笑解纜，兵氣淸昨夕。已得入寥天，追隨訪雲册。芝草定何人，珍重酬幽客。懷葛在窗枕，湯武睨局弈。天秋爲我秋，刀圭無旁益。卽此遊鈞天，誰勞註仙籍。

柑園翠濤諸公作瓶菊詩命僕和作輒成四首

秋徑謝商風，閒房試暖融。豔從窗月淺，芳倚檻以下闕。

附錄㊀

㊀此下原有新秋看洋山雨過及居西莊源三載將去賦詩兩首，詩後有注云：「二詩見常寧縣志，志載先生甲午由南嶽移居常寧之西莊源，丙申生子敔，丁酉復返南嶽，寓寧三載，爲邑人説春秋，居遊多有題詠云云。按二詩已見五十自定稿，今復錄附編年稿後，以存志語。平湖張憲和謹識。」今仍删去。

薑齋詩賸稿

目錄

薑齋詩賸稿

五言古詩

戊戌獄後辱戴晉元見訪今來復連榻旃檀口占五古一首

我居雙髻峯，峯雲嘗相護。雲裏忽逢君，不畏潭龍妒。荏苒十八年，夢中時一遇。今昔非有殊，鬢髮徒蒼素。譬如雲隙月，隨處時偶露。不知東升烏，何有西沈兎。明明雙眼孔，誰者爲新故。薪盡火居然，千秋爲旦暮。同居宿郊菴，四目還相注。回看雙髻雲，南飛繞湘樹。

示姪孫生蕃

忘卻人間事，始識書中字。識得書中字，自會人間事。俗氣如糨糊，封令心竅閉。俗氣如嵐瘴，寒往熱又至。俗氣如炎蒸，而往依坑廁。俗氣如遊蜂，癡迷投窗紙。堂堂大丈夫，與古人何異。萬里任翺翔，何肯縛雙翅。鹽米及雞豚，瑣屑計微利。市賈及村氓，與之爭客氣。以我千金軀，輕入茶酒肆。汗流浹衣裾，拏三而道四。旣爲儒者流，非胥亦非隸。高談問訟獄，開口卽賦稅。議論官貪廉，張脣任譏刺。拙者任吾欺，賢者還生忌。摩肩觀戲場，結友禮廟寺。半截織錦襪，幾領厚綿絮。更僕數不窮，總是孽風吹。吾家自維揚，來此十三世。雖有文武殊，所向惟廉恥。不隨濁水流，宗支幸不墜。傳家一卷書，惟在爾立志。鳳飛九千仞，燕雀獨相視。不飮酸臭漿，閒看傍人醉。識字識得眞，俗氣自遠避。人字兩撇捺，原與禽字異。瀟灑不沾泥，便與天無二。汝年正英少，高遠何難企。醫俗無別方，惟有讀書是。

七言古詩

大雲山歌 為熊畏齋社戚翁六秩壽

湘山之高雲山高，朱鳥回翩蟠雲翱。羣仙握符顧九宇，翩然來下揮旌旄。我聞石笈金扃在峯頂，綠苔不掩珠光炯。邇來六百四十六春秋，紫金液老三花鼎。鼎裏刀圭人不識，懸待其人烹太極。靜如止水暖如雲，卽此金壺貯春色。我欲從之君許否，願酌紅泉為君壽。松雲蘿月數峯前，玉露凝香挹天酒。

七言律

重過蓮花峯為夏叔直讀書處

山陽吹笛不成音，淒斷登臨舊碧岑。雲積步廊春袖溼，燈寒殘酒夜鐘深。河山憾折延陵劍，風雨長迷海上琴。聞道九峯通赤帝，松杉鶴羽待招尋。

同歐子直劉庶僊登小雲山

靑天下鏡倒晴空，戰壘仙壇碧萬叢。終遣屈平疑邃古，誰從阮籍哭英雄。大荒落日懸疏檻，五嶺孤煙帶遠虹。獨坐上方鐘磬裏，消沈無淚灑羊公。

寄懷陳耳臣兼懷安福陳一止

緱山月榭夢中秋，疏雨湘波一寄愁。老大乾坤添戲局，蕭條風月識中流。維摩香飯聊長飽，魯壁哀絃未易酬。爲訪華山酣睡客，可容長笑指神州。

春山漫興

千心一病總消除，隨處中原且卜居。餘草舜根堪藥裹，安流禹治付蒼書。枕函帶夢花陰徙，釣竹過春篠尾舒，霧眼能留臨曲沼，桃花雖謝長芙蕖。

五言絶句

輓烈婦廖周氏 五絶

冒刃扶姑命，軀殘刃折銼。至今荒冢裏，贏得血痕香。

七言絶句

悼亡四首

十年前此曉霜天，驚破晨鐘夢亦仙。一斷藕絲無續處，寒風落葉灑新阡。

讀書帷底夜聞鷄，茶竈松聲月影西。閒福易銷成舊憾，單衾愁絶曉禽啼。

生來傲骨不羞貧，何用錢刀卓姓人。撒手危崖無著處，紅鑪解脱是前因。

記向寒門徹骨迂，收書不惜典金珠。殘帷斷帳空留得，四海無家一腐儒。

落花詩

目錄

落花詩 夕堂戲墨卷一

正落花詩十首

庚子冬初，得些葊、大觀諸老詩，讀而和之，成十首，以嗣有衆什，尊所自始，命之以正。雅，正也，變，非正也。雅有變，變而仍雅，則當其變，正在變矣，是故得謂之正。

弱羽殷勤亢谷風，息肩遲暮委牆東。銷魂萬里生前果，化血三年死後功。香老但邀南國頌，青留長伴小山叢。堂堂背我隨餘子，微許知音一葉桐。

錦陣風雌奪葆幢，萬羣荼火怯宵摐。燒殘梁殿緗千帙，擊碎鴻門玉一雙。十里荷香消汴夢，三山芳草送吳降。揚州婪尾春猶在，小住何妨眷此邦。

蒸雲暄日儘淫威，小檻低簷判不肥。豐草但榮時則可，啼禽空絮是耶非。枝枝葉葉蘇君在，燕燕飛飛戴女歸。昨夢不成仙逕杳，盈盈一曲問津稀。

遊魂化密故饒甘，怕扇蜂潮鬧不堪。憂寄上天埋下地，雲迷澤北夢江南。吾何隨爾纍纍子，我醉欲眠栩栩酣。時向天臺親報佛，春愁癡在早除貪。

昔昔回頭豔已輕，苔情欲薄蘚相迎。香遮蟻逕迷柯郡，雨浥鶯聲唱渭城。傍砌可能別有主，依萍取次但懷清。陌桑曲柳空相識，我自非卿卿自卿。

捲得垂簾試捲簾，元來猶剩一枝尖。逗紅髣髴回塘遠，墜玉參差曲岸添。泯泯春流愁畫鷁，娟娟疏影妬銀蟾。懸鈴買檻皆疇昔，好護香鬚遠蝶嫌。

賭命奔塵擲一緋，千秋何有大椿圍。爭天晴雨邯鄲幟，死地合離玉帳機。周易繫蒙凶不吝，春秋讐戰義無譏。朱殷十步秦臺血，恥向青陽賦式微。

飄零無意反離騷，譜牒宜收倩謝翺。意北意南心自得，如鷗如鷺卜何勞。三更露冷清同滴，片月天低影倍高。寂寞琴心傳止息，花奴莫弄小兒豪。

歌亦無聲哭亦狂，魂兮毋北夏飛霜。蛛絲罥迹迷千目，燕啄香消冷一房。世少杜陵憐李白，卬須唐珏葬姚黃。蓉城倘有華胥國，半枕留仙我欲杭。

高枝第一惹春寒，低亞密藏了不安。作色瞋風憑血勇，消心經雨夢形殘。三分國破棟心苦，六尺孤存梅豆酸。薄命無愁聊娬媚，東君別鑄鐵爲肝。

續落花詩三十首

自冬徂夏，泝落沿開，拾意言以綴餘，緩閒愁之屢互。夫續其贅矣，贅者放言者也。意往不禁，言來不禦，閒或無託，愁亦有云，是以多形似之言，歸於放而已矣。

映水低垂帶影雙，情來奔影委流淙。浮浮終隔相思浦，去去空沿解佩江。輕薄自矜雲想袂，閒愁無

那客臨窗。懷貞唯憶東籬伴，青女相邀死不降。梅知解紱宜名福，華不揮

青門祖帳太荒淫，春已迷陽可陸沈。躡險擬看沒字碣，涉園聊對無絃琴。梅知解紱宜名福，華不揮金舊是歆。風御泠然蹤迹遠，但憑罔象試追尋。

啼禽屢說不如歸，占取三休第一機。莫管柳枝穿鼠臂，但隨陵舄化鼃衣。幔亭錦繡仙何有，寶塔珠瓔佛亦非。流水還霑餘粉在，迷香仍使寸丹違。

春老誰生此寧馨，流霞妬色月爭衡。無愁綵仗迷天子，不夜春城背日兄。泉涌珠璣供涕唾，河傾金桂事煎烹。臨風一笑酸寒叟，酷愛秋英得久名。

雌黃削迹罷參訂特丁切，幾問姚皇判尹邢。炎德已成編腐史，白華無字上葩經。春光漫數六身亥，月影無疑有尾丁。偷眼蜻蜓今遠害，入寥天一學鴻冥。

輕盈無問少年時，脫卸玲瓏老更奇。鵜鶘魚麗隨羽扇，朱干玉戚轉旌麾。慚惶剪綵尋行墨，杜撰空花擬合離。無數春風拘不得，掀翻藪圃更憑誰。

將軍跸下久歸來，狄相門前有未開。吾與爾夫分用舍，公無困我試風雷。黃冠紫陌千株柰，趙女南山一頃萁。拾取殘英能幾客，杏壇凋謝赴王駘。洛誥「公無困哉」，漢書引之，「哉」作「我」。

宿莽餘芳總一邱，安能鬱鬱望山頭。人分南北朕焉往，目異關河我始愁。誰與蟲尸忙萬蟻，聊拚頸血躍雙鉤。到來瓜蔓殘枝在，花雨臺前粉黛秋。

有時寂寞墜閒雲，忽爾如驚舞鶴羣。陸海潘江皆錦浪，易奇詩正各丹墳。無勞粉本摹春雪，一儘零

香醲夕醺。肉眼不知看活色，尋苔捕草漫紛紜。

蝶懶鶯慵燕自諳，怪來春睡付朝酣。香煙專寵今無敵，屐齒欺紅了不慚。九轉丹飛般七七，再來果菊後三三。含情留得眞眞影，蹋上吳王八繭蠶。

濫試東君淸夜遊，曼延初罷進藏鉤。搖槌急點黃旛綽，面具妖裝聖獸頭。金豆紛紜抛玉甃，銀船歷亂倒香幬。雙鬟何似吟秋水，雲漢胭脂浣膩流。

彩雲焱倏散還休，款款縈縈倍惹愁。嫩蝶攀援疑借蔻，狂蜂輕薄詎安榴。徒鑽故紙唯糟粕，欲揥譌書苦校讎。一洗青林煩夜雨，白蘋碧杜亦芳洲。

道傍荷锸笑勞勞，使速營邱泥似糟。身世無餘鴻過雪，人天莫問雨成刀。偶來震旦何人國，漫展雲衣某甫臯胡刀切。一笑自將船子棹，曲終不見杳春濤。

情與非情法喜圖，淸歡禪悅有中無。不容迦葉稱初祖，徽許林逋作故夫。春有秋心消蟻夢，躍含潛理戲驪珠。知音近託虞僧孺，溪上閒吟影共癯。

爲歡凡幾恨偏長，九夏三秋未遽忘。螢作流人悲故苑，燕如歸妾憶新妝。鵲橋難乞春留巧，蟾魄空圓影失香。桃李明年知別用，一匙社飯好思量。

崛起爭寒寒不勝，春風得意忍憑陵。三分無德依殘蕚，一木空扶笑古藤。香掃歸塗偸日射，魂隨雲路夢天登。青陽王氣今陽九，花史新書上墜崩。

遲暮閒情看一圍，衿𩃎疏雨晾斜暉。聊過柳徑邀輕絮，共趁鞦韆競舞衣。芡葉幾留躭宛轉，桃餳欲惹滯霏微。相逢歧路莫相妒，曾共西園聽秭歸。

珊珊欲下故來遲，賣眼驚飆萬片齊。絳雪回風依樹急，繁星隕雨貼天低。三春捲土終無計，盡日何心獨向西。戀蕚黏鬚無限恨，懸知此去隔雲泥。

狡獪蒼天可謚荒，拋紅日擲萬錢忙。小兒強汰閒情賦，顛史癡湔藻火裳。甲煎去聲香傾熏夜帳，魚燈蕊灺閟陰房。勾芒倘課春功最，罪過風流故態狂。

車笠公欺竹柏盟，翩翩故學魏收驚。雕蟲投閣羞童子，傅粉全軀愧老生。競賽新縑愁舊素，欲芟白俗奈元輕。紛紛半入江雲去，別搆人間一錦城。

賸粉莫矜夙習妍，段師棄盡舊鵾絃。穠華製改西崑體，老大名留南部煙。舊愛新愁分一豔，身前影後得多憐。愁予眇眇雲中子，卸取徐妃半面鈿。

黃紬晨放錦官衙，隊仗來回靜不譁。開閣朱殷添畫棨，擁堤香軟護平沙。雙綏蟬翼飄輕帶，百首鷄胸吐綬緺。蛺蝶胡孫勞慶弔，香車明日過誰家。

漫天撇地莫相嘲，誰向春風得繫匏。入幕髡留依畫燭，同塵頤指聽吟鞘。梅交隙末損三友，果笠離羣剝上爻。和露倚雲爭早晚，芳蘭何事把瓊茅。

旁午爭迎社燕斜，參差月影亂啼鴉。新虹濫賜纏頭錦，蛛網曾封繫臂紗。自捉狂夫誇拂舞，不知遷客怨琵琶。定誰解作微塵觀，細看雙魚蹴浪花。

煽豔三風如此膴，濡輪曳尾胡爲乎。三英秀豈留朝菌，十里山聊遠蟪蛄。天已喪文悲鳳鳳，人皆集苑忍烏烏。浮湘特弔蓉裳客，鶗鴂先鳴鵬止隅。
老饕排設待煎酥，鐵脚生香氣愈粗。白小禍楄延草木，飛鴻生趣在江湖。脫離蛛網文亡害，徼幸蜂王稅可逋。猶有餘香飄一縷，怕留蹤迹索倪迂。
載美千秋讓子皮，錦涇娃館亦奚爲。杜陵赤甲詩偏苦，校尉燕支數賡奇。椒殿恩輕除閣畫，鷄坊人老憶園梨。流鶯喚醒櫻桃夢，高座談經香雨垂。
雲裾雪袂故心空，剪綵鏤金莫腦公。瓦雀學成雙影轉，來禽分得半腮紅。夜深鐙謝收蘭燼，曙月光殘捲桂叢。留取扶疏邀沆瀣，膠青一色寫春融。
蓮冠何礙切雲遊，鳩眼無端側目愁。繡口久知壓沈宋，梅羹向後任孫劉。白荼紅蓼今承乏，燕麥龍葵舊有秋。乞我逍遙名亦辱，桑條裾惹斷雲羞。
攀條不耐冶遊饞，絕世幽情早自緘。鶯綠尊前除卯酒，猩紅橋上謝春衫。南枝先挂西歸屐，一葉輕飛萬里帆。閉死玉棺嗤葉令，蛻香何似碧天函。

廣落花詩三十首

禮曰：「廣魯於天下。」魯不有天下，廣之以所未有也，以情廣之也。迹所本無，情所得有，斯可廣焉。夫落悴而花榮，落今而花昔。榮悴存乎迹，今昔存乎情。廣花者，言情之都也，況如江文通所云「僕本恨人」者哉。

惠風習習柳陰陰，只此閒愁警客心。昔以親今悲曲水，物猶如是奈江潯。素箏如怨歌珠斷，玉斝疑催燭淚深。亂撲紅顏都不省，待霑華髮可知音。

萬斛春膏爛似糜，鎮將黃葉惱嬰兒。吳王洲上英雄淚，工部潭前客子悲。隙影早知同塞馬，錦衣何用慕文犧。平泉過眼空苦石，竹綺還堪樂鳳飢。

情知不住若爲留，顧我嫣然笑上頭。春老無人隨少府，風欺一倍感商州。寒禁荇藻憑魚計，傲寄茱萸緩客愁。祖綠帝青添幾色，新陰還得醉雙眸。

我所思兮在桂林，征鴻回翼杜鵑瘖。荔丹誰遣霜風吹，珊紫長依海水深。言鳥嬌能憐蔻孕，舶香妬不損檀心。從過庾嶺聞羌管，雨替風凌直到今。

踏草情闌長綠苦，南園近日賞心灰。紅牙倦理迎頭拍，綠髓唯傾婪尾杯。茵聚憑將揮蜀錦，蠟封留取貯商罍。典刑猶在誰堪託，玉茗聊看隔歲胎。

春王推戴詫魁功，生殺乘權速轉蓬。落魄早知虧月滿，取精應悔竭春忠。楊梅孔雀丹心別，金谷河陽白首同。新綠可知霜刃在，盡情還與逼殘紅。文舉、德祖雖隕賊手，所繇與安仁、季倫之殉南風，遠矣。下首廣此。如嵇紹者，不死胥焉可也。

等是殉春亦待拋，摽梅難比二桃甘。風流有主堪捐珮，雨涕無從得解驂。蓂莢兩階辭舜殿，芳蘭九畹萎江潭。湯陰衣濺丹痕苦，僵李徒勞代亦慚。堯階蓂莢，虞不復生，豈亦悲禪代耶。

桃蹊莫但惜春過，任遺餘芳恨亦多。月白風清秋不淺，參橫斗轉夜如何。丹楓萬點飄霜紫，殘雪千峯消素螺。臨水登山皆薦淚，定情意不在雙蛾。

幷門閉目奈愁生，幔捲簾垂兩不平。百歲回頭三月雨，萬端到耳一聲鶯。貫休死愛香風吹，和靖難忘疏影横。刪抹豔根須有此，荷絲雖斷也相縈。

飛光煎壽鍛英雄，鬼豔仙才委巷風。白也魂歸關塞黑，虞兮騅泣固陵紅。玉樓賦筆還天上，鐵束經函錮井中。多幸天年楞眼白，微眠長日據氊羢。

蜀國海棠七寶妝，揚州紅藥一樓香。阿麼夜葬雷塘曲，花蕊春望玉壘長。雨意迷留爭冷暖，雲鬟消受到興亡。閱人多矣青青樹，獵取秦封偃蓋涼。

萬重姤壘逼斯文，大野天窮吐玉麏。誰解喟然歎點爾，但逢輿也即箋云。狂歌唯哭支離叟，酹酒相邀冥漠君。寂寂仲華應笑我，雲臺春老不書勳。

乾淨青莎一片陰，君無去此豢飢禽。人生自古皆惶恐，天下如今半綠林。曀日終風舟汎汎，水深河大雨淫淫。舊家枝葉同鄉土，好聽黃鸝作羽吟。

止竟須飛悟得無，榮期春去亦童烏。寒催直北沙如雪，暖浥江南雨似酥。畫檻鈴流譏乳鳥，青垌金溷恣驕駒。零紅堆繡雙寂寞，張罩何爲各守株。

尋向水邊山外山，輕煙冪歷有無間。纔過楊柳陰陰岸，又度茱萸曲曲灣。小憩愈愁前路杳，向來悔不隔牆攀。歸遲怕被遊人笑，摘得青條帶葉還。

棘罥苔緘蟢網封，還披密篠問遺蹤。三山空在雲千里，九處堪疑翠幾重。菌萏魂留霜粉膩，薔薇髓濔露香濃。楚宮夢已無尋處，祗對巫陽暮雨峯。

色香之外有誰能，妙影輕姿記得曾。幾點煙横吹雁字，一江風起亂漁鐙。雲根無託依貧士，軟觸難忘惱定僧。世出世中俱不受，六銖衣界自飛騰。

消心獨有豔難删，遊戲無端偶破顏。蓮社帶醺逃梵網，華陽挾藻恥仙頑。揮絃送目隨歸雁，見月開籠放白鷴。此意非然非有自，鴻沙羚角故相關。

岸移月駛定誰眞，花住花飛臂屈伸。奔馬難追昨日影，神輿早屬後車塵。霎時雨警三更夢，大力舟藏萬壑春。認得白沙詩句好，劉郎莫問舊漁津。

款款分明下砌除，燕捎風起漾池墟。參差難采中流荇，游泳空邀靜夜魚。柳纜無因維野馬，蛙吹何當享爰居。同心唯有青天月，到處相逢影一如。

今夕何夕春云徂，子規啼月宵欲孤。銀燭一夜燒易盡，珊鞭詰旦踏已無。後日青枝獻生子，當時綵勝澆屠蘇。榆錢虹錦買不住，何況十萬銅青蚨。

杜陵顛狂惱不休，涪翁含笑增春羞。他春未必如此日，枝上而今已陌頭。青山一靜似太古，黃葛雖鮮難順流。韶光轉轂無終極，辨此何爲不散愁。

天涯天涯予安歸，金門繡嶺春事非。玄鶴氄羽昔君子，斑管暈痕舊帝妃。彌天無土葬香骨，過雨有人拾象璣。浪遊滄海意不息，爲倩東風繫蝶衣。

鳴鳩乳燕歡晴酣，清曉躡屐補春探。半塘影失謂萍亂，曲岸香添疑烏含。回頭冷蕊開無賴，拂袖狂紅委不堪。小閣莞爾語鴛妾，唯汝柔桑獨蔚藍。

息夫人看終不言，黄四娘家撲滿軒。柳緜團馬暖如意，梅影啼禽冷徹魂。雲中任逐淮南犬，腐草寧歸湞峽猿。百舌珊瑚不稱意，凋傷浪爲呼煩寃。

江渚山椒洽比鄰，分飛接迹勞逡巡。關河萬里戎王子，楚漢千年虞美人。沈炯自泣茂陵樹，庾信長哀江南春。人間有恨皆搖落，那向西園淚眼頻。

高田小麥凋穗黄，君胡躞蹀理征裳。春江勞勞客易散，秋渚迢迢夜未央。綆斷銀瓶空井底，瑟分玉柱愁高張。海山家在鶯啼處，無計曰歸空黯傷。

風末雨餘悄欲停，須臾如慕訴春聽。白日不肯香流水，黄昏取次亂飛螢。舜華得計避霜色，漢柏偶爾逃天刑。三歸臺上蕩舟相，旖旎居然夭性靈。

嬴皇兀山輦金埋，千春粉黛消秦淮。芙蓉無數蝕寶劍，鴛鴦豈但坼金釵。三月通閏只紫莽，五色欲補誰皇媧。一聲舉棹唱年少，玉樹歌終泣越娃。（王莽紫色蛙聲，餘分閏位，戲合用作句。）

昔日家園春始闌，袷衣愛點丹鱗蜿。軟塵從踏青門道，紺雪頻侵霜劍寒。漸老已拚消槁木，送愁無那翻紅湍。寒潮喑暈青皋路，千夢如泥不耐看。

寄詠落花十首

天地指也，萬物馬也，蝦目水母也，寓木宛童也，即物皆載花形，即事皆含落意。九方歅專精而視無非騏驥者。苟爲汗漫，亦何方之有哉。八目十詠，猶存乎區宇之觀也。

聽之無聞下運切杳希夷，可左氾符咸切兮可右移。丹竈煙輕飛武火，明窗塵細弄嬰兒。動而愈出弱頻用，失亦若驚辱較宜。氣母欲摶摶不得，流珠常惜去人時。

或奔月窟或天根，雲鬢晨晞玉女盆。榆筴含刑月在卯，黃芽出險卦臨屯。流烏亭午無留影，顧兔中宵失暗痕。一笑三峯癡姹女，殘脂斷粉弄精魂。二首玄理

藤倚蘆交兩不關，星星石火迸斒斕。一時齊現∴三點，諸品無餘道八還。枯木何妨春色暖，絮泥卻遣柳枝鰥。牛頭鳥散無消息，柏子庭前翠色閒。

若人以色以聲求，捏目空中樂主樓。安養霎時清旦雨，雙林依舊夜星流。獅王亂擊紅顏定，鶖子難忘芳餌鉤。爲問靈雲能再見，刹竿正倒不須愁。二首禪宗

下帷空閉仲舒園，入幔偏依寫韻軒。硬搨雲魔蟬翅薄，偸臨天馬褭蹄翻。回波斜展侵飛白，釵腳低垂帶漏痕。閃霍纖腰頻斂鍔，祇應渾脫學公孫。書品

連枝多事笑邊鸞，蛇足黃荃夾羽翰。巧染一紅修竹倚，閒添數蝶馬蹄安。赤龍睛點欲飛去，幷剪霜裁得半看。可是所南悲地坼，空中幻出國香殘。繪事

疏從掠勢密侵邊，一道斜飛綽欲仙。小巡貪肥成聚五，南枝得意占長先。傾筐七子垂能幾，貫檻千金墜可憐。桐井正翻轆轤影，猧兒蹴損不成姸。坐隱

暖釀雲封香不扃，半拖帘影出郊亭。一江酣熟宜中聖，萬歲春闌且勸星。病葉懶飛相枕藉，暈潮新

上舞娉婷。梅霪消盡石榴後，罍恥還傾酢百瓶。觴政

峭寒生倚老拳狂，殘月如探赤彈忙。白打翻騰矜鵠翅，紅妝綽約罩梨鎗。排場別樣飛繩技，黃閣微酡效拍張。朱影半星揮雪練，一絲血縷染輕霜。劍技

步障雄誇十里圖，銷鎔日夜費洪鑪。絳纏秦樹王元寶，黃瀉河流馮子都。罌粟紅陳身化蝶，榆錢貫朽血歸蚨。錦官輦載勞春駕，未必千金不死塗。貨殖

落花諢體十首

楚殿濫觴，賦成蝨胃；柏梁步武，詠及妃脣。豈但工部詼諧，黃魚烏鬼；抑且昌黎悲憤，豕腹龍頭。諢有自來，言之無罪。乃凡前諸什，半雜俳詞。徒此十章，顯標諢譽。蓋度彼參此之爲尤，斯責實循名之有別也。

遊蜂大嚼過屠門，又顧他家郭外墦。唐突西施從喝道，詼諧南阮任攤褌。摧香麝父同羌管，殺景酪奴傲酒尊。生遣紅裙嗤白苧，蓮芳何在棗甜存。

隔院投梭作意憨，當筵脫袴太無慚。中流驚剪支胭赤，黃閣愁逢滿頰藍。棠棣有兄皆四海，金錢疑鬼耗雙南。堪哀堪笑都如此，譜入悲田細與勘。

將謂拋饅接建章，糖毬團粉兩郎當。抵棋子下千林雨，趁韻詩成夏日霜。酒伴賞闌秦客逐，園丁趨覷宋人芒。狂奔一夜投天棘，七子空懷黃鳥傷。

蒼蹕將旋趲急巻，程程透夜走金牌。夕飆苦奏三聲角，雨點先催兩部蛙。棘矢桃弧爭華路，丁香豆蔻總瓊匡。謂萊公丁謂。溪流難潤追陽渴，驛路春風輪可埋。

一片青郊戰馬悲，牧童難認酒家旗。衣裳雲想俄蒼狗，劍佩星迎總雪獅。花史擬修濡禿筆，驪歌欲唱詠刪詩。待拚爛醉忘離苦，烏有青州一漏巵。

豔籍黃消飽白蟫，文章水面付浮沈。風狂矮李思捫漢，雨苦寒薺學捧心。錦縷毒逢驕婦笑，嬌英嫩死屠門瘖。莫誇黑牡丹無恙，斛音求角還逢鼯鼠侵。

戲來眞不惜鶩鴛，浪打飛丸惱鴨魂。風箔一天金世界，藕絲幾孔鬼乾坤。無端破瑟分清怨，未必聞琴亦夜奔。見說武皇春陣別，紅裙撩亂蹴狂髡。因風放金箔，一日而盡千金，見王宇泰筆塵。

禁得寒暄幾度移，熱時且趁笑垂垂。眞成草偃迷南北，浪借風吹莽唱隨。病裏觀濤爲客起，酒醒謝妓怕天知。芙蓉漫道眞君子，只恐奔車無伯夷。

金錢且賣曉來紅，笑殺優曇老凍膿。葵足偶然逃羿彀，蜂脾寧我負彭蟲。河豚拚得楊花命，磨蝎生逢驛馬宮。莫爲舜華悲壽夭，草間活者白頭翁。

司春眯目腦冬烘，曳白敎飛十里紅。三五阿婆曾莽撞，八千淚眼盡寒窮。昌圖驢弱宮袍浣，賈島墳乾金粟空。毱毬曲江聊一打，韶光落魄意偏雄。

補落花詩九首

九十維期，巳合春陽之數；七言載詠，還拾花史之遺。補束皙之亡，義諧小己；續靈均之九，無待門人。漏一成奇，將無才盡；虧虛乎百，良亦道窮。此帙之登，逢秋斯暮。月寒在夕，葉怨於枝。愁抽管而橫陳，思紛紜而卒亂。或待良和伊始，佳藹重榮。迓芳樹之葳蕤，喧情旁發；邀勾芒之靈寵，勝事仍修。然則紹未濟之終，彼其時也；嗣獲麟之筆，今何有焉。倘爾長乖，緘之永世。

乘春春去去何方，水曲山隈白晝長。絕代風流三峽水，舊家亭榭半斜陽。輕陰猶護當時蒂，細雨旋催別樹芳。唯有幽魂消不得，破寒深醴土膏香。

棋聲院靜綴苔勻，柳色樓高點幕頻。開徑雨餘遮草嫩，捲簾寒淺送香新。重拈欲辨開時樹，細數憑占幾日春。直待深陰藏宿鳥，循蹊猶覓錦鱗鱗。

生不辜春死亦香，飛蓬墜籜漫輕狂。笑人雲袂仍泥滓，奈此瑤飢夾雨涼。樾館無心隨上墊，仙舟有約屢依檣。江干鶴瘞千秋伴，共怨人間甲子忙。

又見扶桑一度凋，閒愁無奈只春宵。珊枝沈海初無葉，夢草遊仙舊有苗。敲髓何方尋白獺，留香不久駐虹橋。似聞旌節開天上，望裏雲關謝豹驕。

記得開時事已非，迷香逞豔衒春肥。盡情撲翅欺蝴蝶，塞耳當頭叫姊歸。桃李畦爭分咫尺，松杉雲冷避芳菲。留春不穩銷塵土，今日空霑客子衣。

情到蒼天了不關，酸風鉛淚射朱顔。荒邱自古爲華藏，白骨從今改翠鬟。銅雀香分尊酒帳，錦帆楓冷苧蘿山。東飛燕子成何事，長日猶營舊壘間。

莫將舊價問千金，下砌蕭蕭敗葉侵。萬紫向來空識面，寸丹何地覓知音。梅魂不分春霪苦，荷怨難平曉露深。脈脈菱花別有意，青銅留照閱來今。

應迹穠華早出泥，知音丈室淨名妻。寶簪不上團花髻，錦片長隨采藥溪。鳳翥有心依竹葉，蝶飛無色上棠梨。逸情交臂多相失，求兎何勞問舊蹄。

來何所見去何聞，儂自珊珊豈爲君。南北東西誰國土，青黄赤白舊斯文。靜憐彩色驚朝日，遠引閒情入曉雲。擲與餘芳遮世眼，逐香勞爾齅氤氳。

遣興詩

目錄

遣興詩　夕堂戲墨卷二

讀甘蔗生遣興詩次韻而和之

者回自別，休道是望州亭相見也。烏道音書，無從通一線在。曩者有人著書，說西子湖頭，一佛出世，罷參向南高峯去。心知其不然，湖光山色，儘一具粉骷髏，淡妝濃抹，和哄者跛漢不住。又安成程大臣書來，說五老峯前，遠公延客，庶幾或爾。乃今又在盧家佗僚西鄰煨折脚鐺，春雲入亂煙，不可揀取，大要在一瓠道人鼻上弄鼻孔作癢，得此詩者又是一場懡㦬。今春有杜鵑花，不覺到鐵牆拗，王君延我入新齋，爲他和石灰泥壁，忽拈一帙詩，沒其所自得，教認取誰家筆仗。卒讀久之，乃知是者跛漢。王君笑指石灰桶，說尋常謂道人認得行貨，今乃充此物經紀，眯着眼看秤斛耶。者是十三年前借山在靈谿所作，逢彼場中，作彼雜劇。今來則又別須改一色目，演馬丹陽度劉行首唱曉風殘月矣。想者跛漢白椎又換。借山在一瓠鼻尖上安單，一瓠在借山眉毛上厝鼎。雲淨水乾，黃龍出現，黃龍蛻角，水漲雲飛。打破者皮疆界，是一是二，時節因緣，且與還他境語。於是爲次韻而和之，不能寄甘蔗生也，爲之悽絕。癸卯六月望，茱萸塘漫記。

兒戲摶沙造化工，楊花飛雪舞來同。東晴西雨雙虹斷，海鯗江鰣四月通。有興但拋棋一劫，無情憑唱曲三終。清風半港留難住，笑爾詼諧奈爾窮。

情絲未翦不嫌癡，槌板留歌薤露辭。針劄古錐深見血，線分絨縷細成絲。踏殘馬足霜寒後，叫到鵑瘖月落時。元是百花尖上雨，春歸憑此泫青枝。

龜蒙未畜解言雞，仲子難栽傍井薇。莫向楚秦伸屈指，谿來蘧戚冒姸皮。縱橫諸界天皆窄，抹直前頭路不疑。臘月南窗西澗菊，何須粉本搨皇羲。

南郭有心非槁木，東方果腹亦侏儒。金篦不刮鸕鷀眼，砮矢還留鴻雁書。臨濟老拳石勒飽，潙山茁稼宋人愚。鷗生鶩死區區外，別灼龜毛問卜居。

不是好山看不得，西湖遊只許白蘇。出緇入素人驚犬，洗髓伐毛我喪吾。雪色一天屯凍蝟，秋聲萬頃訊寒蛄。誰知落月金風裏，盪漾予魂脫影逋。

生縛奉先雙腕急，曹瞞未是出羣才。已知轄鳳妖緲幻，難割泥龍左耳乖。覆醢銅青蝕鐵骨，無鹽水墨寫桃腮。千尋偃蓋秦封樹，總給寒鑪一夜柴。

千頃玻瓈玉一堆，今年窮得立無錐。鴻飛沙遠微遮月，笋怨春歸已厭雷。夢裏關山酸結果，醉中日月大鉗鎚。一莖虀在教人吃，角徵宮商聽者誰。

紺髮金毫此是眞，父兮生我大年椿。胞胎十月從盤古。弧矢當年射戊申。瑤柱肌清存海蛤，肉尖軟觸笑麒麟。江梅饒有千鈞力，截取霜華作小春。

斷臂教心何處安，佛頭正好與簪冠。世人不信扳龍髯，吾道偏須食馬肝。夢蝶偶然傳錦瑟，彈鶯消得與金丸。大分八字亭亭立，擎出秋香散菊團。

采苓競上采薇山，周士不頑殷士頑。蘇峻有名誅庾亮，桓侯無義謝嚴顏。齊紈莽戲花間蝶，鐵網深籠海底珊。莫怪史遷輕節義，蒼天雙立鬬雞幡。

酣睡陳摶之華岳，昌黎雪涕強攀援。人間死盡因囈業，平地春誰掃墓田。蛾命隨緣鐙後夜，豹皮留取霧先鞭。婷婷嬝嬝三尸隊，且噉鴻門一彘肩。

奇章夢異淳于夢，王播寮非周朴寮。痁冷痎寒俱是瘧，初三十八各乘潮。宋齊邱賣譚昇藥，沈亞之欺弄玉簫。消受餘鯖有樓護，隔筵中壘漫勞招。

石頭路滑趺千交，躡險剛餐度索桃。珍重智鐙逢室暗，淒涼愚鼓背人敲。雷龍百部丹田火，風雨三莖赤膽毛。淡月疏星生死徑，北邙現在有東臯。

冷眼越裳覰海波，横江津吏奈公何。人歸洪皓傳邊怨，客散田横闋挽歌。絳蠟無光依鬼火，寶刀失計漏天魔。參差記得前春夢，繡壁紅絲繫女蘿。

高緯暫時稱狗腳，劉聰依額派官蛙。啄來鸚鵡無香粒，舞徹垂楊有白華。女領帶髭疑燕國，細腰無牝亂蜂衙。蒼天幻出非奇特，走盡銀魂剩得砂。

唐宋以前無轍迹，龍頭删角未爲蛇。鄰人乞醋兼輸甕，客鬼移頭已載車。埋到九泉同蟻語，慳留一范禁蟬賒。兒童自笑鄉音改，除取機心聽爾揶。

三頭九頭誌古皇，可容穩夢北窗涼。一百六日寒禁火，七十二絲悲動商。李微鳴咽羞作虎，左慈長踸樂爲羊。也知秋葉如鵑血，愛此楓林一夜霜。

已聞嘉魚詩作佛，還見仁和今爲僧。公今墮地吼獅子，我亦延客弔青蠅。使君有蜀孤有魏，離婁無耳曠無睛。夜半失枕明失火，眠食兩廢莫相矜。

狐皮織葛苧編裘，莫笑狂夫計不稠。采蕺餘香熏茂苑，裂繒全錦付河洲。醉眠芳草還沽酒，險摘星辰更上樓。大抵乾坤消一拗，達多死認鏡中頭。

夜闌風雨攪離心，啼鳥荒雞夢可尋。春草漫生鶯不醒，碧天無際月空沈。劉晨再到難求藥，扁鵲當時憶下針。鐙火樓臺三婦豔，棠梨邱壠二桃吟。

焦先空爇馬昭菴，朱泚全添盧杞藍。崔胤下風輸柳璨，劉歆上策笑周堪。宜中朱瑞眉高下，黃皓姜維意北南。張角已消曹節恨，夏姬難飽孔寧饞。

鋒端有蜜也爭甜，淡菜生忘徹骨鹽。鼉殼作帆迷纜索，蛛絲爲線膩針尖。近聞螢過皆疑月，鄰院花開只下簾。野老向人求骨董，平詞匾鼓淚中拈。

人間幻出墨胎廉，左右方圓畫可兼。鶯囀九歌嬌屈子，綠肥五柳富陶潛。雪中但窖豐年蠹，汗後全忘隔日痁。百尺竿頭須痛割，泥封汞鼎更添鹽。

反走無心怖李咸，還郴有客傲蘇耽。排場隊裏供千笑，折脚鐺前老一菴。五百僧唯推北秀，三秦人舊狎章邯。瀟湘春水如天上，白鳥高飛我自慚。

魚子髗裙終歲事，蜂腰鶴膝暫時心。蠹除恣我橫吞墨，絃斷知誰竊聽琴。洗面清晨知鼻孔，澆花昨日趁天陰。刦灰揉得如泥爛，砌向雕梁燕壘深。

少卿得意魚燒尾，崔浩多才鼈出頭。魏絳巧窮工買綻，杜欽智盡漫藏鈎。揚雄須死玄空草，徐鉉無情水自流。張偉醉中悲破甑，蒙恬悟後罵虛舟。

病趣新來肝化越，壯心當日酒如澠。流離少好今衰醜，追蠡年深舊款銘。甜苦連根都是瓠，肉魚雜煮別爲鯖。直方莫打龜山譜，西席逢迎只蔡京。㊀

燕反自嗔薪木毁，鼠歸空汛月明航。原用桁字，晉史朱雀桁，通作航，音義本同。寶瓔無力供諸佛，巾幗何辭謂女郎。食豕食人顏不泚，于羊于蟻智雙降。冰蠶浴火如霜雪，勞爾添柴沸鑊湯。

嬋娟侵夜片雲遮，逗漏三星影但賒。隴上健兒嗚咽水，原頭和尚武剛車。憑醫死馬兜鈴草，好上危牆吉莫靴。烏徑關心如縷血，殷勤目送雁行斜。

張超用得迷離霧，殷七須開頃刻花。棋館兒孫千億刦，漁村鐙火兩三家。撥殘冷竈應逢豆，擊碎油瓶且拾麻。旁午杏壇偷玉璧，殷勤雞足護袈裟。

歸來魂些玄蠶塞，若有人兮白馬河。半笑半啼分咫尺，八寒八熱一蹉跎。從無獵者嫌猩罵，除是周南伏鼠魔。摘出心肝人不買，搖槌徒唱望鄉歌。

一瓠被嗔五鹿角，衞公甘蔗生故字。喫打大臣袍。實事。新寒改樣酸垂足，宿痞生根病在膏。六鷁退飛爭熠燿，孤禽重過酷啁嘲。藕絲大展脩羅殿，款款蜻蜓傍葉逃。

㊀劉毓崧校勘記：「據史傳及宋人筆記，蔡京家西席勸京薦用楊龜山者，姓張名觷，字柔直，非字直方也。」

清霜墜葉月當宵，似我風流不易描。相好裝成活卦影，文章哭殺死神堯。黃金肘露袁前雪，生鐵牙消飯底焦。十里花飛千步錦，蘭巢香滿鬧鴲鶇。

匡人向後師陽虎，伍員先時笑白猿。冷暖飲魚心不昧，淄澠別水舌難言。樓臺雲閃還成市，頭腦冬烘況是天。煞認穎師詩上字，琵琶殊勝七條絃。

鄭伯區區惜佩蘭，爾朱莽莽刈霜菅。呪人大費銅鈴語，點鬼多於玉筍班。傀儡一絲牽白髮，饅頭半餡缺青山。千秋眨眼螢光裏，雙脊撐腰碧落間。

李斯犬在難成虎，賓孟雞全豈似鸞。此處古人目不瞬，誰家田地足能安。梁鴻妻偶容眉壽，文舉兒寧問卵完。猶得棠梨澆一飯，雙眸莫受淚珠瞞。

梁燕先秋向海門，梨花欲落正黃昏。天心放我三竿睡，月暈偷誰五色文。捫頸連頭疑贅肉，攔腮摑掌認精魂。相逢歧路鴟夷子，落魄須臾冥漠君。

九錫逢人借羽麾，冰山斜倚玉山頹。金針偏瞎重瞳眼，斧柄難施沒孔槌。銅雀春深埋鐵鎖，紙鳶風吹哭重圍。夜來魑魅天南路，黑塞魂隨驟雨歸。

緩緩花隨陌上去，娟娟月過故鄉來。無人解識孃生面，外道疑懷聖者胎。活路無蹤尋九折，死灰有餤射三能。天吳紫鳳饒璀璨，翦取或堪供襪材。

竹篦奪卻拳堪用，皓齒凋殘舌在無。肉骨分離天不管，龜龍埋沒地皆圖。雨雲有夢虛神女，香火無郎是小姑。一任東鄰烹大武，但除白牯與狸奴。

梅花撩亂驚先後，魔力爭天挽日車。俗客曬褌聊爾爾，比邱休夏自如如。春醪唯濟陳咸士，月令閒修守敬書。七夕金烏深斌媚，臨河爲贈夜光珠。

情關穩塞一丸泥，誰許東風浪解嘶。李耳老纔知守兌，幼安笠不待占離。風流女國眞孤寡，晴雨兒天莽笑啼。寂寞刹竿雙樹倒，長江蘆葉正當機。

乾坤簿上終雙濟，甲子旬中剩兩支。賣水定逢智井怒，移山好耐巨靈嗤。平明乞火知鐙滅，春盡編裘恐雪遲。三寸離鈎鱗鱍鱍，從來此曲少人知。

鳴鳩報雨當農急，蟋蟀吟秋聽暑遲。鄭綮登庸僉側陋，東施許嫁不嫌媸。當頭一棒毒塗鼓，婪尾三臺突厥詞。饒舌新鶯催柳色，從來此曲儘人知。

我不敢輕於汝等，啼鵑血亦寫春融。花留鶯子俄天女，劍在胡孫幻老公。形似舜瞳猶項籍，巧逃羿彀更逢蒙。也從金界親阿逸，爲賜銅山餒鄧通。

黳玄珀赤舊來松，軫玉徽金半死桐。向夕星稀飛顧兎，隨時霜降葬豐隆。剛吹楚水三生笛，誰打姑蘇半夜鐘。一縷炊煙橫晚照，下方人說白雲封。

天尊菩薩共胎泥，蔡瑁劉琦枉掇梯。楚峽黃牛迷象馬，華清蒼鼠訴狐狸。狂風那判樵風徑，黑月誰分半月溪。一枕草茵吾自適，千楓萬柏染霜齊。

豫且舉網但張魚，勃賀翻身早類豬。嚬笑隨時多失計，威靈到手又何需。佛頭鴿糞添鷹畫，仙字蝌文死蠹書。岸屋水舟無住處，烏巢窠畔築幽居。

松嵐濃染黛橫塗，一點當梢玉魄孤。細剖香魂邀篆尾，幽尋豔迹記花趺。晴雲山色微分派，春水池痕巧合符。留境奪人充供養，雲林先我寫含糊。

六尺茅簷淺覆階，就中矗立九成臺。袁安臥處雪偏掃，彌勒來時閣不開。康節推成亥子際，荆卿讓與艮坤埋。笙簧啞盡乾婆殿，綌綌松楓隔澗來。

孟德何知泣繐幃，張巡差可聽橫吹。無情有恨蓮終落，百囀千回燕怕歸。鵂步偶同神禹迹，蜂腰狂學沈郎圍。針尖筆穎參差是，更揀驚蛇一線灰。

老縮黃楊癡妙喜，童年苗秀舊終軍。六經瘦得蠶成繭，七發留來犀有文。偪側青燐鐙燄綠，崚嶒白髮雪山尊。魚遊濠上分莊惠，雞唱南塘感逖琨。

三更殺氣三刀夢，七尺離魂七寶鞍。畢戰分畦爭鐵界，宜僚弄技逐金丸。浪斟綠醑吞蓬栗，細切黃橙膾蝨肝。菡萏已凋蜻蛚散，蕭條秋色付誰看。

燕南趙北樵者山，西牛東勝漁父灣。中間如礪不得合，兩頭隨打暫偷閒。六眼龜消三覺睡，半張鈔買九還丹。今我不樂緣底事，謝豹如啼行路難。

任駕潘車邀左瓦，無如圓鑿對方穿。嬴政燒書留秦誓，巨君買讖費漢錢。鸚母參差葛盧慧，蝸牛宛轉科斗篇。白玉樓高臥才鬼，遮須國獰富頑仙。

小試霜翎志黑鵰，生讐白額倩青腰。也知一札穿無力，爲記三山去有橋。棋罷花間纔七日，雨餘虹線失雙條。紙窗蠅迹毛錐子，草檄曾將五岳搖。

從註麟書讖敗績，難瞞馬脊賣之爻。龍標落尾從鼉鼓，虎口翻身祇蝟毛。楊柳命輕遊子折，艤舸福穩吳兒操。青編畫閣難消汝，逆旅無煙亦偶遭。

有客反脣過古廟，驅寒四目送新儺。冠分蓮葉紅千浪，鏡合菱花綠半窠。褪粉翩翩驚蛺蝶，揚灰陣陣趁香羸。橋頭好記歸時路，湯煮松風有孟婆。

哀梨甜在故無柤，風雨陵飛朽骨媧。但惜粉香須枕臂，爲貪餳味得膠牙。三千僧退孤留佛，八九烏生總類鴉。廚下新羹容易煮，魂消洗手但蒸沙。

尋針死計東洋海，失火生緣露地車。九曲逕幽知路蟻，連城珠賤報恩蛇。魂隨月下琴心立，眼透雲中扇影遮。烈焰原頭燒不盡，藏春依約綠些些。

不怕古今擔不起，黑風刀雨幾人當。揕胸刮洗能醫病，借面悲啼枉弔喪。小可垂簾私望月，大都瓦解在休糧。還他炭婦磯頭雪，何用濃煎皁莢湯。

九首天吳扶不起，生憐尺木怕龍傾。葛花療醉窮千日，櫻飽吟蚊鬧五更。岸幘有頭讖子羽，迷樓無酒酹張衡。鵁鶄翡翠同條活，莫溷蘭苕共呪鷹。

花落悠悠鶯佞舌，霜寒脈脈雪欺頭。樓前已聽歌三疊，海外如聞說九州。生死兩丸堪抵鵲，雨晴殊候罷呼鳩。破除少府花邊淚，堆垜王官谷口休。

臧三耳自無三鼻，琴七絃容淸七心。龍講火經珠奪彩，蟬躭露味腹高吟。靈貓濫配先農食，白象殊煩普眼尋。邀月爲歡憎影在，碧玻瓈盞滅鐙斟。

聒厭黃鸝酢七故翻厭柑，烏飛雙烏葉飛杉。魚腸壞接要離冢，蟋館源通漁父潭。日月龍山拋兩帽，昔書船子杳千帆。汗青微挂羚羊角，大費癡蠅着意探。薅經鋤史飽霜鐮，濺血囊頭奏凱鎌。七制旂常隨羽扇，九州筐篚貢茅檐。釀成熊膽甜如蜜，吐盡豬肝臭似蔽。曾賭張翁輸雀騎，無勞王翦索兵添。鳳衰尺鷃聊棲竹，牛鼎烹雞只損鹽。粒粟太倉官瑣尾，中流一瓠用廉纖。塡飢但煮山君掌，學啞難施百會砭。列傳他年憑雁字，芸香免被蠹魚嫌。苔林雲繭孰相尋，鳥篆蟲書枉見侵。橫摘孝經窮司馬，巧翻淫呪嬲祇林。玄黃野逐唯君駕，皁白溝分記子衿。一石桐油春不了，披裘那識路旁金。忘情潤礎候晴徵，種秫無田罷酒兵。老摘兒拳伸佛臂，閒拋鶴膝放龍鳴。兜玄卷葉輪爲郭，安養堆螺頂化生。點染青蠅爭一笑，仲繇夜絕楚王纓。荷花忘卻荷葉遮，鼓吹左蠹新蛙車。鵝兒黃嫩微睍睆，鵠立紅雲捧夭斜。青蚨血乾誅阿母，蝤蠐隊輂試莫耶。黃金榜射金人眼，欲問南商求沔茄。姜桓彭蟲溷寺貂，獨孤香飯迎女貓。大呼巫覡沈鄴豹，爛煮軒轅賜土梟。林蔭夸父已得日，河分王亥不如鯀。唐珏無翼銜燕土，鮑焦有齒累蠡瓢。龍漢密編何國紀，龜陰高築豈畦臺。時留虎迹三八笑，盡輂魚腸一窖埋。肉店羊頭須別揀，窗櫺牛尾莫相咍。隨他竹葉舟中去，移取琶蕉雪裏來。

六息何心化北魚，三蹄無枝弄黔驢。麻皴淡寫懸流瀑，之遶涎收篆壁蝓。渡海已烹丁令鶴，當筵且喫晉公豬。分明四十年來事，銀蒜絲絲玉不如。

鹿娘胎乳舊分麑，氐叟根苗頷似羝。親見唐堯唯蝙蝠，再來百丈亦狐狸。季鷹不是思鱸鱠，呂雉誰爲諱野雞。濟水應心河應肺，雙流清濁夾分臍。

拾得寒山共一時，袁閎張儉不相知。棋塡黑白唯餘罫，琴泛宮商別有雌。喚盡奈何邀笛步，問來不語影娥池。丹楓絳帳青莎館，鞭撻吟蛩作導師。

荔枝香國漲香風，呴嘍音矩呂紅泉泛落紅。翁仲鐵肝金作掌，吳剛桂斧月爲容。跛夔一足簫韶舞，盲漢三更法界鐘。稿飫全篇藏孔壁，華嚴半偈出龍宮。

廣遣興

曉風殘月，唱徹了也。者皮腔鼓雷驚花牙板，且未歇煞。還與找譚長眞歎骷髏，月永星閒，山長水遠，暫與裴回，姑爲已止。究竟何如，石爛海枯，霜刀割不得野馬也。

別峯煙水靄晴嵐，病骨差池久罷參。短晷恰逢寒九九，佳期誰待後三三。藤枯樹倒尋常得，月駛雲移仔細勘。敗葉如蓑妨兩翅，鷓鴣無藉憶天南。

晴鳩呼雨不呼泥，一艇流沙弱水西。周赧築臺深避債，魯哀徙宅再忘妻。塗窮自我魂迷蝶，交絕煩誰死炙雞。橄欖蔗漿雙擲取，儂家滋味在樝梨。

傀儡居然牽得動，千波萬折亦何憑，駢枝偶舉龐公女，折臂新摧二祖肱。濁水月昏菱刺手，寒灰春溼菌成蒸。何時期滿裲棺假，還汝品瓶一片冰。

爲懷正在秋冬際，匠意難忘慘淡中。人我衆生誰壽者，王侯委巷一雌風。愁唯遇雨憐桃梗，怒即占晴怪土龍。踏地喚天終偪側，巫咸鳩鳥兩無功。

屢試空拳狎虎獲，唯除汗腳入鏖糟。蓮凋玉井紅疑熱，桃落綏山小不豪。親見汾陽呑酒肉，傳聞腐史傳錐刀。沖天六翮繇他剪，但惜當胸一毳毛。

逢人偏我縮蝤蠐，頰印深深漲紫泥。乞火就螢池上影，登高揖鼈砌間梯。多情語雀憐佳壻，得計居羊有富妻。乍可吐冰看蜥蜴，難禁玩月到靈犀。

嫫母妬情因妬色，青蠅嗛死詎嗛生。青天遣爾公無罪，白地描他酷不成。紂滅且燒天智玉，衞存何有木桃瓊。火攻自笑阿奴拙，命在王敦那在卿。

瘖蟬浪欲惱啼鶯，囀囀刁刁底不平。諷刺多情非小己，文言無字更繇庚。天高略與通消息，春盡聊爲弄雨晴。把似破除都斅盡，千年鶴肉伴雞烹。

主言不出吾何死，客難徒云世所嗔。七國有碑唯詛楚，六經滅迹待亡秦。忘憂但記徐無鬼，結舌誰知虞有人。饞死不餐千畝竹，斫來濫寫一溪春。

蛛絲縛翅莫逡巡，一線乾坤九六眞。鶯燕蜩螗分主客，參苓烏附盡君臣。盲人眼外公孫述，啞女生前杜子春。一把針尖羅什口，九回腸裏貫雙緡。

一池寒水淸如露，影取千山柏葉丹。畫鬼易工愁狗馬，分龍莫問渴魴鰥。石田滯穗埋頭拾，長夏新梅入夢寒。書史不靈天亦杳，惺惺一搯印癡頑。

當年不夾絲毫黍，猛火燒心可自探。借得金鎚忘錯誤。烹來石鼎記酸鹹。貪栽苜蓿程生馬，吝予柔桑蠋似蠶。姬歎孔芹舌底事，世人浪說待回甘。

一條卽栗千峯雪，寒在眉梢暖在肩。竈口笑看霜汁雨，冰繩涕墮凍膿天。侏儒苦怕鵰銜去，醉漢何妨虎過前。別有玄關人不到，桃花片片逆流還。

遊魂非吉亦非凶，紅爛骷髏白玉容。未死且隨生老病，悲秋不舍夏春冬。佛牙反碎羚羊角，瘦骨難留獅子蟲。七尺肌瘡痂脫盡，深慚無物餉劉邕。

誰把灰堆一幅張，幷刀誤剪半淞江。梯山航海中流漩，繡嶺花門倒影幢。大宅火爭焚寶所，無家別卽孕蓮邦。石人雙眼眞胡越，玉筯猶輸五百雙。

火裏遂雄蕭相國，高山還戴穆提婆。雀兒有檄傳參政，鬼母無言聽祝鮀。鼈項不伸鼉浪喔，蜣丸日輦蚩歡歌。肺腸剜盡還鄉客，殊費人間萬斛鹺。

鍛錫稱公伯亦屠，黃泉子母盡人夫。主賓奴虜棒三十，砂汞銀鉛火一罏。藕孔有絲愁易露，虛空無相不難箍。當時誰釀狻猊乳，大地難消一滴酥。

芙蓉愛秋只愛死，杜鵑催啞漫催春。李耳出胎無少壯，圖澄入滅更酸辛。覆舟肉脯歸無路，繞臂金蠶嫁愈親。鷓鴣鸂鶒各明眼，胡孫蛺蝶已翻脣。

一折一波皆絶倒，依稀雁字看横陳。久將六義衰丁卯，別有十香溷乙辛。獼屧無勞師孟子，棄灰誰得侮商君。松梢玉露垂珠琲，獨點韋編過小春。

險句矛頭頻淅米，老顏花下且攤褌。三年病飽禾花瘴，八口糧賒牛尾瘟，窮自討天酬駿骨，飢難掘地種羶根。銀蟾一顆河山影，識得蝦蟆不是寃。

不知寒暖通身血，莽御罡風把戲竿。笑罵好官皆蝶夢，英雄孺子一蜣丸。三焦苦屬安金藏，片舌難如公玉丹。大禹智窮入裸國，春風還在脛毛端。

挑鐙契闊交雙睫，畫被縱横作十洲。秦水無魚癡釣渭，瞿塘如馬穩乘流。披麻斧劈皴皆可，點漆丹砂果自繇。一笑夢中還說夢，三更頭上與安頭。

齵齒猶騰笑口高，無須注目孟勞勞。史遷誕亦疑巢許，阮籍狂寧罵懿操。小覷維摩須借飯，深讐蒯聵未分桃。何當細語趙宣子，桑下壺飧莫飼獒。

蒼天哭殺西來意，爭似天津看弄猴。逃夢終愁多蹇澀，捋須自悔不摟搜。芩連難抑虛腸火，脂粉徒塡色眼溝。誓把一鐙燒棧道，蜀王無迹問金牛。

半綹猶存活氣呵，泥龍愛雨莫嫌波。三生鬼死還成聻，一尺仙高舊惹魔。粥飯充腸從背餒，塵沙侵眼幸眉多。龍門無事須燒尾，只此當簷挂雀羅。

愁眉恥爲生緣鎖，笑口難於死地開。一榻蘧蘧還栩栩，三年瞿瞿九遇切復梅梅。龍生九子餘鴟吻，鮫泣千行對蛤魁。勸勉祗煩銜草鹿，慚惶無那祭禽豺。

一夢已驚還一夢，邯鄲雖好只邯鄲。長延鳳頸毛空刷，已竭珠胎淚半殘。新霽更逢壬子破，微霜難似甲辰寒。耳輪冰冷還潮熱，腦劍端奔又海乾。

花萎香檀草自燹，憑將托鉢笑賓頭。門東但哭耶孃飯，天際非迷賈客舟。卽遣金棺重露足，應知畫餅不充喉。兩堂漫爲貓兒鬨，頂戴芒鞋代汝愁。

離鈎有信脫金鱗，神蔡莖毛重九斤。潙仰一鐙親父子，洞曹五位舊君臣。波心蘆葉催孤履，海上扶桑乍幾塵。佛血自歸佛法界，彌天歌利儘魔軍。

莫將馬角望燕丹，合用猨淵警范山。石虎腸原難洗滌，盧蒲髮已向凋殘。隨拈贋璧都歸趙，一亂眞雞且度關。幾尺天低驚謝朓，三更雪敗賀袁安。

古人如我我如渠，影不相如畫偶如。無脣無腸非蟹黨，不鱗不介寄鰍居。寶雞誤識穿墳蝠，淮雉疑同化鼠鴽。芻狗夢中輪輾足，墨胎相掖上犇輿。

不將落葉認秋凶，老淚慵垂笑眼中。他日夜臺眞畫錦，片時春賞暫冬烘。人間世且游若士，天下圖其授馬融。除卻死生吾與汝，看誰白戰是英雄。

擔頭舊賣雨霏微，錯惹桃花撲岸飛。縮項鯿能師鼈智，食心螟不慰蝗饑。墦間鬼食乾餱德，牛口妻□伏卵悲。待奪耕夫黃犢子，一溪春草襯蓑衣。

小東皋稼軒別墅畔古榕邊，飛鳥遺音到耳喧。爲道攀龍邀七貴，更聞牽犬守三川。參差猶認分杯膽，點綴初分各竈煙。黃鵠當時饑上月，從來一棗醉孤仙。

向來無病學呻吟，色色悲秋夜夜砧。扳栢且求軒后藥，操舟姑免項王喑。王孫一飯辜淮肆，弟子三虛謝孔林。朔雪不摧曷旦羽，長隨彩鳳嚇飛禽。

盡斂千眉入酢七故切䁖，眉尖有事也分明。東陵雞漫催人起，陽羨鵝容載我行。乍喜青天遮兩眼，喚誰白日打三更。南鄰酒伴差相識，鶴頸藏來短亦鳴。

瞿曇共命偏調達，盛憲長年送孔融。爲遣汾陽營李白，徒教夢得誚桃紅。山頭鷹眼留匡術，郿塢人膏染蔡邕。宰嚭病原依伍員，文淵傲不怨梁松。

王戎鑽死於陵李，彌子分殘曼倩桃。花鳥新來皆命薄，蛇龍此日足功高。蕉邊夢亦爭秦鹿，槐下魂猶嗾晉獒。只遣狂夫添白眼，攤錢三峽狎奔濤。

充耳還餘龍角幽，花趺不奈蝶鬚摟。鵂鶹苦呪孀妻土，盧雉偏明懶婦油。月令丹良羞白鳥，天情須女狎牽牛。相逢幸得方今日，荆軻無冠萬髮柔。

猶有村醪醉一杯，酣酣鼻息雪中雷。臂肝蟲鼠寬簷帽，齒舌剛柔破草鞋。冶葛毒偏肥孟德，海棠香只醉淵材。黃金鞭落新春額，放出泥牛臥綠苔。

縛飢籛用千尋竹，補衲毛看一寸龜。無處捫天求口耳，有時向佛索鬚眉。寸絲脫盡雲爲繭，疊浪横行水有皮。幸剪豐干如鴝鵒，閭邱無路得相知。

千年無壽看妖狐，半夏多辛飽鷓鴣。隱語闌斑藏大鳥，短歌慷慨唱南烏。莊鵝無意逃廚婦，魯螽猶工射僕姑。見說語兒溪畔語，蠹魚乾血碧模糊。

禦寇新來免十漿，海鷗爭席只滄浪。齊王已足一千跖，李相姑留五百羊。慶喜佞兄唯相好，丹霞燒木更威光。前身悔住青龍寺，博得窮塗一棗嘗。

卜肆簾垂去建陽，誰尸朽殼問行藏。逢人徧握凶年粟，顧我元無續命湯。鼠變不妨堯畏禹，羊亡自覺穀賢臧。障泥拚取前溪滑，夜半深池縱瞎韁。

姜維弘演同肝膽，孫楚黔婁共枕衾。阮籍狂纔聞鳳嘯，駱丞囚得伴蟬吟。禰衡壽等龔生夭，東野鳴傳豫子瘖。井底史留坑外字，秦廷筑和雍門琴。

救日勞勞走嗇夫，上天脈脈憶羣巫。火城莫保裴中立，水陣長悲李左車。高會不成誅宋義，貧交劣得失田蘇。竹王一曲祠今古，山鬼旁招魂有無。

擊仇魚笏賭姦袍，儘不如他也自豪。何有巷牛腓后稷，情知喪狗異皋陶。本音如字。石難與語酬開府，錢不能神福魯褒。他日無煩來大鳥，杜鵑春已到花梢。

覆窠無改伊風子，笭箵繇來元漫郎。寘亦黃能憎屈姊，臥猶韋虎傲蕭娘。三莖雞肋嬰臨濟，百囀鶯喉和帝江。欲翦鴛鴦雙袖落，郎當飽老臂原長。

一令單提千令合，不除狂醉只除醒。垂楊左肘飛花絮，腐草餘滋幻火螢。枳棘芝蘭同土壤，國皇月孛一辰星。鍾情我輩聊如此，瞥眼他生固不爭。

造次見花須看葉，分明奪眼不奪睛。絲絲香篆縈空逕，瀲瀲江流盪遠晴。一劍殺生生在殺，五更惺夢夢元惺。空窠蜂子癡如醉，泥澗玄蝙懶不矜。

櫟火鑪邊縮蝟毛，猶賢擊楫唱離騷。頭風莫與陳琳檄，腹疾無庸叔展號。春夢半醒逐婦鳥，岳雲抔土抱孃蒿。殺機夜半衾前動，捫蝨思援斬佞刀。

慵將奇字涸侯芭，一卷軒轅鼎內砂。擬聽揚干誅魏絳，不隨荀勗妬張華。胡兒煮死誰宜弟，厲子宵生且似耶。留取神皋開五葉，愁提鬼掌賣蓮花。

曾向孤峯駕一航，他家浪道木樨香。通身是口雲藏日，劈脊當心雪上霜。捏碎函與仍捻合，單提雷雨與分張。烏玄鵠白明看汝，懶學新秋架鵲梁。

且聽冰霜冷萬家，凍禽贏得喫梅花。春風隨手成紅錦，朗月當頭到碧紗。蝦島鯨城疑海客，黃連白蜜信齊牙。香飄第二月中桂，慚愧張騫問漢槎。

眞陶潛外無陶潛，藥價如虛減亦添。草履猶能名不借，芻靈何待與三箝。葵無定影疑天恕，桃換新符怕鬼嫌。自是聰明塗已盡，飛魚空笑上竿鮎。

冰蟲無分夏陳尸，且救頭燃迅速時。說火猶防燒象齒，分波不管攫龍兒。李陵恩重頻攜手，陶令緣慳但皺眉。待廢公孫堅白論，孔穿無膝拜皋比。

微吟卽遣暗蟲驚，齊語緜來撻不成。舊學刑書墨荆劓，新懸樂筍怒飛鳴。法筵道得猶三棒，地獄難消在一莖。略向東風睬娬媚，還逢百舌禁流鶯。

方春兩眼不曾飢，飽揀花枝到柳枝。哀樂無端生殺外，河山有樣去來時。狂夫顧笑難消汝，啞女當歌擬倩誰。何事延陵觀樂客，強删苗黍下泉詩。

和梅花百詠詩

目錄

和梅花百詠詩　夕堂戲墨卷三

上湘馮子振，自號海粟，當蒙古時，以捭闔遊燕中，干權貴，蓋傾危之士也。然頗以文字自緣飾，亦或與釋中峯相往還，曾和其梅花百詠。中峯出世因緣，爲禪林孤高者所不慊，於馮將有臭味之合耶。隆武丙戌湘詩人洪業嘉伯修、龍孔蒸季霞、歐陽淑予私和馮作各百首，歐陽炫其英，多倍之。余薄遊上湘，三子脫稿，一郎相示，並邀余共綴其詞。旣已薄其所自出，而命題又多不雅馴，懼爲通人所鄙，戲作桃花絕句數十首抵之，以示鄭重。未幾，三子相繼隕折。庚寅夏，昔同遊者江陵李之芳廣生，相見於蒼梧，與洒山陽之涕。李侯見謂君不忘浮湘亭上，盍尋百梅之約，爲延陵劍耶。余感其言，將次成之。會攸縣一狂人，亦作百梅惡詩一帙，冒余名爲序。金谿執爲釁端，將搆大獄，擠余於死。不期暗香疏影中，作此惡夢，因復敗人吟興，抵今又十五年矣。今歲人日，得季霞伯兄簡卿寄到伯修元稿。潸然讀已，以示歐子直。子直欣然屬和，仍從臾老漢爲前驅祓道，時方重定讀書說，良不暇及。乃懷昔耿耿，且思以挂劍三子者，挂劍廣生。遂乘鐙下兩夕了之。湘三子所和，舊用馮韻，以其落字多腐，又倣流俗上馬趺法，故雖仍其題而自用韻，亦以著余自和三子，非和馮也。乙巳補天穿日茱萸塘記。

古梅

早歲先登秦女峯，腰垂綠髮玉爲容。不知甲子眞多少，問取前溪偃蓋松。

早梅

不遺西園久放閒，微陽烘蒂坼朱殷。南征雁過驚春色，睥睨寒汀擬北還。

庭梅

素錦光搖玉篆牌，曈曨淸影正當階。晝垣底事重重閉，未有塵飛走馬街。

官梅

碧幹扶疏間古槐，晨衙晝鼓隔簷催。迎春初進纏紅仗，一日偸閒得看來。

江梅

横梢淅瀝入船窗，低映棠橈亂雪淙。雁盡天南人未返，慴他帶影一雙雙。

溪梅

香霧氤氲靄碧灣，流澌一夜送潺湲。低垂亂惹珠光濺，疑是疑非響珮環。

嶺梅

藏春有塢貯輕融，直上千尋故御風。平甸下看煙漠漠，孤擎實露出清空。

野梅

牧笛無心倚玉簫，青帘得意遠蘭橈。生憎殺景張功甫，浪與移栽向六橋。

憶梅

先春不得待春闌，渺渺西洲欲見難。唯有梨花賒賸粉，黃昏煙雨殢人看。

夢梅

湘簟凝涼菡萏開，幽香冷觸幻春回。因緣漫向癡人說，只作當先及第猜。

尋梅

消息心知在別峯，南參煙水尙重重。谿雲乍捲流泉細，一點香飄帶影逢。

問梅

不是桃源悃去津，知開知落也難眞。南鄰酒伴經旬飲，欲與商量恐過春。

探梅

扳枝已見綠催新，斂蕚猶疑粉未勻。子夜霜雞驚曉起，逢迎不早怕花嗔。

索梅

樓頭遙望識春生，雪徑過從奈宿酲。聞說凍禽爭採啄，何妨分我一杯羹。末用朱子南岳詩。

觀梅

脈脈從看爲解頤，陽和一繭細抽絲。捐情似水容相見，不許香車寶馬窺。

賞梅

徵詩檄就隔林催，鶴膝猩氈渡水來。婪尾不須傾臘酒，甕頭還有煮青醅。

友梅 爲之說耳，亡實也。

大夫已見受秦封，君子還驚化鶴容。獨抱冰心邀瑞葉，溪頭三笑一相逢。

寄梅

紅塵日日促香乾，欲贈相思行路難。知到隴頭春已盡，祗應將作柳枝看。

評梅

絕色平分雪幾曾，清香不怕月難勝。雙標第一花卿品，莫遣姚黄妬汝能。

歌梅

乍炙銀笙試朔吹，旋抛珠串賽清姿。曉風殘月傷心句，不待楊花撲岸時。

別梅

離筵及早酌屠蘇，留看鐙宵待得無。知有前期霜信後，小窗人奈雪侵鬚。

惜梅

情知無計奈春何，水涘山椒玉一波。密篠藏陰香幾瓣，還愁微霰祝晅和。

折梅

躡蘚牆東帶笑披，晅風還向手中吹。閒情貪授尋春客，不管高枝怨别離。

剪梅

當窗妨繡鳳頭鞋，出閤驚捎小燕釵。拚取惜花情幾許，|幷刀一割玉龍乖。

浴梅

臺上天花白氎巾，戒香臘日洗塵塵。寒崖莫有三冬暖，爲現瞿曇四月身。

浸梅

清泉細點石硫黄，留得|荀公幾日香。蠟蒂涓涓升宿潤，猶疑疏雨過銀塘。

簪梅

宜春燕子縷金花，拋擲偏拈紫玉芽。風味愛他林下好，妝成掬雪試烹茶。

妝梅

低回怕得近簾鈎，寶髻當心五瓣收。蕚綠華傳新樣子，吳娃錯道牡丹頭。

蟠梅

藤捎蔓惹怕淸狂，收拾閒心寸步香。向日迎風千笑合，來回無影過東牆。

接梅

裁素紉紅半臂嵌，縫成知費手摻摻。新恩特賜加緋服，仍帶銀魚舊日銜。

譜梅

鄉國原標大庾南，飄零偶籍百花潭。宗支的的吳門隱，指李荒唐笑老聃。

苔梅

紫葆初含故葉稀，孤莖獨秀綠茸肥。晴雲潤浥虬枝軟，倒寫溪光碧玉圍。

杏梅

薄袂圓襟一式裁，駸駸旋接落英開。便娟爲少新條綠，遙向日邊掠彩來。

蠟梅

弱粉難支雪色侵，檀痕相倚賴知音。連牀各夢還同調，凍蝶迷香記淺深。

竹梅

嫵媚檀欒共一時，鴨頭新浴鷺飄絲。長疑賸粉歸何處，密裏龍孫出籜枝。

雪梅

減攻瓊花一片開，五銖輕較六銖裁。亭亭小立雕楹外，白紵閒看舞袖迴。

月梅

輕梢無葉出空微，弱片多驚定影非。碧海朧朧煙似水，淸暉略帶一分肥。

風梅

雲痕乍裂裊孤煙，薄媚東君試一暄。背水獨搖香陣陣，芳心透過柳枝邊。

煙梅

一片芳情悄自拘，未分明處不模糊。憑誰洗滌幽香魄，爲倩縣山縞臆烏。

孤梅

空明碧瀁粉離離，寒鵲尋香遠不迷。野渡問津人共指，重來猶記折殘枝。

移梅

徼歡得向玉堂栽，油㐭朱闌碧甃臺。斷岸當年生長地，春雲如絮野棠開。

疏梅

暮雨蕭蕭夢幾忘，晨星落落意爭狂。從教子結調羹用，不倚多金傲雒陽。

老梅

天涯遲暮歲寒心，淺着鉛華遠罩陰。消渴文園相待久，黄金爲買白頭吟。

新梅

試雨禁風始出胎，根苗忘盡舊亭臺。倡條冶葉輕前輩，庾信江南老自哀。

矮梅

舞衣不浪費冰綃，仰笑垂楊衒楚腰。羅襪風生鷩颺起，旋看綠帶上頭嬌。

遠梅

鄰院新栽葉末滋，窗前無分慰相思。逢人把過石橋去，借問攀從曉露時。

落梅

乍暖初催朵朵齊，蛟冰風捲畫樓西。琉璃國土堪埋玉，不遣餘香上燕泥。

瘦梅

斷岸欹危罥古藤，紅泉瑞露飽何曾。清羸百鳥銜來易，將供日中一食僧。

宮梅

玉鱗遍覆軟條青，合殿金鋪盡日扃。唯有樓東人睡起，罏煙移遠水晶缾。

簷梅

纖枝上與午煙齊，墜玉旁依乳雀棲。冰溜夜懸三百顆，雙邀斜月漾玻瓈。

寒梅

生緣同在涸陰天，栗烈何因授記偏。爲有臨風觀望客，遲遲春日擁黄緜。

咀梅

聞說猶疑耳亦貪，終年不食更何堪。輕鬆脆軟清泉味，池底奪將雪藕甘。

盆梅

平塘夢斷夕陽紅，曲檻容遮五夜風。一點春愁分不去，當階斜睨錦熏籠。

紅梅

對色疑非香不非，迎暄莫問素心違。光風灼灼傳新喜，殘雪全消散落暉。

粉梅

從捐螺黛洗鵶黃，金母熏成姹女妝。色壞爲鉛難似此，凌風九轉更欺霜。

靑梅

本詠梅花，雜以梅子，非是。姑從之。

花事闌珊綠覆除，纍纍帶雨更愁余。濤箋藉染胭脂色，聊寄江南一紙書。

黃梅

釀就鶯醅已過春，日長還遣翠眉嚬。石家莫倚風狂味，霪雨新添妒婦津。

鹽梅

書：「爾惟鹽梅。」鹽自鹽，梅自梅，何以撮合。豈三家村嫗下酒物乎。

鼎烹鼎食在逡巡，誰遣酸寒入夢頻。滋味何如末下豉，秋風招隱啜湘蓴。千里湖蓴，須以湘湖水浸一宿，乃中食品。

千葉梅

睞春無已索春添，簇簇新齊鬧不嫌。狂瘦癡肥從肉眼，神清無事賣廉纖。

鴛鴦梅

青豆相思意偶通，開時疑說並頭紅。無端賺殺林和靖，三十六雙一夢中。

綠萼梅

葉色通梢曉氣醒，趺香浮幹豔心扃。單于莫怪胭脂失，漢月昏黃冢自青。

胭脂梅 應即紅梅，不獲已，姑以深紅言之。

紅藍染髓換霜膚，血滴靈芸凝玉壺。莫訝施朱敎太赤，入時學得牡丹圖。

西湖梅

縹渺芳情送畫船，蘇堤莫詫柳如煙。葑田捲盡琉璃現，此是開山白樂天。

東閣梅

香國揚州錦陣豪，詩情偏向峭寒高。都官吟後輸聲價，傾蓋白頭只水曹。

清江梅 題亦不典

沙明難辨幾枝生，浪碧微看淺色輕。一匹練飛花樣細，還從豆蔻夜熏成。

孤山梅 亦西湖也，重出而逸其半。

放鶴亭空客已仙，裙腰褪粉斷橋邊。廣陵新送青娥怨，苦判餘芳作杜鵑。謂馮小青，錢受之辨無其人，譁詞也。

羅浮梅
本記云，趙師雄將歸羅浮，則梅花一夢，固在道中。竟云羅浮者，相承之譌。詩爲訂之。

客路相逢散旅愁，桄榔月落海天悠。何當移向神山種，得共師雄賦白頭。

漢宮梅
旣有宮梅，自該古今。又以漢別之，漢人無詠梅之句，奚取焉。

長門春鎖萬花深，紈扇無愁到玉林。記得虞淵官簿說，紫華紫葉結同心。唯西京雜記上林令虞淵花木簿，有此數種梅耳。

廨舍梅
亦與官梅重，取湊百題耳。

被擁黄紬曉睡醺，㕓窗晴送暗香聞。故山春色今何許，空署當軒五朵雲。

書窗梅

簷牙折向紙燈龕，數蕊巡香漏已三。誤撿秦風求故實，終南原只有條枏。

琴屋梅

晴軒融斂靜香傳，器冷心閒好扣絃。一片低飛疑竊聽，隨風巧入郭公磚。

棋墅梅

未了尋香又拂枰，冰綃遙映碧紗明。春前開亦隨春落，先手何心百轉爭。

釣灣梅

小穗侵波曲罥鈎，危根拏石細分流。羊裘蟄臥收緡晚，爭唼落英見白鷗。

樵徑梅

谷口凝陰宿雪淹，槎枒望斷白雲尖。夜來野燒剛餘得，一樹垂垂出短簷。

僧舍梅

寶刹疑看珠雨飛，香煙幢影共霏微。雪山十九因緣熟，那但長留舍利衣。

道院梅

鶴徑風迴香細縈，仙衣長似御風輕。砂胎初剖銀芽出，還恐流珠暖易傾。

柳營梅 軍壘尋花，亦所未聞。

繫馬蟠根鐵色麄，寒光飛練射昆吾。花前莫話封侯事，一樹功成萬木枯。

蔬圃梅

挑薺正美芥回青，脆甲中含碎玉零。緩火夜烹風味別，孤芳生齒酒初醒。

茅舍梅

小角陰垂㮶遝遮，淺簷風轉攪橫斜。佳人何必牽蘿補，百琲明珠綴若邪。

藥畦梅

竹籞密排落葉蠲，尋芽訪蕊試新年。黃精苗絶蘪蕪死，略報東風一點暄。

前村梅

小逕冰封礙往還，春心遙寄有無間。開窗欲覓香來處，猶隔當門一段山。

沼水梅 亦與溪江無别

朱點當心印不如，一花五葉我逢渠。萬波搖動兼遮顯，斜領猶看不見餘。

山中梅

捷徑無心假息機，豹林誰買玉田肥。人間好句傳高啓，驅遣袁安臥翠微。

城頭梅 司城者不加芟除，不但致扳援之寇，且有復隍之憂矣。命題亡實，乃至于此。

畫影斜連大旆陰，麗譙日暮飽歸禽，岧蕘一聽睢陽笛，月苦雲深天地心。

水竹梅

寒池淸淺影籠冰，霧上雲鬟冷不勝。斜倚琅玕舒鳳尾，翠幃深擁暖香凝。

水月梅

玉魄昏黄罩素魂，縠波瀲灔吸香痕。分身自在雙涵得，總被空靑一鏡呑。

擔上梅

纍垂得得到江城，妝點琴囊襯酒鎗。棐几素屏充供養，閨中莫聽賣花聲。

杖頭梅

玉色分鳩瑩不任，龐眉霜鬢映森森。道逢禪客機緣捷，擺落天花雪滿襟。

隔簾梅

銀蒜遮寒小閣深，膽瓶曲檻兩沈吟。疏筠咫尺天涯路，一曲瀟湘萬里心。

照鏡梅

鼻觀分明到眼驚，他心通盡意身生。憑誰拈笑分賓主，水月空輪挂寶瓔。

十月梅

爲惜霜紅昨日凋，續香補豔倩新條。一枝迎雪元多麗，何事王維更畫蕉。

二月梅

𪉹䨱怕被素瑒欺，青豆傍看玉蕊垂。聽徹鶯喉邀蝶舞，風流何必少年時。

未開梅

萬頃春膏凝玉酥，曉霜殘月足踟躕。鬖鬖葉葉無中有，一幅先天五老圖。

乍開梅

蚌胎微吐露靈砂，略與東皇報歲華。底事花魂多荏苒，逼人詩思在些些。

半開梅

心心長待筍班齊，南北中分入望迷。殘臘易消春易老，怕教拋盡惹鶯啼。

全開梅

晨探莫憚凍雲天，一日風光盡一年。暫喜眞珠拋十斛，懸愁銀甲招苔錢。

水墨梅

冷暈圓拖磂碗漿，古香濃噴豹皮囊。分圈硬用中峯筆，百首詩情此較長。

畫紅梅

被酒濡毫敵曉寒，淋漓狂掃萬枝珊。禪心爲笑花光老，借得妝樓繡譜看。

玉笛梅

笛吹落梅，詎果有梅，吹落梅者，不必玉笛，酸拈江城五月句耳。

曲裏尋春已惘然，瑤村況覓洞庭仙。空花和合聲香色，帶影獨頭起識田。

紙帳梅

幽豔濃熏暖雪窩，流香横漾皺紋波。輕衾夢醒鐙前現，隔斷白雲奈採何。

追和王百穀梅花絕句十首

子直云：「既不以馮題爲雅，則胡弗易其甚者？」余笑謂普此一段明光錦，裂作百雜碎，已覺濃酢撲鼻，那得更添烏梅醋子也。但其尤紕謬者，聊摘笑之。

乙巳中秋，坐彭城君小軒，弈倦茶闌，索書以讀，得王百穀集。百穀近體，頗侵許丁卯之壘。唯七字小詩，排宕有生趣。就中梅花十絕，尤爲清健。昭代詠梅者，人傳高太史雪滿月明之句，固作家畫也。如百穀者，迺有士氣。寒香雪色，正須用格外取之。因次其韻，亦得十首，出入於冬秋花月之間，自謂如岳鵬擧論兵，存乎心耳。回視曩者百梅詠，十九次應付，愈增大慚，勿亦藉此洒之。

梅葉上紅爭欲落，南枝何處索春光。姮娥前夕開明鏡，莫有佳人試早妝。

玄魂不死空明外，秋水秋雲總似花。直待江春問消息，癡拈襪線覓袈裟。

停觴待月似蒸砂，一瓠先生病喫茶。認得六橋鰥處士，湖光封雪覓梅花。

當時幸免賜官湖，敗葉聊遮冷鷓鴣。有士種梅三百樹，焚香無地避催租。

萬花爭盡壘東西，雪骨霜魂分不齊。金粟迎寒開月滸，絪緼香霧一雙迷。

黃梅瓤熟無多日，玉露催秋月屢弦。但使看花留老眼，不愁春色惱人偏。

白頭綵筆寫氤氳，香靄描來雪幾分。猶恐相逢不相識，擬添殘月與輕雲。自爲百詠解嘲

斷嶺知誰舊種來，藤蘿無限妬花開。蓬蒿初剪清魂洗，舊尉三生也姓梅。余小圃草庵有古梅一株

漸老看花似隔煙，詩情欲懶上灘船。緋桃紅藥輸年少，把雪吟霜卻少年。

彭城才子太憐梅，一舸輕移郢樹開。紅粉噴香薰小閣，凍蜂迢遞許重來。

洞庭秋詩

洞庭秋詩　夕堂戲墨卷四

洞庭秋三十首　遥和補山堂作

落帆笙竹來，垂二十七年，湖量未忘者，記持耳。昔人評隋畫水，獨以活水爲至，到記持中，何從有活水乎。是以𢭏湖采邈秋容，一聽之諸公，而僕詩最晚出，抑不能爲馴雅之音。但思拂得活水一兩波，幾不遠作者。未審開能勿疑殆。己酉杪秋記。

瀟湘北下巴江東，上蟠下際搏青空。天地忘憂消偪側，淒清作意撩鴻濛。夔子孤城懸太白，三苗餘壘挂殘虹。古今無那此俄頃，欹危欻爾生蘋風。

月似蘆花煙似水，似如不似勞形容。噴雪凝寒猶清適，涵暉冷欲飛輕鬆。星漢相看交不昧，心魂欲之亦奚從。但覺晃焆透圓碧，不辨愁來忽已逢。

大儀懸張覆釜幢，誰其至者弗心降。長天纖忽隨泯泯，商飆騷屑入淙淙。浩瀚無餘一絲挂，清微欲將九鼎扛。安得沐日仍浴月，東頳西皎晶熒雙。

洞谺虛無淨一規，驚濤相卽不相疑。精金大冶鍊幽響，俊鶻老羆愁傾危。炎心已改何洗滌，高旻受盪還清嬉。妙香浮動非蘋芷，水霧上攝開輕吹。

乾坤倦遊行將歸，損山容益水光肥。片雲帆側不能影，木葉天際知已飛。遊子去妻百交感，戰伐漁樵雙息機。驅除姝暖返肅爽，禁愁爲惜素心違。

羈心劈破芥浮居，色色消沈遠近如。險目不平夾韻度，涼魂小住姑安舒。孫劉戰爭問漚沫，懷葛徂伏留蕭疏。情知涕泗無棲泊，放浪磊砢任太虛。

儵然容與清冷都，何求不得須黃墟。函蓋雙樞合駘宕，明暗半絲分有無。潛蛟旅雁忘興廢，疏雲片月矜昭蘇。縮爲椰子沁心腎，幻計無忝移山愚。

空有無垠劃徑蹊，分明至極翻淒迷。遠視不正非野馬，客心已窘聊木雞。帆蝶賣眼驚天末，檣烏亡賴啼日西。陰光夕灼動綠氣，儽然鬼臂相牽攜。

碧落無疑鵬背揩，入寥天一絕安排。邂逅不停增蹇產，虛空未破猶沈埋。略遣水光存芥蔕，想知天骨正厓柴。鯨鯉可騎終未稱，吾生箬笠雙青鞋。

回頭搖落悲羣動，廣大昌明亦自猜。無觸之聲消夢晷，不寒而慄貯騷才。藏舟後夜同歸壑，張楚初心冀綏哀。馳騖清狂何所客，寒潭降潦畏相催。

瀰瀰盈盈不惜春，千蕭萬瑟屯嶙峋。水力未至溢浩淼，雄心僅可吞清貧。張樂鼓瑟憑慰藉，巫娥湘后惘逡巡。自然難釋慮無恨，斜月流霜非有因。

目窮差別耳非聞，逼塞諸根但有云。觸法大都無軟美，寬饒何處着殷勤。如浮今古誰爲紐，儘費煙霄不受熏。一笑中流誇定力，那知悽惻破三分。

西清啓寒亦有門，扃魂不扃金水魂。方諸津潤遂昌大，青女娥孅失恭温。孤雲峯勢向凌替，海天精彩捐煩冤。空洞雖非萬法侶，臨之未易相貪呑。

隨處波心着戲竿，剛森簇簇護輕安。充形喧氣存黍米，大冶昭質任烹爨。根株吾豈依墳埴，鬢髮何庸非羽翰。霏蒼颾碧自生意，行與渾儀謀團欒。

遠行之慼劇登山，螯斷湍哀夢亦慳。戍火祠煙盪精切，長天白雨怙癡頑。天涯交臂早無紹，去景凝眸暫不閒。難與此懷覓止竟，征鴻一縷空飛還。

塞臆英多杜口宣，清歌難喚奈何天。古人不見閒邀月，置我無從小學仙。鐵脊未妨聊旖旎，金輪猶恐不剛堅。餘霞落日關何事，帶影微茫起識田。

法界孤微此泬寥，鯤遊亦竦等鷦鷯。環區不鯁魚頭乙，泓水方凝雀目椒。濃露可憐添浥潤，片雲何恃得逍遙。窮塗收拾千年恨，鰕國遊誰出斗跳。

欲然斂精歸元包，勻凝活汞停煎炮。穹廬舍此復何有，沆瀣相干故不交。稍覺絲緡牽靜謐，非分玉笛喧淫咬。神光四映飛芒角，詎倚星月相雜殽。

弱骨凌乘一線操，未憑長目送雄豪。通身冰血爭融結，伸臂煙霄試抑搔。豈必人生方幻寄，足知厚載不功高。金風但鼓囊中籥，大費尖酸徒爾勞。

晶輝蠕影縈一窩，澄之蕩之夫如何。容裔積已成堅冽，鏦錚喧外絕煩苛。綠非荇藻發誰浦，光帶露霜自昨波。驚鴻亦知無聞見，抱意長鳴凌嵯峨。

大圓不息翻河車，閃爍萬頃吹銀芽。化汁一色混灝皛，青氣雙合通荒遐。無質可摶猶沐浴，有見不盈奚開遮。何得喪耦此孤坐，誰邀明月覔蘆花。

三秋三楚塡淫荒，誰能不斷憂思腸。遙遙極浦浮雲樹，渺渺生洲迷荻蔣。馬殷南國飛星白，陸遜西壘落日涼。咫尺千波杳向往，孰爲大壑恣埋藏。

浮槎無繫巴丘城，縹渺之樓空若驚。微霜覆蓑失殘夢，遠火照帆悲他情。乘乘宇內旣淸澈，脈脈空際或經營。小范於此言憂樂，胸中無故橫甲兵。

微風軟縠退以聽，濯濯平遠披昭靈。吝儉物情不獲已，險阻大造故須經。餘霞半壁從明滅，征雁萬雙亦伶俜。居然幻泡警涼魄，無數浮心一日扃。

崚嶒何來凜氣增，舍此空輪無與勝。吳天海色遙迎送，楚霜蜀凍交消凝。蕩滌赤日曳素練，消息銀漢絡珠繩。從知白帝威權甚，萬象瀉影涵傾崩。

鷓鴣聲斷西日浮，君山未愁黃陵愁。白浪幾何傾楚塞，金風旣展訖神州。蕭颯萬个撼斑管，迢遞千古疑膠舟。賈至張說爾何物，落拓欲牽萬里憂。

但哀無端眇淫淫，長嘯不展狂歌瘖。欲與招魂迷南北，橫令此愁亙古今。蟄雷殘雨無所藉，金樞玉露亦難諶。日暮息棹殊未已，寒波倒射丹楓林。

玻瓈帝網兩鏡參，玄中之玄淸靈酣。露泡影相合不二，水月空觀誰爲三。中流兩岸四無定，鳥道一碧微自諳。軍持滿汲寒沁骨，容受無多祗大慚。

青幕白地淸涎黏，濃淡分界唯微纖。未審天容虧半璧，定疑水氣消餘炎。披襟不讓雲將御，理楫略挂羚羊尖。塵空白戰九十日，吸月餐風亦損廉。

玉液統此微霄函，俯仰不知靈與凡。旭霧平收兜羅捲，陰彩夕湧牟尼嵌。肉翅欲愁千里倦，韻目難厭一响饞。蒼螺半點點霜色，謫仙何情強欲芟。

雁字詩

目錄

雁字詩　夕堂戲墨卷五

前雁字詩十九首

雁字之作，始倡於楚人。楚澤國也，有洲渚，有平沙，有蘆蔣菰葵，東有彭蠡以攸居誌，南有衡陽之峯，曰所回翼也。故楚人以此宜爲之詠歎。近則玉沙湖䗬山老人續唱，作者連軫，予病未能者，且十年矣。不期病中忽有陽禽筆陣，如鳩摩羅什兩肩童子出現，因吟十九首。諸公於霜寒月苦，南天落翼之日，目送雲翮。而僕於花落鶯闌，炎威滅迹之餘，追惟帛字。時從異軌，情有殊畛，短歌微吟不能長，斯之謂矣。故諸作者皆賦七言，而僕吟四十字。

縷縷漸深深，當天一片心。書雲占朔色，絚瑟譜商音。尺帛無勞繫，南樓未易尋。暝煙生極浦，長夜付浮沈。

碧浪合逡巡，蕭條接迹親。三蒼言外旨，七日句中春。避暑疑秦火，懷沙弔楚臣。雲林添畫筆，中土不無人。

活譜賦秋聲，音容共一淸。空頑難轉語，天老未忘情。羽調悲寒水，行吟倦汨征。蘆千悽怨急，絕筆意誰平。

鵲渡已如夢，深秋始報章。偸臨無乳燕，低誦有寒螿。落葉勤讐誤，墟煙與祕藏。重來無粉本，隨意寫蒼蒼。

紀豔非吾義，驚春去色匆。分飛南北史，歷亂檜曹風。天問憑條答，空言未道窮。何須藏魯壁，絲竹奏清融。

無待月中聽，哀吟意已形。同文從鳥紀，馳檄指龍庭。旁午悲邊雪，零丁寄汗青。清泉涵片影，井底血函經。

冉冉漾輕柔，關河只此愁。鷹鸇疑謗詛，鳩鷺漫諮諏。水月三人影，霜胥一抹秋。江山日日改，挾策亦奚遊。

今古一相如，飄颻賦子虛。玄文披帶草，碧个倣林於。蘭葉肥還瘦，銀鉤蹙已舒。稻粱非汝志，投筆莫欷歔。

乘風莫草草，雨雪且舒邪。依毛詩音徐。燕國迷蒼素，鶡言染茹藘。六歌懷天水，尺一謝休屠。依漢書音除。一綫臺城詔，難忘紙鷂書。

此字無人識，空勞歷九州。分明扶日月，因革自春秋。鳩篆删妖步，鶯歌恥佞喉。冥飛誰弋篡，不墜草玄樓。

野水漾初春，苔涵綠字新。煙雲都不染，風雨故如神。軟影翰非弱，餘寒手不龜。依莊子音麋。鳳兮衰已久，還現素臣身。

終知無寄處，不欲昧前期。人世誰長目，天心自列眉。寒宵聞見外，皚雪炫熒時。豈爲知音絶，停毫罷遠思。

脈脈有心期，行行且浪嬉。大人狂客傳，小雅遺民詩。解就名鴻烈，書成授意而。關門邀紫氣，聊與著雄雌。

晴空不易得，欲示下方難。黑月韋編絶，酸風蠹迹殘。黄麻悲鷺序，白簡笑鷹彈。獨吹青燐火，傳書乙夜寒。

倚杖孰亭皋，尋行逕望勞。霞章添旖旎，星采點蕭騷。唯覺孤心合，難將遠目韜。昏鴉空潑墨，何當一鴻毛。

居然緣慧業，亦自種情苗。始旦回鸞帖，清秋題鵲橋。彌天知泛宅，露地註逍遥。既證無師智，靈雲瞥眼消。

癡蠅鑽故紙，窗隙溷雲容。天外勞一笑，書中誰萬鍾。童烏何足與，燕頷止爲傭。小過占哀儉，飛離不恤凶。

一從悲鳳靡，長是問蒼旻。南北招重疊，風霜挾苦辛。昔時人不見，歸去奈何春。童子三生塔，還留慧命因。

青女授靈符，全身入畫圖。血潮勒款識，毛鷙化酸迂。天變人終定，雲生道不孤。無心持換米，生計有雕胡。

後雁字詩十九首

或曰，謂楚人宜吟雁字者，楚澤國也，有洲渚，有平沙，有蘆蔣菰茭，東有彭蠡之澤以攸居誌，南有衡陽之峯，日所回翼也。過斯以往，孰妄言之，而孰妄聽之乎。余曰可哉。嗣吟十九首，首四十字。

之遶打虛空，經營慘淡中。蟲魚多詰屈，龍馬半昭聾。副墨傳溪影，雌黃聽落虹。天情駘宕裏，消息一絲通。

寓言河漢迥，草綠與灰蛇。應迹說隨掃，文身開復遮。梵書疑以八，易象半交叉。飛舞茅龍趣，江門憶白沙。

抗墜引清微，靈心挾肉飛。蝸銀眞白俗，鯽墨莽鍾肥。主乙疑無定，偏傍竟不違。方春湘水上，搨得禹碑歸。

塵氣不餘纖，憑虛一縷黏。分歧垂遠勢，透露簇微尖。曳脚神還整，藏鋒力自銛。臣書眞逸品，鳳藻得無嫌。

閃霍倣公孫，垂垂引漏痕。裝潢懸玉宇，授受付金昆。帶雨流鶉火，銜蘆賦大言。靈文人未測，只倩記寒温。

密迹簇春蠶，青編劃蔚藍。闕文唯夏五，足用及冬三。玄鳥誰徵宋，金天舊問郯。筆花欲有授，烏夢奈沈酣。

湘岸臨潭帖，天山揚漢銘。爲誰修楚史，自解註禽經。語雀羞刑牘，言鸚笑説鈴。揮毫千里瀉，腕脱不曾停。

恥化頑仙羽，新宮待爾題。河山雙劃斷，物論片言齊。脈望徒吞字，蟾蜍未映迷。寒陵勞坐臥，極目去蹤低。

霽雪曙南天，孤縈倍可憐。蛾眉流曉鏡，香尾篆罏煙。幽意蠅頭密，連絲繭緒牽。靈紋驚易沒，移入斷雲邊。

秋思本無多，千行自不譌。清姿從倒薤，壯志欲眠戈。散隊連行草，遙天任擘窠。催花看盡發，誰與換羣鵝。

滌硯裊玄雲，瀟湘寫練裙。龍蛇雙腕競，魚燕尾梢分。出像傳毛穎，題幀倣墨君。夫人學已熟，誰復笑羊欣。

素字無留墨，平沙印別痕。暗書還自省，未到意先吞。映雪功彌苦，依天道已尊。八紘開義海，瀟灑動乾坤。

渾敎帝鴻開，誰云子不才、國門懸月令，南極轉三能。依周禮註音奴來翻。下士稱微者，雄風詠快哉。忽忽春早駕，薦福畏驚雷。

沙雪箋銀暗，蘆鋒筆陣降。驚飆催就急，虛白入鈎雙。髮細縈空鏡，晴波上曉窗。研朱和露滴，楓冷落吳江。

有句兼無句，羚羊偶挂尖。吹毛傳密諦，帶影悟廉纖。化迹空三藏，迷人頂一砭。獻花巖畔鳥，半偈不曾拈。

刮目經年別，驚非吳下蒙。四聲終寫入，六義不删風。恥逐蝌文亂，誰憑雉譯通。斯文知未喪，幾復畏虛弓。

淡墨布層層，癡肥自不勝。回文低落月，影本暗漁燈。險句從空搆，秋思與上興。懸題天闕迥，爲爾費冰兢。

始知空闊裏，無數妙詮偕。娓娓談天衍，痕痕煉石媧。紙光從月砑，筆冢有雲埋。仙笈傳青鳥，空勞曼倩諧。

未肯負居諸，飄流不廢書。長途收史料，小正作經疏。贋迹徒相似，鴻儒亦借譽。鯤鵬聊志怪，終是不才樗。

題蘆雁絶句

家輞川詩中有畫，畫中有詩，此二者同一風味，故得水乳調和，俱是造未造、化未化之前，因現量而出之。一覓巴鼻，鷂子卽過新羅國去矣。八閩曉堂上人以蘆雁爲法事，卽得蘆雁三昧。亦卽以蘆雁爲詩，正爾壓倒元白。余於畫理，如瘂人食飽，心知而言不能及。爲師隨拈若而首，師遇畫著時，有與余詩相磕搽者，卽以題之，不信非瓠道人所寫也。

驚風吹霰雪中還，萬里黃雲一線關。回首江南此風景，唯將鳴咽寫潺湲。

汀渚誰家儘自疑，懸愁漁火隔江知。飄零亦是前生果，不羨鶬鶊老一枝。

月明是水是蘆花，逗漏清空片影斜。沙上有蹤誰見得，儂家曾泛逆流槎。

健翮先飛下淺汀，魚蝦雖飽卻餘腥。何如且帶斜陽影，點綴殘山一段青。

秋江淼淼月微明，飛雪縱橫點翅輕。自學春鶯穿柳絮，不知白羽嫌蘇卿。

簇簇霜花覆淺灘，荻根蔣葉一江寒。秋聲徹夜驚鷗鷺，箏柱參差不忍彈。

蜀雪消遲水拍空，前時汀渚杳蘋風。今宵隨分聊收翼，只在秋聲一派中。

老碧蒙茸嫩葉齊，一鉤斜月照幽棲。清宵寒夢雖無據，不到飛狐谷口西。

南來不爲稻粱謀，徹骨森寒月下洲。藻苦荇甜隨口過，飢鳶莫漫爲含愁。

書人欲倦曳波長，一幅皚皚側理光。盡倦丹墳歸竹素，不留之遶待雌黃。

淺白平鋪萬綠稠，蒼翎碧水素沙洲。色如非色云何攝，一味分明墨氣收。

魚艇無蹤樵徑荒，平沙露冷月微茫。問師此景從誰得，莫是前身現雁王。

驚心矰繳曉飢餘，何有壺漿一艇漁。莫道相酬無寶劍，明年先寄報恩書。

密葉修莖翠萬竿，未須還怨曉霜寒。天涯拚作無歸客，且得清秋一夕安。

回望還驚伴侶遲，分飛愁絕故心移。江皋莫愛霜楓紫，自是棲烏夜宿枝。

秋心萬古此瀟湘，漢苑胡關帶恨長。誰道靈均哀思絕，唯將鶗鴂怨年芳。

斜暉欲下颭金飆，綠苞初開碎練飄。莫認天山飛雪早，江南饒有可憐宵。

墨光之外噴秋光，夜永江寒楚塞長。記得蒼梧多淚竹，緘愁無奈斷衡陽。

題此經一年矣，乃賦雁字，如兩畫相擬，一士一匠，自有分別者。寒窗西日，自顧而笑，因雁字帶出此十八絕句，所謂新婦騎驢阿姑牽也。庚戌秋冬之際敗葉廬記。

仿體詩

目錄

仿體詩 夕堂戲墨卷六

仿昭代諸家體

居常謂與天同造者，迎之不見其首，隨之不見其尾，適融而流，適結而止，其唯三百篇乎。過此以還，思必有津，筆必有逕，非獨至而不可至者也。江醴陵自李都尉至湯休上人，得其思與筆所起止，以相迎隨，遂爾神肖，皆唯其津逕爾。昭代三百年間，詩屢變矣。要皆變其所變，徒倚於銖寸之頃。一羽而知全鳳，亦知全鷄，其爲翮本均也。偶爲尋之，得三十八人，人仿一章。非必全乎形埒，想其用筆時，適如此耳。淺者循其一迹，以自樹於宗風，一噱而已。風可帆使也，雨可蜥蜴致也，日而後不可追也。孰其爲日乎，吾不敢爲夸父之逐矣。

劉護軍基 秋興

括蒼雲繞縉雲都，萬簇芙蓉翠色鋪。紅雨溼飛烏桕薄，碧波晴點鷺痕孤。登樓有賦依州牧，長揖無門傲酒徒。不識故園他日淚，蘋花還送暗香無。

楊提舉維楨 嬉春

選勝明朝陌上花，狂夫已宿黃公家。連錢夜洗香泥點，團扇新描軟縠紗。燕尾掠人霑綠酒，鶯歌蹄處呪蘭芽。片雲南浦不成雨，油幕高搴看晚霞。

倪處士瓚 園居

長夏新桐洗綠莖，乳鶯歷亂啄朱櫻。不知微雨遮青嶂，即次流珠濺紫萍。閒整丹經香篆歇，小臨鶴逕碧苔生。棋枰已斂湘簾捲，稍覺銀鉤挂嶺横。

貝助教瓊 感亂

正作越來溪上夢，潮聲夜打浙東城。春花春柳皆他日，羽檄羽書悲此生。戍火搖煙低片月，歸鴻掠浦警三更。堂堂歲月相欺得，明鏡新添雪幾莖。

袁御史凱 白燕

烏衣莫與怨斜陽，雪色新裁素練裳。隋苑柳疏長帶月，河陽花滿不驚霜。瓊窗瞥眼窺銀字，玉鏡偸臨鬬靚妝。似妬蘋花秋色好，不留清影照寒塘。

高太史啓 梅花

稍覺逢春客思催，江春無奈促花開。一枝横水寒潭月，幾點回風雪砌苔。啼鳥易驚歸客夢，隴雲空寄故園哀。東風已遣芳心盡，誰與垂楊衒楚臺。

劉典籤炳 早朝

暄風綠草鳳臺新，金爵浮光射寶輪。雲斂三山澄海氣，日華雙闕起江春。衣裳初識龍文闊，導唱遥欣黼座親。還使故園歸興盡，鳴珂長日惜芳塵。

孫典籍蕡 客思

扁舟下嶠識春寒，五兩隨風度幾灘。古渡鐃吹侵月奏，孤城樓堞帶雲看。故園荔酒經春熟，過嶺梅花度雪殘。一曲滄浪牽客淚，羊城珠斗泠仙壇。

高禮曹棅 酬答

彈鋏新從上國行，遥瞻山斗識才名。漢廷屬望賢良策，魯殿初傳絲竹聲。柳色上衣春日酒，梅花吹笛歲寒情。殷勤莫負乘槎約，拂劍欣看碧漢清。

李少師東陽　感春

小園花發鎮簾垂，春草臨階未覺滋。香尾困風穿逕幕，墨膠凝水帶冰澌。病中藥裹煩南客，夢裏蘭芳記楚辭。猶有湘干田二頃，君恩不許趁耕時。

陳檢討獻章　晚酌

日暖風微柳市溪，分明莎逕未須迷。鶯聲過澗還如近，蝶翅因花亦屢低。心迹同原聊共賞，乾坤雙歇恰單提。芒鞋是處尋春好，不揀蒼苔與沁泥。

祝京兆允明　悲秋

獨坐不知秋日短，行年唯有鬢霜新。病過柳市愁京兆，夢記番禺狎海人。泡影勳名消易得，牢騷日月閱來親。烏藤拄杖明朝事，怕見丹楓映水濱。

唐解元寅　落花

啼鶯流水怨怱怱，萬頃春華一夢中。芳韻悠悠隨畫角，閒愁點點到簾櫳。回風無望依瑤草，韶月難期映晚紅。回首繁華能幾日，碧條簇簇惹薰風。

李副使夢陽 懷古

百尺麗譙俯暮原，黄河捲雪擁蛟門。朱仙祠廟青松冷，艮嶽風霾白日昏。華表定留千載恨，靈旗難返九招魂。寒鴉斜照蒼茫外，酹酒長懷國士恩。

何副使景明 遊歷

軺車明發啓秦關，縹渺河山紫氣殷。清渭波縈勞悵望，蓮峯雲杳阻躋攀。鴻門霸氣蒼煙合，漢寢遺封翠柏閒。萬里蕭條隨薄宦，不知明鏡改朱顔。

文待詔徵明 齋宿

星華淺映御池冰，栖鵲寒喧樹影層。獨對畫垣圍藻井，遥知香霧達觚稜。鐘人屢扣流霜杵，羽騎長依帶月鐙。應有五雲迎鳳葆，曉風已覺透青綾。

鄭稽勳善夫 送客

相送今朝倒客杯，風高木落試登臺。乾坤帶甲無終日，草澤紆籌幾駿才。南去衹悲湘水雁，北書唯寄隴頭梅。栖遲迢遞雙極目，大旆孤城畫角哀。

楊殿撰愼塞垣

碎葉孤城朔雁飛，安西都護候騎歸。漢旌已覺交龍捲，虜酒初驕擅馬肥。桃葉楊花江上夢，敲冰燧火北庭圍。伏波未洗明珠恨，莫詫中朝有建威。

李廉訪攀龍登眺

絕巘岧嶢接太淸，登臨極目羽翰輕。青徐海色侵牛斗，河朔雲山擁鳳城。漢樹龍鱗秋色爽，秦碑鳳篆暮煙橫。探崖欲問長生訣，咫尺蓬壺萬里情。

王司寇世貞投贈

白雪仙郎雅奏偏，秋曹雲冷綵毫傳。迢遙星棹依元禮，蕭瑟高樓憶仲宣。采藥三山迷蜃氣，長歌萬里看龍淵。東方千騎空籌策，愧爾酬恩紫禁邊。

高廉訪叔嗣宦況

三晉雲山西爽開，猶憑呼吸近燕臺。時依朱邸陪仙仗，喜際青陽進壽杯。鈴閣雪消春草長，牙旌風急暮笳哀。葵心欲逐桑乾水，縈遶金河輦道苔。

梁秋官有譽弔古

陸沈不擬盡天涯，回憶西湖怨夢華。萬古神州消白浪，中流尺土捲黃沙。雲蒸海氣栖檣燕，樹隱龍宮急暮鴉。遥想講筵當日語，唯留碧血洒魚鰕。

屠大儀隆送别

高樓清瑟送離羣，欲逐楊花怨夕曛。繡袷春寒三月雨，牙檣風急一江雲。狂歌戲馬臺前客，回首鍾山移後文。浩蕩長淮分咫尺，揚州紅藥屬夫君。

朱九江曰藩閨怨

章臺垂柳葉凋秋，孤怨孤栖蕩婦樓。六朝香粉丁都護，萬里戎弢霍小侯。明月機中雙紐縷，黃雲城上千金鉤。此生不擬長相憶，猶夢落花逐上流。

王上舍穉登月遊

秋滿吳淞江外江，棠橈波斂夜推窗。月華始出照五兩，白鳥飛來恰一雙。客散歌聲猶有恨，霜寒酒力未全降。西歸更送山陽笛，寫入落梅别調腔。

于閣學愼行 紀賜

龍胎密孕御園春，蔬署尋芳剝錦鱗。天詔正如裁玉版，臣心未敢擬霜筠。中宵酒醒香生頰，緩火羹清玉點脣。肉食承恩霑鳳實，秋風忍憶故鄉蓴。

徐秀才渭 懷古

湖光千頃敞祠宮，雪捲長堤綴蓼紅。血蹟夢殘凋燕壘，靈旗雲閃起蛟風。局爭成敗天難主，情到華夷感亦同。古鼎香煙飄碧篆，絲絲飛繞六陵東。

湯遂昌顯祖 寄懷

星漢當簷挂素秋，玄禽欲去復緘愁。江花笑拂荷衫袖，穀水回迎竹葉舟。行藥定逢菖九節，憶梅遥愛月三洲。垂楊色色縈歌扇，未遣新箏怨雁樓。

袁吏部宏道 放言

乾坤非短夢非長，花落聊紓粉蝶忙。莫遣酒星囚北海，偶逢伏日飽東方。蠅窗乍裂雙眸闊，狐帽隨拈徹骨香。唯有昭文琴外譜，不從夔曠問宮商。

王太史衡 春賞

幾日新陰軟碧沙，羽笙日日入鶯歌。花如靜女添春繡，月許遊人畫淺蛾。病減恰逢垂柳瘦，詩成長在野亭多。銀箋欲寄催花句，卻爲情深未訂訛。

陳徵君繼儒 閒居

衡門過雪草心蠲，玉茗胎紅透始暄。乍饗青松烹紫筍，閒移斑几就黃綿。茅山書至兼酬藥，上海鶴歸未買田。熟煮清酤添箬裹，爲移春閏入新年。

鍾少參惺 淮泛

書史笙歌儘未殊，林光江氣各清迂。深知帝里春偏靜，小愛閒官韻不拘。水有性情鷗鷺得，月函虛晶藻蘋孤。回舟羣動皆空謐，隔岸籠燈半有無。

譚解元元春 嶽遊

不知猿鳥至何方，葉葉晴容發靜光。潭黑龍能深定力，苔新雲亦戀幽香。泉於草樹情偏摯，日以森寒影倍長。始覺向來湘艇上，孤危錯擬露鋒鋩。

王僉事思任 登岱

何須大叫帝閽聞，肸蠁通天黍米分。吳練淒迷虧老壽，漢封細碎到亭云。欲收元氣無堅影，自笑頑軀亦片雲。帝鬼癡靈皆一蟻，強將齋沐瀆元君。

曹蘭臺學佺 感時

杉關關外幾分春，已報江干惹戰塵。臨水自澆三日酒，看花無那百年人。仙函難訪龍韜祕，瑤草誰於御輦親。暫與風光相蘊藉，巡池杞柳亦芳辰。

倪司徒元璐 抒憤

狂歌不審定因何，夾臆紅潮湃萬波。怖鬼已勤懸紫蟹，沖天無望錮蒼鵝。姤津日日添風雨，疑網重重長薜蘿。爲愛信陵多縱酒，糟丘無奈醞情魔。

陳黃門子龍 贈戍

江潭瑤草不須生，自折疏麻送遠行。九廟威靈元白日，四愁風雨有孤榮。青編白簡星光迥，大纛高牙落照傾。極目蒼生悲海色，唯餘三學傲公卿。

顧秀才開雍慟哭

鑱蛟風激怒濤腥，逝水東傾夜不扃。無望金山邀北岸，恰逢潮水落臯亭。烏衣夜色空迷燕，碧血中宵欲化螢。回首五雲蟠御寢，斷腸鵑哭向冬青。

嶽餘集

目錄

獄餘集

霜度函口 獄徑

墜葉滿行衣，徑草試霜色。何知山川想，足敵絕塵力。初暾峯紫搖，浮空夾蒼植。似可就奇光，問之求羽翼。

卽事 癸未匿獄

看山正好北風吹，寒在峯頭最上枝。莫漫放鬆笻竹杖，詰朝晴好野翁知。

寒甚下山訪病兒存沒道中逢夏仲力下小竹舁慄不能語哀我無衣授之以絮歸山有詠志感也 癸未匿獄

應自友朋恩，知深謝不言。無衣度霜雪，多難際乾坤。泥重芒鞋澀，雲濃溼帽昏。更愁從此去，託足向何門。

其二

得絮不云暖，此情君合知。主憂臣但爾，心死身何爲。綠草華山帶，高樓燕子枝。詎言身未嫁，可任東風吹。

聞鄭天虞先生收復寶邵別家兄下山而西將以臘杪往赴愴然而作 癸未匿嶽。

微生一日一偸生，爲惜鴻毛死亦輕。從此歧行還強飯，盡收雲水答清平。

月中曉發僧俗送者十三人皆攀泣良久予亦淚別 癸未匿嶽。

恨別非常度，相憐已有時。飢分虀芋飽，誠絕叟童欺。段尉慚無笏，王丞敢著詩。感玆暱我衆，益笑黨人癡。

其二

出山仍不樂，未返故園時。林岫應相笑，蒼天吾豈欺。簡囊羞短劍，藏穴護新詩。有約歸潮日，圖存筆墨癡。

黑山訪址 甲申重遊

不覺生處高，上有萬壑爭。潺湲如可即，欲問蘆蔣聲。

其二

嶽力偏幽最，平遙眼一新。得從煙月望，擬作釣江人。

鐵牛菴下忽不喜往

憎汲水聲處，旋歸未揜關。喜尋黄葉涇，已度夕陽間。

玉門望獅子峯用舊作四韻 甲申重遊。

前遊餘愴在，霜月況同時。世益磨麑駭，生爲神鬼欺。九州浮一影，殘夢續新詩。視徹餘生淡，悠悠吾豈癡。

其二

屢望高難到，前冬一杖時。分明霜雪苦，偪側虎狼欺。芒屨仍潭水，石函尙小詩。只今腸可斷，翻笑昔情癡。

巒響臺甲申重遊。

平接上峯去，忽從林莽顚。奇情供一遝，並送此中來。

由巒響眺一奇石而上同夏叔直援石曲折遂得方址巋然可臺甲申重遊。

身隨落葉高，足盡奇響力。同是一潺湲，泉端不可識。

曉同叔直出寺拂讀朱菊水所鐫譚友夏嶽記甲申重遊

登徑驚林泉，知有高人址。昨宵話霜月，寒河固盈耳。星光問吟嘯，松根想屐齒。是日青天高，一石映綠峙。朝暾不敢惜，白光滿蘋芷。夏子發笑言，循池累徑此。似有神護蔽，珍重以需子。遜秀豈敢蒙，道孤無出美。勉以答古人，雙影戀流水。

湧几 甲申重遊

大坳而下平橋，叢石間覺有異。已忽兩石臨水，下石承上石，旁壁頂覆，可度可登。予命人爲級，穿折于肩肘之間，攙庋裂處。顧其逼蹙，尙以翔移爲苦。造形以來，悠悠者誰望而目之。則經此者，又可知矣。舉酒酹石，貌以湧几。今往後來，遊覽相積，風雨苔蘚之所不忌，則此石其傳也已。時崇禎甲申陽月望後。

曠古登應少，問之石不知。此山初得主，于嶽覺增奇。葉動鳴泉處，橋寒亭午時。有來爭勝概，切莫突西施。

縱馬三十里曉及樟木市大江寒流荒崖野艇 出嶽

霜山曉氣下連江，水影寒花的的雙。清絕不知乘一羽，遙天似有碧雲幢。

分寄方廣避亂諸緇侶 寄嶽

嶽雲三尺雪一尺，爛木枯根焰不生。曾記凍僵雙足重，諸師許我入山深。

二

麌逢虎迹如牛掌，晴日鳴風森晚潭。自喜林敲山石碎，百靈能識我無慚。

三

燒盡山中貓竹簳，特教瘦土發龍材。可憐春雨騰青削，曾此蕭蕭風雨哀。

四

麌晨鶻夜晝鵂鶹，足覆寒蓑聽未休。此自答恩還聖代，山僧莫只話鷺鷗。

五

有土不容雙足入，寃親寂寞得山僧。若爲一衲寒鐘底，卻解人間劍俠能。

六

兩杖攜歸意晤交，鏗然岳石許晴敲。時艱未靖羞神力，風雨何當補一巢。

七

螺縈萬疊靑難已，縷縷雲來森自平。中有人煨山芋熟，破煙卻喜杖來輕。

八

飢將覓食無方向，飽我山中瓜果根。一片寒香入骨裏，直令淸絕是師恩。

憶得

述病枕憶得

崇禎甲戌，余年十六，始從里中知四聲者問韻，遂學人口動。今盡忘之，其有以異於鷇音否邪。已而受教於叔父牧石先生，知比耦結構，因擬問津北地信陽，未就而中改從竟陵時響。至乙酉乃念去古今而傳己意。丁亥與亡友夏叔直避購索於上湘，借書遣日，益知異制同心，搖蕩聲情而檠括於興觀羣怨，然尙未卽捐故習。尋遘鞠凶，又展轉戎馬間，耿耿不忘此事，以放于窮年。昔在癸未春，有漧濤園初刻，亡友熊渭公爲序之。亂後失其鋟木，賴以自免笑悔。戊子後次所作爲買薇集，已爲土人弄兵者刼奪。此後則存五十自定稿中。凡前所作，所謂壯夫不爲，童子之技也，然惡知今之果有愈於童子否邪？昭公旣壯而有童心，抑不自知其童，況老而自知之智衰乎！今年病垂死，得友人熊男公療之而蘇，因敎予絕思慮以任氣之存去。顧思慮非可懸庋之物，寄之籬間壁上，無已從其不爲心㮒者。因彷彿憶童年至丁亥詩，十不得一而錄之。乃以知余之未有以大異於童子，而壯夫亦奚以爲。敕兒子勿將鏡來，使知衰容白髮。歲在丙寅末伏日，船山述。

目錄

飲觀伎郎席賦贈王孫名醽黎書法妙絕精禪理比以請兵平亂幾死於賊二首（五二三）　東安得歐陽叔敬弟詩見憶賦答（五二三）　霜度函口（五二四）　將營續夢菴登雙髻峯半訪址（五二四）過鐵牛菴忽不欲入（五二四）　土門望師子峯用舊作韻二首（五二四）　戀響臺眺一奇石而上同夏叔直緣石曲折又得一址翛然可臺（五二五）曉同叔直出方廣寺步洗衲池讀朱菊水司寇所鐫譚友夏嶽遊記（五二五）　涌几勒石（五二五）

【乙酉】堵牧遊先生登嶽拜二賢祠於方廣垂問余兄弟避賊處將往尋訪山僧以道險止行至郡以新詩見示感賦（五二六）　堵公以黃石齋先生禮問石刻垂贈紀公補廬先墓事有桐華之應詩以紀之（五二六）　耒陽曹伯實翁丈招同陳耳臣廣文訪杜少陵故墓（五二六）　續夢菴拈岸側桃花示慈枝菴主（五二七）　劉杜三將至於前溪渡題畫扇見寄賦答（五二七）

【丙戌】送李天玉以廣文行邑令之臨武（五二七）　盛夏奉寄章峨山先生湘陰軍中（五二八）　絕句六首（五二八）

【丁亥】丁亥元日續夢菴用袁石公韻二首（五二九）祝融峯（五三〇）　飛來船（五三〇）　石浪菴贈破門（五三〇）　又雪（五三〇）　上湘劇飲陽山公宅上同李廣生洪伯修龍季霞山公郎君鄭石夜分歸宿螽慶菴月上有作（五三一）　淫雨彌月將同叔直取上湘間道赴行在所不得困車深山哀歌示叔直（五三一）　蕭一夔邀飲桐陰聽叔直彈漁樵問答（五三二）　放杜少陵文文山作七歌（五三二）

憶得

乙亥

中秋里人張鐙敬和叔父牧石先生

誰倚笙歌鬧九衢，絳雲深處有金樞。鸞迴碧漢臨明鏡，龍向江天護寶珠。舊識東風開火樹，新從西爽醉芙蕖。落梅莫詫行歌好，天竺香飄桂影疏。

丙子

蕩婦高樓月

白雲不覺飛，但見月東去。碧海漫迢遙，瞥眼多疑誤。妾夢戀金微，君今在何處。

黃鵠磯

漢陽雲樹色，倒影入江流。海氣東風合，秦雲晚炤收。仙縱疑費呂，霸氣想孫劉。我欲騎鯨去，無心問蒯緱。

丁丑

初婚牧石先生示詩有日成博議幾千行之句敬和

閒心不向錦屛開，日日孤山只弄梅。冷蕊疏枝吟未穩，愧無博議續東萊。

夏日讀史曳塗居聞松聲懷夏叔直先生

高齋永晝送清喧，別巘微涼透柳軒。潮水孤琴傳海島，中峯長嘯發蘇門。漣漪碧浪搖雲氣，環佩天風動月魂。自徹冰壺消暑色，不勞河朔倒芳樽。

己卯

匡社初集呈郭季林管冶仲文小勇

我識古人心，相將在一林。以南偕雅籥，意北任飛吟。莫擬津難問，誰言枉可尋。良宵霜月好，空碧發笙音。

劉子參計偕北上便寄奚中雪

得第總如君，吾將復論文。老生悲管輅，童子悔揚雲。碩鼠江南詠，淸人河上軍。天人如獻策，莫但頌臨汾。

庚辰

送伯兄赴北雍

高堂有老親，明庭無直士。兄勿悲乙科，行行念欲止。二月暄氣新，帆影度紅蕊。岸柳榮柔荑，歸雁識沙嘴。艤棹秦淮曲，齊趙接方軌。微生豈蝸縮，夜夢常飛駛。貧賤負春暉，刊落早摧萎。非無輓輅心，方抱負鼎恥。吾兄承明詔，虎門登胄齒。納約可自將，因之薦貳簋。愚心進慰藉，良遇原非詭。祿養匪親心，道泰情所倚。北過河濟郊，白骨紛戰壘。連歲飛阜螽，及春生蝝子。盈廷騰謠詠，剜肉補瘡痏。痛哭倘上聞，猶足愧諾唯。持以慰親憂，勿爲歌陟屺。濁酒方在尊，離亭望伊始。珍重淸湘流，芳桃濯錦水。

月下步春溪樾徑抵金錢沖訪季林因與小飲

青藤漏月月如絲，一徑霜華潤草滋。夜打酒家門未起，寒梅驚落兩三枝。

辛巳

瀫濤園初構種竹環小軒雜植花卉盛夏遂已成陰逌然有作

松影借鄰院，寒濤亦自清。因茲知物理，隨意得山情。書卷綠光入，衣裾香露生。他時夕吹合，漸可送秋聲。

壬午

上蔡威函先生先生諱鳳，以比部郎欽恤楚刑，徵文課枉見特獎，期於鄂城相待，詩以志感。

天下方凋落，物情感一春。自公銜帝命，萬里無冤民。法律時方亟，詩書道易賓。秋官非擊隼，司寇重書麟。泣罪車方下，談經志已伸。沿湘行采采，刈楚已蓁蓁。自省蟲吟苦，方含𣪊語淳。時名心未許，古學世多瞋。鵲抵空林玉，蝸縈篆壁銀。成弘愁泛駕，鄢衞忍橫陳。一顧鹽車汗，如逢縱壑鱗。從茲登作者，不復歎幽人。笑語仙舟洽，吹噓錦字頻。所期良鄭重，自瞥敢逡巡。報命歸天闕，含情記漢濱。方期收國士，益用廣皇仁。未覺嚬眉妬，還疑織素新。白蘋秋色裏，試問採蓮津。

黃鶴須盟大集用熊渭公韻

古人已往，不自我先。中原多故，含意莫宣。酒氣撩雲，江光際天。陽鳥南征，連翼翩翩。天人有策，誰進席前。

舟發武昌留懷熊渭公李雲田王又沂朱靜源熊南吉

武昌官柳舊森森，漢北青峯落日銜。風起一江千疊水，雲低兩岸半收帆。難忘清賞皆成恨，欲斂歸心未易緘。渺渺湖光千里白，漫隨南雁望霜函。

銅官

湘近波千頃，湖餘勢一青。自然成氣象，終古幻蒼冥。影轉帆隨曲，蒼來岸落汀。正餘吟興好，新發洞庭舲。

劉杜三馳書見訊書尾以歌者秋影見屬答之

君有清歌付雪兒，遙將紅豆寄南枝。海棠漫倚西川錦，自是無詩到李宜。

壽錫山高太夫人

惠水清泉沁玉肥，靈苗春長潤芳菲。四朝型典徵彤史，七澤文章戲綵衣。聊采松枝擎五粒，敢因帶草拜雙闈。傳家忠孝師門事，寶婺流光護紫微。

朱亭晴寒寄小勇

小水無瀠波，孤山無峻質。嶽勢以麓增，湘流以蒸匹。而廬其下人，矧可無良暱。江皋輕別子，向北背寒日。良由親髮頒，覓祿古所述。兩槳擊洄流，遙山正荒出。野燒亂夕暉，密邇孤麏逸。睠言思君子，欲語衷非一。親老復善病，旦夕倚苓朮。有兄薑桂性，以惡爲讐疾。歲盡懷征人，向曉霜風栗。父兄或強歡，母淚時已溢。棄家從萬里，羞與達者騭。時望冰霜晨，或於臘元吉。屐響扣柴門，就之課稷秫。庭閒人迹少，藉以慰憂恤。屈伸自天存，離合見疏密。憐此行者情，敢不拜誠實。

癸未

上舉主歐陽公

陽六律，陰六呂，能節衆樂音，不能使衆樂舉。嗚呼乎！三苗未格七政亂，支祈横流夷羊舞。聖人拊髀命后夔，笙鐘靁鼓懸筍簴。夫也身爲君山斑紋竹，吟秋風兮江之渚。非無仰登東序心，湘一湄兮漢一嶼。遥聞期我海嶠音，夫子實彈方子琴。顧我將欲刺船去，覆容與兮躋我於竦峙之危岑。是時秋月炤黄鵠，哀絃一彈廢衆吟。師度江兮夫歸嶽，西風木葉江煙邈。自幸不奏鬱輪袍，但侍延陵陳舞箾。蒸湘寒雨霜葉飛，口不言思心自覺。流者匯湘峙匯衡，高深因師失其卓。彼一時兮楚之陲，此一時兮吳之涯。浮沙湧雪北風烈，何以使我忘飢疲。與聞仙樂鳴雲際，振徹凡耳清心脾。亦曾閒蹋七十二峯螺黛頂，至此若遂失峨巍。嗚呼乎！敢不自珍以答師，周豳雅兮漢鐃吹。掃天狼兮長彗，舞九辯兮雲旗。明堂玉簫從封禪，方今聖人待者誰？九韶再奏兩階羽，孤鳥有情唯鳳知。

歐陽公招遊龍沙同劉曲溟周一丕泊齊年諸子寺有湯臨川手題即用爲起句

池開沙月白，門對杏榆清。墨脱蝸盤壷，木喬鳥瞷深。昔賢傳雪泛，久旅愛冬晴。離亂集師友，茲遊未可輕。

元日泊章江用東坡潤州韻

閒心欲向野鷗參，更聽魚龍血戰酣。何事春寒欺曉夢，輕舟猶未度江南。

其二

爲愛夜來歸夢好，扁舟穩趁落梅風。章江門外波聲急，卻在蘆根雁影中。

舟止

舟止石硤西，樹出石峽裏。欹望樹梢眠，船下長春水。

江行代記

余歷冬春，自袁入章江，至南昌而反，改由吉涉雲陽下洣水歸。其閒江水淸淺，重山疊嶂，沙汀危石，斷處卽爲州縣，有足記者；不記，代之以詩。

閒攜楚酒度吳干，薄醉征衣夜未寒。火耨有煙能淡日，水舂成響卽驚灘。江村餉客魚蝦最，稔歲逢舟稻麥寬。何事孤城鳴夜杵，停舟未遣夢魂安。

其二

灘聲驚報榜人喧，疑有飛濤濺雪翻。不謂峽流爭一綫，徒教小艇轉雙門。水名幸在留孤影，岸木難支倒挂根。客夢莫矜江漢永，原因幽險積乾坤。

其三

袁州孤塔未全奇，突兀遙從兩岫爲。石筍何干香火事，仙墳漫遣古今疑。黄扉盛日移橋柱，山賊前時犯女陴。擬問文壇多辨客，家山莫被野人欺。郭外一石筍，郡人以神事之，可笑。分宜移橋於蘇州，袁人之言也。袁天綱墓在眞定，而指宜春臺爲其墳迹者，郴桂賊掠袁而郡人張臯報功，張爾公以好辨名，其郡事不與辨正，聊一笑之。

其四

臨江朱橘滿汀洲，長寫葱蒼兩岸秋。爲客具知根葉主，此鄉殊有稻粱謀。隨舟委曲連千樹，負郭團欒飽一州。莫贈莫藿峯下客，吳姬眉黛不堪愁。

其五

冬嚴水落沙汀出，城市微明煙渚黄。貢水勢經江水闊，吳天遙接海天長。衣冠閥閲從人借，廟社仙靈劇鬼裝。莫笑吳儂歸夢少，金堤頻決井閭荒。

其六

章門巨浸噴空驕，許遜何當定沃焦。千載狂瀾原未定，半池涸水太無聊。從來鐵蝕龍珠畏，漫詑燈光蟻垤搖。傳與東征妖贊畫，橫拋羣鶃付狂潮。許眞君之説，野人語也。而吳江袁黄贊畫征倭謂平秀吉乃蛟精所化，請許斬之，浮五百鶃于海以厭勝，其妖悖如此。袁黄世所稱袁了凡也。

其七

洪都高閣接城陴，潭影閒雲總未知。宗伯重書非二妙，中丞新建亦駢枝。韓公雅調誰當賞，管令狂吟早見嗤。何似龍沙沙一曲，猶堪斗酒聽黄鸝。滕王閣接市簷，了無可觀。解石帆中丞新修，亦不雅。董思白宗伯書王勃腐辭勒石。昌黎閣記高古而世不傳，管元心正傳令永新有詩板笑之。

其八

虔兵入衞氣驕橫，歸路廬陵屢夜驚。取次渚宮成賊壘，蕭條淮北盡空城。家山近望憐征雁，谿路含愁聽早鶯。還恐南枝棲不穩，曉來星影射長庚。

九礪之一

賊購索甚亟，溺死者屢矣。得脫匿黑沙潭畔，作九礪九章，九仿楚辭，礪仿宋遺士鄭所南心史中詩。自屈大夫後，唯所南心史忠憤出於至性，與大夫相頡頏。願從二子遊，故仿之。大亂後盡失其稿，僅約略記憶其一，緣從賊者斥國爲賊，恨不與俱碎，激而作此。

父母生汝身，蒼天覆汝上。士梟甘母肉，欲啼心已喪。利劍不在手，高旻從汝謗。一聞心已寒，屢聽魂空漾。訴天求長彗，一掃雲霾障。回問汝何心，面目還相向。不見汝妻孥，昨夜歸賊帳。昏醉白日中，哀汝萍隨浪。陸地而行舟，寒泥誇其盪。雌劍不弢光，摩娑氣益壯。

寒雨過臺原寺逢夏仲力下竹鼂澿不得語仲力授以絮因賦二詩

以下五首曾刻入獄餘集，字句互異，今兩存。

匿影此郊原，相看兩不言。無衣度霜雪，多難惘乾坤。泥重芒鞋澀，雲濃席帽昏。更愁從此去，託足向何門。

其二

得絮不云暖，此情君自知。主憂臣未死，形在影難欺。綠草華山帶，高樓燕子枝。誰言身未嫁，萍梗任風吹。

聞郡司馬平溪鄭公收復邵陽别家兄西行將往赴之

微生一日一虚生，爲惜鴻毛死亦輕。但使士門能破賊，不教李蕁負眞卿。

月中曉發僧俗送者十三人皆泣下感賦

惜别從今日，相憐已有時。蹲鴟分一飽，鷗鳥不吾欺。共對鄜州月，原無凝碧詩。感茲嚾我衆，益笑黨人癡。

其二

出山仍忍淚，未返故園時。匝地誰堪問，高天吾豈欺。青鞋隨短劍，丹穴護新詩。欲向潭龍説，多情一味癡。

甲申

武岡道上人採靑蒿而食時春盡向夏彌月不雨愴然有作

一掬野蒿春，刀兵賸此身。晴光頻射目，茁氣不懷新。亂定兵難戢，年豐國尙貧。蒼天知近遠，欲問已含嚬。

逢明王孫邀同治仲小飲觀伎即席賦贈王孫名禋黎書法妙絕精禪理比以請兵平亂幾死於賊

王孫初脫亂離安，歌舞燒燈夜未闌。前日腰間藏寶玦，如今儘與外人看。

其二

李長者翻千佛偈，趙吳興倣二王書。擬君雙絕終難四，報國屠龍誓舍魚。

東安得歐陽叔敬弟詩見憶賦答

古人性爲情，今人口其耳。生今愧古人，與子同所恥。南來汎孤舟，含愁睨江水。八桂懸天末，落葉隨所止。蓬心延北望，中夜劍光死。誰能憐哀歌，擊筑悲朱子。讀君尺鯉書，珍重念行李。中云側理滿，未盡心紛詭。擊楫意不伸，巨浪終難弭。草檄穎易禿，奮袖臂欲痿。夕風搖霜樹，南雁鳴汀沚。勉矣恤初心，千秋睠力始。

霜度函口 此首曾刻入嶽餘集，字句小異，今兩存。

墜葉滿征衣，徑草試霜色。從知山川美，足敵風塵力。初瞰峯紫搖，浮空映蒼植。似可就奇光，問之求羽翼。

將營續夢菴登雙髻峯半訪址

不覺登處高，上有千嶂爭。下方平似水，擬買釣舟橫。

過鐵牛菴忽不欲入 此首曾刻入嶽餘集，字句小異，今兩存。

僧就水聲汲，旋歸未掩關。喜尋黃葉徑，已度夕陽山。

上門望師子峯用舊作韻 此下三首曾刻入嶽餘集，字句小異，今兩存。

前遊餘愴在，霜月況同時。世益磨磨駭，生爲罔兩欺。九州浮一影，殘夢續新詩。長向煙雲臥，潭龍似我癡。

其二

回望高逾甚，前冬一杖時。孤幽霜月苦，偪側虎狼欺。芒屨仍潭水，石函尚小詩。只今腸可斷，翻笑昔情癡。

巒響臺眺一奇石而上同夏叔直緣石曲折又得一址巋然可臺

身隨落葉高，遂盡奇巒力。同是一潺湲，泉端不可識。

曉同叔直出方廣寺步洗衲池讀朱菊水司寇所鐫譚友夏嶽遊記

此首曾刻入嶽餘集，字句互異，今兩存。

曲徑紆幽光，知有高人趾。昨宵話寒河，清賞摘雲髓。弱篠念杖藜，茸苔想屐齒。日出寒煙收，一石俯清沚。朝暾不相舍，歷歷字可紀。夏子發笑言，循池屢經此。似有神護蔽，珍重以須子。山川無祕愔，今昔相炊累。何以答古人，雙影戀流水。

涌几勒石

此首曾刻入嶽餘集，題下多小注，詩異一字，今兩存。

曠古登應少，問之石不知。此山初得主，於嶽覺增奇。葉動鳴泉處，橋寒亭午時。有來爭勝概，莫更突西施。

乙酉

堵牧遊先生登嶽拜二賢祠於方廣垂問余兄弟避賊處將往尋訪山僧以道險止行至郡以新詩見示感賦

軺輪鳥道嫩蒲分，嶽氣相迎一片雲。忠孝去天原咫尺，山川與道互絪縕。先賢夢授河圖祕，南國將評九辯文。獨向孤峯憐破壁，雪中蹤迹混麏麚。

堵公以黃石齋先生禮問石刻垂贈紀公補廬先墓事有桐華之應詩以紀之

當世道誰尊，川流赴海門。鼎鐘勒至性，草木識親恩。上相墨衰殰，中原黑瘴昏。掄才將報國，惟孝塞乾坤。武陵自署文昌上相。

耒陽曹伯實翁丈招同陳耳臣廣文訪杜少陵故墓

孤城斜日射荒丘，華表蒼煙對荻洲。郢樹秦城悲弟妹，天淸野曠弔孫劉。傷心素旐東壽畏，司首霙砧白帝秋。莫向江湖怨飄泊，人間還有水西流。

續夢菴拈岸側桃花示慈枝菴主

當春儘與試鉛華，耀日烘雲射晚霞。是水是根攏掇就，天台有路不曾遮。

劉杜三將至於前溪渡題畫扇見寄賦答

野渡寒雲亂，冬郊草尚青。停車隨雁陣，寄夢到漁汀。臥病逢搖落，閒愁半醉醒。明朝相勞問，時事不堪聽。

丙戌

送李天玉以廣文行邑令之臨武

湖上已無家，蠻方且放衙。驅車隨草綫，欹枕看荻芽。望幸雲空綠，揮戈日易斜。向南連嶺海，一訪葛洪砂。

盛夏奉寄章峨山先生湘陰軍中

戎車六月正閑閑，救日朱弓向月彎。銅馬已聞心匪石，巴蛇敢恃骨成山。中原冠帶壺漿待，閩海綸緜戟頳。師克在和公自省，丹忱專在念時艱。

絕句

千絲垂柳出紅牆，帶雨和風卸影長。何事向南吹不了，翠華天半隔瀟湘。

其二

名花珍重試芳叢，白酒朱旗醉曉風。近日園亭荒總盡，百錢買得一窠紅。

其三

今日不雨雲崔嵬，明日不雨霞成堆。野人無事向天哭，巡使能驅太乙雷。

其四

無酒爲歡且自賒，重重畫地作交叉。壚頭甕口向天笑，可許將儂去煮茶。

其五

歷亂汀洲發水蘋，朱朱白白似春叢。歸鴻自許能成陣，霜葉還愁不耐風。

其六

畫土分溝不在多，一倶胝地有銀河。門前鴿子掠簷過，乳雀還爭越燕窠。

丁亥

丁亥元日續夢菴用袁石公韻

峯端悔不斷青畦，偕隱學成斷尾鷄。臣朔無聊飢欲死，太常有恨醉如泥。燒琴天道原烹鶴，徙宅癡腸反忘妻。纔得悟頭魔已過，恰如春盡子規啼。

其二

銀地堆螺粉畫畦，凍雲如甕鎖醯鷄。湖陰日報翻紅浪，嶺外空聞授紫泥。不遣蛛絲縈蝶夢，已拚鶴子付梅妻。自拈黄葉當窗笑，誰止門東索飯啼。

祝融峯

斗氣玉衡分，擎空幾片雲。湘流隨隱見，海色接氤氲。細草孤根綴，危亭溼霧熏。下方煙一縷，鐘磬未全聞。

飛來船

偶然一葉落峯前，細雨危煙懶扣舷。長借白雲封幾尺，瀟湘春水坐中天。

石浪菴贈破門

潛聖峯西攜杖來，龍腥猶帶古潭苔。祝融瞞我雲千尺，持向吾師索價回。

又雪

西山晴踏已經旬，又破芳菲二月春。盡束千眉輸曉色，閒將片影問天鈞。當簷乳雀撩虛白，傍砌桃花識苦辛。定裏莫矜銀地好，天涯彌望長卿貧。

上湘劇飲陽山公宅上同李廣生洪伯修龍季霞山公郎君鄭石夜分歸宿盠慶菴月上有作

長歌短劍負雙輪，綠醑紅燈儘一旬。昨夜隔江春半雨，去年草閣小寒身。夷門有酒誰澆墓，破壁無家惘問津。燕子銜愁消未得，相留莫待落花晨。

淫雨彌月將同叔直取上湘間道赴行在所不得困車深山哀歌示叔直

天涯天涯，吾將何之？頸血如泉欲迸出，紅潮涌上光陸離。漣水東流資水北，精衞欲塡塡不得。豐隆豐隆爾既非兕抑非虎，晝夜狂呼呼不止。牽帥屛翳翻銀潢，點滴無非嗇血髓。行縢裹泥如柿油，芒屩似刀割千耳。兩人相將共痛哭，休留夜嘯穿林木。自有生死各有鄉，我獨何辜陷穹谷。殘兵如游螢，僨帥如駭鹿。荒郊無煙三百里，封狐瘈狗漸相撲。但得龍翔乘雨駕天飛，與君同死深山願亦足。

蕭一夔邀飲桐陰聽叔直彈漁樵問答

破壁能容得，開尊復屢邀。雲飛隨鳥度，雨定看虹消。偶爾觸幽怨，相將慰寂寥。冰絃聊此日，隨分譜漁樵。

放杜少陵文文山作七歌

我生萬曆四七秋，顯皇膏雨方寸留。聖孫龍翔翔桂海，力與天吳爭橫流。峒煙蠻雨困龍氣，我欲從之道阻修。嗚呼一歌兮向南哭，草中求活如蛹縮。

風霾蔽天白日昏，今春別父而分奔。臨行忍淚相勸勉，雖死不辱猶生存，前年抗賊受羈困，今者託足望何門。嗚呼二歌兮腸寸斷，白髮扶杖苦驚竄。

吾母鞠我過母長，辛苦免我于羸尪。去年哭婦淚不燥，菜羹誰煮藥誰嘗。況聞餓賊恣掠奪，行採草根充餱糧。嗚呼三歌兮吾食粟，難寄一粒供母粥。

有兄有兄伯與仲，時人誤擬等三鳳。伯兮南奔仲潛伏，化爲醯鷄營醋甕。君親恩重報不得，天涯生死如春夢。嗚呼四歌兮音問絕，獨向湘山聽鳴鴂。

有妻有妻哭父死，怱怱槀葬坯如蟻。寒食誰澆一碗漿，墓木難留片楓紫。翻令妬汝去此速，不飲湘江腥血水。嗚呼五歌兮思前冬，嶽潭隨我狎蛟龍。

有子有子頭如拳，母死不哭癡笑喧。天崩地裂不汝恤，其生其死如飄煙。古人刀頭覓決絕，我不能然付汝天。嗚呼六歌兮幸不死，他日定知誰氏子。

洞庭翻波鼉鼉吼，倒駕天風獨西走。回首人間鏡影非，下自黃童上白叟。鐵網罩空飛不得，修羅一絲蟠泥藕。嗚呼七歌兮孤身孤，父母生我此髮膚。

船山鼓棹初集

目録

船山鼓棹初集

十六字令 落花影

落花影，款款映春江。終相就，貼水不成雙。

又 前題

落花影，風颭小橋西。掠素袷，疑是染香泥。

擣練子 晚春

雲似夢，雨如塵，花淚紅傾柳黛嚬。也算人間春一度，明年莫更不還人。

如夢令 本意

花影紅搖簾縫，苔影綠浮波動。風雨霎時生，寒透碧紗煙重。如夢，如夢，忒殺春光調弄。

又 前題

如夢花留春住，還夢春隨花去。一片惜春心，付與遊絲飛絮。無據，無據，不覺夢歸何處。

長相思 本意

寶刀分，寶釵分，繡帶分開墜畫裙，餘香猶自温。錦鴛羣，野鴛羣，三十六雙認得眞，旁人莫漫嗔。

又 前題

不思量，也思量，密語何曾得話長，驚鴻夜渡湘。眞成雙，假成雙，儂似蓮心苦薏藏，憐他菡萏香。

點絳脣 牡丹

春未分明，靚面始知韶日曉。朱凝粉裊，費盡春多少。人在綠窗，豔影朦朧遶。碧天杳，瑞雲回合，錦襭空青表。

又　前題

不道人間，消得濃華如許色。有情無力，殢着人相識。　閱盡興亡，冷淚花前滴。眞傾國，沈香亭北，此恨何時釋。

又　月桂

蟾館飛英，隨他月在秋長在。凍雲如黛，幻出香嚴界。　曾訂青娥，有誓深如海。春光改，清芳縹緲，還與山礬賽。山礬，一名春桂。

又　碧桃

碧海凝霜，問誰喚作春光住。綠煙輕處，月染幽香聚。　縹緲雲魂，舊厭霓裳舞。天台路，山空月冷，不管劉郎誤。

又　矮桃

絳櫳盈盈，牆頭怕惹遊人顧。幽情誰訴，芳草萋萋處。　燕眼偸窺，早倩綠雲護。勤囑付，低飛蛺蝶，莫惹香泥汚。

女冠子 賣薑詞

余舊題茅堂曰薑齋，此更稱賣薑翁，非己能羨，聊以補人之不足爾。戲爲之詞，且賣且歌之。

賣薑來也，誰是能酬價者，不須慳。老去絲尤密，酸來心愈丹。垂涎休自悶，有淚也須彈。最療人間病，乍炎寒。

又 慈竹

蕭疏不可，簇簇綠煙深鎖，一枝枝。乳鳳梳翎細，遊鱗蛻甲遲。天高難借問，風橫怕相欺。且自團圞住，要誰知。

浣溪沙 山行

曲曲屏山翠幙垂，啼禽不揀淺深枝，逗人斜轉竹林西。綠玉竿柔愁露浥，翠煙葉密耐風欺，溪光一半染玻瓈。

又 過熊男公夜話

炊稻煙闌煮筍香，溪流縈岫半斜陽，閒宵不覺翦燈長。魚計向春元得水，蜨魂入夢不驚霜，無勞濠上訊蒙莊。

又 即景

幸草猶餘幾段殘，燒痕斜插野雞斑，灰堆無數米家山。雙眼瞢騰疑夢覺，一天晴雨兩闌珊，不愁也索帶愁看。

又 望歸雁

病眼遙天認不眞，一雙雙影未全分，空花搖曳亂春雲。香篆欲消拖蠆尾，平波初皺起魚鱗，烏絲闌染素箋紋。

霜天曉角 懷舊

平湖春水，日落扁舟艤。話到傷心深處，雙淚落青樽裏。天不留愁緒，拚遣愁人死。剛有一絲春怨，又花落鵑聲止。

菩薩蠻 早春

梅花綻錦催寒去，霜花鋪粉留寒住。去住兩悽然，衰翁惜歲年。燒根紅茁草，已報春生早。莫惹曉鶯啼，啼時花亂飛。

添字昭君怨 秋懷

誰染千山烏柏，欺殺一株衰柳。微霜何似鏡中霜，萬絲長。　蠟屐從今幾兩，冰紋當年屢上。夜闌星漢耿清空，挂殘虹。

又 春懷

茸草偏生南浦，桃葉半遮芳樹。東風何用苦相催，緩緩來。　剛倩柳緜黏住，又被落紅勾去。麟洲聞有返魂香，海天長。

減字木蘭花 冬盡

煙籠殘月，遮屋五更霜似雪。小愛東窗，逗漏玻瓈數點黃。　梅風疏緩，凍蜨乍蘇幽砌暖。生怕春生，生雨生風困早鶯。

減字木蘭花 春怨

落花飛絮，只有閒愁吹不去。雨雨風風，消受殘春一夢中。　蒼煙碧靄，一望迷離天似海。燕燕鶯鴛，儘說離愁話不成。

憶秦娥 燈花

心未冷，娟娟還弄斜陽影。斜陽影，半點紅輕，一天煙暝。殘香猶裊金猊鼎，淚痕微映鴛鴦枕。鴛鴦枕，如何落去，孤衾難整。從不作豔詞，以燈花止載得底語。妄人說理可憎。

又 前題

殘膏少，零紅難待春宵曉。春宵曉，灰飛無迹，更誰弄巧。朦朧睡眼微縈繞，疑無疑有幽光小。幽光小，破鏡含輝，死螢殘照。浮屠作燈花詩，其自謂妙悟之供狀也，以此爲爰書。

清平樂 詠螢

夕風乍定，冉冉穿芳徑。曲沼欲尋鴛侶並，卻是伶俜孤影。來回柳岸苔陰，不知露冷更深。幾點殘星未落，一彎斜月初沈。

又 嫩柳

霏霏屑屑，略上些兒色。斂盡翠眉剛半纈，應是春光不徹。未妨雨細寒輕，綠波淺映盈盈。更着一分螺黛，和煙綰住流鶯。

西江月 俗諢

到處凍膿絡索，逢人歌鬧謰謱。無多弊撥總酸餿，罨得英雄漚澆。傝偛幾分卽溜，郎當一味軒齁。砰訇浪裏囫圇遊，誰受兩千僝僽。歌，虎可切。鬧，火雅切。謰謱，讀如連婁。弊撥，莊子註音跋撒。今祁陽人呼零星物事爲八撒，應卽此字。漚，去聲。澆，音縛。傝偛，或作沓颯。兩干，或音作衙衍。干，音韓。

南鄉子 留別家兄

老去別堪驚，日暮長亭亦短亭。鏡裏朱顏唯夢裏，惺惺，刺柏堂前一字行。此去更無憑，藥餌誰扶瘦骨輕。望斷嶽阡魂縹緲，伶俜，萬疊煙波兩葉萍。

鷓鴣天 劉思肯畫史爲余寫小像雖不盡肖，聊爲題之。

把鏡相看認不來，問人云此是薑齋。龜於朽後隨人卜，夢未圓時莫浪猜。誰筆仗，此形骸，閒愁輸汝兩眉開。鉛華未落君還在，我自從天乞活埋。觀生居舊題壁云，六經責我開生面，七尺從天乞活埋。

又 藤蓑詞

籊籊江門舊釣竿，如今落手儘淸閒。鱗鱗三六雙雙鯉，歷歷千重疊疊山。斜月落，曉霜殘，藤蓑耐得一江寒。橛頭信水亭亭去，鯨浪驚雷午夢安。藤蓑，白沙隱服。

又 前題

拾得藤蓑挂破船，蘆汀柳岸兩悠然。曈曨海日生殘夜，爛漫江春入舊年。霞散綺，綠飛煙，儂家何處不靑天。星辰濫摘從人買，只索苔陰數顆錢。

又 前題

不唱江門舊棹歌，人間今古有藤蓑。況逢木落天空後，奈此風淸月白何。穿衰柳，度殘荷，一行白鳥掠淸波。孤吹鐵笛騰騰去，驚落殘花罥女蘿。

又 前題

雲自垂垂水自流，藤蓑晴曬釣魚舟。蓼花雙映迎紅粟，鷺影斜拖顫玉鉤。從闌緩，儘摟搜，丹楓葉落不關愁。閒愁只爲多愁客，鏡裏狂尋頭上頭。

又 前題

藤蓑別樣有心裁，不打江門舊譜來。自憐艇子容雙槳，不羨艣魚有四腮。　帆已挂，柁頻開，掀濤拍岸且徘徊。涪翁漫道風波險，似此風波亦快哉。

虞美人 落花

柳風催送横天雨，自是難留住。更無消息教人知，不解一宵驚去定因誰。　香膏釀出紅芳密，費盡東風力。到來無緒戀東風，爲愛半溪流水暖溶溶。

臨江仙 山礬

本是玉瑒天上種，幾時還駐雲軿。檀心粉頰兩盈盈。香迷雙嫩蜨，熏惱一林鶯。　手折一枝相借問，何如蟾闕秋清。東君着意更殷勤，朦朧煙月暖，點宕柳風輕。瑒花也，一名春桂，或云，唐昌玉蕊卽此。

蝶戀花 早秋

落日青空分燕尾，一片殘雲猶作孤峯紫。翦翦白蘋風欻起，藕花露滴清波裏。　爲問貼天雙燕子，底事能忘辛苦春前壘。回首垂楊無限意，無情也應悲秋死。

又 春景

薄日蒸雲光影碎，白靄濛濛罩住春山睡。一樹梨花輕霧裏，玉山斜倚冰綃醉。　半吐山礬香孕蕊，小步尋春好了鶯花事。莫待楝花花信至，子規難挽東流水。

醉春風 遣病

未了遊絲債，莫被浮雲礙。雞聲歷歷曙光微，在在在。月挂西樓，風輕柳岸，虹垂天外。　但遣愁城壞，不怨霜荷敗。情知臘盡雪須消，耐耐耐。未必他生，還如今日，長年禁害。

青玉案 憶舊

桃花春水湘江渡，縱一艇，迢迢去。落日頳光搖遠浦，風中飛絮，雲邊歸雁，盡指天涯路。　故人知我年華暮，唱徹灞陵回首句。花落風狂春不住。如今更老，佳期逾杳，誰倩嗁鵑訴。

江城子 詠雪

依依欲待入簾櫳，怕回風，怨回風，一霎驚飛吹過小橋東。梅信未來楓葉盡，誰款款，與從容。
前溪流水忒怱怱，拚孤蹤，碧波溶，冷淡魂消舊恨有無中。不似柳綿歸計晚，人只解，惜殘紅。

又 詠雪

驚風淅瀝漸無聲，恰泠泠，早盈盈，促拍悲絲轉入鳳笙清。喚醒梅花月下夢，看咫尺，有瑤京。人間何用久留情，曉風輕，曉煙晴，流水斜陽莫惜玉山傾。解釋消沈千種恨，明鏡裏，鬢絲橫。

祝英臺近 初夏

碧莎蹊，菖葉渡，寂寞尋芳處。梅雨無憑，更把殘紅誤。清池幾片荷錢，浮萍相亂，留不住淚珠如雨。空凝佇，柳枝低嚲夕陽，猶作舊時舞。也自無聊，怕惹香泥汚。問雙飛乳燕何心，閒情閒緒，向枝上嬌憨對語。

滿江紅 初夏

霞映晴空，驚曉夢餘寒消盡。日影轉，綠陰疊疊，碎痕紅印。燕子歸來憨不語，柳塘樾徑都相認。儘從今長日小樓空，無人問。浮萍葉，魚難信。商陸子，鵑猶恨。怕黄梅雨浥溼煙還困。記得年時遊冶處，輕衫碧映荷錢嫩。奈柳絲閒挂葛巾斜，窺霜鬢。

又 新月

遠碧無涯，但約略清光瑩澈。凝望處，誰勻鬆玉，斜分雲葉。幽魄可憐涼似水，一絲淺漾冰紋纈。問青天何事送新愁，從誰說。棲不穩，驚禽咽。風不定，波光疊。眄南枝高處，素痕明滅。認得遙山青不了，半峯微露峨眉雪。便迢迢飛夢入層霄，還孤怯。

又 憶舊

燈影蕭疏，身還在爲誰消受。拚盡了，月下吹笙，花前縱酒。寂寂仲華今已老，太阿知我還知否。向中宵寒鐵噴清光，雌龍吼。骨已白，黃泉友。魂已杳，黃頭婦。便長吟梁父，溪山非舊。飛盡楝花天不管，韶華難得春風又。聽啼鴉啼徹五更心，棲衰柳。

滿庭芳 重九

蘆展霜英，蓼開紅粟，三分秋在堪憐。芙蓉木末，午壓絳痕鮮。似欲將人共醉，何須問誰健他年。吹不去，當頭皂帽，直上有青天。飛仙曾授我，汝南眞訣，壺裏清玄。已住雲山絕頂，芸盡芝田。何處更尋高巘，累芒鞋竹杖橫肩。凝眸處，齊州數點，萬里罩平煙。

水調歌頭 詠懷

釣竿落吾手，意不在魚邊。六鰲何處，一艇縹渺凌孤煙。耐可乘流直上，不避回風吹轉，蹴破浪花圓，一曲棹歌裏，星斗落帆前。白蘋洲，芳草渡，扣哀絃。落花細數，坐久日送荇絲牽。出入無腸國裏，爛漫無愁天上，鼎鼎度華年。唯有千絲雪，鏡裏自相憐。

黄鶯兒 苦雨

昏昏昏曉忘春曙。幾尺幽窗，半掩蒼苔。一抹青山，平鋪飛絮。似酒醒，乍扶頭，鐙炧難留炷。沈沈天海，濛濛早把韶光暗裏消去。拚與白鳥盪銀波，淸猿隱高樹。芭蕉幾葉，莫有綠肥，輕寒依然勒住。想流水小橋東，密篠濃陰處，應有怨老鶯聲，細把閒愁訴。

高陽臺 蛛絲落葉

拚卻無情，更誰斷惹，西風簷角蕭蕭。留看人間，斜陽一晌光搖。蘋花應笑歸期誤，又爭知，孤緒無聊。被殢人，輕蜨憨憨，片影相撩。天涯一夢迢迢，任露侵衰草，月冷危橋。便隨塵土，離魂不倩人招。前時難憶藏鴉處，有歸飛孤雁低邀。望誰爲，幷刀一翦，翦斷情苗。

念奴嬌 詠蝶

流鶯啼徧，喚不醒芍藥叢中雙蜨。待把紅香留住穩，無待雨狂風劣。流水浮萍，垂楊飛絮，都是閒枝節。殷勤爲甚，飄零了不孤怯。縱好繡帶雲裳，來回弄影，蕩芳情一捻。日暮簾垂歸燕語，池上晚風獵獵。渺渺天涯，歸魂何處，便是煙花劫。無人說與，陽關夢裏三疊。

又 對鏡

閒愁自昔，到如今當得雪欺霜負。雲亞天低擡不起，隨意白衣蒼狗。劍躍雙龍，筆搖五嶽，也是閒筋斗。蝶黏蛛網，絲毫動得還否。別有一線霏微，輕絲杪忽，繫蟠泥秋藕。一梃敗荷凋葉盡，自有玉香靈透。眉下雙巖，電光猶射，獨運枯楊肘。無情日月，也須如此消受。

水龍吟 蓮子

平湖渺渺波無際，難認舊時青蓋。荻絮橫飛，蓼紅斜炫，秋光無賴。拚不含愁，韞香宮裹，泠泠珠佩。伴江妃淚顆盈盈，怕誰斷惱，幽房裏深深綴。十斛明珠誰買，空望眼懸愁碧海。露冷昆明，霜凋玉井，蘭舟罷採。自抱冰魂，海枯石爛，千年不壞。莫拋擲一點孤心，苦留得秋容在。本草：石蓮子帶殼則千年不壞。即此。李時珍云藥肆別有一種石蓮子，不知何物。

又 前題

白蘋紅蓼秋江岸，早有蜻蜓斜睨。鬚褪蜂黃，乳含菽玉，懨懨倦起。乍歷金風，誰知漸老，蜜房深閉。應只似天寶雞坊，皂衣人在，空記得霓裳事。零零玉露含愁，漫閣住淚珠難墜。無情忍見，蹴碎菱花，啄殘菰米。自惜殘香，又逢劈破，長離煙水。問多情碧藕抽絲，可得經時重繫。

又

余既作蓮子詞二闋，夢有投素札者，披覽之云，公不棄予小子，補爲酬詞，良厚。乃我本無愁，而以公之愁爲我愁，屈左徒之愉東皇雲中不爾也。且公所詠者，荻絮蓼花，金風玉露，皆余少年事。假以公弱冠時文酒輕狂，今日爲公道，公其能不赧見於色乎。敗荷秋藕，吾已去之如籜，自別有風味在。公雖苦吟，非吾情也。世人皆以我爲樸質，公當爲豔語破之，幸甚。曉起，因更賦此，不復以豔爲諱。

輕舠直上瀟湘，五湖載取風光去。蘭湯初浴，絳羅輕解，雞頭剝乳。膩粉肌豐，苞香乍破，芳心暗吐。待笑他石家赬面，楊家病齒，雖夭冶還含醋。曾倩綠窗深護，全不教香泥微污。莫愁秋老，儂家自有，杏金丹駐。唯應少府，無妻空老，長憐樊素。願年年歲歲相期，解佩蘋花洲渚。

瑞鶴仙 壽李爲好

早覺秋清也，是年華通閏，露晶瑩也。霏微香淺處，知月中金粟，遙飛英也。雙星炯也，良宵映，人間永也。祝其人如玉，顓頊姑射，在瑤京也。　輕也，鄴侯仙骨，凌虛上、御風泠也。夢鶴迥也，何知螘夢醒也。笑向來蠻觸，交爭何事，冷看閒看定也。儘海波，千度桑田，吾心靜也。

春雲怨 春雨

一宵風雨，將小窗曙色，朦朧勒住。驚起數聲啼鳥，多在碧煙深重處。肥綠欺人，瘦紅欲盡，流水無情向南浦。紅藥多愁，翠胎未吐，還遣花期誤。問春擬向何方去，怕芳草天涯萋萋非故。記得年時踏青路，燕子重來夢裏，樓高望迷煙樹。桃葉難憑，流鶯不管，自綰柳絲低訴。

喜遷鶯 元夕

龜紋雲展，逗月影照人清善。傲幸春光，等閒換卻，銀海玉山萬片。不道殘梅香盡，似惜柳條綠淺。更念我一莖瘦骨，風絲欲翦。繾綣，笑年年歲歲，長伴韶華轉。野燒烘朱，疏星炫采一點，山鐙光顫。良夜人間似此，莫問瓊壺近遠。癡來自笑，衰翁受用東風消遣。

歸朝懽 春晚

不道春光消不得，風風雨雨落紅積。餘芳一片尙嫣然，倡條冶葉誰相識。幽情還自惜，向他時斷虹殘雨，留取韶華迹。遊絲裊裊嬌無力，難憑遠覓春消息。也知春只在天涯，杜鵑莫訴春歸急。柳帶煙如織，從容綰住東流疾。任桃花路杳天台，不道仙源隔。

瀟湘逢故人慢　贈李簡尤初度簡尤方五十髭鬚如雪已十餘年矣

瀟湘一曲記前時，相念此地相逢，掀髯一笑中。問霜雪因甚，早上青松。多情自昔，閱桑田滄海重重。有吳市洞簫孤奏，碧天吹裂晴空。　酌君酒，爲君舞，怕長沙袖短，舉手難工，把袂且從容。但五絃揮罷，目送歸鴻。隨時梅酒，又何有今古英雄。鶯花在，年年三月，綠楊柔嚲春風。

尉遲杯　聞丹霞謝世遙爲一哭

離愁遠，恨瀟水不逐湘流轉。蕭蕭寒雨天涯，南雁一聲驚斷。閒悰無數，都付與似水幷刀翦。忍今生死死生生，總難片語分判。　追憶雲暗蒼梧，也則是風光，本色消遣。裸戲谷泉雷電裏，莫更有耶孃生面。今且向垂楊暮雨，鵑啼處，呪殘春一線。想依然還我傷心，歸舟天際相見。

二郎神　七夕

秋生處，還只恐佳期無據。俯杳杳，人間幾點疏鐙，亂流螢低度。莫有多情應似我，向蛛網，含愁輕訴。方信得，經年此夕，帶水橋成堪渡。　休誤，荏苒凌波，迢迢西浦。費烏鵲，高飛心力倦，奈塵世荒雞催曙。回首盈盈青女下，似笑我凄涼庭戶。算自有銀潢，幾許年華，玉顔非故。

玉連環 述蒙莊大旨答問者

生緣何在，被無情造化，推移萬態。縱盡力難與分疏，更有何閒心，爲之偢倸。百計思量，且交付天風吹籟。到鴻溝割後，楚漢局終，誰爲疆界。長空一絲煙靄，任翩翩蝪翅，泠泠花外。笑萬歲頃刻成虛，將鳩鶯鯤鵬，隨機支配。回首江南，看爛漫春光如海。向人間，到處逍遙，滄桑不改。

又 前題

彀中遊羿，莫漫驚寵辱，浪生規避。原自有萬里清空，可無影而藏，不飛而至。黑白兩端，算都是龍泉輕試。但塗中曳尾，刃發新硎，全牛皆廢。無涯有涯交累，唯餌香藥作，不黏滋味。消彼此百種聰明，向白日青天，鼾齁熟睡。側足焦原，弄獿虎不殊豚彘。笑弈秋，着着爭先，居然鈍置。

望湘人 歸雁

到春生寒裏，寒盡春邊，惺惺還自分曉。煙水無涯，關河何處，長是夢魂飛繞。任不歸來，也堪信宿，奈他幽悄。儘江南草長魚肥，難把寸心灰了。歷盡墟煙晚照，更天低月暗，風淒雲窅。脈脈自孤征，冷覷垂楊棲鳥。隨處生緣，暫時留戀，只愛桃英嬌小。問他日萬片秋聲，誰領取江天縹渺。

風流子 自笑

老夫無藉處，問今古更有幾人知。把紅霞揉碎，挼成火棗，玉露團合，釀就冰梨。飽餐罷，擎籃盛夜月，添炭煮冰凘。一掐中天，星隨指落，還從殘臘，花促春歸。秋風落葉裏，捫碧霄，敲響玻璨。大笑天翁白雀，輸我偸騎。金彈驚開，幽窗啼鳥；玉笙喚起，茅店荒雞。且般勤囑咐，絕調鍾期。

沁園春 梅花道人題骷髏圖澹歸嗤其鄙陋爲別作七首乃詞異而所見亦不相遠反其意作四闋正之

白日難欺，青天不爽，只此骷髏。到排場戲畢，盡停邊鼓；熏鑪煙散，卻剩香篝。無想有天，也須扣算，放自當年到此收。終不道，泛秋波一葉，隨處芳洲。思量慚愧難酬，曾頂戴春霖起白漚。憶香蒸雲子，從伊飽滿；輕裁霞綺，護汝溫柔。莫倚無知，瞞他有眼，總付梧桐一片秋。應認取，者下回分解，別有風流。

又 前題

當汝無時，原無消息，逗此風光。到雲生月吐，旋相圓滿；山支水派，不爽針鋩。桂斧誰修，玉砂難碾，琢就玲瓏七寶裝。曾倩汝，爲日輪炫紫，寒夜凝霜。成功底事難量，仍擲與乾坤自主張。儘雪裏梅開，憑誰蘊藉；風中柳擺，非汝輕狂。百折如新，一絲不亂，煙草迷離總不妨。珍重好，教大鈞裁翦，鶴短鳧長。

又　前題

畢竟還他，曉風殘月，正好惺惺。看太白占星，顯開玉色；黃鐘應律，敲作金聲。揖讓筵終，征誅局罷，渠不增加汝不輕。堪愛處，爲元龜受灼，枯槁皆靈。西園片片落英，也妝點東風緺晚晴。任血洒虞兮，原非戰罪；腸回康了，不礙文名。萬石洪鐘，一絲殘綆，止此冰霜骨幾莖。夫誰暇，怨華亭鶴唳，蜀道淋鈴。

又　前題

爲問蒙莊，卮言枉弔，笑爾何知。既使我其然，焉能免此；如君之說，抑又奚爲！幸未凋零，先爲飄蕩，究竟魚還死水湄。早辜負卻桃花春水，楊柳秋隄。欲拋拋付伊誰，眞避影銀鐙只淚吹。便一枕蝶輕，還黏粉翅；三眠蠶穩，仍惹纏絲。去則難留，留原難卻，一線紋生玩月犀。唯片晌，耐板橋霜迹，茅店荒雞。

摸魚兒 病後作

問還餘鶯花幾許，容吾酬盡春債。向來淡墨寫虛空，也須添朱着黛。眞狡獪。拈一片落英欲揉留光碎。潑天無賴。拚古廟香鑪，荒村迓鼓，社夥從新賽。　癡絕處，瘦骨披襟瀟灑。倚闌目斷天外歸禽誰戢雙雙翼，棲穩垂楊煙靄。空慚愧，噴熱血，心肝摘出從人賣。寸絲留在。便棠杜雲寒，白楊風起，不道餘香壞。

又 自述

當年事也隨風起，片帆一晌輕挂。雲間江樹霏微處，早愛青山如畫。停橈也。又卻有蘋花菰米香低亞。難消良夜。且月載金樞，波分素練，飽看銀河瀉。　入佳境，茹蘗居然啖蔗，千金難酬春價娟娟蛺蝶花間戲，不怕黃鶯絮罵。誰眞假？已早似光風霽月連牀話。千蹊萬岔，則堪信堪疑，欲歌欲泣，狂譜從人打。

賀新郎 自題草堂

狼籍成衰老，唯餘此數莖瘦骨，隨風顚倒。滿目江山無熱處，一曲林巒新造，何敢望松縈竹抱。新綠半畦荒徑側，怕萋萋仍是黏天草。钁頭在，還須掃。　東牆幸有冰輪好，到秋來暖雪生眉，瓊瑤阿鼻獄，蓬萊島。

灌腦。人道森寒清徹髓，也是龜毛蛇爪。總拚與寒灰冷竈。萬頃煙嵐窗紙暗，恰昏昏齁睡忘寅卯，

金明池 新柳

多幸煙和，無妨風細，裊裊自憐春軟。嬌小甚，鵝黃綻處，但一葉兩葉初翦。拚多情拖逗波光，映岸側、鏡影苔茸深淺。總冉冉相依，搖搖不定，約約勻勻低轉。不問花期今近遠，只着意韶華殷勤欲綰。忍微寒待鶯已久，向落日藏鴉不慣。定誰知，無限柔情，對殘月曉風，翠眉難展。只片晌停凝，經時蕩漾，獨自來回消遣。

瑞龍吟 別恨

天涯遠，凝望迢遞層陰，夕陽一線。幾番拚不相思，曾種情苗，待誰割斷。初相見，也似輕薄楊花，隨風飄轉。無聊且付閒心，燈下香前，自尋幽願。漫道天台桃徑，重逢劉阮，殘紅一片。又隨流水飄零，凋殘故苑。盈盈脈脈，煙鎖芙蓉巘。勞想像扇影低回，佩聲繾綣。夢裏啼鶯似把遊人喚。又恐春期淺。辜負卻，翩翩畫梁雙燕。此情誰訴，一簾春晚。

望江南 本意一

江南憶，鍾阜杳霏微。佛子獻來金堵窣，功臣長侍玉罘罳。繚繞五雲飛。

又 本意二

江南憶，錦帶遶秦淮。萬古中原龍虎氣，百年冠蓋鳳凰臺。天闕一雙開。

又 本意三

江南憶，牛斗劍光横。跳蕩將軍飛似蝶，換橋萬戶語如鶯。虹捲海天淸。

又 本意四

江南憶，霞采映江波。吟社春翻紅雪譜，講壇月滿碧雲阿。錦瑟奏淸和。

又 本意五

江南望，渺渺似雲中。五色秣陵芝作蓋，三山北固海吞虹。今古幾英雄。

長相思 春夜

花影低，月影微，一夜迢迢已半非。問天知不知。　風滿扉，露滿衣，鑪冷殘香戀素幃。棲禽尚未歸。

昭君怨 本意

千古英雄一淚，只在琵琶聲裏。冷笑看功臣，畫麒麟。　嬌面胡風吹皺，拚與紅顏消受。赤鳳不知愁，漢宮秋。

又 詠柳

鶯囀上林春軟，蟬噪隋隄秋晚。一樣繫興亡，碧絲長。　夜雨盈盈千顆，點點清波濎破。不但翠眉嚬，淚珠勻。

點絳脣 和林和靖韻詠草

舊日青山，霜風吹後誰爲主。招魂何處，棠杜春皋雨。　杜宇聲中，休怨芳年暮。凝眸去，萋萋無數，仍滿天涯路。

霜天曉角 懷舊

清秋晚角，斜日橫雲腳。劍射燈花墜紫，雙影瘦，征衣薄。　今日夢中語，常時難卜度。唯有丹楓霜葉，點點血，還如昨。

菩薩蠻 除夕

相移不覺春前歲，相連不斷風前淚。淚已到今殘，乾坤醉夢間。　紫山橫白靄，冪歷天如海。花月有時新，難留霜鬢人。

又 桃源圖

桃花紅映春波水，盈盈只在沅江裏。湘水下巴邱，湖西是鼎州。　停橈相借問，咫尺花源近。三戶復何人，長歌掃暴秦。

又 述懷

萬心拋付孤心冷，鏡花開落原無影。只有一絲牽，齊州萬點煙。　蒼煙飛不起，花落隨流水。石爛海還枯，孤心一點孤。

攤破浣溪沙 始春新月

嫩柳梢頭挂一分，玉痕鬆淺綠煙輕。空裏流霜蕩漾逼天凊。瘦影徘徊還似夢，朦朧雪鬢未惺惺，卻惱人間菱鏡太分明。

卜算子 詠傀儡示從遊諸子

也似帶春愁，卻倩何人說。更無半字與關心，吐出丁香舌。紅燭影搖風，斜映朦朧月。鉛華誰辨假中眞，皮下無些血。

憶秦娥 本意懷仙

驂鸞去，還來太華峯頭住。峯頭住，不遠人間，迷濛煙霧。神山無蒂飛鯨渡，迢迢紫海凊都路。凊都路，天酒花傾，雲韶鶴舞。

又 子規

幽魂咽，蜀天淚灑春江血。春江血，東下湘靈，哀絃夜月。春歸還訴春前別，天荒地老情無歇。情無歇，喚不歸來，他生此劫。

謁金門 待須竹

閒不得，閒得也應相卽。除卻鏡中霜鬢識，更誰通消息。　多病年來無力。翠嶂層層相隔。珍重楊花風起日，覓浮萍踪迹。

又 春怨

雲無數，遮斷春光來處。更着廉纖千嶂雨，罩住和煙樹。　社燕佳期已誤，他日歸來應訴。舊識垂楊芳草路，總被深寒妬。

清平樂 鷓鴣

但南無北，費盡丁寧舌。說與天涯行不得，也似欲啼清血。　空山煙雨霏微，離披敗葉低飛。乳燕莫誇輕俊，人間何處烏衣。

謁金門 偶感

千秋歲，只似而今滋味。落日黃花衰草地，有英雄殘淚。　片月亭亭西墜，不管幽蟲吟砌。未審碧霄何意緒，恁茫茫無際。

更漏子 本意

斜月橫，疏星炯，不道秋宵眞永。聲緩緩，滴泠泠，雙眸未易扃。霜葉墜，幽蟲絮，薄酒何曾得醉。天下事，少年心，分明點點深。

又 前題

嶽臺泊，灘江柝，劍吼匣中如昨。劉備壘，馬殷墳，閒愁夜幾分。燈燼滅，寒衾鐵，只有歸鴻悽切。簷溜雨，遠雞聲，心知是五更。

眼兒媚 春深始見梅花

不知深淺幾春宵，猶自見春嬌。暗藏紅粟，斜分綠影，全罩冰綃。當時曾有孤山約，客夢已迢遙。餘香應惜，東風漸老，野水平橋。

西江月 本意

湘水悠悠北去，章江渺渺東流。清光拂劍碧天秋，情寄一杯濁酒。落月倩誰留住，長江又送新愁。小孤潮阻散花洲，露冷長堤衰柳。

又 前題

曾憶龍沙孤泊，將軍祠下霜寒。凉輝淺淺挂西山，半破金樞拂岸。羌管聲中烏夢，藤花影裏漁灣。嬋娟不管淚闌珊，還送數行歸雁。南昌劉省吾都督祠，不知存否。

怨王孫 送春

野水蒼樹，落紅飛絮。芳草長堤，垂楊古渡。只是無人，解惜春。歸雁欲傳雲裏字，將誰寄，拚與閒愁死。天遠水遠山遠，何處相逢，夢魂中。

江南曲 寒月

寒月迥，霜氣護嬋娟。眼暈乍臨秋水鏡，眉黃初學遠山煙。不盡使人憐。清賞處，猶自憶華年。移几當軒添獸篆，捲簾呵手拂鸞箋。人在玉山前。

又 前題

寒月迥，凝望屬天涯。劍吐蓉光三尺冷，弓垂蟾影半輪斜。豪氣動悲笳。回首處，羃歷杳平沙。雪窖遙天迷雁字，瓊樓暗影柰妖蟆。雙鬢冷霜華。

又 前題

寒月迴，風颭讀書帷。硯滴搖光分碎玉，鐙花隨影落瓊芝。歷歷記當時。　人已老，不分冷風雌。弔古自垂珠蚌淚，問天欲伐桂香枝。清氣盪冰澌。分，去聲。

又 前題

寒月迴，旖旎一輪安。片影但驚孤葉墜，數峯無那晚煙殘。略似夢中看。　深佇立，清露沁肌寒。藥竈松風初淅瀝，竹窗梅影已闌珊。人老釣魚灣。

鷓鴣天 杜鵑花

錦國春從恨裏栽，雲安涪萬淺深開。山頭萬片□芳影，枝上三更結怨胎。　紅淚滴，血函埋，他時化碧有餘哀。傷心臣甫低頭拜，爲傍冬青一樹栽。

虞美人 問月

乍圓還缺相調弄，也是如春夢。有形畢竟有消時，只是較人差久少人知。　遲回閒戀花間影，便道秋宵永。儂今何遽不風光，一晌清靈不散萬年長。

踏莎行　與李治尹夜話致身錄事有感而作

幾許興亡，憑誰料理，血痕一縷留青史。從來白刃殺英雄，憾憾兒女叢中死。　霜氣飛空，星光墮水，閒宵半吐傷心字。他年莫問草堂荒，蕭蕭落葉隨風起。

小重山　訊遊人

聞道韶光色色新，青驄驕玉勒，踏芳塵。河橋嫩柳折殷勤，全不管，葉葉翠眉嚬。　鶯語呪含嗔。子規催不轉，未歸人。東皇若肯惜餘春，紅藥在，重染茜香勻。

蝶戀花　秋感

簷帽風輕收早稻，半捲黃雲，半擁綠煙島。雪鯽如銀膏滿腦，瓜肪切玉鋪霜早。　梟梟長竿爭打棗，靺鞨珠圓，顆顆香甜飽。受用蒼天今已老，掀髯一笑邯鄲道。

蘇幕遮　暮春月夕

雨初收，春已盡，多幸嬋娟，還照煙霄暝。弱柳搖波波不定。綠影層層，蹙損金樞暈。　儘閒愁，誰借問，花落花開，難向今宵認。猶有餘香吹陣陣。珍重清輝，莫映殘雲隱。

又　翠濤以新詩見懷作此答之

老猶慚，愁不死，燕子銜來，無限傷心字。春色三分還似此。和雨和煙，了卻韶光事。　有如癡，仍似醉，短劍光銷，紅蠟傾珠淚。一片瀟湘東下水。誰遣無情，長惹飛花墜。

漁家傲　樵歌

煨芋噴香斟卯酒，扳蘿不怕寒崖陡。黃葉颼颼麕鹿走。君知否，夜來野燒霜枯後。　林外炊煙青一綹，斜陽又轉蒼溪口。莫怪逢仙柯已朽。耽棋久，人間殘局難丟手。

又　前題

雨歇輕陰苔滿地，鶯聲引入雲深際。谷口回風驚颶起。芫花碎，芒鞋點點紅芳綴。　滿徑山礬香藹膩，杜鵑鋪錦簪螺髻。掉首行歌歌不已。腰鐮墜，枝枝不忍傷新翠。

又　爲好送魚苗謝之

連雨前溪新漲瀰，垂綸不上雙雙鯉。剛歎直鉤鉤不起。青蓑委，果然甚矣吾衰矣。　雪脊霜鱗春燕尾，殷勤不待桃花水。曲沼逍遙萍葉紫。秋風裏，熟炊香稻烹銀髓。

鎖來回，不審何時是了，問天也難分曉。可惜一江綠淨，半林紅裊，都被輕狂消繳。　年來雙耳，長似蟬吟林表。那堪鼉吼還相躑。便兩鬢幾莖霜也來縈繞。到長夏，又還幽悄。

天仙子 元夕

垂垂凍雨凌珠滴，阿誰喚作鐙花夕。當時有夢到今圓，孤煙冪，殘膏膩，寒山不着東風力。　纔領取歸鴻嘹嚦，又消受殘梅狼籍。人間昨日是元宵，人非昔，天難識，明年消盡中原曆。

祝英臺近 殘梅

有餘香，無別意，難向東風說。前夜朦朧，一晌邀霜月。元來卻上柳梢，平沈碧海，拚不管幽芳淒絕。　情無歇，苦禁斷雨斜陽，望尋香凍蝶。漫無消息，歸燕空饒舌。便判取豔墜珠樓，煙飛紫玉，也難待杜鵑啼血。

御街行 上巳

迷煙迷雨敎春困，不道是清明近。輕寒曾忍柳風狂，只待東君花信。紅藥芽嬌，山丹胎小，依舊無憑準。蘭亭今昔何須問，消不盡新亭恨。強將客淚付流觴，逝水難酬春怨。鶯鶯燕燕，花花草草，目送韶光褪。

東風齊着力 憶別峯修竹爲冰雪摧折

一片綠雲，千條寒玉，亭亭孤上，非想有情天。記得雨餘殘照，趁啼禽卽栗橫肩。迎眸處，掮雲垂露，嬝娜芊眠。誰道別經年，怨湘妃不語，我見猶憐。鯨波吞嶺，欲遣變桑田。魆地一聲去也，挽不住環佩珊然。空想像，紙窗清影，淡寫之玄。

水調歌頭 放言

我自非卿法，何事爲卿愁。非卿之法，卿抑可不爲吾憂。若汝三更半覺，而肯一參萬歲，月也應含羞。弄影浮雲上，圓缺總清秋。數花鬚，黏柳絮，汝風流。差排螘國鰕島，立地鳳麟洲。旣道尼山出世，又召東山入夢，鏡裏是眞頭。烱烱明看汝，更上一層樓。

念奴嬌 南嶽懷古

井絡西來，歷坤維，萬疊丹邱戰壘。萬折千回留不住，天裊龍驤鳳起。雲海無涯，嵐光孤峙，縮住瀟湘水。何人能問，問天塊磊何似。南望虞帝峯前，綠雲寄恨，祗爲多情死。雁字不酬湘竹淚，何況衡陽聲止。山鬼迷離，東皇縹渺，煙鎖藤花紫。雲璈無據，翠屛萬片空倚。

瑞鶴仙 壽劉庶仙

桃花開也未？有酥雨微晴，爛熏春醉。何須傾綠蟻，弄嫩柳鶯背，黃醅香膩。綵衣新試，更昨歲，蘭開雙穗。此芳辰不樂何如，塵世原同兒戲。曾記牡丹月下，琴軒春早，笑歌聲沸。年華彈指，漸兩鬢，霜華綴。看江山一晌，蜃樓閃爍，煙波杳靄無際。只壺公，壺裏韶光一色，彤雲多麗。

南浦 驚秋

片雲堆雪，卻無端飛影欲掠斜陽。回首西風起處，幾葉上輕黃。莫問藕花凋未，看蜻蜓點點度銀塘，有前時雙鬢，而今似否，青鏡自商量。極目神州杳杳，只歸禽無數點微茫。銷盡殘虹半折，短劍蝕清光。便遣吾廬三徑，在他時，楓葉不禁霜。祝掠雲雙燕，好將歸夢遶空梁。

尉遲杯 冬景

夕陰凝，分一半，霜月空霄影。危柯風吼鼉吟，料得栖禽難定。眉雲黛蹙，問何事，帶濃愁不醒。也應他，倦看天涯，萬里平蕪煙瞑。休道柳暖花嬌，便秋色碧梧，猶戀金井。早似十分搖落也，誰待怨，玉露當時薄倖。但隨風，幾片丹楓，還逞飄零情性。聽孤鴻，嘹度三更，幽魂脈脈孤省。

二郎神 詠鏡

碧潭清淺，又早被蘋風吹動。鸞鬢影參差，歸來欲倦，試向菱銅閒弄。何處相逢，似曾相識，一面閒愁偷送。多情甚，白袷朱顏，直至而今相共。　還恐，塵生碧海，玄雲晴湧。也似我年來，桃花春水，咫尺煙迷秦洞。總不分明，猶應記得，笑語當時恩重。誰忍見，半規流落人間，別邀新寵。

望海潮 本意

紅塵如此，茫茫滄海，吾將誰與言歸！蜃霧騰虹，龍珠炫紫，波光天外霏微。寶日湧初暉。經煙霾萬里，雲鎖千圜，依然不改，晶輪激火夾天飛。　吹簫人鼓餘威，將吳宮舊怨，血洒靈衣。怒遣天吳，濫驅海若，長風奮駕支祈。淫姣責江妃，將平沙盡洗，僊草滋肥。厲目軒然一笑，人在釣魚磯。

風流子 春感

春光又到也，全不惜霜鬢不禁愁。問歸飛雙雁，江南塞北，冰融風軟，何處淹留。莫輕棄，魚波翻縠皺，鷺影挂銀鉤。但愛風高，黃沙眯目；爲貪月冷，白草含秋。　垂楊搖蕩處，綰不住綠水去悠悠。饒有荇牽翠帶，難繫浮漚。看徹踏青，眉皆黛蹙；相逢折柳，淚總珠偸。歎千金春價，一刻難酬。

蘭陵王 秋感

傷心事，今日從何說起。劍光冷、血濺潭龍，落葉風高雲際寺。賓鴻傳錦字，向道海雲孤峙。天涯遠，欲託傳情，不怕關河阻迢遞。露墜芙蓉死。問秋藕可能，將絲重繫。吹簫人老吳閶市，向夜闌人靜，閒提半語，也怕吟蟲相調戲。擁孤衾獨睡。憑夢，將愁寄。更天海悠悠，望斷煙水。縱然有夢成差異。難尋覓酒伴，同垂珠淚。想天□□，□也了，無慚愧。

賀新郎 用韻寄題翠濤山居

君未同余老，任叔夜崟嵚磊落，玉山奚倒。偶借漁磯垂直釣，不許問津人造。豈但愛清溪回抱。萬疊碧簪青帶遶。偏天涯總是王孫草。笑一室，何須掃。平疇良稼懷新好。多種秫，黃雲釀熟，香熏龍腦。晝駿不臨松雪譜，自寶思陵㊀鷹爪。煮冰雪自尋罏竈。閒寫谿雲山雨句，終不教舉俗憐丁卯。雖寒瘦，非郊島。翠濤家藏宣和畫鷹，因憶趙子昂不類，遂及之。

又 中秋大病不得與從遊諸子觴月吟此慰之

海門孤月上，是人間平分秋色，桂香新釀。一曲草堂東嶺對，延盡碧天清爽。窗影照吟蟲幽響。鷺

㊀ 劉毓崧校勘記：「自注云：翠濤家藏宣和画鷹。宣和係徽宗年號，然徽宗稱祐陵，若思陵乃高宗也。」

足倒拳衾似水，笑淸狂到此無能強。鐙燄薄，搖孤幌。一丸冰玉含惆悵，付伊誰劃破青天，御風孤往、擒取妖蟆三足怪，鋪滿銀魂千丈。問竊藥當年欺罔。玉宇能禁寒徹骨，但有情不怕銀河廣。寶劍在，英雄掌。

十二時 蟋蟀

問古今閒愁有幾，長與秋來相惹。到月暗梧桐疏影，木葉冷冷初下。便遣淸宵，都無萬感，猶自難消夜。偏傍砌，側近西窗，冷絮閒叨，不管殘鐙花灺。從伊誰，問知幽恨，長在眉梢縈挂。似訴風淒，如悲露冷，斗轉銀河瀉。莫念人幽悄，殷勤特相慰藉。不分明，傷心句裏，聽得又還爭差。待擁孤衾，滅燈塞耳，可放離憂罷。未多時更被，荒雞數聲啼也。

玉女搖仙佩 霜葉

雲容初皺，鸚老梳翎，微露猩紅丹咮。迤邐金風，輕寒不耐，心緒還如中酒。莫是憐秋瘦。貰留光薄媚，春歸還又。念一自，紅欒凋零，杜宇三更，啼血而後。拖逗得傷心，染就殘痕，到如今消受。還想拒霜木末，蓼花江岸，晚豔於今未久。半折殘虹，一彎夕照，卻早送人僝僽。零落還知否？唯應伴幾葉，淡黃衰柳。又恐怕，青娥嬌妒，不肯留儂住，朱顏非舊。重回首，雨餘荒草堆紅繡。

船山鼓棹二集

目錄

船山鼓棹二集

十六字令 元夕見月

雪面女，耐冷卸羅衣。盈盈出，爭賽粉香肥。

搗練子 詠愁

剛有緒，又無端，細雨千絲月半彎。一寸眉稜千障壓，不教人放片時閒。

又 詠霜

空無際，月無痕，悄悄盈盈上草根。蜻蜊逼窗鐙影綠，愁人不道不消魂。

如夢令 春後寒雪不已

粟起鏡中珠飽，光射窗中花擾。消遣一衰翁，鳊項縮來欲槁。休惱，休惱，昨夜春山先老。

又 小遊仙

一色花飛鶯報，五色煙輕雲罩。夢裏屢驂鸞，只是今生未到。誰道，誰道，只有人間春好。

又 前題

天酒玉童斟送，秋水小鬟低誦。今日與他生，一逕瓊壺花動。非夢，非夢，波動月原不動。

長相思 春恨

鶯亂飛，花亂飛，總愛春光去不違，誰知春事非。　風滿扉，雨滿扉，坐待玄禽暮不歸，孤雲遶翠微。

又 前題

待尋芳，懶尋芳，褪粉梨花背夕陽，清明未斷霜。　游絲長，柳絲長，欲綰春光春又忙，辛夷早綻香。

又 落日

海天寬，暮煙殘，纔得團欒對面看，還沈山外山。　人倚闌，鳥飛還，回首東風一碧寒，嬋娟欲上難。

醉太平 冬夜

霜楓墜丹，風窗送寒，心知明月光殘，轉牆西小彎。　巍巍豹關，迢迢玉山，夢回還在人間，聽雞一聲夜闌。

生查子 春感

梨花一片飛，飛落春衫袖。莫漫愛餘香，春去君知否？　青郊驄馬兒，浪醉旗亭酒。不是不催歸，寶鞭在君手。

又 秋感

藕花豔銀塘，玉露凋零盡。素蛺不知愁，波影弄金粉。　飛飛飛不去，日暮西風緊。爲惜白蘋香，怕受微霜損。

點絳脣 飛花

不是人間，定然無個藏春處。和風和雨，抵死驚飛去。　暖日晴風，猶自難留住。天涯路，金勒駒驕，踏作紅塵土。

浣溪沙 秋感

風翦芙蓉墜晚香，銜波難認舊鴛鴦，秋宵漸永儘思量。幾度相逢唯夢裏，疑非疑是不端詳，鷺鷥空帶滿頭霜。

又 冬景

款凍額黃暈淺檀，金罍頰醉半腮丹，妬他臨老更芳顏。落葉泠泠清影瘦，敗荷翦翦綠雲乾，爭教不怯曉來寒。

又 冬望

縹渺雲絲展碧空，孤峯峯影影孤松，天南天北雁來風。極目江山無止竟，傷心日月太從容，霜楓依舊半林紅。

又 病起春日小步

水淺平田碧幾叢，出胎初葉翦嬌紅，勻勻梳柳半溪風。小雪去年門外影，如今還落夕陽中，春光不道不從容。

添字昭君怨 友人劉懿菴營虎塘頗勝沒後鞠爲茂草賦此寄歎

燕壘粉垣香墍，螿館蓼花紅碎。行人莫唱水東流，水西流。柳外畫船簫鼓，簾外梅龍煙雨。當年原倩遣閒愁，惹閒愁。

攤破浣溪沙 病中與劉李二生夜話

曾把榆錢買少年，少年已是奈何天。爲憶楊花未落，已啼鵑。閱盡閒愁都是夢，不知殘夢在誰邊。贏得如今蠶老，已三眠。

又 夏景

隱隱輕雷挂斷虹，平田高下與溪通。溪外罩魚人影，落波中。屐齒泥融雙印直，葛衣風漾一襟鬆。回看西峯峯外，半青紅。

菩薩蠻 遣愁

半生只伴閒愁住，如今卻待驅愁去。歸鳥沒遥天，雲横斜照邊。乾坤看一笑，愁到何時了。拋擲與征鴻。霜霄暝曉空。

訴衷情 春景

東風亭午擺垂楊，絲絲日日長。吹落梅花無數，不解惜幽香。落霞紫，暮煙黃，送斜陽。無憑天氣，一霎融合，蜂蝶空忙。

醜奴兒令 和李後主秋怨

當年誰送江南怨，雲樹悲秋，舴艋含愁，月影消沈玉一鉤。無數蜻蜓飛晚照，紅蓼梢頭，款款嬉遊，水冷蘋花帶影流。

憶秦娥 蓼花

秋江渺，秋心獨展幽芳悄。幽芳悄，護臂紗輕，注脣丹小。蘆花風亂汀洲遶，采芳人遠知音少。知音少，幾葉漁船，一輪殘照。

又 病中寒臥

寒無那，凍雲乍裂晴難果。晴難果，紙窗低覷，龐眉深鎖。年華容易催人過，寒威荏苒留人臥。

留人臥，乍夢春生，雞聲啼破。

又 前題

酸風惡，寒梅不管丹楓落。丹楓落，當年也似，梅含朱蕚。　侵窗雲暗睛珠奪，壓肌衣重腰弓弱。腰弓弱，曾聞衰老，而今方覺。

謁金門 小除夕

年華驟，閃閃孤燈依舊。半盞春前村醞酒，病裏還消受。　一劍天風孤吼，千里暮雲鋪就。不惜鏡中人易朽，只笑恆河皺。

減字木蘭花 憶舊

春溪水滿，月嚮桃花香處暖。幾葉芭蕉，綠影斜侵嫩草苗。　碧煙日罩，遙聽江城歌管鬧。小步閒吟，一逕苔陰萬里心。

又 前題

江湖短劍，醉臥不知誰野店。笑傲刀兵，月落猿啼客夢驚。　寒更歷盡，孤雁孤飛棲不穩。爲問青天，錦瑟誰人續斷絃？

清平樂　詠雨

歸禽嚮暝，隔斷南枝逕。不管垂楊珠淚迸，滴碎荷聲千頃。　隨波賺殺魚兒，浮蘋乍滿清池。誰信碧雲深處，夕陽仍在天涯。

又　問劉存孺索香橙

秋光已盡，月也幽香褪。只有霜膏團紫暈，仙露蘭漿深醞。　小窗讀易初晴，藥鑪風軟煙輕。莫遣先生午睡，憑敎鼻觀惺惺。

阮郎歸　本意

桃花流水紫雲深，瑤京路易尋。人間何事苦關心，忽忽下碧岑。　纔燕語，又蛩吟，飛霜兩鬢侵。玉壺鴛語信空沈，藤蘿鎖翠陰。

又　前題

當年只解愛桃開，尋芳得得來。仙娥容易許仙才，霞裳浪與裁。　愁弄月，怕驅雷，緣來非聖胎。

巫山別有楚陽臺，行雲夢不回。

西江月 春日野興

草綠黄犉歸晚，溪平白鳥飛低。小池春藕半沈泥，漸近梅酸天氣。　昨日社逢雨止，今年閏放春遲。寒深茸母短芽稀，未與山廚做美。

又 重過續夢菴

殘夢當年欲續，草菴一枕偸閒。無端幻出苦邯鄲，禁殺騎驢腐漢。　幾度刀兵骨血，十年孤寡辛酸。潭龍齁睡太癡頑，欲續衰年已懶。

鷓鴣天 白蓮

斂束檀心吐半絲，遲回妝靚暗香吹。綠窗獨倚珠千淚，團扇斜窺玉一規。　淸露淺，碧煙微，閒心自照鏡光知。鹿門漫作無情句，月冷風淸欲墜時。

玉樓春 前題

娟娟片月涵秋影，低照銀塘光不定。綠雲冉冉粉初勻，玉露泠泠香自省。　荻花風起秋波冷，獨擁檀心窺曉鏡。他時欲與問歸魂，水碧天空淸夜永。

一翦梅 春晚

妬花風雨在花前，開也堪憐，落復何言。愁魂斜嚲淚珠懸，弱蒂難堅，紅影難圓。　何事迷香雙蛺蜨，浪向東園，魂夢相牽。誰知不是養花天，試聽啼鵑，春在誰邊。

蝶戀花 衰柳

爲問西風因底怨，百轉千回，苦要情絲斷。葉葉飄零都不管，回塘早似天涯遠。　陣陣寒鴉飛影亂，總趁斜陽，誰肯還留戀。夢裏鵝黄拖錦線，春光難借寒蟬喚。

粉蝶兒 詠霜

問天涯，有幾多寒情冷緒，怕春來遊絲飛絮。更因風，黏住了，江天紅樹。弄輕盈，勾引敎飛去。　悄不知小橋西，荒雞催曙。月斜時，揉碎一天珠露。苦恁將酸風勒住，儘凄涼，拚與寒鴉低訴。

醉春風 詠蝶

紅影紛無數，偸眼斜回覷。闌干十二繡簾垂，住住住。亂蕊繁花，熏人無奈，非儂留處。　綠影輕風度，芳草天涯路。翩翩清夢自逍遥，去去去。縱使飄零，依然不似，輕狂柳絮。

風中柳 水柱

不惜輕盈，取次濃妝珠蕊。似憑闌，綠雲倦倚。低鬟微笑，噴蘭襟香細。斂幽情，閒心如水。道是江妃，還似月中仙子。向秋清，露凝芳髓。冷然孤秀，怕微霜風起。索細挽，柔條重覷。

靑玉案 秋海棠

雕闌玉露凝珠屑，長只恐，芳魂折。日暮碧煙相護切。翠鬟低嚲，胭脂淡染，了不愁孤怯。含情靜解丁香結，淺笑偸窺清夜月。自惜斷腸誰與說。金風蜨困，歸雲燕去，唯有寒蟬咽。

行香子 遊珍珠巖

流水淙淙，澗草茸茸，轉蒼灣午日霞烘。赤城圍玉，紫蓋擎空，試問仙翁，今何在，絳雲封。芒鞋幾兩，青山踏徧，乍桃谿一曲相逢。平田下望，霧靄煙濛。誰人知我，極遠目，送歸鴻。

江城梅花引 病中口占示劉生

和鐙和影一雙雙，耐凄涼，儘凄涼，天也難敎病骨老來降。還欲共天爭旖旎，空碧裏，弄輕狂，競飛霜。飛霜飛霜夜何長，有難忘，自難忘。夢也夢也，還認得煙水微茫。待把疏星斜月與分張。

一葉暗飄風不定，飛去也，儘飄零，在回塘。

碧芙蓉　闕題

風定小窗明，半睡初闌，雙眉乍展。追數餘寒，浪過春半。花有恨，一枝不穩；柳如人，三眠已倦。莫更惜幾日韶光，催取玉罄香滿。還愁輕暖處，更一絲雲繭，橫掠山腰，雖則暫時消散。怕黃昏玉繩低挂，又參差碧綃斜捲。青天如夢，倩取百囀啼鶯喚。

滿江紅　藤蓑詞

一幅藤蓑，遙領取江門風月。釣竿把，孤舟獨泛，滄波噴雪。倚棹騰騰吹笛去，衝風直犯金鼇窟。有些些閒事不關心，同誰說。燈一點，漁歌歇。天一碧，歸禽沒。買村醪自酌，醉梳華髮。撲岸蘆花飛已盡，雁聲不呪西風劣。又何妨拳足橛頭中，霜衾鐵。

天香　餘冬雪霽念早梅應開病中不得尋訪悵然有作

霜薄含冰，雲輕弄雪，未遣珊珠紅褪。夕塢回塘誰借問，早把瓊心幽醞。也應待我，澹月下微吟相訊。自惜自憐孤影，半吐半垂清暈。來時早鶯啼破，幾點點玉錢綠襯。便與尋芳已晚，粉殘香損。猶自不成辜負，卻只恐東風垂柳困。夢裏依然，蝶魂相趁。

鳳凰臺上憶吹簫 憶舊

楚塞天遙，瀟江雨冷，煙雲溼透征衣。指數峯殘雪，候雁先歸。堪歎生生死死，今生事莫遣心違。家山裏，一枝棲穩，碧草春肥。依依，舊家枝葉，夢不到峴山，風雪霏微。念鏡中霜鬢，人老漁磯。指點棠梨春雨，猶應化白蝶雙飛。孤飛也，寒煙冪䍥，燈火荆扉。

滿庭芳 初夏

顆顆梅珠，條條菖葉，不須更怨春歸。垂楊風軟，練鵲一雙飛。自愛芳塘素影，與波光上下爭暉。閒日永，新來病淺，相賞莫相違。當年還似此，年華雖老，不道今非。問靈均去後，誰翦荷衣？日暮輕雲凝綠，遙天迴笑揖湘妃。還應有，芙蓉出水，妝點釣魚磯。

念奴嬌 松影

肇雲縹渺，有五鬣仙姿，憑誰細數。半頃黃茸茵藉軟，移上素蓉冰柱。縷縷絲絲，斷紋交映，細寫雙清譜。疏光逗漏，幽香幾許暗度。一霎雲散西清，遲遲送上，到回巒高處。垂靄霏微深黛轉，似把歸禽低護。霧冷山空，一枝斜閃，猶在尋香路。夕陽易沒，輕陰且趁歸去。

又 柳影

半塘春水，早光透玻瓈，綠鬟倒嚲。曲岸苔平鋪逕淨，還惹晴風輕簸。葉葉衣涼，垂垂佩委，碎翦綠陰破。柔情不定，翠眉偏映雙鎖。爲問庭院沈沈，畫垣幾曲，卻放春愁過。巷陌斜陽偸送出，款款碧煙縈裹。亂點征衫，橫拖玉勒，似惜垂鞭墮。猶愁未穩，黃鸝更着一箇。

又 竹影

紙窗僧院，記溼雲初散，秋山如洗。繚繞茶煙輕裊外，荇藻澹生空水。鸇雀低飛，松鼯偸竄，欲壓還扶起。蘭風微展，冷然斜嚲仙袂。不道活現金身，尋根撥葉，問幾莖疊翠。斷續晴嵐飛片片，總入虛澄鏡裏。題字遮殘，疏櫺界破，歷亂毿毿尾。閒心窺破，闌干何事重倚。

又 梅影

香魂近遠，卻早離枝上，暗黏芳草。爲惜清姿全似水，幻作碧膏籠罩。側墜蜂鬚，半凋珠顆，非被冰霜惱。侵階零亂，素痕未許人掃。遙想蕚綠仙姿，繡妝翦綵，那似晴光好。斜轉回塘清淺裏，脈脈相看微笑。凍蝶低飛，疑非疑是，無奈陰寒峭。暄風動後，濃陰任遣鶯擷。

又 雁影

關河迢遞，恨塞日昏黄，難傳標格。沙淨水澄清澈好，點點蕭蕭歷歷。曉鏡修眉，淸波皺影，淡寫層層碧。分明瞥見，孤舟莫弄漁笛。貼水浴鷺爭飛，凌亂波紋，未放千雙直。風裂雲痕開夕照，還與蘆花相即。野岸霜前，南樓月下，應恨無人識。曉來無據，敎人空望天北。

又 蝶影

紈衣試暖，乍圓印苔錢，旋添花暈。藥徑日高風力軟，細逐落花低隕。微掩香鬢，別裁黄袂，金粉應初褪。雕闌重疊，玉階未遣全認。小院午睡方醒，扇羅乍覷，似撲芳魂損。側轉忽如秋葉舞，又向碧紗窗隱。垂柳參差，紅芽掩映，夢也無憑準。殢人凭檻，凝眸無那嬌困。

又 雲影

層巒飛映，似縹渺神山，因風離合。簇簇青蓮輕度過，卻繞孤峯三匝。極目空明，遙天無際，瑤鏡微籠匣。平沈遠樹，翠光略吐尖甲。曳杖閒倚亭皋，微飆下拂，便涼生一霎。荷芰半塘新綠暗，忽染素羅輕袷。回首吾廬，午煙遙接，一幅青綃裹。數竿修竹，鳳梢還與低壓。

又　波影

晴江春曉，但搖曳落花，溶溶東下。誰送素綾千皺褶，直上畫簷鴛瓦。鏡面回鐙，月輪浮雪，一色飛光下。遊絲婀娜，吹來似欲相惹。一霎汞走珠流，應有漁舟，蘭棹縱橫把。迸散一天星斗亂，不覺銀河西瀉。驚碎還圓，輕勻稍淡，移向荼蘼架。日高風靜，瀟湘依舊如畫。

又　簾影

鶯啼報曙，早驚覺繡帷，星眸欲炫。起看瓶花香漸噴，的皪深紅如顫。衣翦輕羅，參差三五，恰透冰肌現。釵光閃爍，翠鬟怕有撩亂。恰好細數湘紋，無端攪動，夯飛來雙燕。還憶夜香燒罷後，姤殺玉蟾光滿。何似疏筠，半籠曉色，一儘來回便。簷陰未半，銀鉤且莫高捲。

又　帆影

西風落照，看渺渺滄洲，煙波無際。一段輕陰相趁轉，不許蘭橈驚碎。略帶神鴉，時飄蘆葉，曲映江楓紫。憑遮客鬢，怕教照見憔悴。有人獨倚危樓，沙際遲回，疑是歸舟繫。已過輕鷗飛起處，不見旗梢燕尾。蕩入中流，斜侵隔岸，依舊縈沙觜。回頭北渚，唯餘塔影孤峙。

又　影戲影

笑啼俱假，但綽約風流，依稀還似。半壁粉牆低映月，賣弄佳人才子。情絲牽引，淸光回照，漫道傷心死。猛然覷破，原來情薄一紙。應是縹渺飛仙，當年竊藥，落在銀蟾裏。半面人間高處望，傳與霓裳歌吹。有意留仙，難禁夜短，還怕鐙花墜。迷樓吐燄，倩誰挽住香袂。

又　走馬燈影

炎光未謝，競的盧飛躍，爭先赤兔。才轉危坡還注坂，橫戟無心回顧。汗血追風，怒髯奮臂，總被流光誤。暗中轂轉，蟻磨幾時停住。兒童莫笑來回，半針尖裏，走英雄如鶩。終是蝦跳難出斗，漸有荒雞催曙。五夜光殘，一絲氣冷，敲罷邊腔鼓。勳名半紙，無人重與偷覷。

又　薑齋影

衰病彌月，一切盡遣。擁火枯坐，心無所寄。因戲作諸影詞。引半縷活氣，令不分散。孤鐙下忽見婆娑在壁，因念人知非我之無彼，不知非彼之無我也。留連珍重，旋與評唱一闋。

孤鐙無奈，向頹牆破壁，爲余出醜。秋水蜻蜓無着處，全現敗荷衰柳。畫裏圈叉，圖中黑白，欲說原無口，祇應笑我，杜鵑啼到春後。當日落魄蒼梧，雲暗天低，準擬藏衰朽。斷嶺斜陽枯樹底，更與行監坐守。勾撮指天，霜絲拂項，皁帽仍黏首。問君去日，有人還似君否。

永遇樂 紙窗日影

籠月雲輕，開萍水碧，問還似否。落葉旋飛，雁聲空度，未計閒情生受。乍暖熏肌，殘紅上頰，睡眼半醒相逗。卻猜疑荔枝初剖，紫暈冰綃微透。鏡匣斜開，枕痕淡染，粉面如中卯酒。含笑迎眸，回光相映，應念人消瘦。乳雀低飛，嶺雲橫度，已怨暫時僝僽。更只恐午夢將闌，未許假人長久。

惜餘春慢 本意

似惜花嬌，如憐柳懶，前日峭寒深護。從今追數，雨雨風風，總是被他輕誤。便與揮手東風，閒愁拋向，綠陰深處。也應念、曲岸數枝新柳，不禁飛絮。爭遣不，燒燭留歡，暗邀花住，坐待啼鶯催曙。怕燕子歸來，定巢棲穩，不解商量細語。未擬扳留長久，乍雨乍晴，繇來無據。待荷珠露滿，梅丸黃熟，任伊歸去。

沁園春 渾天毬

黍子勻黃，吉貝銜絨，莫問因誰。但既在於中，自堪細數；未超其外，不得旁窺。暗去明來，偷寒送暖，無情還作有情癡。相憐甚，教碧綃簾幙，翠擁珠圍。知恩今古人稀，猶自把雙燈照路迷。

更劃斷鴻溝，不隨轂轉；調成玉律，一任淸吹。綵縷交縈，金梭互擲，珍重天孫織錦機。莫辜負，聽毬門簫鼓，對打爭馳。

摸魚兒 詠霜

向深秋蘆花風起，吹散一天珠露。六銖仙袂新裁薄，翦落冰絲千縷。輕盈舞，還只恐，素娥鏡裏深相妬。欲留教住。奈晴色窺人，斷雲送暖，驀地催歸去。更誰念，暗壁吟蛩正苦。遙向征鴻低訴。平沙野水朦朧影，難認白蘋香處。春期誤。卻早遣、啼鵑血淚霑江樹。暝煙休護。又何似明朝，天低日淡，散作蕭疏雨。

又 辛幼安傷春詞悲涼動今古惜其蛾眉買賦之句未忘身世爲次其韻以廣之

總緜他閒愁不管，纔來又還催去。悠悠一派東流水，載得落花無數。人長住，卻笑伊，來回奔走天涯路。凭闌無語。終不似黃鶯，苦愛東風，百囀迎人絮。今古事，莫待怨誰相誤。可但月來雲妬。傷春未已傷秋賦，重倩吟蛩寒訴。瓊花舞。又早見、玉山瑤井塡黃土。無爲自苦。待人散月斜，日長山靜，儂自有歸處。

又 辛詞煙柳斜陽之句宜其悲也乃尤有甚于彼者復用韻寫之

向西園花飛一片，早已傷心春去。殘紅落盡更如今，難把流光追數。留不住，征鴻影，黃沙紫塞秦關路。從誰寄語。道有人獨對，雨打梨花，看黏泥飛絮。倩流水，欲覓芳蹤還誤。津頭風雨深妬。淒涼庾信江南賦，難向無情天訴。爲楚舞，流不盡、楚歌血濺陰陵土。寸心知苦。望萬里荒煙，一蓑漁艇，渺渺無歸處。

賀新郎 上巳前一日雪

春自無愁耳，笑無端一枝淺絳，半林新翠。便擬東風相寵惜，暗約柳絲縈繫。喬相賺落霞片紫。斜日煙籠沉海底，早蛟風亂翦雲皴碎。鮫淚冷，彌天墜。寒澌漸結流觴滯，便拚得蘭亭休賞，龍門堪醉。糝徑不遮春草綠，略染西峯螺髻。刪不了朗淸天氣。乍與碧桃爭粉素，奈鉛華俄頃成流水。今視昔，應如是。

多麗 別恨

悄年華，偏是流光難擲。夢回時分明眼底，離亭楊柳初折。渾相忘金微路遠，與扳留靑絹珠勒。天涯何處，漫生芳草，歸來珍重，怕逢啼鴂。重思省，元來是夢，生死關河隔。今生永，迢迢良夜，絲雲片，蒼苔滿地無人迹。問青天，何意留住孤鸞隻？教空辜負，當年無限，山海恩德。如何拚得。祇當年華鐙影裏，鴛鴦繡帶輕拆。怨落花浪隨流水，消盡西園舊春色。孤館黃昏，雨

哨徧 廣歸去來辭

蘇子瞻檃括歸去來辭，陶公之餘瀋也。吾自有大歸大去而大來者，爲期未知遠近。然知遲遲之不如接淅久矣，因借其韻，以自抒己懷。

一領青蓑，一柄長鑱，也是閒牽累。歸去來，何處可言歸？舊家山目前卽是。知者稀，誰堪就問津路，莫將黃葉迷童稚。憑冷覷春花，閒看秋月，蒼天伎倆止此。笑乾坤兩扇半開扉，任柳絮穿簾撲面飛。既不黏泥，自然輕脫，唯吾之意。噫，歸去來兮，縱橫萬里人間世。嚼囫圇橄欖，來回甘苦知味。弄二月輕雷，散一天暮靄，傾倒銀河香水。釀就蜂蜜，驚回蟻夢，丈夫當如此矣。昭昭白日亭午時，駕玉虬停驂一問之。向虞淵可容轉計。燭龍今在何處，料也難酬答，但斟北斗天漿滿斝，恣我花前沈醉。歸來斬盡一團疑。胡不歸，漫留止。

搗練子 詠霜

孤月上，夕風微，忍得寒生玉粟肥。征雁千雙空裏過，可能帶得向南飛。

憶王孫 本意

蘆花誰覆釣魚船，寶玦藏腰未敢言，落葉驚烏月上弦。夜如年，春夢無人與再圓。

又 蜂投窗紙掇遺飛去戲祝之寓意

白雲迷望轉霏微，別徑人間去不違，好逐桃花一片飛。阮郎歸，莫問天台路是非。

如夢令 寫恨

恩重玉簪金管，愁盡玉魚金椀。莫道只今生，萬歲難消春恨。淚眼，淚眼，顆顆零零珠串。

又 春閨

抛卻瓶花蒂軟，坐待盤香線斷。不見也還休，門外鶯忙蝶亂。誰捲，誰捲，一軸畫簾銀蒜。

長相思 石榴

蕊珠宮，碧霞封，風裂雲痕一線空，繁星數點逢。素綃重，隔簾櫳，丹荔新餐玉液濃，楊妃病齒紅。

生查子 詠史

長平十萬人，一夜秦坑殺。魚死濁流中，不祭乘時獺。死坑未是愁，唯有生坑惡。智井埋蟾蜍，欲跳只三脚。

又 前題

沙中奮一椎，飛影不知處。知非賭命場，不下千金注。蒲山黿眼兒，約畧知其趣。豪氣未能降，長揖關朗去。

又 前題

千秋銅雀臺，腸斷西陵妓。誰念故園空，豆蔻含胎死。清漳自東流，粉黛愁難洗。分得餘香歸，驕殺邯鄲子。

又 前題

青衣抱玉觴，獨嚮蒼天哭。天有無情時，歷亂雙鵝撲。杜鵑啼不休，商陸子難熟。流淚一千年，血蹟西臺續。

又 前題

阿姨罵不瞋，爲怕鸚哥罵。猫兒殺鸚哥，纔卜歸魂卦。　堂堂靈隱僧，桂子香清夜、五字萬年碑，竟是誰天下。

又 前題

龍鳳是何年，人間瞞不得。空谷無人行，且喜似人迹。　可憐松雪翁，不惜天水碧。馬腹君自投，芳草嘶南陌。

浣溪沙 桃花

初破靈砂顆顆肥，綠煙輕遶護霏微，晴烘休漫怕丹飛。　結子他年千歲熟，如今剛半過春暉，莫教輕放阮郎歸。

又 前題

春恨拚教柳帶長，朱顏貪耍醉霞觴，臨風臨水笑雙雙。　欲洗兒容爭采摘，卻隨蝶夢儘飄揚，愛他嬌豔奈他狂。

又 李花

前日冰花萬樹飛，晴風初解曉寒威，誰鋪瓊蕊更霏微。　卻怪乍來雙燕子，涎涎尾掠素光肥，應如雪夜待人歸。

又 前題

流水前灣曉鏡清，粉香玉潤素綃輕，欲邀月姊伴飛瓊。　不可久留仙佩冷，天桃爭賽妬顏赬，江梅殘夢正相迎。

攤破浣溪沙 偶興

爲訊南朝燕子飛，人間何處有烏衣？不是舊家庭院也爭歸。　低啄絮泥防易落，不知疏柳墜殘暉，還與一雙蝙蝠傍簷飛。

謁金門 示意有授

幽緒悄，欹枕夢回分曉。俯仰乾坤霜月皎，此際愁多少。　欲洗長空天杳，袖裏青虹光裊。相倩一揮雲漢表，莫打閒之遶。

玉樓春　歸雁

秦關楚水天涯路，唯有歸鴻知住處。經時已換蓼花洲，依舊難忘芳草渡。　南天回首蒼煙暮，寄語玄禽歸也誤。垂楊千樹亂啼鴉，誰聽呢喃清晝語。

一翦梅　答須竹所問

北海殘碑數字傳，前日烽煙，今日蒼煙。湘靈雁杜鼓湘川，欲扣清弦，還恐驚弦。　閒心遙寄水雲邊，莫問湖天，自有壺天。忘憂春暖錦堂萱，好種芝田，且看桑田。李北海嶽麓碑爲野火燒毁，嘉興呂師濂拾十數字于芳草中，今更不知在否。

臨江仙　水仙花

道雪無香都不是，峭寒一點春融。昨宵煙月水涵空，粉肥略帶影，綠弱不禁風。　遙與碧窗人似玉，檀心深鎖重重。倚闌初日照慜慵，春纖珠串墜，仙袂素羅鬆。

蝶戀花　候雁不至

曾倩歸飛雙燕子，換取賓鴻，來渡瀟湘水。雲線烏絲闌畫紙，素綃好寫關河字。　斜日寒鴉飛接翅，爲底迷留，白草黃沙地。搔首問天天似醉，南樓霜冷丹楓墜。

漁家傲 翠濤作煨榾柮詩索和以詞代之

鑪影圓紅煙尾曳，湯瓶漸送松聲碎。不是村醪無米兌，難成醉，酸風昨夜新傷肺。青鏡古今多少淚，無緣卻嚮寒崖墜。明月在天霜滿地，愁也未，兩莖鐵脊舒腰睡。

又 前題

薄日漸消霜逕粉，荷鋤細把枯株認。惜取山礬休蹙損，春事近，香風遺透幽窗噴。橡斗藤花誅已盡，杜鵑無蕊盤根穩。劚得歸來剛一畚，煨教燼，明年莫更啼春恨。

又 前題

雙髻峯頭千樹縞，輕鬆鍾乳玲瓏罩。相聚團圞圍土竈，愁欲倒，而今卻憶愁時好。不怨融和春不早，春雲怕障邯鄲道。舊夢不成人愈老。流鶯惱，憑誰喚醒粘天草。

又 前題

鵓鴿桃紋千煉熟，棗膏胡粉和香築。鳳翅狻猊塡絳綠，紅光簇，貂璫門外神荼矗。殘夢京華難再續，空山雪子埋牛目。幾橛枯株鷹爪禿，誰人斸，跛奴運斧還傷足。天啓間，大璫搗炭，和以棗粉，作門神，雕鏤精巧，爇立門側。

又 前題

殘火星星容易炧，鹿頭虎爪相撑架。漸次囫圇低復亞，難消夜，憑誰細數興亡話。正閏參差王與霸，妖狐也把骷髏挂。肉餡饅頭人甕鮓，都休也，獵人不怕猩猩罵。

又 前題

膏膩孤燈花蕊褪，寒灰漸縮霜紋印。坐待一絲紅影燼，眠不穩，梅花夢也無憑準。十九年來氈齧盡，歸鴻望斷長安信。莫歎蘇卿霜染鬢，渠非困，多他一倍還添閏。

訴衷情近 秋望

遙天一碧，回望西飛白鳥，乍臨鏡水搖空，又嚮蓮峯弄影。風起素光斜映。薄袂蕭清，悄覺涼襟迥。雙眸炯，今古寸心孤另。亭皋一葉，墜響楓林靜。還重省。閒愁玄鳥，歸遲幽緒。藕花香冷，夢到今宵永。

金人捧露盤 和曾純甫春晚感舊韻

古崧臺，雙闕杳無踪，憶潮平細浪溶溶。龍舟渡馬，依然先帝玉花驄。銜冠髮指，旗揮星落，血斬蛟紅。怨蒼梧斑管，淚洗白日瘴雲中。更背飛孤影飄蓬。今生過也，魂歸朱邸舊離宮。苔殘碧瓦鴛鴦碎，蔓草春風。

驀山溪 聽雨

閒抛數點，似灑無情淚。一晌悄無聲，儘教疑，輕狂調戲。山溪驀度，更不許人猜，渾似醉，全無謂，濫籤銀河水。玄雲空膩，無力支天墜。荷蓋小亭亭，應難留得琉璃肥。孤燈昏閃，瘦影未分明，愁不寐，情誰繫，夢也心魂碎。

八六子 花朝夜窗中見月

澁春寒，一輪娟娟初上，煙暖雲柔。奈鐙穗影含金粟，藥鑪聲泣寒螿，凄然似秋。無端還與綢繆，幾線疏櫺界破，半襟白袷光浮。想溪外梅花低垂瘦影，斜窺流水，香魂欲絕，應共我遙嚮素娥寫怨。青天碧海悠悠。不禁愁，滅燈擁衾去休。

滿江紅 直述

淚冷金人，渭城遠酸風痛哭。君莫笑癡狂不醒，口如布穀。墮地分明成艮兌，通身渾是乾坤肉。耿雙眸黑白不模糊，分棋局。千鍾粟，誰家粟。黃金屋，誰家屋。任錦心繡口，難忘題目。爲問鶴歸華表後，何人更唱還鄉曲。把甲辰堯紀到如今，從頭讀。

又 寫怨

離亭人散，折不了柳絲垂綠。儘桃花飛盡故枝，緣終難續。雁影更沈湘岸月，鵾弦誰奏燕臺築。只空山剩得老青囊，掘黃獨。汗青照，文山福。紫芝采，商山祿。但荒草侵階，修藤覆屋。井底血函空鄭重，知音誰與挑燈讀。問杜鵑何日血啼乾，商陸熟。

又 家兄傾背後諸君見慰重疊恤其衰病有踰量之奬含淚作此答之

丁寧千遍，教綰住一枝飛絮。奈伶仃，孤燕歸來，黃昏自語。縱使長條堪繫馬，棲鴉風冷斜陽暮。問前時流水遶桃花，今何處。漚已散，難重聚。鏡已破，難重覷。聽子規喚道，不如歸去。他日天台花再發，人間自有劉郎遇。便癡迷蝶夢不教醒，終無趣。

掃地花 憶舊

微霜碾玉，記日射簷光，小窗初透。夜寒深否。問素羅新裁，熨須銅斗。閒攬書帷，笑指硯冰，蹙皺香篝。有黄熱篆銷，芳膏結紐。自惹閒愁後，對蓮嶽雲壓，苔潭珠濺，罏煙孤瘦。歎渺渺京華，不堪回首。碧海人歸，雄劍誰憐孤吼。空凝望，遶湘流暮雲荒岫。

水調歌頭 驚夢

昨夜喧雷雨，一枕血潮奔。千紅萬紫撩亂，浪喚作芳春。大抵白蜺嬰茀，更有玉蟾偷藥，驀爾弄精魂。寶劍在儂手，閃霍動乾坤。儘今生，梨花雨，打黄昏。歷歷悄悄，山寺鐘聲曙色分。待我鐵眉刷翠，罩下金睛點漆，彈指轉晶輪。十里杏花發，人道是祥雲。

燭影搖紅 十月十九日

瑞靄金臺，瓊枝光射龍樓雪。羣仙笑指九閶開，朱鳳翔丹穴。雲暗雁風高揭，向海屋重標珠闕。彩鴳飛舞，日暖霜輕，小春佳節。迢遞誰知，碧雞影裏催啼鴂。驂鸞不待玉京遊，難挽瑶池轍。黄竹歌聲悲咽，望翠瓦雙鴛翼折。金莖露冷，幾處啼烏，橋山夜月。

雙雙燕 除夕憶家兄

荒山百里，想殘雪初晴，應同消受。莫還似我，祗共寒罏相守。重疊山河冷淚，更夢對團圞春晝，讀書帷裏華燈，獻壽堂前椒酒。辜負，當年人說，道仙苑芝英，一時三秀。山移海涸，別是人間花柳。還聽金雞玉漏，怕天也妬人長久。但念今夕相憐，莫問明年健否。

解語花 鴛鴦梅

羅浮月下，豆蔻胎中，許結同心侶。漸啓朱脣含淺笑，不倩綠衣歌舞。暄風疏雨，紅袖斂芳心自吐。一雙雙，永不分離，何事還含醋。照影銀塘低覷，向香泥玉藕，暗中增妬。彩禽欲唼還應惜，自趁桃波飛去。綠陰深處，儘拋與多情細數。不差池，三十六雙，作宜男繡譜。

綺羅香 讀邵康節遺事屬纊之際聞戶外人語驚問所語云何且曰我道復了幽州聲息如絲俄頃逝矣有感而作

流水平橋，一聲杜宇，早怕雒陽春暮。楊柳梧桐，舊夢了無尋處。拚午醉日轉花梢，夜闌風吹芳樹。到更殘，月落西峯，泠然胡蝶忘歸路。關心一絲別罣，欲挽銀河水。仙槎遙渡。萬里閒愁，長怨迷離煙霧。任老眼月窟幽尋，更無人花前低訴。君知否，雁字雲沈，難寫傷心句。

薄倖 午睡覺問渠

當年是你，兜攬下箇儂來此。更不與分明道止，竟如何安置。但隨流蕩漾雲痕，歸鴻水底成人字。便俐齒嚼空，金睛出火，都則不關渠事。但惜取剎那頃，忍不得秋瓜藤墜。逗殺人，爲霜禁冷，爲風禁淚，鎮柳絲輕擺搖春水。到曆頭垂杪，半酣不保難驅使。無端薄倖，付與烏鳶螻蟻。

望梅 憶舊

如今風味，在東風微劣，片紅初墜。早已知疏柳垂絲，綰不住春光，斜陽煙際。漫倩遊絲，邀取定巢燕子。更空梁泥落，竹影梢空，纔栖還起。闌干帶愁重倚，又蛺蝶粘衣，粉痕深漬。撥不開也似難忘，奈暝色催人，孤燈結蕊。夢鎖寒帷，數盡題愁錦字。當年醞就萬斛，送春殘淚。

沁園春 翠濤六袠每句戲用彩色字

步碧蘿灣，尋紫芝英，壽翠濤翁。忽逢赤松子，赴青女約，染千樹綠，作小春紅。微啓朱脣，笑余白髮，黍米丹砂豈未逢。若會得，則翠濤偕爾，穩住絳雲中。蔚藍天色淸空，但淨洗黃塵卽閬蓬。看漫天黑瘴，徒然黯黮；當頭皁帽，自許從容。素書宵授，玄文密印，彤雲原自護雛龍。憑寄語，展雙眉黛鎖，霜老蒼松。

賀新郎 寒食寫怨

綿上飛烏恨，更龍蛇追隨四海，一時驚散。回首五雲金粟地，不見玉驄珠汗。但撲地蒼煙撩亂。酒冷餳香休道也，夢石泉槐火成虛幻。棠杜雨，離腸斷。嶽雲回望蓮花巘，儘淒涼延陵十字，難酬幽願。昨歲杯漿澆淚後，拚付寒螿莎館。正夜雨松杉綠滿。一逕蒼苔行迹杳，想鵂鶹夜哭𪓰𪓰竄。寸草盡，春暉短。

瀟湘怨詞

目録

瀟湘怨詞 夕堂戲墨卷七

瀟湘小八景詞 寄調摸魚兒

國初瞿宗吉詠西湖景，斅辛稼軒「君莫舞，君不見玉環飛燕皆塵土」體，詞意淒絕。乃宗吉時當西子湖洗會稽之恥，苧蘿人得所託矣，固不宜怨者。乙未春，余寓形晉寧山中，聊取其體，仍寄調摸魚兒，詠瀟湘小八景。水碧沙明二十五絃之怨，當有過者。閱今十年矣，搜破篋得之，亦了不異初意。深山春晝，花落鵑啼，乃不敢重吟此曲。乙巳上巳茱萸塘記。

其一 雁峯煙雨

插青天俯臨圖畫，一壁翠光欲滴。炎風吹斷陽禽影，認得孤峯回翼。如相識。記寒聲蕭蕭咽盡霜華夕。望中何極。儘簾壓千絲，窗飛一縷，垂幕籠輕碧。回首處，猶記當時蹤迹，危亭斜倚南陌。滿城春滑笙歌膩，消盡銀缸夜色。君莫惜，君不見黃沙漠使無消息，秦關坐隔。聽沙岸殘更，野塘曉陣，總似三生笛。

其二　石鼓江山

瞰蒸湘曲影雙清，流下洞庭秋遠。危崖突兀玉峯寒，界破蒼流一線。誰許見，只鮫宮金繩夜擁魚龍怨。畫船歌扇。對笑水江花，窺樓暈月，惹盡流霞片。行樂地，記取韶光迅轉，畫闌彩筆題徧。雲杳瀟湘千頃碧，瞥眼武陵溪畔。君莫羡，君不見漁陽撾斷霓裳讌，滄桑已變。想眉黛嬌青，眼波凝綠，不是舊時面。

其三　東洲桃浪

剪中流白蘋芳草，燕尾江分南浦。盈盈待學春花靨，人面年年如故。留春住，笑浮萍輕狂舊夢迷殘絮。棠橈無數。儘泛月蓮舒，留仙裙在，載取春歸去。佳麗地，仙院迢遥煙霧，溼香飛上丹戶。醮壇珠斗疏燈映，共作一天花雨。君莫訴，君不見桃根已失江南渡。風狂雨妒，便萬點落英，幾灣流水，不是避秦路。

其四　西湖荷花

瀠平塘綠錢初展，正是乳鴉啼後。桃尖漸放朱霞暈，芳惹遊鞭征袖。眞如繡，點波紋紅綃青幃團絨皺。田田歌奏。問苦菂尋蓮，縈絲覓藕，幾許多情逗。莫浪語，西子湖頭難又，錦屏十里香透。繁華滿目江南夢，約略送愁時候。君莫嗅，君不見淸香銷盡酸風瘦，秋容如舊。只莎草吟螿，蓼花飛鵪，露冷金飆驟。

其五 花藥春溪

啓琳宮暖回溪畔，江南共道春早。桃花新雨溶溶後，誰把瓊漿釀造。壺天老，正望中茶煙幾線縈僧寮。燕泥香掃。快翠泛銅瓶，膏凝玉琖，魚眼調香腦。添勝蹟，百道奔泉迴抱，暗縈綠荇芳藻。泠泠碎玉夜聲中，花院晨鐘輕搗。君莫惱，君不見玉磬落盡瑤京道，王孫芳草。縱百丈絡絲，萬條羅帶，難繫春光好。

其六 岳亭雪嶺

翠屏遙眉橫七二，空青一派如灑。閒登危榭憑闌眄，垂幕同雲覆野。銀河瀉，道飛來楊花玉樹都疑假。望迷鴛瓦興陵朱邸在焉。問酒擁銷金，茶烹鳳乳，若個償春價。賞心事，不在酒旗歌社，梅痕暗偸蓴赭。凍髭笑指祝融君，故騎火龍未下。君莫惹，君不見胡沙似雪催征馬，笳聲怨也。把塞北冰天，江南春色，都付漁樵話。

其七 朱陵仙洞

向蒼崖笛聲吹裂，斜陽一片危岸。江流北瀉雁南征，洞裏春光無算。星燦爛，都應是雲中劍舞珠光按。花蹊棋館。留滿地蒼苔，數峯煙樹，擲與人間看。仙戶啓，石乳倒垂銀蒜，空山翠杳天半。百花橋阻玉壺遠，誰倩鸞鶱低喚。君莫歎，君不見彤雲故鎖三山斷，罡風吹散。想華表鶴歸，天台人返，怕見人民換。

其八 青草漁燈

截流澌飛虹側挂，長空流月孤影。斜收返照蔚藍天，蘋末一江風冷。更漏靜，罷鳴根停橈沙背星光耿。疏燈夜永，似說向人間，流光易謝，夜燭遊須秉。歌舞罷，追賞良宜此景，木蘭牽動綠荇。樵青唱闋斗參橫，殘月又斜西嶺。君莫省，君不見蘆中人老成萍梗。載愁舴艋，向牛飲溪邊，羊裘灘上，別把絲綸整。

瀟湘大八景詞 寄調摸魚兒

情者，非有區宇者也。有一可易情之區，移傺侘而昭蘇之，何爲懷此都哉。余歌小八景來，十六年矣。雲中眇眇，北渚愁予。九嶷修眉，煙秋不展。望里盈千，目飛無寄；續歌爰九，魂投尤勤。惘張樂之簫鏞，哀琴在御。追淚筠之粉翠，香酒忘尊。然則迷不一方，思橫三楚，固其所矣。重吟大八景詞，複用瞿辛原體，旌初志也。雖然，北逾冥阨，南度秦城，西望雨雲之浦，東臨日夜之江，豈但此哉，而祇以寄情於畔岸耶！行且怨紫塞之歸禽，唁蒼山之弔鳥，於斯始矣。

其一 瀟湘夜雨

望九疑罏煙飛黛，遠送玄雲千里。斜陽楓岸平沈後，木末驚飆拂水。蘭舟艤，薦新涼銀缸影顫篷聲起。推窗閒盼，看幅幅輕綃，層層珠瀑，點宕空青裏。清絕地，故是蕙汀蘭沚，淺碧舊含芳蕊。朝來潤浥靈苗發，共載天香雲髓。君莫擬，君不見楚騷歌闋蘭蘅死，靈修邈矣。怕碎玉鏦錚，金鈴淋漓，吹入愁人耳。

其二 洞庭秋月

展平湖一片玻瓈，何處天圍四野。金風輕捲千波雪，陣陣落暉低亞。眞瀟灑，漸西晶連天接住東光射。冰輪上也，見鏡吸空明，練飛霜影，一盪清無罅。凭檻處，百尺麗譙飛榭，玉樓閃冉光乍。清魂搖曳渾無定，靈肉欲隨羽化。君莫詫，君不見南來猿鶴悲清夜，天孤月寡。歎吹笛王孫，朗吟仙客，倦理雲軿駕。

其三　平沙落雁

問陽禽北發天山，尺帛爲誰長繫？當年不作關山怨，但愛江南佳麗。秋無際，擁長汀銀膏玉屑堆光膩。横空如砌。宛一抹修眉，千行淡墨，欲墜還容曳。菰米熟，千頃玄珠豐脆，何須更尋歸計。丹楓染紫蘋花白，飛舞一江清霽。君莫睇，君不見三更月落催哀唳，春光無蔕。早炎焰燔空，狂濤拍岸，羽駕何方稅。

其四　遠浦歸帆

接長江西上三巴，東下海門萬里。高樓思婦天涯夢，昨日金錢送喜。春歸矣，倩啼鶯遙催綵鷁乘風起。危闌閒倚，望碧浪參天，斜陽低樹，片影浮空水。相認處，青練雙飛旗尾，夕風吹送旖旎。銀缸對照江樓眼，收拾寄愁蠲紙。君莫盼，君不見征人已老蘭舟委，艨艟浪起。儘大帽白衣，攤錢打鼓，不向湘皋艤。

其五　漁村夕照

捲殘虹隔岸蘆梢，低挂一團赬玉。紫金光聚明霞閃，雪洗鷺飛鷗浴。江一曲，舞輕橈橛頭車子相隨逐。荻灣六六，聽短笛横吹，棹歌遥答，共趁沙汀宿。投竿處，牽動綃金波蹙，濺珠懸灑紅粟。

暝空欲斂西清色，一派炊煙凝綠。君莫矚，君不見羲輪無繫西流速，雲昏極目。聽哀雁啼更，孤篷打雨，難擬明朝旭。

其六 山市晴嵐

俯江潯灘臨危磴，屏擁青蓉回抱。小橋流水平田迥，綠浪風生畦稻。當晴昊，散溪雲輕鬆一抹飛煙巧。青帘繚繞，有白笋黄魚，紅蝦綠酒，裝點旗亭好。蘭舟泊，正及江南春早，玉山何惜傾倒。桃花留客紅垂暈，冪壓輕綃籠罩。君莫惱，君不見鮫人蜃客迷三島，韶華易老。但棠杜花邊，鷓鴣聲裏，瘴雨迷衰草。

其七 山寺晚鐘

轉汀洲回巒斜擁，曲徑松杉堆黛。落帆人語寒潭靜，檣影風搖星彩。涵輕靄，漸潮聲魚音梵唄喧金界。霜林鶩籟。更百八綿連，噌呟奰發，流響空青內。深院鎖，誰放鯨吟出海，澄江欻騰澥湃。喚回客夢清宵永，寂歷閒心如灑。君莫駭，君不見景陽舊恨臺城改。佛燈綠靆。共窣堵鈴鳴，相輪鐸語，長夜悲與敗。

其八　江天暮雪

舞廉纖不知是雪，還是沙明波素。同雲返映晶光凝，暝色齊籠煙樹。雙無據，顫寒空微霄極浦相回互。蘆洲古渡，有孤艇篷窗，挑燈酌酒，唱徹梁園句。知此夕，一派瑤峯玉宇，朦朧半函銀兔。清暉的皪蛟冰瀁，疑是東方已曙。君莫覷，君不見迴波難挽流澌住，珠摧玉仆。向帝女祠東，昭王潭北，直下長江去。

瀟湘十景詞　寄調蝶戀花

瀟湘八景，不知始誰，差遣唯洞庭月瀟湘雨耳，他皆江南五千里所普攝也。湖南清絕地，萬古一長嗟，杜陵遊蹟十七於神州，而期茲萬古，豈徒然哉。瀟水出自營浦，西北流五百里而得湘，湘水出興安之海陽山，與灕背流，旣合於瀟，北流千二百里至巴陵北，大江自西來注之，然後瀟湘之名釋而從江。此千五百里間，縠波繡壁，楓岸荻洲，淸絕之名，於斯匱矣。蹟不勝探，探其尤者，得十景焉。情物各有因緣，歸宿不迷於萬古，視諸帆雁嵐雪，悠悠無擇地者，不猶賢乎。僕雅欲爲此詞，不知何以未暇。歌八景後，驅筆獵之。吟際習爲哀響，不能作和媚之音，應節爲湘靈起舞曰，非我也，有臣妾我者存也。

其一　舜嶺雲峯

瀟水自江華西北流至寧遠九疑山北疑峯，恆有雲藏其半嶺，飛雨流淙，入瀟水中。

九嶺參差無定影，淚竹陰森，迴合青溪冷。一片綠煙天際迴，迷離千里寒宵暝。香雨飛來添碧凝，認是當年，望斷蒼梧恨。東下黃陵知遠近，西崦落日回波映。

其二　香塘淥水

湘水徑東安縣東有沈香塘，石壁罅插一株，云是沈水香，澄潭清泠，綠蘿倒影。

湘水自分瀟水下，曲曲潺湲，千里飛哀瀉。冰玉半灣塵不惹，停凝欲挽東流駕。百尺危崖誰羽化，一捻殘香，拈插莓苔罅。憶自尋香人去也，寒原夕燒悲餘灺。

其三　朝陽旭影

在零陵縣瀟水側，去鈷鉧潭愚溪不遠，北十里爲湘口，是瀟湘合處。

瑤草難尋仙苑道，洞裏春生，一霎韶光好。圓牖龍葱迎始照，天涯一點紅輪小。無那雲端迷海嶠，斷送金烏，悶損飛光倒。縱有晶熒開霽昊，斜陽又被寒煙罩。

其四　浯溪蒼壁

在祁陽縣北。元次山勒顏魯公中興頌于崖壁。苔光水影，靜目愉心。

誰倚磨崖題彩筆，記得中興，仙李蟠根密。萬里湘天開白日，晶光長射蛟龍室　欲汎扁舟尋往迹，路隔丹梯，水弱罡風疾。日暮湘靈空鼓瑟，猿聲偏向蒼灣出。

其五　石鼓危崖

在衡陽縣北，二水匯流，潭空崖古。

蒸水東流湘水北，一曲滄浪，映帶青山色。舊是朱陵仙洞客，鶴歸不向烏衣國。江樹迷離潭影側，畫檻筠簾，夢斷春消息。擊鼓馮夷尋未得，饞龍怪舞雲生墨。

其六　嶽峯遠碧

自衡陽北三十里，至湘潭南六十里，嶽峯淺碧，宛轉入望。

見說隨帆瞻九面，碧藕花開，朵朵波心現。曉日漸飛金碧顫，晶光返射湘江練。誰遣迷雲生絕巘，蒼水仙蹤，霧鎖靈文篆。帝女修眉愁不展，深深未許人間見。

其七　昭山孤翠

一峯矗立江次，北去湘潭縣三十里，下爲暮雲灘。

日落天低湘岸杳，迎目龍葱，獨立蒼峯小。道是昭王南狩道，空潭流怨波光裊。綠影寒澄春放棹，記得當年，淥水歌年少。明月南枝烏鵲遶，登樓何處依劉表。

其八　銅官戍火

銅官浦在長沙北三十里。蘆汀遠岸，水香生於始夜，漁燈戍火，依微暮色間，如寒星映水。

打鼓津頭知野戍，萬里歸舟，認得雲中樹。日落長沙春已暮，寒煙獵火中原路。何處停橈深夜語，江黑雲昏，莫向天涯去。舊是杜陵飄泊處，登山臨水傷心句。

其九　湘灣曲岸

湘陰縣北三十六灣，云是馬殷所開，縈回清澈，出此即漸次入青草湖，李賓之詩「三十六灣灣對灣」者，是也。

爲鎖湘流東下緩，兩岸蘆梢，片片蒲帆短。寒水茫茫漁火亂，唯應曲裏春風暖。萬古沅湘秋思滿，六六灣頭，綰住愁無算。無那湖光都不管，矗風吹浪連天捲。

其十　君山浮黛

湖光極目，至君山始見一片青芙蓉浮玻瓈影上。自此出洞庭與江水合，謝朓所云「大江流日夜，客心悲未央」者，於焉始矣。湖南清絕，亦於此竟焉。

渺渺扁舟天一瞬，極目空清，祇覺雲根近。片影參差浮復隱，琉璃淨挂青螺印。　憶自嬴皇相借問，堯女含嚬，蘭珮悲荒燐。淚竹千竿垂紫暈，賓鴻不寄蒼梧信。

愚鼓詞

目錄

愚鼓詞 夕堂戲墨卷八

前愚鼓樂

夢授鷓鴣天詞十首

無師之師，其唯夢乎？無夢而夢，非師而誰任爲師？夢之明日，中湘篤生投余詩云：「三一從玆守，策名玉洞仙。」不期而與夢應。然則夢果余師也。抑余欠人間唯一字，疑與夢相𨔛㯳。雖然，夢授余多矣，從來祗有活人死，已死誰爲受死身？緣未就，功不我報，未能爲郭景純、顏淸臣耳，奚守屍之足誚？

其一

耳根一句也支離，眼上分明兩道眉。欲貯金膏須玉合，莫將玉屑補金巵。　天在我，我憑誰？徹骨相思徹骨知。從來本是同心客，那向春風訴別離？

其二

無端淩蔑七般陰，慙媿仙師煞用心。卽此犀紋原孕月，但除龍耳不聞琴。　疑色相，辨浮沉，誰向塵沙覓寶簪？銀鉛砂汞無根蒂，總是黃婆一寸金。

其三

聚頂朝元自不違，除將踵息無眞機。更無鉛處鉛方活，不受龍邊龍自飛。烟旖旎，雪霏微，一絲半縷透寒輝。眞成枯骨生靈翅，頑肉飛從月窟歸。

其四

竺土傳來紇哩耶，從他生出掌他家。間催死虎擒飛將，戲捉飛龍作死蛇。眞閑緩，試夭斜，移山破石透些些。撒花枯木非奇特，枯木元來也放花。

其五

碧天西爽月如鉤，脈脈盈盈度翠樓。風軟楊花穿繡幙，春融桃浪送行舟。和水乳，醉雙眸，不風流處也風流。穿花蛺蝶無人見，只在初開蘂上頭。

其六

方丈桃花日日新，花開只是不逢春。從來祇有活人死，已死誰爲受死身？冬已至，閉關津，凍魚水底自芳辰。東風打破寒冰面，始識通身未損鱗。

其七

嬰兒如雪浴蘭湯，收盡鷄雛一片黄。誰向鴛衾尋午夢？已臨明鏡掃晨粧。活蟖蝀，死蟯蜋，霏微靈雨夾斜陽。傍人莫笑偷閒客，斫柳摧花百倍忙。

其八

慧劍將持斬葛藤，葛藤雖斬又何曾。腰間不許留寒鐵，天下元來有暝冰。驅卽妄，廢還興，鰥魚莫浪守三更。黄孃將女無餘事，芳草闌干日日憑。

其九

築基早莫築危基，十個英雄九個欺。本把靈丹醫虎活，漫將死虎遣龍騎。花似錦，酒如飴，長年不解皺雙眉。太平不是將軍定，先斬淮陰胯下兒。

其十

不須守處守難降，莫把骷髏建寶幢。恰趁夕陽臨畫閣，又邀初月上紗窗。烏渡漢，兔成雙，良夜花陰吠小尨。幽閨未寢誰知得？金豆低巡鴈柱腔。

後愚鼓樂

譯夢十六闋寄調漁家傲

夢授歌旨，囫圇棗也。雖囫圇吞，亦須知味。仰承靈貺，不敢以顢頇當之。三教溝分，至於言功不言道則一也。譯之成十六闋，曉風殘月，一板一槌，亦自使逍遙自在。

煉己 己，雌土也，黃婆爲戊。

彈劍中原歌虎踞，蕭條萬里寒光注。一夜韶光花下雨。春可住，落花只在花開處。　乍遣夭桃開一度，天台流水無津路。夢裏邯鄲歸計阻。淸無數，峨眉雪浪長江去。

黃婆 配身爲第二，配五識爲第六，含而不見爲陰，故曰婆。

婆子生兒七八個，人人解把家緣破。囊裏明珠無別貨，圓顆顆，終年不捨形山坐。　雲裏嬋娟光影墮，穿溪透谷推行磨。一縷輕煙鑽隙過，眞婀娜，殘膏不染香雲涴。

水中金 父藏子胎，斯爲道母。

爲惜花開春已晚，春前細雨香膏歎。鶴髮仙人成老鈍，朱顏嫩，閒愁無力秋波困。　道是有來眞悶頓，言無又恐靈芽褪。采藥溪頭立不穩，人姓阮，胡麻一粒消春恨。

子時

謂有活子時者，將有死子時乎？大撓以前立活字不得。

夜半由來非半夜，分明出現眉毛下。心腎無非淫鬼舍。誰斷惹？三更一陣光明乍。　萬物未生何柄把，天開只在紗窗罅。莫與鑽龜還打瓦。鷄鳴也，回頭又勸紅塵駕。

弦月

艮納丙，兑納丁。丙配辰戌，是水火墓地。丁配己亥，亥爲天門，己合殿。

兑納六丁天一半，姮娥手捲眞珠串。未到先呑光綏緩。妖蟇竄，招安旗下從納欵。　不是寶刀難削亂，王齊韓信元與漢。洲上孫權花散滿。凝眸看，輕霜不冷紅爐炭。

采藥

秘寶不離形山，形山元爲鬼窟。緇素得出，是眞采者。

沒底籃兒短柄斸，長年只向空山宿。春夢乍醒光透目。香馥馥，青芽白蘂般紅粟。　更有元膏生朽木，同苗共蒂無贏縮。曲線引來成一束。靈飛速，輕拈細煮香甜粥。

龍呑虎髓

則虎吸龍精矣。

素女無媒長自守，寒閨月落簾垂久。寶鴨香消人影瘦。黄昏後，靈犀脈脈閒拖逗。　半就半推佯不受，傾情倒意輸僝僽。識得君心如皎晝。相熏透，春風搖曳江頭柳。

綽約從來眞薄倖，垂楊繫馬蹤無定。携手雕闌雙袖憑，秋波凝，從今收拾閒情性。　柳鎖高樓花遶徑，黃鶯嬌語垂簾聽。沈水烟清良夜永，相偎並，赤繩罣足三生證。

虎吸龍精 龍以有所建其功勳而不破壁以去。

進火 符退速以文，符退不速以武。

皓月漸臨深院裏，龍蔥光影無迴避。羅帳重重清似水，郎歸矣，幽閨夢滅青綾被。　如此良宵眞不易，等閒莫勸郎輕醉。緩緩金尊斟綠蟻。湘簾啓，海棠紅映銀鐙麗。

退符 符，合也。既與火合符，但不孤行，卽謂之退。

篋裏霜刀飛素練，輕騎躡影追奔電。殺活無私誰怨遣？閒流眄，爭衡卻是沒頭箭。　不擬嬰城酣百戰，劉郎依舊當時面。　卸甲拔營旗漸捲，無回轉，依然只在靈霄殿。

沐浴 卯酉同功而不同用。

東澗桃花紅錦笑，微晴乍雨春皆好。沽酒醉眠瑤圃道。玉山倒，何須雪上留鴻爪。　更有木樨秋漸老，可憐猶載斜陽照。罷釣歸來閒倚棹。君莫懊，空堦落葉隨風掃。

刀圭入口

繇入以至無入，刀圭無用，口亦無體，故曰沖而用之或不盈。刀圭者，不盈者也。

浪說嬰兒懷裏是，儇家元有花生子。縹渺雲中飛雁字。參差似，波光涵影融空水。　一徹重關千萬里，紅銅黑鐵生靈翅。汗浹石人喧木耳。眞不二，蓬壺只在瀟湘沚。

後天炁接先天炁

不悟源流，只此誤多人不淺。

五海六山成古寨，逢人便刼眞無賴。卻想當初沒芥蔕。依稀在，丹成誰把葫蘆賣？　火入烟中熏不壞，俄延黑月生光采。忒煞調和功用大。交無礙，菱花背面何分界。

三五一

邊如中易，中如邊難，禪家謂之意生身。

牟尼珠函光閃閃，七穿八透飛晶燄。名鼎名丹皆點染。溶瀲灩，寥陽寶閣成獨占。　大冶紅爐風槖颭，何勞攪合憑霜劍。偶爾荷珠成萬點，無餘欠，珠珠顆顆圓如芡。

光透簾幃

光不自外入，亦不透出外。夜明簾亦是障境絲毫鬼窟。

盜道多言皆強說，只因未見成癡劣。兩口仙翁翻劍舌。眞撩擊，丁甯只把珠簾撤。　以我觀他用處裂，從他觀我眸中屑。不動絲毫堆裏雪。通明穴，惺惺二六時中訣。

大還能令向後萬年不死，不能令已往萬年再生，不可謂之大還。

世上仙人千萬位，唯除強把皮囊閉。識得離鈎眞震兌。隨緣値，耶孃粥飯尋常味。我卽與天分伯季，定誰愁老誰愁稚。纔覺骷髏非異類。酣嬌媚，懵騰日月花前醉。

十二時歌和青原藥地大師

藥地十二時歌，原不作鼓樓上牌子標他榜樣。雖云渠自有拍板搖槌，亦但欲活者死，死者活耳。到此一枝箭射人也用，射馬也用，但慮其不能沒石飲羽也。千里唇皮，遙相喬賺，瓠道人倚愚鼓而和之，不道未喫藥地藥，便掇開藥囊向一壁也煮。

子，今日風光昨日死，萬古難消一炷香，此。　丑，北斗闌干君見否？髯李四喚黑張三，有。

寅，梅花謝後始知春，青山欲銜半邊日，新。　卯，覿面金烏看個飽，老鼠云何怕貓兒，爪。

辰，飯甑肚皮誰主賓？熱羹湯盪冷喉嚨，親。　巳，徹骨鑽心半個字，屋漏分明滴寒灰，漬。

午，彈丸跳上緊繃鼓，急速凝眸在那邊，苦。　未，只有山羊知草味，陳枝新葉苦甜酸，胃。

申，早來粥飯見無因，老年牙齒見鍋焦，屯。　酉，莫道閉門遮百醜，咩咩籬下帶金鈴，狗。

戌，背面日頭當面出，脊梁何罪背燈光，屈。　亥，江豚又把秋風拜，一日功成也是天，壞。

龍源夜話

目錄

龍源夜話卷一

請終喪免閣試疏

湖廣衡州府衡陽縣舉人，今丁憂臣王夫之謹奏，爲微臣父服未終，輔臣薦疏猥及，懇乞敕免閣試，以遂愚私，以重館選事。臣父朝聘，以永曆元年十一月十八日因衡州被陷，僞官勾索令下，憂憤成疾而終。臣方匿處苫塊，不能逮不肖之企及。嗣後奉父遺命，與今中書舍人臣管嗣裘起義衡山，力弱事敗，逃死行闕。其於禽鳥躑躅之故枝能啁啾長鳴者，曾未幾時，臣眞不如死之久矣。前督輔臣堵胤錫，誤以庶常薦臣。臣告之冢臣晏清，幸得以終制覆允。不謂留守輔臣瞿式耜爲汪郊等請閣試，復以臣名廁於其後也。在臣蟲鴿之技，實不稱名，癯寒之骨，賤不勝貴，其不可與淸華之選，當輔臣策鞭之，知者固不足論。但臣本以不孝通天之罪，偸翰飛曷轂之生。不特麤苴之衣履，不忍輒越典章；而且不祥之姓名，未敢妄干知己。卽今被虜踉蹌，萍寄昭江者踰月，輔臣駐桂，相去帶水，雖輔臣下士之名溢於聽覩，而掩涕孤棲，不敢以凶人辱仙舟之下座。豈臣親近有道之心，獨居人後，實循思分義，卽欲隕越以貽君子羞，蓋亦有所不得也。不知輔臣何所誤聽，遽以臣玷騏驥之尾，或未熟識臣之爲丁憂。或謂臣在大祥之後，可俟春明之期，乃臣不但冒禫制以就試，干聖代匿喪之辟，卽俟服闋以須試，亦犯春秋居約之誅。此臣所聞命倉皇屏息而不寧者也。伏乞皇上敕閣免列與試之末，俾亡命微軀不致驚憂，失據遠竄，得苟全性命於輦轂之下，以延他日首邱之望。臣所儌皇上浩蕩之仁，與輔臣愛人之德，眞糜軀不足云報矣。臣微賤書生，妄干聖鑒，不勝哀切徨悚之至。

王夫之奏請終喪，乞免閣試，足見孝思，更徵恬品。着俟服闋另與議考，該部知道！

陳言疏

行在行人司行人臣王夫之謹奏，爲邪正之消長有機，大臣之進退有禮，仰祈聖鑒，允輔臣之乞休，以俟國是之徐定事。臣惟國家當屯難之時，陰陽易致相搏。故氣數之消長，婚寇相乘；而人事之進退，磐桓難決。其抑陰於方張，扶陽於已孤者，自明主因機成斷，固有堅定之心，而欲進者不快其進，欲退者不遂其退，則邪之干正，反充盈潰決以成撓擊之勢，害極於一往而不復，乃理數之自然也。是以李泌以可進可退之身，從容以處讒忌之百至，而唐以再造。文天祥以不進不退之身，日搖落於王爚、陳宜中之黨，乃終宋之世，君臣兩受其傷。亦顯然左事之明劵矣。昨科臣雷德復參輔臣嚴起恆一疏，備極汚衊，衆心揣摩，僅搆危章，在輔臣之心迹，皇上鑒之，二祖列宗在天之靈假之，天下臣民共耳目之，豈俟臣贅。且德復之造端本末，授受機關，抑路人知之，卽德復清夜捫心，亦自悉之，臣又何敢過爲吹索。獨是德復立言之旨，其言之已及者二，其言之未及而已暗及者一。臣靜觀其根長甲萌之深，輔臣卽欲不去而不可，皇上卽欲留輔臣而亦不得矣。德復言之已及者爲新召之輔臣效先驅也。皇上温綸迭降，安蒲屢傕，國門望風之儔，已莫不溯洄於帶水建瓴振槁時，可以出矣。而皇上之腹心未奪，則神通之新政或妨。徵德復言，輔臣所當去者一，而況貴介居間，迎門首劾。德復之業以元功自任乎？爲中樞之篆務爭予奪也。皇上愼簡詰戎，遲回付賚，屠門大嚼之情已久矣。魂搖於甘夢綠左丹飛，爲計將窮矣。而皇上之託畀已重，則積薪之居上無期。徵德復言，輔臣所當去者又一，而況香火情濃，盟言彌固，德復之業以牛耳自雄乎？德復言之未及而已暗及者，爲百尹之歸誠宜壹，而一人之眷倚宜偏也。輔臣自扈從以來，於玆三載，憂患屢遷，奕局迭易。而皇上恩禮之隆，始終一日。豈輔臣無所感孚而至此。乃居贏畜厚之門，益圖壯趾；而止水寒冰之度，形礙雲泥。未深蘭草之鋤，殊甚桂膏之蠹。輔臣之宜決去以謝友朋者，當不俟事幾之兆及，風波之既沸，斯挂席之已遲。又況德復之入奉密謀，出倡危論，已極人臣所不可當之罪，而加諸鏤空畫火之篇章乎？夫皇上之所堅留輔臣者，欲使行其所能爲也。輔臣所奉以事皇上者，亦欲爲其職所得爲也。如輩革未遯之餘，而孤存其碩果之寔，詬不以爲辱，傾不以爲傷，且欲使其擅機息牙，聽命於悠悠之口，則皇上既爲輔臣分怨，而輔臣不能與皇上同憂。如臣所謂一往而不可復者，陽剝未終，陰力不輟，搏擊紛披之勢，中之國運而不炤，又何如聽輔臣之乞休，俾始終於光大容保之中，以殺彼方張之勢也。且近者降割自天，震泥已甚，大小臣工，不能進憂國難，退審死生，迷瞀經營，爭巍競膴，害氣始於庶僚，浸淫延於公輔，故四方輕視朝廷，而威令窮於閫外。今誠使輔臣以高蹈之鴻蹤，矯予雄之鼠嚇，舉朝內愧，或尙改轅。又未必非皇上激勵風軌之大端，而陰往觀陽，邪不勝正，或可幾天寧宇泰之一日。則皇上君臣之際，揚抑之權，有不事神武而兩全者。臣以新進小臣，避膚餘魄，偷生輦轂，不當強與國計，自干誅譴。顧自德復發疏以來，傳槐朱鎭之先聲，已銷盡同朝之膽，無敢復爲皇上言者。故憤不畏禍，出位妄陳，席藁待罪，靜俟嚴處。伏乞皇上親賜裁鑒施行。

時方倥傯，欲靜兵刑之氣，先消唇舌之鋒。科臣雷德復以躁妄褫職。正望大小臣工，和衷一德，共濟時艱。王夫之職非言官，似訐似嘲，偏激輔臣，以去，是何肺腸？奉內事姑不深究，該衙門知道。

自序

梁谿高彙旃先生世泰評夫之時藝云：「忠肝義膽，情見乎詞。」永曆二年明旨下獎云：「骨性松堅。」君師均在於三，而匪莪伊蔚，實忝所生。何以仰酬假借哉？苟免汙辱，良不足道。豈得藉口死爲傷勇耶？壬午舉於鄉，方上計偕，至南昌而虜騎且涉淮。李自成陷承襄荆德，左良玉奔江黃。癸未元日，舉主歐陽方然先生介改名霖諭夫之歸省。九月，張獻忠陷衡州，購索士紳，與伯兄夜走南嶽之雙髻峰。家君子已衰，不能徒步，爲僞吏所得，脅求夫之兄弟。先君子迫欲自裁，故交黃岡奚鼎鉉陷賊中，力爲展轉不能解。夫之乃刺腕傅毒，出與鼎鉉謀脫先君子於難。以下闕

校勘記

我們所見王夫之的詩集中，康熙間湘西草堂刻本船山自定稿的年代最早，不僅文字上有不少優勝之處，而且還保存着一段其他刻本所沒有的王敔附識。因不及校補入正文，只能另作校勘記。凡異體字及可以肯定湘西本爲錯字的不舉。所稱頁數行數悉據本書。

一二九頁　薑齋五十自定稿，湘西本有自敍一篇，卽金陵本之六十自定稿序。按：此序原題庚申紀年，時王夫之已六十一歲，似以列在六十自定稿之前爲是。

一三四頁　第一行題「船山先生詩稿傳集」，第二行作「五十自定稿」，下署「湘西王夫之而農父著，男敔輯」。後七十自定稿題款亦同，不再出。

又，湘西本次序與本書不同，首爲四言，次樂府、五古、歌行、五言近體、排律、七言近體、五言絕句、六言、七言絕句。

一三四頁四行（題目均作一行計）　滋湑以榮，「湑」作「胥」。

一三四頁五行　爰如鴻濛，「如」作「始」。

一三五頁二行　詩題下無「戊子」紀年。

一三五頁三行　桂開信天樞，「開」作「闢」，是，當從。

一三五頁九行　秀挺旣歆別，「歆」作「欹」，是，當從。

一三五頁末行　凌晨泝兩槳，「泝」作「溯」，是，當從；「兩」作「雨」，疑訛。

一三六頁二行　林迂委岸陰，水綿俯蘿偃。「迂」作「于」，「水」作「木」，是，當從。

一三六頁六行　天氣復青藹，「復」作「覆」，較勝。

一三六頁七行　冥歡輟想像，「想」作「興」。

一三六頁九行　合怡撫逝水，「合怡」作「含情」。是，當從。

一三七頁一行　幽谷返椒岑，「岑」作「棠」。

一三七頁三行　國憂今未釋，「憂」作「圜」。

一三七頁四行　詩題下無「庚寅」紀年。

一三七頁五行　已蒙恩得赦，唐宮詹誠以次金黄門堡韻七言四章，付余屬和。「赦」作「放」，「誠」作「誡」，「付」作「俾」。

一三七頁六行　妥貞靈，「貞」作「清」。

一三七頁七行　李少翁，無「少」字。

一三七頁八行　連類而銘之，「銘」作「紹」。

一三七頁十三行　清光錯表裏，「清」作「晴」。

一三七頁末行　胥颯歆飛雪，「胥」作「肩」，「歆」作「散」。

一三八頁一行　勞栧聊文艤，「文」作「夕」，是，當從；眞賞歸大始，「大」作「太」。

一三九頁三行　神尻夢可趨，「可」作「方」。

一四〇頁三行　黄河問靈軀，「問」作「闞」，是，當從。

一四〇頁十二行　來時苦大難，「苦」作「若」，疑訛。

一四〇頁十二行　秋原稱葉黄，「稱」作「稻」，是，當從。

一四一頁五行　外祖父文學公諱儀珂，無「祖」字。

一四一頁六行　「男敔謹誌」四字無，作如下文字：

上林令加光祿公諱達女。外父隨高公宦嶺南，而先君從王桂林，抗疏棄職。庚寅秋，娶孺人爲繼室。是冬，隨先君隱楚，道聞祖母譚太君逝，哀慟屢絕。流離中營大事畢，徙常寧峒山。丙申，生敔于西莊源。丁酉，復遷于南嶽。庚子，徙茱萸塘。辛丑六月棄世。時敔方六歲。近體中嶽峯悼亡詩及絕句中初度日占詩，皆先子是歲先後作也。孺人通文詞而不拈筆墨，體孱弱而躬親釜臼，播遷與先子以節義共矢，棲遲與先子以薇蕨共甘。當捐幃之日，唯以前母所遺之兩兄爲念，而不及黃口之藐敔也。葬高節里大羅山。後先子逝，遺命並阡，其自銘曰：「有明遺臣行人王某字而農葬于此，其左則襄陽鄭氏之所祔也。」嗚呼！蒿蔚虛生，不能揚慈恩之萬一。存先子一言于片石，冀與十字碑共傳不朽耳。恐本末湮沒，因附識于此。不孝男敔識。

一四一頁九行　物玩已亦勞，「已」作「己」。

一四二頁一行　莞簟有餘淸，「莞」作「枕」。

一四二頁九行　芸堂是燕寢，「是」作「足」。

一四二頁十一行　阪月漾初暄，「阪」作「陙」，是，當從。

一四三頁二行　自治欣有合，「自」作「目」。

一四三頁五行　惻彼鸞鶴情，「惻」作「測」。

一四三頁六行　懷炎登天庭，悲憂陟首陽。「天」作「大」，「憂」作「夏」。

一四三頁十二行　虛曠斷不窮，「斷」作「漸」。

一四三頁末行　各言紛欲悉，「各」作「名」。

一四三頁末行　言眺雙徑逸，「眺」作「耽」。

一四三頁末行　於焉記良曜，「記」作「託」。

一四五頁三行　詩題下無「甲午」紀年。

一四五頁七行　白鼻騧，「鼻」作「魚」，疑訛。

一四五頁八行　香塵汚馬韉，「塵」作「泥」，似較勝。

一四五頁末行　詩題下無「乙未」紀年。

一四六頁九行　十年皆口壼，「皆」作「背」。

一四八頁一行　詩題下無「己亥」紀年。

一四八頁二行　路亂籠綠羅，「羅」作「蘿」，是，當從。

一四八頁五行　詩題下無「壬寅」紀年。

一四八頁七行　詩題下無「癸卯」紀年。

一五〇頁十一行　含淒愁夢杳，「淒」作「棲」。

一五一頁四行　詩題下無「辛卯」紀年。

一五二頁九行　匕首酒人栽，「栽」作「哉」。

一五二頁九行　報恩無意日，「意」作「竟」。

一五三頁一行　詩題下有「乙未」紀年。

一五三頁二行　秋稻江鄉雨，「秋」作「秫」，是，當從。

一五四頁二行　清潯二千里，「千」作「十」。

一五四頁十二行　鬢淺容蕁蝶，「容」作「密」，疑訛。

一五五頁一行　珍第偕金枕，「第」作「笫」，是，當從。

一五五頁三行　采纈輕紅藥，丹痕競紫榴。「采」作「纐」，「紫」作「若」。

一五五頁七行　酒色醅鶯羽，「羽」作「背」。

一五五頁十行　霧鬟欹難枕，「霧鬟」作「鬟霧」。

一五六頁二行　寒條經雨邊，「經」作「細」，是，當從。

一五六頁十一行　鳳綃殘染淚，「綃」作「梢」。

一五七頁三行　餘瀋咽龍湍，「湍」作「喘」，疑訛。

一五七頁十行　斜日颭垂樹，「樹」作「楊」，是，當從。

一五七頁十行　漏月透微涼，「透」作「點」。

一六〇頁四行　勞勞夜語傳，「語」作「話」。

一六〇頁七行　潤葉霑青露，「霑青」二字墨丁。

一六二頁四行　危煙征杳漢，「漢」作「漠」。

一六二頁四行　成績緣蜂課，「緣」作「錄」，疑訛。

一六二頁四行　牧書袪粉蠹，「牧」作「收」，是，當從。

一六二頁五行　閉關思物理，「思」作「因」。

一六二頁十一行　詩題下無「乙巳」紀年。

一六二頁十二行　蕉露分長潤，「長」作「晨」，是，當從。

一六三頁二行　素輪宜晚拍，「拍」作「掬」。

一六三頁四行　「六言」下無「詩」字。

一六三頁十一行　鑪兼萬畢銅鉛，「萬畢」作「畢萬」。

一六四頁五行　陳倉子午褒斜，「陳」字墨丁。

一六四頁十行　晉亡謝客揮戈，「亡」作「王」。

一六五頁三行　習氣齊邱說法，「法」作「化」。

一六五頁九行　鱗鱗楓葉點江州，「江」作「汀」。

一六五頁十二行　詩題下無「己丑」紀年。

一六六頁三行　詩題下無「庚寅」紀年。

一六六頁七行　融情一倍感芳荃，「融」作「騷」。

一六七頁一行　哀些遠憑清思抑，「抑」作「和」。

一六七頁六行　花塢憑留七月仙，「月」作「日」，是，當從。

一六七頁八行　頹岸清江隔晚烟，「頹」作「磧」。

一六七頁末行　碙門鶴唳留朱序，「碙」作「磵」。

一六八頁二行　冬盡過劉庶先夜話效時下有「體」字，無「丁酉」紀年。

一六八頁三行　世如棋弈轆轤劫，「棋弈」作「弈棋」。

一六八頁三行　三公叔夜龍鸞客，「三」作「山」，是，當從。

一六八頁十三行　努力溯洄秋水湄，「溯」作

「沿」。

一六九頁六行　誰將病骨祀華年，「祀」作「祝」，是，當從。

一六九頁九行　來朝一倍報芳霏，「朝」作「時」。

一七一頁四行　詩題下無「丁未」紀年。

一七三頁二行　春日山居戲效松陵體六首，「陵」作「林」，疑訛。

一七三頁三行　上赤數鶯吹幾疊，「上」作「工」。

一七三頁五行　小窗日卯破清酣，「卯」作「卵」。

一七三頁五行　梵夾偶披唯以九，「九」作「八」。

一七三頁七行　路青蘅試五花蹄，「路」作「踏」，是，當從。

一七三頁十一行　圓餐劗雪春貓耳，「餐」作「餈」，是，當從。

一七四頁一行　詩題及正文均無夾注。

一七四頁三行　繫轡蕭條占檜枝，「占」作「古」。

一七四頁六行　秋風遺意武昌城，「遺意」作「還憶」，是，當從。

一七四頁十行　不礙幽憂長閉關，「礙」作「擬」。

一七五頁四行　詩題下無「己丑」紀年。

一七五頁八行　春零慈竹惜徘徊，「零」作「霛」，是，當從。

一七五頁九行　題彭然石舠壁，「舠」作「舫」，題下無「庚寅」紀年。

一七六頁一行　詩題下無「辛卯」紀年。

一七六頁二行　水級危輪又一過，「水」作「冰」。

一七六頁四行　總是村煙開不徹，「村」作「和」，是，當從。

一七六頁八行　詩題作「過西明寺望旱冲追懷悟一上人示蒼枝慈智」。

一七六頁九行　鑪煙初焠溼雲衣，「焠」作「焙」。

一七七頁二行　敉因留侍伯兄，「因」作「固」。

一七七頁七行　割骨分肌亦屢禁，「肌」作「膓」。

一七七頁八行　情根悔不鋤苗早，「早」字在「鋤苗」上。

一七七頁八行　至竟潘安悲白首，「至」作「止」。

一七七頁十一行　蓍倒奚囊傳好句，「倒」作「到」，疑訛。

一七八頁三行　抛玉撣金意共長，「抛」作「拖」。

一七八頁四行　詩題下無「丁酉」紀年。

一七八頁十行　詩題下無「戊戌」紀年。

一七九頁五行　鞠尖隊隊滿洲靴，「鞠」作「鞫」。

一七九頁六行　明朝相趁出城來，「出」作「去」。

一七九頁十二行　初度日占，「日」作「口」，是，當從。又，題下無「辛丑」紀年。

一七九頁末行　愁絲日日纏春蠶，「纏」作「縛」，蓋「縛」字之訛。

一八〇頁三行　十載每添新鬼哭，「哭」作「六」。

一八〇頁三行　白髮多情苦戀頭，「髮」作「帽」。

一八〇頁七行　頓挫劉濞，無「挫」字。

一八〇頁十行　鐵錯不牢火杖牢，「錯」作「錨」妾意似水水滴凍，二「水」字均作「冰」。

一八一頁六行　任公無用釣緡處，「釣」作「鉤」。

一八一頁七行　若教賒販春千日，「販」作「取」。

一八二頁三行　聊弄素女蛾，「蛾」作「娥」。

一八二頁六行　獨漉濁水，江水濁，菱葉靑。「江」作「汀」，疑當于「獨漉濁水汀」爲句。

一八二頁八行　長歎流光坐閒擲，「閒」作「間」。

一八二頁末行　極渚暇逡巡，「極」作「枉」。

一八三頁五行　胡不早淤濁水學鱒鰼，「淤」作「游」。

一八三頁十一行　蛛網閒窗密，「窗」作「西」。

一八五頁二行　龍旗翩翩去何繇，「繇」作「處」。

一八五頁三行　楊花自飛鳥自栖，「鳥」作「烏」。

一八五頁五行　詩題下無「乙未」紀年。
一八五頁六行　雪花零亂飄，「花」作「子」。
一八五頁末行　兩頭纖纖水溜絕，半墨半白燒嶺雪。「水」作「冰」，「半黑半白」作「半白半黑」。
一八六頁三行　詩題下無「庚子」紀年。
一八六頁八行　詩題無「弓伯」二字。
一八六頁九行　姬六以亡託將改適，「六」作「人」。
一八六頁十行　良慨然矣，「慨」作「既」。
一八六頁十二行　今勿說弓伯兄之死，「弓伯」二字無，以下悉同。
一八七頁二行　「死去弓伯兄如鶩」作「死去兄如鶩」。
一八七頁六行　唼腐蘋，「蘋」作「萍」。
一八七頁十三行　如何令死心怦擢，「怦」作「肝」。
一八八頁一行　不酬黃泉，「酬」作「酹」。
一八八頁三行　詩題下「乙未」作「乙巳」。
一八八頁四行　楊梅塞前楊梅熟，「塞」作「寨」。
一八八頁八行　詩題中「次韻奉和」作「用韻奉和」，題下無「戊申」紀年。
一八八頁十行　憑空結架飛樓瓊島八千仞，「結」作「燚」。
一八八頁十一行　東藏郫讙龜陰之田西虞芮，「田」作「山」。
一九〇頁四行　抑自提之，「提」作「畏」。
二三四頁無序。按，金陵本亦無序，此據太平洋本。
二三九頁一行　始冬寓目，「目」作「日」，疑訛。
二三九頁四行　詩題下無「壬戌」紀年。
二四〇頁十行　熊男公過訪詩後有田家始春雜

興三首。按：此三首已收入分體稿，見本書三一五頁。

二四〇頁十三行　高論寄靈笈，「高」作「裔」。

二四一頁二行　詩題下無「甲子」紀年。

二四二頁一行　詩題下無「乙丑」紀年。

二四二頁三行　流峙終繾綣，「峙」作「峙」。

二四三頁六行　詩題下無「丁卯」紀年。

二四四頁二行　詩題下無「戊辰」紀年。

二四四頁八行　詩題下無「己巳」紀年。

二四九頁五行　詩題下無「壬戌」紀年。

二五〇頁六行　寶刀蝕虎氣，「刀」作「劍」。

二五二頁五行　詩題下無「乙丑」紀年。

二五二頁九行　幅幅江南畫，次「幅」字墨丁。

二五五頁末行　水仙香孕綠，「孕」作「包」。

二五九頁二行　三秋今夕未，「未」作「永」，是，當從。

二六一頁九行　心通無地更詢他，「地」作「他」。

二六五頁二行　詩題下無「乙丑」紀年。

二六六頁十一行　詩題下無「丁卯」紀年。

二六八頁八行　詩題下無「戊辰」紀年。

二七〇頁九行　楊億還疑轉盼僧，「盼」作「眄」。

二七二頁一行　詩題下無「己巳」紀年。

二七二頁三行　儉歲無多芋栗收，「芋」作「芧」。

二七六頁四行　詩題下無「甲子」紀年。

二七六頁六行　詩題無「衡山」二字。

二七六頁七行　「蘭若閒燒丙夜燈」句下無注。

二七六頁十行　第一、三句下無注，第二句「夜靜」作「靜夜」。

文集補遺續

明紀野獲序㈠

蘀園周子摭遺文，攟稗說，擴諏諮，敍一代之典，成明紀野獲二十卷，示夫之而俾述其指。夫之遂言曰：韙哉，其可以俟來哲也！夫之竊聞之矣：史之爲道也，微而顯，約而該，舉大以挈小，故春秋尙矣，範圍作者而不可越也。雖然，非有左氏之書，殫纖芥毫毛之善惡，則後之學者，欲以知聖人之指，若無櫼臨川而欲航滄澥也，奚從？然則有其顯而後可微，有其該而後可約，不遺其小而後大者彰焉。雖聖人且有所資，而況其下焉者乎？司馬子長之作，既有左氏內外傳、世本、戰國策、楚漢春秋諸編爲其明徵，而所記幽隱曲折，多溢出於數書之外：如封禪貨殖諸篇，搜訪極乎委屑；田竇灌夫之傳，曲繪其嚬笑，要皆耳聞口授，非有簡編之足據，故可紹素臣之嫡系，而王仲淹迫求微約，徒貽優孟之嗤。且倣聖言，而夕成聖人之書，何聖人之易耶？班孟堅陽攻腐史，而陰用其敎，故能與子長相雁行。嗣是而陳壽、范曄欲以精覈易其暢達，譬之支幹具，而神理不屬，象人也，謂之曰人不可也。陳壽之書得裴松之而响之使生；六代南北史得李延壽而吹之使鳴，馬班而下，斯爲愈矣。貌山者秀以雲烟，貌人者靈以襟帶，非褊心者所得與也。司馬溫公立於千載以下，會通以成編年之紀，受模範於左氏而不敢伉聖經，學海而漸至於海，唯其不爲海而爲川，是以異源同歸，川無非海。溫公之渟泓汪沛、成區宇之大觀者，其尋源者遠也；其爲書也，郵載書廚，官供食料，隨其宦游凡十餘年而始就，故能於十七史之外，旁搜纖悉，以序治忽，以別賢姦，以參離合，以通原委，蓋得之百家之支說者爲多。繇此言之，顯其微，該其約，即小以舉大，豈靳靳焉誦一先生之言可與前人相覿面哉？一代之史，閱三百年而無可觀者，鄭端簡自命作者，而一往芟夷，如耘莠稗，並良苗而拔之，乃至南陽一傳，但歷敍其官代，而一言一行之無聞，審爾則南陽一尸位之具臣，而又何稱焉？李宏甫踵以爲藏書，益以阿私之好，妄人也，尤不足齒也。舉凡大政之因革，如夏湘陰之治張秋，朱誠齋之定條鞭，弘治丈量田畝之錮減，嘉靖釐定嶽瀆先聖之祀典，以洎石城寧夏閩海郴桂寇敓之起滅，或竟佚無聞，或括以數字，酌海一巵，而曰海在是也，後之人能不以巵爲海者，幾何耶？下而有陳氏之通紀，其荒陋益甚；又下而爲沈國元之從信錄，於嘉、隆以後召亂致亡、神人悲憤之大端，如貴溪、分宜之相傾，華亭、新鄭、江陵、長洲之相軋，高、顧、沈、湯之冰炭相息，辛亥、丁巳兩察之函矢相攻，皆置不敢言。如胡應麟以下，第狂生託夢說以詛典文者，顧錄之以爲口實，流行天下者且數十年，俾一代鴻章，曾不與十六國春秋、南唐遺事同傳異代。藿園之懲此而博採以資論定也，其情貞，其志遠，其學不倦，誠有弗獲已者，故曰洵哉可以俟來哲也。詩不云乎：「於以采蘋，於澗之濱；於以采藻，於彼行潦；」澗之濱，行之潦，無所澤也，而蘋藻非是莫有，舍此而求之寒泉一掬之中，終年弗得，而又奚以薦耶？顧非其人，孰與采者？公侯之事，豈尋芳拾草以冶游者之所與哉？藿園以淵涵霞建之才，謝世榮以孤游，歷燕、趙、吳、越，訪故家之藏書，問遺民之記憶，以起二百八十餘年九京之先進相爲揖注，是編之成，未能卽問之世，禹峯石廪，應爲珍護，又非但溫公之資鏡治原已也。

㊀ 此文遺書不載，錄自嘉慶年衡陽縣志卷三十八。

衡山廖氏族譜序㈠

學必期敦原本，敎必期示儀型，剙譜以垂世，敢忽諸？今置挹浮藻於英華，飾莊言於臺閣者於不論，進而翼經羽史，幟古詞壇，才稱江海，書富樓城，亦云偉矣！然譬之於水，潮而非源；仰止其山，高仍異岳。何則？所儲匪冽，達殊盈科，攸續虛基，功終虧簣。學不淵源於敦本，敎非輿權於形家，卽棟充渠祿，牛汗湘籤，豈足攄至文於心德，體聖緒於身先也哉！亦有萬石世美，馬不虛鞭，九葉均恩，犬能待食。道之在我，豈別求心？天之於人，賦惟斯理。溯而追之，祖且師之，蕭而達之，宗乃法之，睦而收之，嗣其麻之，勿曰萃之一門，卜爾傳之百代。南岳曰衡山，湘水環之，其間匯山川之勝，廖氏世居焉。溯其所自來，肇姓於叔安，猶衡山之發脈於岷山也。鼻祖推唐末封侯食邑於衡，遂家於衡之爽公，猶岷山之導江至於敷淺原也。嗣是而仕楚，拜天策府學士光圖，工部員外郎光凝，千牛衛大將軍開國子偃，宋任郴州馬平縣光晏、湖南決勝指揮使匡濟，宋熙寧治平歷科進士若正古，若正一，若剛，若偁，若倚，遞傳至文義全公之子若孫，衍爲衡山龍王橋，桐木橋，杉木橋，師古橋，梅橋，小初橋，栗林頭，大岳，橫板，及長衡，獅子橋支派，是猶七十二峯之臚列，雖島嶼層擁，而維嶽則均，九水之匯歸，雖湘灕界分，而於江悉合也。今廖氏兄弟，政爲於家，文譽於國，難兄難弟，賢嗣賢從，互相競爽，儲燕臺之驌騮，萃楚材之杞梓，而以其渟泓嶒崒之章，攄之於家乘。文明以止人文也，文明象離，敦止象艮，艮止其所，而南離之輝不掩，孰得而怠諸？其作譜之法，首年紀、義例，挈綱也；分宗而錄實，詳目也；議祠祭，孝思也；誌隱德，闡幽也；誌簪纓，紀顯也；誌閫德，內瑞也；載藝文，彰博學也；申家誡，重聖教也；紀費紀勞，明功也。猗歟善矣！予讀其全譜，因不揣固陋，而爲之颺言焉。夫維禮敦仁，施於有政，由唐末而五代，而炎宋，尙武健嚴酷，稽廖氏列祖皆以德化易風俗，詩禮爲家法，其至行相師，主持名教，由來尙矣。禮之不可廢，卽仁之不可諠，教之自我明，卽道之自我立。廖氏世推巨族，念茲在茲，其文明以止，爲政於家者，悉著於家譜，以宗典型。觀水有術，斯其爲源而可溯者乎？子若孫世居於此，行見開衡雲，挽湘波，胥於斯譜兆之。

㊀ 此文遺書不載，錄自一九四八年九月湖南省文獻委員會編湖南文獻彙編。彙編編者謂「從廖氏族譜舊序中鈔出」。

補校

本書出版後我們又見到王夫之的顯考武夷府君行狀、顯妣譚太孺人行狀、自題墓石等三篇稿本，現補校其異文如下：

二三頁十一行　「驍騎公」下有「諱仲一始可系述驍騎公」十字。

二四頁九行　由歲貢薦授武岡州訓導，無「貢」字。

二四頁十五行　祇今流傳未艾，「祇」作「抵」。

二四頁十六行　凝立户外，「凝」作「疑」。

二六頁八行　大金吾洛都督，「洛」作「駱」。

二七頁一行　不怒不叱，「不怒」作「大怒」。

二八頁五行　過應山頂一絶句，「頂」上有「絶」字。

二八頁九行　得年七十有八歲，無「歲」字。下句空框作「永曆」。

二八頁十五行　攽娶劉氏文學劉近魯女，「近魯」上無「劉」字。

二九頁六行　空框作「天不可回人非我與」。

二九頁十二行　附贅表末，「表」作「衺」。

三〇頁八行　以昭其昏留，「留」作「習」。

三一頁五行　先君子十年趙燕，「趙燕」作「燕趙」。

三一頁九行　如撫穉子，「穉子」作「童穉」。

三一頁十一行　莫敢褻越，「越」作「起」。

三一頁十六行　嬰句索之酷，下有「戊子己丑夫之愚不自量思以頸血濺乾淨土」十八字。

三二頁七行　次玉卿公諱久琳，「久」作「允」。

三二頁九行　空框作「永曆」。

一一六頁四行　此後有「戊申紀元後三百□十有□年□月□日」、「男□勒石」二行。

一一六頁五行　行狀原爲請誌銘而作，「作」作「設」。既有銘不可贅，下有「作」字。

一一七頁六行　此後有「己巳九月朔授敓」一行。